1962

重写文学史经典

**百年
中国文学
总系**

谢冕
孟繁华 　主编

1962：
夹缝中的生存

陈顺馨 著

人民文学出版社

图书在版编目(CIP)数据

1962:夹缝中的生存/陈顺馨著. —北京;人民文学出版社,2015(2023.5重印)
("重写文学史"经典·百年中国文学总系/谢冕,孟繁华主编)
ISBN 978-7-02-010850-3

Ⅰ.①1… Ⅱ.①陈… Ⅲ.①中国文学—当代文学—文学史 Ⅳ.①I209.7

中国版本图书馆 CIP 数据核字(2015)第 060216 号

责任编辑　付如初
装帧设计　刘　远
责任印制　宋佳月

出版发行　人民文学出版社
社　　址　北京市朝内大街166 号
邮政编码　100705

印　　刷　三河市鑫金马印装有限公司
经　　销　全国新华书店等

字　　数　241 千字
开　　本　880 毫米×1230 毫米　1/32
印　　张　11.75　插页3
版　　次　2017 年 3 月北京第 1 版
印　　次　2023 年 5 月第 2 次印刷

书　　号　978-7-02-010850-3
定　　价　48.00 元

如有印装质量问题,请与本社图书销售中心调换。电话:010-65233595

目 录

新版序言　怀念那个学术年代 …………………………… 孟繁华 1

总序一　辉煌而悲壮的历程 ……………………………… 谢　冕 5

总序二　《百年中国文学总系》的缘起与实现 ……… 孟繁华 11

前言：夹缝中的"1962" ……………………………………… 1
　　"1962"与"夹缝"的概念——小说与戏剧中心位置的更替在
　　"1962"所起的变化——"调整"的努力与顾虑：从《文艺十
　　条》到《文艺八条》——"1962"的"非主流"或"异质"文学的
　　特征

一、古今生死共存亡——60年代初的历史剧与历史小说 …… 27
　　"帝王将相、才子佳人"：历史剧蓬勃的时代含义——古与今
　　的纠缠：有关历史剧的论争——"整顿纲维"：吴晗、彭德怀、
　　海瑞与《海瑞罢官》——生聚与教训：曹禺的《胆剑篇》——
　　生死与相知：陈翔鹤的《陶渊明写"挽歌"》和《广陵散》

二、人 鬼 情——在阶级斗争主题与革命英雄夹缝中的

　"异端" ……………………………………………… 94

　　"人性与人情"的浮沉:高缨的《达吉和她的父亲》——

　　"1962,你不选英雄事迹":邵燕祥的《小闹闹》——"鬼"情有

　　害吗:孟超的《李慧娘》——"儿女情长"还是"小资产阶级"

　　爱情:刘澍德的《归家》

三、不"野"的百合花——杂文"三家"的时代角色 ………… 147

　　延安时期以来的"杂文"论述——杂文创作"高潮"与读者需

　　要——"三家"的杂文:知识性的"武器"还是"平钝"的"敝

　　帚"?——总结:不"野"的百合花

四、抒情的冲动与形式——困难时期的挚情、闲情、矫情

　　与激情 …………………………………………… 191

　　　"大自然"与"记忆":散文家与诗人情感的"载体"——"率尔

　　命笔":老一辈作家的挚情与闲情——把散文"当诗写":杨

　　朔的"诗意"与抒情的"失真"——浮肿病、"甘蔗林"与"青纱

　　帐":诗人郭小川病中的激情

五、家、国话语夹缝中的女性"自我"书写——茹志鹃、刘

　　真与宗璞 ………………………………………… 237

　　题材、风格多样化的讨论与女性创作的时代契机——"浪

　　花"与"大海":茹志鹃不平静的"春天"——从《英雄的乐章》

　　到《长长的流水》:刘真与"童年"书写——"不沉的湖":宗璞

　　作为知识分子与女性的边缘"主体"

六、反思意识与"两面人"——60 年代初转折中的周扬 …… 282

"在夹缝中斗争":周扬文艺思想中的一个重要转折——"红线"与纠"左"下的民主:对调整的认识与"文艺十条"——周扬的建设意识:文科教材工作与人才培养——"异化"与"人性复归":人道主义与"人性论"的再认识

年表(1961—1965) ……………………………………… 333

参考文献 ……………………………………………… 345

后记 …………………………………………………… 353

怀念那个学术年代

孟繁华

《百年中国文学总系》在谢冕先生的领导下,历经七年时间,于 1998 年 5 月由山东教育出版社出版。书系出版后,在学界产生了极大的反响。两年间海内外有近百篇评论文章发表。关于书系的要义、构想及写作过程,谢冕先生在总序一《辉煌而悲壮的历程》和我在总序二《〈百年中国文学总系〉的缘起与实现》中,已做了详尽说明,这里不再赘述。我想说的是,当近二十年过去之后,我对那个学术年代充满了流连和怀念。

1989 年秋季,谢冕先生在北大创办的"批评家周末",一直坚持到 1998 年。十年间,谢先生带领我们讨论与当代文学有关的各种问题。除了谢先生带的博士研究生和国内外访问学者外,许多在京的青年学者和批评家都参加了这一学术沙龙性质的活动。1999 年,我在《"批评家周末"十年》一文中记述了当时的情景——

    1989 年 10 月,谢冕先生在北京大学创办了"批评家周末",他用这一形式对就学于他的博士生和国内外访问学者进行教学和研讨活动。基于当时空旷寂寞的学术环境和

"批评家周末"的影响，一些青年教师和在京的青年批评家，也都纷纷加入了这一定期活动，这不仅极大地提高了研讨的学术质量，同时也在有限的范畴内活跃了当时的学术气氛，并形成了当代文学研究规模可观的学术群体，使学院批评在社会一隅得以存在和延续。逝者如斯，蓦然回首，"批评家周末"已经经历了十个年头。当它仍在继续并取得了丰硕成果的时候，回望十年，它特别值得我们纪念。

这一批评形式的创造性，不在于它的命名，重要的是它改变了传统的教学方式，改变了课堂教学单向度的知识传授。自由讨论和畅所欲言，不仅缓释了那一时代青年参与者的抑郁心情和苍茫感，同时，它宽松、民主、平等的环境，更给参与者以无形的熏陶和浸润，并幻化为一种情怀和品格，而这一点可能比它取得的已有成果更为重要。或者说："批评家周末"首先培育了学者应有的精神和气象，它以潜隐的形式塑造了它的参与者。

十年来，在谢冕先生的主持下，它的成员先后完成了多项重要的学术工程，"20世纪中国文学"丛书十卷、《中国百年文学经典》十卷、"百年中国文学总系"十二卷，在学界和社会上产生了强烈反响，给学科建设以极大的推动和影响。这些成果，不仅对百年来中国文学实施了一次重新书写，同时也以新的观念改变了传统的研究方式，为学科建设注入了新质。而这些研究同样体现了批评家周末的精神，它虽然也是群体性的写作，但它同传统的文学史编写有极大的不同。谢冕先生提出了总体构想之后，并不强调整齐划一，并不把他的想法强加给每个人，而是充分尊重作者的独立性,充分发挥每个人的学术专长,让他们在总体构想的范畴内自由而充分地体现学术个性。因此,这些学术作品并不是线性地建构了"文学史",并不是为了给百年文学一个整体"说法",而是以散点透视的形式试图解决其间的具体问题,以"特写镜头"的方式深入研究了文学史制度视野不及或有意忽略的一些问题。但"百年文学"作为一个新的概念和总体构想,显然又是这些具体问题的整体背景。这一构想的实现,为百年中国文学的研究提供了新的参照和生长点。

那时,包括洪子诚先生在内的书系的作者,都是这个学术群体的成员,几乎没有间断地参加了"批评家周末"的所有活动。这个学术共同体已经成为历史,但是它形成的学术传统却深刻地影响了所有的成员。后来我一直在想:"批评家周末"完成的所有项目,都没有"立项",既不是"国家社科基金",也不是"重点"或"重大";既没有经费也没有赞助。但是,书系的所有作者心无旁骛,一心问学。认真地报告、认真地倾听,然后是激烈的争论。谢先生有他整体性的构想,但他更强调作者个人的主体性,并且希望尽可能保有作者个人的想法甚至风格。现在看来,书系在写作风格和具体结构方面并不完全一致,比如,谢先生的《1898:百年忧患》,从"昆明湖的石舫"写起,那艘永远无法启动的石舫意味深长;钱理群先生的《1948:天地玄黄》,广泛涉及了日记、演出、校园文化等;李书磊的《1942:走向民间》从"两座城"和"两个人"入手;洪子诚的《1956:百花时代》,则直接入题正面强攻。如此等等,既贯彻了主编的整体意图,又充分彰显了作者的个人长处。自由的学术风气和独立的思想,就这样弥漫在这个群体每个人的心灵深处。于是我想，学术理想、学术气氛和学术信念，可能远比那些与学术无关的事务更有感召力和感染力。这种力量就源于学人内心的纯净或淡然，与功利无关。我这样说，并不意味着这套书系有多么了不起、如何"经典"。需要强调的是，它经受了近二十年的检验，它还需要经历更长时间的检验。如今，书系的作者之一程文超教授已经去世多年，很多先生也已退休，但是，我们曾经共同拥有的过去，将是值得我们永远怀念和珍惜的人生风景。

现在，这套《百年中国文学总系》由国家专业出版社人民文学出版社重新出版，我们内心的感奋可想而知。人民文学出版社不讲任何条件的胸怀和气象，让我们深受鼓舞。在一个商业气息弥漫四方的时代，让我们感到还有不灭的文化情怀一息尚存。这里，我要特别感谢责任编辑付如初博士。因为她对这套书价值的认识，因为她的提议获得了社领导的有力支持，于是便有了今天《百年中国文学总系》重新出版的机会。当然，他们一定承受了巨大的压力。

书系新版序言本来应该由谢冕先生来写，不仅名正言顺，而且会要言不烦。但谢先生指示由我代笔，师命难违，只好勉为其难。敬请方家指正。

是为序。

2015 年 3 月 8 日于香港岭南大学

总序一

辉煌而悲壮的历程

谢 冕

"百年中国文学"这样一个题目给了我们宏阔的视野。它引导我们站在 20 世纪的苍茫暮色之中,回望 19 世纪末中国天空浓重的烟云,反思中国社会百年来的危机与动荡给予文学深刻的影响。它使我们经受着百年辉煌的震撼,以及它的整个苦难历程的悲壮。中国百年文学是中国百年社会最亲密的儿子,文学就诞生在社会的深重苦难之中。

近、现代的中国大地被它人民的血泪所浸泡。这血泪铸成的第一个精神产品便是文学。最近去世的艾青用他简练的诗句传达了中国作家对于他亲爱的土地的这种感受:

假如我是一只鸟
我也应该用嘶哑的喉咙歌唱

这被暴风雨所打击着的土地
这永远汹涌着我们悲愤的河流
这无止息地吹刮着的激怒的风……
和那来自林间无比温柔的黎明……

　　——然后我死了

　　连羽毛也腐烂在土地里面

　　为什么我的眼里常含泪水？

　　因为我对这土地爱得深沉……

嘶哑的喉咙的歌唱、感受到的悲愤的河流和激怒的风，以及在温柔的黎明中的死去，这诗中充盈着泪水和死亡。这些悲哀的歌唱，正是百年中国文学最突出、最鲜明的形象。

　　我在北京写下这些文字的时间，是公元 1996 年的 5 月。由此上溯 100 年，正是公元 1896 年的 5 月。这一年 5 月，出生在台湾苗栗县的诗人丘逢甲写了一首非常沉痛的诗，题目也是悲哀的，叫《春愁》："春愁难遣强看山，往事惊心泪欲潸。四百万人同一哭，去年今日割台湾。"诗中所说的"去年今日"，即指 1895 年，光绪二十一年，甲午战败的次年。此年签订了《马关条约》，正是同胞离散、民族悲痛的春天的往事。

　　中国的近现代就充斥着这样的悲哀，文学就不断地描写和传达这样的悲哀。这就是中国百年来文学发展的大背景。所以，我愿据此推断，忧患是它永久的主题，悲凉是它基本的情调。

　　它不仅是文学的来源，更重要的是，它成了文学创作的原动力。由此出发的文学自然地形成了一种坚定的观念和价值观。近代以来接连不断的内忧外患，使中国有良知的诗人、作家都愿以此为自己创作的基点。不论是救亡还是启蒙，文学在中国作家的心目中从来都是"有用"，文学有它沉重的负载。原本要让人轻松和休息的文学，因为这责无旁贷和义无反顾的超常的负担而变得沉重起来。

中国百年文学,或者说,中国百年文学的主流,便是这种既拒绝游戏又放逐抒情的文学。我在这里要说明的是中国有了这样的文学,中国的怒吼的声音、哀痛的心情,于是得到了尽情的表达,这是中国百年的大幸。这是一种沉重和严肃的文学,鲁迅对自己的创作作过类似的评价。他说他的《药》"分明留着安特莱夫式的阴冷";说他的《狂人日记》,"意在暴露家族制度和礼教的弊害,却比果戈理的忧愤深广","也不如尼采超人的渺茫";有人说他的小说"近于左拉",鲁迅分辩说:"那是不确的,我的作品比较严肃,不及他的快活。"

从梁启超讲"欲新一国之民,不可不先新一国之小说"起,到鲁迅讲他"为什么要写小说"旨在"启蒙"和"改良这人生"止,中国文学就这样自觉地拒绝了休息和愉悦。沉重的文学在沉重的现实中喘息。久而久之,中国正统的文学观念就因之失去了它的宽泛性,而渐趋于单调和专执。文学的直接功利目的,使作家不断把他关心的目标和兴趣集中于一处。这种"集中于一处",导致最终把文学的价值作主流和非主流、正确和非正确、健康或消极等非此即彼的区分。被认为正确的一端往往受到主流意识形态的嘉许和支持,自然地生发出严重的排他性。中国文学就这样在文学与非文学、纯文学与泛文学、文学的教化作用与更广泛的审美愉悦之间处境尴尬,更由此引发了无穷无尽的纷争。中国文学一开始就在酿造着一坛苦酒。于是,上述我们称之为中国文学的大幸,就逐渐地演化为中国文学的大不幸。

中国近代以来危亡时势造出的中国文学,百年来一直是作为疗救社会的"药"而被不断地寻觅着和探索着。梁启超的文学思想是和他的政治理想紧紧相连的,他从群治的切入点进入文学的价值判断,是充分估计到了小说在强国新民方面的作用的。文学揳入人生、社会,希望成为药饵,在从改造社会到改造国民性中起到直接的作用。这样,原本"无用"的文学,一下子变得似乎可以立竿见影地"有用"起来。这种观念的形成,使文学作品成为社会人生的一面镜子,传达着中国实际生活的欢乐与悲哀。文学不再是可有可无之物,也不再是小摆设或仅仅是茶余饭后的消遣,而是一种刀剑、一种血泪、一种与民众生死攸关的非常具体的事物。

文学在这样做的时候,是注意到了它的形象性、可感性,即文学的特殊性的。但在一般人看来,这种特殊性只是一种到达的手段,而不是自身。文学的目的在别处。这种观念到后来演绎为"政治标准第一,艺术标准第二",就起了重大的变化。而对于文学内容的教化作用不断强调的结果,在革命情绪高涨的年代往往就从强调"第一"转化为"唯一"。"政治唯一"的文学主张在中国是的确存在过的,这就产生了我们认知的积极性的反面——即消极的一面。不断强调文学为现实的政治或中心运动服务的结果,是以忽视或抛弃它的审美为代价的:文学变成了急功近利而且相当轻视它的艺术表现的随意行为。

百年中国文学的背景是一片苍茫的灰色,在灰色云层空茫处,残留着 19 世纪末惨烈的晚照。那是 1840 年虎门焚烟的余烬,那是 1860 年火烧圆明园的残焰,那是 1894 年黄海海战北洋舰队沉船前最后一道光痕……诞生在这样大背景下的文学,旨在扑灭这种光的漫延,的确是一种大痛苦和大悲壮。但当这一切走向极端,这一切若是以牺牲文学本身的特性为代价,那就会酿成文学的悲剧。中国近、现代历史并不缺乏这样悲剧的例子，这些悲剧的演出虽然形式多端，但亦有共同的轨迹可寻，大体而言，表现在下述三个方面：

一、尊群体而斥个性；

二、重功利而轻审美；

三、扬理念而抑性情。

20 世纪 80 年代以来中国大陆实行开放政策，经济的开放影响到观念的开放，极大地激活了文学创作。历史悲剧造成的文学割裂的局面于是结束，两岸三边开始了互动式的殊途同归的整合。应该说，除去意识形态的差异不谈，中国文学因历史造成的陌生、距离和误解正在缩小。差别性减小了，共同性增多了，使中国原先站在不同境遇的文学，如今站到了同一个环境中来。商业社会的冲击，视听艺术的冲击，这些冲击在中国的各个地方都是相同的。市场经济和商品化社会使原来被压抑的欲望表面化了。文学艺术的社会价值重新受到怀疑。文学创作的神圣感甚至被亵渎，人们以几乎不加节制的态度，把文学当作游戏和娱乐。

摆脱了沉重负荷的文学，一下子变得轻飘飘的，它的狂欢纵情的姿态，表现了一种对于记忆的遗忘。19 世纪末的焦虑没有了，19 世纪末那种对于文学的期待，也淡远了。在缺乏普遍的人文关怀的时节，倡导重建人文精神；在信仰贫乏的年代，呼吁并召唤理想的回归；这些努力几乎无例外地受到嘲弄和抵制。这使人不能不对当前的文化趋势产生新的疑虑。

在百年即将过去的时候，我们猛然回望：一方面，为文学摆脱太过具体的世情的羁绊重获自身而庆幸；一方面，为文学的对历史的遗忘和对现实的不再承诺而感到严重的缺失。我们曾经自觉地让文学压上重负,我们也曾因这种重负而蒙受苦厄。今天,我们理所当然地为文学的重获自由而感到欣悦。但这种无所承受的失重的文学,又使我们感到了某种匮乏。这就是这个世纪末我们深切感知的新的两难处境。

我们说不清楚,我们只是听到了来自内心的不宁。我们有新的失落,我们于失落之中似乎感到了冥冥之中的新的召唤。在这个世纪的苍茫暮色中,在这个庄严肃穆的时刻,难道我们是企冀着文学再度听从权力或金钱对它的驱使而漂流吗?显然不是。我们只是希望文学不可耽于眼前的欢愉而忘却百年的忧患,只是希望文学在它浩渺的空间飞行时不要忘却脚下深厚而沉重的黄土层——那是我们永远的家园。

《百年中国文学总系》的缘起与实现

孟繁华

《百年中国文学总系》的出版,于它的参与者们来说,无疑是一件令人感奋的事情,它使每位著者多年从事的、有兴趣的研究对象,在一个整体性的框架内得以表达,在充分体现作者学术个性的前提下,又集中表达了一个学术群体对百年中国文学的思考。在又一个世纪即将莅临之前,我们将自己的思考留在这个世纪的黄昏。

这是一个学术群体共同完成的成果。应该说,每位著者都在自己述及的时段长期从事教学和研究,并有影响不同的成果在学界产生反响。需要指出的是,"百年中国文学"这一概念,首次诞生于20世纪80年代末期,它的提出者,是丛书主编谢冕先生。那是中国社会生活发生了重大变动的年代,它不只是经济活动合理性地成为社会生活的主体,而且,长期占支配地位的社会价值观念、思想观念和道德观念等,都发生了重大变动甚至解体。百年中国的命运及当下的现实,使许多知识分子的内心凝重而悲凉。与历史的断裂感,洪水出闸般地掠过人们心的堤坝,对自身生活丧失解释力的苍茫感,被许多人隐约感到。一时间,"失语"一词开始流行。所谓"失语",并非是学人丧失了学术表达的语言能力,关键是对个体的生存方式和价值产生了怀疑,他们的社会位置发生了突变。谢冕对这些变化并非没有感知,但他从未表达,在他的学生面前依然如故。出于对学术发展和教学的考虑,自1989年10月起,他以"批评家周末"的形式,对就学于他的博士生和国内外访问学者进行教学和研讨活动,决定对百年中国文学进行系统的梳理和研究。限于当时的学术环境和"批评家周末"的影响,在京的许多青年学者和在校的青年教师,都自愿地参加了这一定期的活动。这不仅提高了研讨活动的学术质量,同时也为青年学人提供了较好的学术环境。"百年中国文学"的概念,正是这时由谢冕先生正式提出的。他指出:"百年中国文学"的提出,受到了黄子平、钱理群、陈平原三人于80年代中期提出的"20世纪中国文学"的启发,这一文学整体观的思路有很大的开创性,在当时产生了广泛的影响,甚至在一定程度上改变了现、当代中国文学研究的传统思路。但是,由于各种原因,对20世纪中国文学的研究实践,尚未来得及展开。我们的工作,则是进行具体的操作实践。不同的是,谢冕的"百年中国文学"的思路,将视野前移至1895年前后。在他看来,发生于1898年的戊戌变法,开启了中国知识分子思考中国变革的先声,它极大地启发了后来者,或者说,那一事件作为重要的思想资源,不断地鼓舞、感召了富有忧患传统的中国知识界。因此,他的"百年中国",大体指的是1895至1995年。

1989年10月至1990年7月,谢冕主持了他总体构想中的第一阶段的工作,他将研究活动的总题目命名为"百年中国文学——世纪之交的凝望",在这一总题目下,有十个具体的研究题目在那一年完成,并先后在国内重要的学术刊物上发表,成书后因出版原因而束之高阁。但它为后来的工作奠定了基础并积累了经验。1990年开始,总体构想中的"20世纪中国文学"丛书付诸实施,丛书十卷于1993年由时代文艺出版社一次出齐,它受到了国内外学界的关注和好评。谢冕在丛书的总序中,简约地回顾了中国文学与百年中国的关系,检讨了百年来文学与现实难以分离的合理性及其后果。他说:"中国文学的创作和研究受制于百年的危亡时世太重也太深,为此文学需自愿地(某些时期也曾被迫地)放弃自身而为文学之外的全体奔突呼号。近代以来的文学改革几乎无一不受到这种意识的约定。人们在现实中看不到希望时,宁肯相信文学制造的幻象;人们发现教育、实业或国防未能救国时,宁肯相信文学能够救民于水火。文学家的激情使全社会都相信了这种神话。而事实却未必如此。文学对社会的贡献是缓进的、久远的,它的影响是潜默的浸润。它通过愉悦的感化最后作用于世道人心。它对于社会是营养品、润滑剂,而很难是药到病除的全灵膏丹。"文学的功用曾被人为地夸大,但考虑到百年中国具体的历史处境,他同时指出:

> 一百年来文学为社会进步而前仆后继的情景极为动人。即使是在文学的废墟之上我们依然能够辨认出那丰盈的激情。我们希望通过冷静的反思去掉那种即食即愈的肤浅而保留那份世纪的忧患和欢愉。文学若不能寄托一些前进的理想给社会人心以导引,文学最终剩下的只能是消遣和涂抹。即真的意味着沉沦。文学救亡的幻梦破灭之后,我们坚持的最后信念是文学必须和力求有用。正是因此,

> 我们方在这世纪黄昏的寂寞一角辛苦而又默默地播种和耕耘。

这样的认识或许不合时宜,或许因不够"新潮"而有保守和"传统"之嫌,但它显示出的作为中国现代知识分子的郑重思考,却依然令人为之动容。最后他说:

> 作为 20 世纪的送行人,我们感到有必要把这一代人的醒悟予以表达。这种表达当然只能通过文学的方式。我们期待着放置于百年忧患背景之上而又将文学剥离其他羁绊的属于文学自身的思考。这种思考不意味着绝对的纯粹性,它期待着文学与它生发和发展的背景材料紧密联系。我们希望这种思考是全景式的,通过对于文学追求的描写折射出这个世纪的全部丰富性。

这套丛书,最大限度地发挥了每个作者的创造性,这些作品的学术个性及影响,至今仍为人们热情地谈论。但它不是在整体性的学术框架内系统谈论百年文学的著作。与此同时,1993年,谢冕主编了一本名为《中国文学百年梦想》的书,试图从文化思想史的角度,描述出百年中国文学的思想文化背景。这些,都是谢冕对百年中国文学总体研究构想的一部分。它们都还没有接近最后的目标。

1992 年 7 月始,他逐渐向这一目标靠近。在那段时间里,"批评家周末"的成员,也是丛书的大部分作者,开始就自己承担的工作在研讨会上报告。"百年中国文学"的大部分内容,都曾在研讨会上报告过。"批评家周末"的成员们,对每一个报告都热情地提出了建议和看法,它对于丰富丛书的内容、拓展作者的视野和思路,无疑是十分重要的。

1995 年 11 月,召开了第一次编写会议。谢冕向全体与会者阐发了《百年中国文学总系》缘起、过程和追求的目标,并以16 字对此作了概括:长期准备、谨慎从事、抓住时机、志在必成。他指出,丛书主要是受《万历十五年》《十九世纪文学主潮》的启发,通过一个人物、一个事件、一个时段的透视,来把握一个时代的整体精神,从而区别于传统的历史著作。根据这一启发他提出了丛书编写的三点原则:

一、"拼盘式":即通过一个典型年代里的若干个"散点"来把握一个时期的文学精神和基本特征。比如一个作家、一部作品、一个作家群、一种思潮、一个现象、一个刊物,等等。这说明丛书不是传统的编年史式的文学史著作。

二、"手风琴式":写一个"点",并不意味着就事论事、就人论人,而是"伸缩自如"。"点"的来源及对后来的影响都可以涉及,强调重点年代,又不忽视与之相关的前后时期,从而使每部著作涉及的年代能够相互照应、联系。

三、"大文学"的概念:即主要以文学作为叙述对象,但同时鼓励广泛涉猎其他艺术形式,如歌曲、广告、演出,等等。

上述设想得到了严家炎、洪子诚、钱理群等先生的热情肯定和支持,并就年代选择,校园文化、政治文化、商业文化的关系,良好的文风和学风等看法,丰富了丛书的设想,并具有操作上的可行性。

"百年中国文学总系"丛书,从缘起到实现,历经了七年多的时间。它的出版,将为百年中国文学的研究提供一个参照。对我们这些参与者来说,它是一个值得纪念的工作,它的整个过程,值得我们深切地怀念。作为"跑龙套"的,我协助谢冕先生自始至终地参与了丛书的组织工作,因此,对丛书的全过程,我有必要做出上述记录和交代。

前言:夹缝中的"1962"

1."1962"与"夹缝"的概念

回顾 20 世纪中国文学的历史进程,我们很"自然"会想起 1919、1927、1937、1949、1957、1966、1978、1989 等重要年头,因为一直以"教科书"形式出现的文学史文本,大多以有重大政治事件发生的年头作为分期的标准或标志。这个习惯或传统的形成,一方面是由于文学历史的书写者不自觉地受制于一种"以文证史"的文学史观念,另方面也反映这个世纪的文学,的确与风云变幻的中国政治息息相关。特别在 1949 年之后,"文学为政治服务"这种文学观的普遍化与文学生产的国有化,更使文学没法逃避政治的直接干预。

60 年代初的文学现象,在一般的文学史著作中,大都放在"十七年"(1949—1966)这个文学分期内作一般性论述。当我们尝试打破惯性的"以文证史"的文学史概念,打通文学固定的分期界限,更多地从文学自身的发展规律去考察 20 世纪中国文学的轨迹的时候,一些看来"不具关键意义的年头"和很少研究者注意到的"末端小节",① 就会进入我们的视野。本书选择了

"1962"这个年头作为研究对象，对前后的一些文学现象和作品进行重读、描绘和整合，为的是给这段时期的文学创作和批评，赋予新的历史内涵或重新定位。

正如本书系所选择的任何一个年份，"1962"只是一个标志。因此，本书选择作"散点"式研究的文学现象（包括作品、作家、论争、批评、事件等），并没有限定在公元1962年，而是包括前后的一段历史时期，主要集中在1961至1962年间，也延伸到50年代末和"文革"前。不过，需要指出的是，任何由创作、批评、事件、政策等构成的文学现象，都不是孤立的，我们有必要把这些现象放在一定的时间跨度下，才能分辨出其前因后果，梳理清其发展脉络以及指出其复杂的历史含义。本书在内容上与本书系的前一册《1956：百花时代》和后一册《1967：狂乱的文学年代》有交叉之处，正体现了不同年代之间的联系和不同历史写作者之间的互相呼应。有些现象还需要追溯到更早的1948、1942或更后的1978、1985。这说明了"1962"不仅是由"十七年"与"文革"这两个文学时段组成的所谓当代革命文艺时期的一个段落，而且是跟二三十年代革命文艺的兴起与论争，四五十年代解放区文学的规范化与反抗，"新时期"文学个性的张扬、情感的放纵和人道主义的推崇等方面都有历史的联系。

至于历史含义与定位问题，由于"文化大革命"在20世纪中国历史中占有极为关键的位置，而这个"大革命"又是以"文化"的名义出师的，因此，不少历史学家把60年代初的文学现象以及与之相关的"大跃进"调整方案，阅读为"文革"的酝酿期。这样，对一些作品的解读，例如被认为是"文革"的导火线的历史剧《海瑞罢官》，很容易成为"文革"史的"注脚"。意思是说,人们关注的更多的是文学作品的现实政治内涵,例如"罢官"是否有影射现实政治之嫌等,而不是其在文学内部发展中的位置,例如历史剧在 60 年代初的蓬勃与文学体裁发展的关系。我这样说,并不是否认文学与政治之间那互相纠缠的关系,"1962"正是处于中国当代两次"重大"政治事件("大跃进"和"文革")的"夹缝"之中,分析"1962"的文学现象完全不能抽离这个社会背景,但是,我们需要做的是通过种种当时独特的文学现象,说明这个历史时期的"夹缝"性在哪里?有什么"异质"的现象?意义何在?总的来说,是揭开被掩盖的"1962"文学自身的时代"个性"。

首先,我尝试从三方面概括地阐述"1962"所处的"夹缝"状态:一、从 50 年代到"文革"时期这段时间内,文学样式中心位置的更替在"1962"所起的变化;二、60 年代初调整文艺与政治的关系的《文艺十条》草案,在修订为《文艺八条》时所面对的顾虑与局限;三、"非主流"或"异质"文学在调整期内所表现的特征。

2. 小说与戏剧中心位置的更替在"1962"所起的变化

在现存的当代文学史论著或选本中,被纳入"十七年"经典作品之列的,大多以小说与戏剧这两种文学样式为主。小说方面,一些具有代表性的中、短篇,如赵树理的农村题材小说《登记》(1950)、《锻炼锻炼》(1958),王蒙的《组织部来了个年轻人》(1956),刘宾雁的《在桥梁工地上》(1956),宗璞的《红豆》

（1957），茹志鹃的《百合花》（1958），刘真的《长长的流水》（1962），邓友梅的《在悬崖上》（1956），李准的《李双双小传》（1959），刘澍德的《归家》（1962），西戎的《赖大嫂》（1962），王汶石的《黑凤》（1963）等，当然各有风格和特色，但对于五六十年代的读者产生较大影响的，首先要数以长篇形式出现的革命历史题材小说，如杜鹏程的《保卫延安》（1954），曲波的《林海雪原》（1957），梁斌的《红旗谱》（1957），吴强的《红日》（1957），刘流的《烈火金刚》（1958），杨沫的《青春之歌》（1957—1958），冯德英的《苦菜花》（1957），欧阳山的《三家巷》（1960）、《苦斗》（1962），罗广斌与杨益言的《红岩》（1961）等。其次是刻画解放后的社会变化与矛盾冲突的作品，如赵树理的《三里湾》（1958），周而复的《上海的早晨》一、二部（1958、1962），艾芜的《百炼成钢》（1957—1958），周立波的《山乡巨变》（1957—1958），柳青的《创业史》第一部（1959—1960），浩然的《艳阳天》（1964），金敬迈的《欧阳海之歌》（1965）等，而这些现代题材的小说也大多是长篇。这些作品在当时说得上家喻户晓。研究当代长篇小说的陈美兰曾经指出，长篇小说在中国当代文学创作的整体格局中占有举足轻重的位置，它的成就可以说是当代文学成就的主要标志，而第一个高峰期出现在 1957 年到 1961 年这五年内，以《红旗谱》的出版到《红岩》的问世作为界线。[②]我基本上认同这个概括。的确，负载着主流意识形态的"三红一创"[③]的备受推崇和广泛流传，说明小说在 50 年代后期到 60 年代初已占领文学的中心位置，而长篇小说如果不能说完全独领风骚的话，也可以说是中心的中心。中、短篇小说在这段时间内虽有"成绩"，但只是补长篇小说的不足，即较为灵活地表达对当下现实的情感和思考,特别是在 1956 年"双百"方针提出的时候。因此,60 年代初,长篇小说开始走下坡的时候,短篇小说还能维持一定的生命力,特别在农村题材小说方面。不过,小说作为一种文学样式的黄金时代已经过去,人们的注意力开始转移到当时备受注视的戏剧论争和创作上去。

长篇小说为什么在 60 年代初走向低潮?陈美兰认为主要是因为受到政治干预:"造成这种低潮的一个主要原因从客观上来说,是当时社会日益泛滥的'左'倾思潮对长篇小说创作的粗暴干预。这突出表现在 1962 年间对长篇小说《刘志丹》的错误批判,莫须有地扣上'利用小说进行反党活动'的罪名。这种说法使小说家们人人自危,于是对曾经兴旺一时的革命历史题材几乎无人再敢问津。"④这样的解释有一定的道理,但未能充分说明问题的所在。当毛泽东在 1962 年 9 月召开的中共八届十中全会上批判长篇小说《刘志丹》,并念出康生递给他那写着"利用写小说进行反党活动,是一大发明"的条子的时候,当然打击了小说家写长篇的动机,但之后毛泽东也批判历史剧如《海瑞罢官》等,却没有令戏剧的发展减速,这个文学样式还随着文艺激进派思潮的高涨而占据了中心位置。或许我们需要从小说与戏剧这两种文学样式本身的艺术特点的比较出发,才能更清楚地看到 1962 年之后,戏剧为什么取代了长篇小说的中心位置,成为主要的政治意识形态载体。

首先,小说的主要艺术特征是叙事。根据查特曼(S. Chatman)的叙事学理论,小说的叙事包括"故事"(story)和"话语"(discourse)这两个层次⑤。无论是关乎"叙述什么"的"故事"层次,或是关乎"怎样叙述"的"话语"层次,小说的主要特征都离不开"讲故事"。受著名理论家巴赫金(M. Bakhtin)的小说理论影响很深的麦维德夫(Medvedev)曾经指出,叙事性文类的长短,通常跟作品的视野有关。一般而言,短篇小说较适合对生活做轶事化的描述,而长篇小说则更多被用做作画一个时代或较广泛的社会现象。因此,在切合性和功能的意义上,短篇与长篇小说是不能简单替换的。要创作长篇小说,必须懂得在一个宏大的范围内掌握生活中更深广的关系,才能写出像长篇小说的故事,这跟按个别的情景描述个别的故事有天渊之别。⑥我尝试借助麦维德夫的理论,解释为什么长篇小说,特别是革命历史小说,能够占据50年代后期中国文学的中心位置,成为这个时期文学成就的标志。

任何一个新兴民族国家的建立,都需要借助叙述来争夺话语权和历史的阐释权。这可以通过以资料为基础的历史书写和文件记录得以完成,但更有效的途径莫过于通过虚构的革命历史小说和反映一个大时代到来的社会建设小说,因为以文学形式出现的文本更贴近群众的阅读习惯,更容易达到"化大众"的效果。此外,作为虚构性文本,小说允许更大的想象空间,让一个新的、属于未来的"想象的"的社群或国度能够呈现在读者面前,发挥进一步的想象效果。因此,更适合刻画时代的变迁和生活的变化的长篇,便必然成为最理想、最受重视的文类。无论是当权者、作家或是人民,都需要通过这种文类去确立一个共同的记忆和确认所身处的新时代。长篇小说便责无旁贷地肩负起一个根本的任务:通过叙事塑造典型的英雄人物形象,作为负载政治意识形态的有形符号。中国长篇小说在建国后的几年内就出现一个繁荣期,可以说是这种文学样式如期地发挥它的历史作用。当《红旗谱》《青春之歌》《创业史》《红岩》等一个一个可歌可泣的故事给讲出来，朱老忠、林道静、梁生宝、江姐等一个一个英雄人物给塑造出来的同时，新中国的形象也逐渐地建构起来了。然而，到了60年代初，"讲故事"已经满足不了新的社会形势。这个新的社会形势的开始是以1962年9月召开的中共八届十中全会为标志的。

毛泽东在这次会议上批判长篇小说《刘志丹》的作者利用小说反党，是基于他对当时形势的分析的。他认为修正主义者正在国内外进行资本主义复辟，因此必须"重新提起阶级斗争"，并要在国内长期跟敌对的资产阶级进行斗争。要进行阶级斗争，就必须突出阶级之间的矛盾冲突。毛泽东首先要就这方面做意识形态工作和制造舆论。能最佳地表现矛盾冲突的文学样式，莫过于戏剧，因此，戏剧取代了长篇小说的时代角色，看来是顺理成章的。其实，戏剧（包括话剧、歌剧和戏曲）和长篇小说都具有叙事和反映矛盾冲突的艺术特点，但相对长篇小说，戏剧的叙述性是有限的，它依赖的更多的是人物的对话而不是小说中或隐蔽或现身的叙事者的叙述，因此讲出来的故事的完整性是远不及长篇小说的。反过来，长篇小说反映矛盾冲突的功能（戏剧性）就比戏剧弱。正如一位戏剧理论研究者指出："戏剧艺术的巨大优越性，正在于它能够通过演员的表演，把各种政治的、思想的、道德的、感情的、心理的矛盾冲突，直观地再现于舞台上，使观众身临其境。我们一再强调'直观的再现'，正是因为，要拿戏剧和小说相比，这怕是它最主要的优越性了。"[⑦]可以说，戏剧首先以"没有冲突就没有戏剧"这个普遍原则，逐渐从50年代的"潜中心"位置转向60年代的中心位置。

此外，戏剧之所以能继承长篇小说的历史使命，也在于其塑造人物形象的能力，比小说有过之而无不及。意思是说，塑造英雄人物形象不单能够在戏剧创作本身中有效地完成，还可以通过改编小说，重现小说中已为人熟悉的英雄人物，例如歌剧《江姐》就是从小说《红岩》改编过来的，京剧《智取威虎山》则改编自小说《林海雪原》。

我说戏剧在 50 年代已经占有一个"潜中心"的位置，意思是戏剧在 60 年代蓬勃发展，并非一朝一夕的事。在解放区的文学创作中，戏剧被公认是最发达的文学样式，这不仅表现在创作的数量上，形式的多样化（包括话剧、歌剧、秧歌剧、戏曲等）和本土化也是受到群众欢迎的原因之一。当年身在解放区的剧作家胡可曾经指出："在整个解放区的文学创作当中，最为发达的莫过于戏剧了。这是因为，我们的服务对象主要是文化不高的农民群众和他们的拿枪的子弟——革命军队的指战员，而戏剧又是最易为他们所接受，最易成为动员群众、宣传群众的有力工具的缘故。"⑧可以说，把戏剧看作斗争的工具这样的思想早已根深蒂固，争夺舞台犹如争夺对历史的发言权，是重要的革命策略。毛泽东当年看完京剧《逼上梁山》后就曾经说过："历史是人民创造的，但在旧戏舞台上（在以前离开人民的旧文学旧艺术上）人民却成了渣滓，由老爷太太少爷小姐们统治着舞台，这种历史的颠倒，现在由你们再颠倒过来，恢复了历史的面目……"⑨解放后，毛泽东认为"老爷太太少爷小姐们"被赶下舞台，戏剧的战斗功能显得没有以前那么重要，其发展自然退居到小说之后。但戏剧保持一定的发展潜质，因为表现人民内部矛盾和配合政治任务这个需要仍然存在。例如 1958 年"大跃进"的开展,促进了一次话剧的热潮,演出的剧目大多是配合政治任务的"现代题材",但艺术水平并不高,图解政治概念和政策条文的特征很明显。⑩1959 到 1960 年间,随着意识形态的进一步分化,中国(及其他社会主义阵营国家)进入紧张的反美(代表帝国主义和资本主义世界)状态,同时又怀疑苏联开始"变修",加上国民经济极度困难,戏剧在解放区曾经发挥的打倒敌人、团结人民的功能,再次被调动起来。例如田汉在中国戏剧家协会第二次会员代表大会(1960)上作报告时,就用了"两个世界,两种戏剧"⑪来强化两种意识形态的不可妥协性或冲突;《上海戏剧》一位评论员更用"我们的戏,就是炮弹"来煽动人民"一齐对准世界人民最凶恶的敌人"。⑫文化部分别于 1960 年 2 月及 4 月举办的"话剧观摩演出会"和"现代题材戏曲观摩演出会",集中地呈现戏剧发展的"推陈出新"势头,发挥着"以共产主义思想教育人民"面对由"大跃进"带来的"人民内部矛盾"的功能。⑬除了"现代题材"外,"革命战争题材"的创作也得到鼓励。⑭

　　总的来说,1958 至 1960 年间,国内外的政治形势迫使戏剧快速地发展起来。不过,与"现代题材"和"革命战争题材"同时发展起来的历史剧,由于在 1961 至 1962 年比其他两类题材的戏剧更受欢迎和得到关注,使 60 年代初出现的戏剧"高潮"没有一面倒地成为斗争的工具,减缓了戏剧往配合政治任务这个方向发展的步伐。1962 年 3 月,文化部和剧协在广州召开的全国话剧、歌剧创作座谈会("广州会议"),进一步促进了戏剧创作往艺术方向发展的势头。在这个具有关键意义的会议上,论者纠正了对"反映矛盾冲突"的"图解"化理解⑮,推动"艺术多样化"⑯,提出对人物的"性格、性格冲突"的重视⑰和"戏剧语言"的重要性⑱等问题,最终是要把戏剧从沉重的意识形态包袱和战斗任务中解脱出来。可以说,历史剧的热潮与引起的历史剧讨论,与当时的文艺调整精神是配合的,但历史剧也因此在戏剧中心化后成为"异端",受到批判。"广州会议"所指导的改革方向,也没有被毛泽东和江青等文艺激进派所接受,反而转向另一个极端,加速了1963年后戏剧舞台政治化或中心化的步伐。

历史剧的蓬勃让毛泽东意识到历史的舞台有可能又一次被"帝王将相"所代表的资产阶级颠倒过来,因此,他们要再次争夺艺术舞台的领导权,把他们认为逐渐被颠倒的历史再颠倒过来。我们可以从1963年12月12日毛泽东发出的第一个针对文学艺术的批示的内容和修辞中,洞悉他这段时期"抓"戏剧的迫切感:

> 各种艺术形式——戏剧、曲艺、音乐、美术、舞蹈、电影、诗和文学,等等,问题不少,人数很多,社会主义改造在许多部门中,至今收效甚微。许多部门至今还是"死人"统治着。不能低估电影、新诗、民歌、美术、小说的成绩,但其中的问题也不少。至于戏剧等部门,问题就更大了。社会经济基础已经改变了,为这个基础服务的上层建筑之一的艺术部门,至今还是大问题。这需要从调查研究着手,认真地抓起来。⑲

可以看到,毛泽东把戏剧放在各种艺术形式之首,小说却几乎排行最后(在"文学"的范畴内)。这个批示对于加快戏剧的中心化,起了关键的作用(当然也有江青对戏剧情有独钟的因素在内),这不仅是文学发展意义上的,也是政治意义上的:戏剧艺术与主流意识形态和中心政治领袖人物的投向取得了空前的契合。1963 至 1964 年间的两次汇演("华东地区话剧观摩演出"和"全国京剧现代戏观摩演出"),则奠定了戏剧往革命化或样板化的方向迈进的基础。1964 年 1 月号《文艺报》的社论有过这样的描述:"近来戏剧舞台上出现了令人振奋的新气象:反映我国社会主义时代人民生活和斗争的新剧目逐渐增多了,舞台的时代气氛逐渐增强了,创作和上演反映当前现实斗争的现代剧,逐渐成新的风气。"被推到时代前端的"现代剧",在这段时间的确有所收获,现代题材的话剧如《霓虹灯下的哨兵》《雷锋》《年青的一代》《祝你健康》《李双双》《丰收之后》《龙江颂》等,还有 1964 年 6 月至 7 月在北京举行的"全国京剧现代戏观摩演出大会"所演出的剧目如《红灯记》《红色娘子军》《智取威虎山》等,都格外引人注目。这些现代戏成为"文革"时期革命现代京剧和革命现代舞剧的范本。在推动演革命现代戏的同时,也并没有停止批判一些被认为是替资产阶级和封建阶级说话的戏剧团体、机构、刊物和剧目。毛泽东在 1964 年 6 月 27 日对文学艺术所做的第二个批示是一个引子,他说:

> 这些协会和他们所掌握的刊物的大多数(据说有少数几个好的),十五年来,基本上(不是一切人)不执行党的政策,做官当老爷,不去接近工农兵,不去反映社会主义的革命和建设。最近几年,竟然跌到了修正主义的边缘。如不认真改造,势必在将来的某一天,要变成像匈牙利裴多菲俱乐部那样的团体。[20]

江青出席京剧现代戏观摩演出人员的座谈会时，也对毛泽东这个批示的内容做出呼应。她说："在戏曲舞台上，都是帝王将相，才子佳人，还有牛鬼蛇神。"㉑之后不仅京剧《谢瑶环》、昆曲《李慧娘》、历史剧《海瑞罢官》等先后被批判，文艺机构也需要作自我检讨，例如《戏剧报》检讨说："多年来一贯对社会主义的革命现代戏采取了冷淡、挑剔的态度。而对于表现帝王将相、才子佳人的传统剧、历史剧则一味叫好，大力宣扬。"㉒

总的来说，戏剧在50年代的"潜中心"位置走向60年代的中心位置的过程中，"1962"发挥了一种减缓速度的作用。在这个历史的"夹缝"中，无论创作或是讨论，都显得较为多样化和风格化，但这样的调整方向和努力并未能扭转整个戏剧发展的大趋势，最终走向全面的单一化和样板化。在"八亿人口只看八个样板戏"的"文革"阶段，戏剧前所未有地占有了"中心的中心"位置。不过，60年代中期戏剧取代了小说的中心位置后，除了江青以现代化的综合舞台艺术技巧翻新了一些剧目的面貌，使革命样板戏在观感上和情感上能够抓住观众，达到"古为今用"的目的和维持较久的艺术魅力外，在创作题材和风格上，都没有很大的突破，总体成就不如50年代中后期占有中心位置的长篇小说。

3."调整"的努力与顾虑：从《文艺十条》到《文艺八条》

60年代初，试图调整文学与政治的关系，可以说是整个文艺界（包括关注文艺的党政领导人如周恩来、陈毅等）从上而下的努力，而草拟《关于当前文学艺术工作的意见（草案）》（简称《文艺十条》），更是核心工作之一。另外，文艺界领导层在这段时期召开了三个会议，这些会议起了重要的带动作用，成为文艺界称道的事情。它们是"新侨会议""广州会议"和"大连会议"。"新侨会议"是1961年6月到7月在北京新侨饭店召开的"全国文艺工作座谈会"的简称。这个会议由中宣部副部长周扬主持，是《文艺十条》广泛征询意见的重要场合，参加者来自全国各省市的宣传和文艺部门。在这个会议后（8月1日），《文艺十条》再印发到全国各地征求意见，最后修订为《文艺八条》，于1962年4月30日由中宣部经文化部党组、文联党组批转全国文化艺术单位贯彻执行。"大连会议"（"农村题材短篇小说创作座谈会"）则在1962年8月2日至16日召开，是继"广州会议"讨论戏剧问题后，另一个针对特定文学样式（小说）的会议。会议由邵荃麟主持，参加者包括赵树理、茅盾、周扬、西戎、李准等作家，就如何反映人民内部矛盾和农村题材短篇小说创作问题进行讨论。与"新侨会议"同时召开的，还有"全国故事片创作会议"，会议由夏衍主持，审议了文化部提交的《关于当前电影工作的意见（草案）》（《二十三条》）。除了"大连会议"外，周恩来在上述各会议上都讲了话。

这个时期召开一连串的会议，是文艺界贯彻中央为了扭转"三年困难时期"（1959—1961）的困境而制定的八字方针"调整、巩固、充实、提高"的相应活动。文艺的"大跃进"或激进化，在创作上具体表现为极度"革命浪漫主义"化（虽然当时的创作口号是"革命现实主义与革命浪漫主义两结合"），文学批评则表现为对"写真实""资产阶级权威""现代修正主义"的批判。

正如洪子诚在《1956:百花时代》一书指出的,包括周扬在内的文艺界领导人,在1959年前后已经感到"忧虑和不安"(261页),并意识到他们曾经批判的"反对派"(如"胡风集团""丁、陈集团"和大批的"右派分子")的言论并非那么不能容忍(268页),因此开始从激进的文艺思潮中"退却"下来(269页)。60年代初展开的文艺调整工作,除了有周扬等人的推动外,周恩来等领导人的支持,也是《文艺十条》的起草工作很快运作起来的原因。

周恩来在这次文艺调整过程中起了积极的作用。除了在上述的会议发表有关文艺和知识分子的鼓舞性的讲话外,1959年他在中南海紫光阁召开的座谈会上发表的讲话《关于文化艺术工作两条腿走路的问题》,可以说为《文艺十条》的内容作了铺垫,或者说是《文艺十条》的指导思想。[23]他针对"大跃进"带来的种种问题,从十个方面阐述文艺工作"对立统一"的"两条腿走路"的原则:

一、既要鼓足干劲,又要心情舒畅(针对创作赶任务)。

二、既要力争完成,又要留有余地(针对浮夸风)。

三、既要有思想性,又要有艺术性(针对单一化、庸俗化)。

四、既要浪漫主义,又要现实主义(针对图解政治现实)。

五、既要学习马列主义,又要和实际相结合;既要学习政治,又要和生活实践相结合(针对脱离实际)。

六、既要有基本训练,又要有文艺修养(针对艺术水平问题)。

七、既要政治挂帅,又要讲物质福利(针对作家的物质生活)。

八、既要重视劳动锻炼,又要保护身体健康(针对培养人才问题)。

九、既要敢想、敢说、敢做,又要有科学的分析和根据(针对工作作风)。

十、既要有独特的风格,又要兼容并包(针对风格多样化)。㉔

《文艺十条》的起草工作主要由周扬领导,林默涵具体操作,除了参考周恩来的"两条腿走路"原则外,还参阅了《科研十四条》(《关于自然科学研究机构当前工作的十四条意见(草案)》),因为科研方面的调整工作跟文艺调整相似,例如在团结知识分子和民主作风方面。起草之前,周扬与林默涵等也在电影、戏曲、话剧、美术、报刊文艺编辑界广泛征集意见。经过"新侨会议"讨论的《文艺十条》(1961 年 8 月 1 日修正草案)包括以下十方面的内容:

一、正确地认识政治与文艺的关系

二、鼓励题材与风格的更加多样化

三、进一步提高创作的质量,普及文学艺术

四、更好地继承民族文艺遗产和吸收外国文化

五、加强艺术实践,保证创作时间

六、加强文艺评论

七、重视培养人才

八、注意对创作的精神鼓励和物质奖励

九、加强团结,调动一切积极因素

十、改进领导方法和领导作风㉕

　　总的来说,《文艺十条》是经过较为充分的民主程序而制定的,但在 1962 年 4 月 30 日中央批准的《文艺八条》,用当年的副总理薄一波的话说,却比《文艺十条》有所"后退"。首先,在制定文艺工作条文的目的方面,《文艺十条》中有鲜明的调整调子的"创造更多的好作品,通过生动的艺术形象、优美的艺术形式,反映人民的生活和斗争,以社会主义、共产主义精神教育人民,鼓励人民的劳动热情和革命热情,丰富人民的文化生活,满足人民多方面的需要"一段,在《文艺八条》中却改成政治性增强的"为了使我国社会主义文学艺术更好地发挥战斗作用,更有效地'团结人民、教育人民、打击敌人、消灭敌人'"。㉖在具体的条文方面,原来《文艺十条》的第一、二条和第七、八条,被合并为《文艺八条》第一条及第六条,另外一些条文在修辞上也有所改动。《文艺八条》的纲目是:

一、进一步贯彻百花齐放、百家争鸣的方针

二、努力提高创作质量,即提高作品的思想性和艺术性

三、批判地继承民族文化遗产和吸收外国文化

四、正确地展开文艺批评

五、保证创作时间,注意劳逸结合

六、培养优秀人才,奖励优秀创作

七、加强团结,继续改造

八、改进领导方法和领导作风㉗

　　最值得注意的是《文艺十条》的"正确地认识政治与文艺的

关系"与"鼓励题材和风格的更加多样化"合并为《文艺八条》的"进一步贯彻百花齐放、百家争鸣的方针"这一改动。政治与文艺的关系和题材、风格多样化这两个方面,可以说是整个文艺调整的重点,触及革命文艺最根本的"文艺为政治服务"的"认识"(文艺的目的)和"公式化""概念化""单一化"(文艺的形式)等问题。正如薄一波所说的,"这是文艺界一直感到没有解决好的问题",而《文艺十条》的第一条在讨论"文艺为政治服务"时,已明确提出"不但需要表现强烈的政治内容的作品,也需要没有什么政治内容,但能给人以生活智慧和美感享受的作品",可是在《文艺八条》中,这些内容却被删掉了。薄一波认为,"这一改,好处是'双百'方针突出了,但对'左'的错误的批评及正确处理政治与文艺关系的内容被冲淡了。"㉘

其他条文的改动,也同样反映了调整意向的降低。《文艺十条》的第六条"加强文艺评论",其中详细规定了如何"正确地细致地划分政治问题和思想问题、艺术问题的界限",但在《文艺八条》的第四条"正确开展文艺批评"中,这部分内容被压缩后移到别的条目中,却增加了"文艺批评应该鼓励香花、反对毒草"的内容,强调"凡是违背毛泽东同志在《关于正确处理人民内部矛盾的问题》中提出的六项政治标准的作品和论文,就是毒草,必须给以严厉的批评和反驳"。另外,《文艺十条》的第九条"加强团结,调动一切积极因素",原来的内容有三点,较详细地发挥了周恩来对贯彻知识分子政策和培养人才的精神,但在《文艺八条》的第七条"加强团结,继续改造"中,这些内容被压缩成为一点,却增加了关于加强思想改造和深入群众体验生活这两方面的内容。薄一波认为,《文艺八条》的修改,即"删掉或压缩了原文中的许多有现实针对性的正确内容,而增加的多是历来所强调的政治性很强的内容",单独看来并没有什么错,但"明显地反映出当时的顾虑和政策调整的局限"。㉙

　　我认为薄一波的分析是中肯的。虽然一些领导人在文艺调整条文的制定上下了很大的功夫,但并未能一下子从上而下地消除人们的顾虑。首先,虽然我们还不知道当年毛泽东对《文艺十条》的修订有什么意见,但根据薄一波的回顾,毛泽东起码对周恩来、陈毅在"广州会议"上关于知识分子问题的讲话,是不大认同的。㉚《文艺八条》能将"双百方针"涵盖了那两条重要的文艺调整纲目,也说明了毛泽东代表的激进文艺路线,并没有因为周恩来、周扬等人的调整努力而受到太大的冲击。或者说,由周恩来、周扬、林默涵等文艺领导人所指示的文艺调整方向,其实不可能过于偏离毛泽东的文艺思想和纲领。其次,尽管周扬他们代表"官方"在文艺的领域上试图全面"救亡"(包括针对艺术性、人才等方面),《文艺十条》的修订也尽量做到"民主",但党政工作干部却"一面欢迎,一面又不放心,认为是不是有些矫枉过正,甚至怕知识分子'翘尾巴',怕'走老路'"㉛。甚至在动员基层干部的"新侨会议"上,讨论也不很热烈。"有人认为,即使订了很好的条文,中央精神一变也不管用。"㉜可以看到,处于不同位置的人对于文艺调整抱有不同的顾虑,而这些基层干部的顾虑不是没有理由的。事实证明,《文艺八条》很快就被新的政治形势或毛泽东新一轮的"阶级斗争"论所淹没,没法发挥其调整的效用。到了"文革"初期,周扬被打倒的时候,从《文艺十条》的起草、《文艺八条》的修订到批转全国执行,还被列入他的"反革命修正主义罪行"中,直到"文革"后才重见天日(见第六章)。

总的来说,文艺调整在"1962"是有其局限性的。这个时代并没有提供足够的空间和时间让政策条文产生应有的广泛效用,无论是《文艺十条》还是《文艺八条》,最终只留下一纸空文。不过,文艺调整的条文虽然没有得到落实或执行,但其精神却在讨论的过程中产生作用。这些作用具体表现为作家心情变得较为舒畅,能抒发一些内心的情感和感受,在艺术创造上(题材、风格和体裁)开始做多样化和个性化的尝试,并以不张扬的方式对现实"发言"。文艺批评也变得"留有余地",批判的性质减弱,甚至转向重新肯定一些50年代被批判的文艺观点。一些稍为偏离规范或有异"常态"的"非主流"作品或言论便在这段时间出现,这些"非主流"的文学现象从另外一面说明了"1962"的"夹缝"性。

4."1962"的"非主流"或"异质"文学的特征

在当代中国,特别是50年代到70年代,所谓"主流"与"非主流"的区分并非一个清晰的概念,而"主流"文学与"非主流"文学在意识形态上也非完全对立。"非主流"文学在这里指的是一些有意或无意地偏离、摆脱甚至对抗主流意识形态或文艺规范的创作实践或文学主张。洪子诚在《中国当代文学史》一书中,将"非主流文学"的含义归纳为三个方面。一是,在一个特定的时期,它是相对那些被接纳、肯定、推崇的"主流文学"而言的。但如果放在一个较长的历史时空,一个时期的"非主流文学"会是另一个时期的"主流文学",或者是一些在一个时期被肯定或接纳的作品,在另一个时期会被当作异端而受到批判。二是,"非主流文学"在高度一体化的文学语境里,一般是处于受压制的地位的,即要么受到批判,要么不能发表。三是,"非主流文学"的"异质"性,除了存在于某些私下流传的个人化写作中,也产生于文学规范相对放缓或对规范发生多样性的理解的时候。㉝我尝试借用这些概念,对"1962"文学的"非主流"含义和特征做一个概述。

首先,产生在"1962"的文学,其实大体上没有过于偏离那个时期的文学规范。一些后来受到批判的作品和言论(包括批评、主张),例如京剧《海瑞罢官》、鬼戏《李慧娘》与评论《有鬼无害论》、小说《达吉和她的父亲》和《归家》、杂文《燕山夜话》、散文《茶花赋》等,在当时还是非常受欢迎的,有的甚至受到毛泽东的肯定和推崇(如《海瑞罢官》)。因此,在60年代初,这些作品并不算是"非主流"文学,只是到了1963年之后,随着形势的变化,文学规范的紧缩,它们才成为"异端",受到批判,变成六七十年代的"非主流"文学。其次,有些作品在"1962"的确不能发表或受到批评,如刘真的《英雄的乐章》、邵燕祥的《小闹闹》,因为涉及"家务事、儿女情"等一直被革命文艺排斥的内容,但这些作品并非受到很大的压制,只是到了"文革"时期才被严厉批判,因此,在严格意义上,也不属于"1962"的"非主流"文学。可以说,"1962"的"非主流"文学的"异质"性,是源于调整期那较宽松的氛围和对文艺规范所做的多样化的理解。需要补充的是,跟其他出现"非主流"文学的时期不同,"1962"是经济和民生处于极度困难的时期,容易促使传统上背负更多忧患意识的作家或知识分子,抒发对时代的所思所感。但在1957至

1958 年"反右"运动和 1959 至 1960 年"反右倾"批判的阴影的笼罩下，60 年代初仍然在文坛中占有一席位置的作家，不会再以 50 年代中那种直接"干预"现实或生活的形式进行书写，而是较为迂回、曲折或隐晦地绕开现实政治而向时代"发言"。这些"发言"，很多并不具批判性，有些甚至是配合调整方针或鼓动人民的精神力量，度过艰难的生活，例如一些以"卧薪尝胆"为主题的历史剧。因此，这个时期的"非主流"文学的"异质"性部分可以理解为多义性或含糊性（相对主题单一或含义清晰的"工农兵"文艺），这正是后来的批判者可以从这些作品中读出种种"影射性"的叙述或人物的原因。不过，这个时期的"非主流"文学，并非跟其他时期的无关，相反，无论是《文艺十条》的内容，或者是"异质"的作品和言论，都可以放在历次文学偏离规范的脉络中加以理解，例如 50 年代被批判的胡风、冯雪峰、秦兆阳、巴人等人对文艺的反思，1956 至 1957 年"百花时代"的个性化创作等。

以下章节选取的作品和作家，全部在"文革"中受到批判和批斗，有些作家甚至为此付出了生命的代价，因此都称得上是具有"异质"的"非主流"文学现象。其特征大致可以归纳为以下几方面：

一、在各种"规范"的制约下，对时代做出相对独立的思考，体现一定的反思意识：包括吴晗在《海瑞罢官》对"整顿纲维"的思考；曹禺在《胆剑篇》表现的困难时期的"生聚与教训"；陈翔鹤在《陶渊明写"挽歌"》和《广陵散》就生死问题的反思；周扬的文艺主张和个人取向逐渐偏离毛泽东的文艺路线，特别是在"人民群众"、人道主义与"人性论"等概念的再认识。（第一章、

第六章）

二、在阶级斗争和革命英雄主题的"夹缝"中书写一直被排斥的生活化"人""鬼"和被认为属于资产阶级的儿女私情：包括高缨和邵燕祥在《达吉和她的父亲》和《小闹闹》中表现的亲情；孟超在《李慧娘》写鬼魂李慧娘在报阶级之仇之余，发展了一段动人的人鬼情；刘澍德的《归家》在叙述革命与爱情之间的矛盾时所流露的"小资产阶级"感情等。（第二章）

三、在中国社会进入所谓"共产主义"阶段之际，以"历史知识"见证"1962""还是杂文的时代"：邓拓的《燕山夜话》，廖沫沙和吴晗等人的《三家村札记》《长短录》等专栏式杂文，虽然不像40年代王实味等人的杂文那样有意识地发挥"批评与自我批评"的作用，但"历史知识"客观上产生的"以古喻今"功能，仍然是有力的。（第三章）

四、集体化生活中的抒情冲动和个性张扬：包括老一辈作家冰心在散文《海恋》中不自觉地流露了一个被埋藏起来的"自我"；巴金在《忆青野季吉先生》等篇表达对日本朋友的感情时的激动与直接；丰子恺在散文《阿咪》说"率尔命笔"的个性表现；郭小川在诗篇《甘蔗林与青纱帐》所抒发的革命与个人之间的矛盾等。（第四章）

五、家、国话语中的女性自我/主体书写：包括茹志鹃在《逝去的夜》中首次书写自己的身世和困惑；刘真在《长长的流水》中用女性作家普遍采用的"童年"视角来写战争或革命的经验；宗璞在"女性"与"知识分子"两个边缘身份中书写"家国"问题等。（第五章）

这些"非主流"文学的特征，是作家在感情抒发、思考空间、书写方式、身份认同、社会位置、生活选择等方面的"夹缝"处境的最好说明。从这一道"夹缝"中,我看到这个时期作家的执着与反思、矛盾与挣扎,这可以说是他们独特的生存方式。他们的创作实践,共同构成了60年代初一个"乍暖还寒"的"春天"的景象。这个"春天"没有"百花时代"那么生机勃勃,却展示了"1962"在整个20世纪文学发展中的独有"个性"和位置。

1962年元旦,茅盾在去海南的路途中,曾经写下一首被后人认为相当大胆的诗。茅盾当年的心情,或许可以概括"1962"那种处于积极向上、开放但不无矛盾和沉重感的时代氛围:

> 莫向双丸怨逝波,
> 只愁岁月等闲过。
> 读诗减少多读史,
> 不为愚忠唱挽歌。㉞

注释:

① "不具关键意义的年头"来自美国历史学家黄仁宇的《万历十五年》(中华书局,1982)一书的英文原名:*1587:A Year of No Significance*。书开头就说:"公元1587年,在中国为明万历十五年……全年并无大事可叙……在历史上,万历十五年实为平平淡淡的一年。"不过,作者以他史家的眼光,洞悉到这一年发生的"末端小节"的事件,"却是以前发生大事的症结,也是将在以后掀起波澜的机缘"。

② 陈美兰:《中国当代长篇小说创作论》,13页,上海:上海文艺出版社,1991。

③ 指的是《红旗谱》《红日》《红岩》与《创业史》。

④ 陈美兰:《中国当代长篇小说创作论》,24页。

⑤ Seymour Chatman（1978），*Story and Discourse—Narrative Structure in Fiction and Film*，Ithaca：Cornell University Press，p. 19.

⑥ Gary S. Morson & Caryl Emerson（1990），*Mikhail Bakhtin—Creation of a Prosaics. . . Stanford*，California：Stanford University Press，p. 277.

⑦ 谭霈生:《论戏剧性》,68 页,北京:北京大学出版社,1984。

⑧ 胡可主编:《中国解放区文学书系·戏剧编一·序》,1 页,重庆:重庆出版社。

⑨ 毛泽东:《看了〈逼上梁山〉以后写给延安评剧院的信》(1944 年 1 月 9 日),载《红旗》1967 年第 9 期。

⑩ 这些剧目包括《烈火红心》《降龙伏虎》《红大院》《十三陵水库畅想曲》等,参看洪子诚:《中国当代文学史》,165 页,北京:北京大学出版社,1999。

⑪ 田汉:《建国十一年来戏剧战线的斗争和今后的任务》,载《戏剧报》1960 年第 14—15 期,32 页。

⑫ 本刊评论员:《我们的戏就是炮弹》,载《上海戏剧》1960 年第 7 期,3 页。

⑬ 见《剧本》记者李慧中的一篇报道:《话剧要以共产主义思想教育人民——记话剧观摩演出大会和话剧工作座谈会》,载《剧本》1960 年第 4 期,88 页。

⑭ 见《剧本》记者韦启玄的报道:《剧作家谈戏剧创作——访出席全国第三次文代大会的部分剧作家》,载《剧本》1960 年第 8—9 期,169 页。属于"革命战争题材"或"革命历史斗争题材"的作品,包括《红色风暴》《兵临城下》《七月流火》《杜鹃山》等,参见洪子诚:《中国当代文学史》,166 页。

⑮ 例如陈白尘在《喜剧杂谈——在全国话剧、歌剧、儿童剧创作座谈会上的发言》中指出:"戏剧冲突是以社会矛盾为基础,但社会矛盾并不等于戏剧冲突。戏剧冲突只能反映矛盾,但不是搬演矛盾……戏剧冲突是

尖锐的。它的尖锐性并不决定于矛盾之是否对抗性,还要看作家的锤炼与安排……观众并不欣赏社会矛盾的直接'图解'。"载《剧本》1962年第 5 期,27 页。

⑯ 例如李纶:《百花竞艳,万紫千红——谈谈戏剧艺术多样化的问题》,载《戏剧报》1961 年第 9—10 期。

⑰ 例如胡可在《性格、性格冲突——在全国话剧、歌剧、儿童剧创作座谈会上的发言》中说:"任何人物,英雄人物也毫不例外,都有他的局限性,都有他的长处和短处……他的性格都是在矛盾中发展着的,每个性格都是一个矛盾体。在戏剧的性格冲突的范畴内,不能不包括着性格自身的矛盾在内。"载《剧本》1962 年第 5 期,35 页。

⑱ 例如老舍在《戏剧语言——全国话剧、歌剧、儿童剧创作座谈会上的发言》中指出:"近几年来,我们似乎有些不大重视文学语言的偏向,力求思想正确,而默认语言可以差不多就行。不大妥当。高深的思想与精辟的语言应当是互为表里,相得益彰的。"另外,他也提出戏剧的对话要生命化和性格化,不然"人物便变成剧作者的广播员",载《剧本》1962年第 4 期,4—5 页。

⑲ 《红旗》,1967 年 9 月,收入谢冕、洪子诚主编:《中国当代文学史料选1948—1975》,599 页,北京:北京大学出版社,1995。

⑳ 《红旗》,1967 年 9 月,收入谢冕、洪子诚主编:《中国当代文学史料选1948—1975》,600 页。

㉑ 江青:《谈京剧革命——一九六四年七月在京剧现代戏观摩演出人员的座谈会上的讲话》,收入谢冕、洪子诚主编:《中国当代文学史料选1948—1975》,601 页。

㉒ 《致读者》,载《戏剧报》1964 年第 10 期,46 页。

㉓ 黎之:《周扬与"文艺十条""文艺八条"》,见王蒙、袁鹰主编:《忆周扬》,285 页,呼和浩特:内蒙古人民出版社,1998。

㉔ 周恩来:《关于文化艺术工作两条腿走路的问题》,见《周恩来论文艺》,

69—72页，北京：人民文学出版社，1979。

㉕ 根据《关于当前文学艺术工作的意见》（修正草案）的一份手抄本。

㉖ 薄一波著：《若干重大决策与事件的回顾》（下卷），1004页，北京：中央党校出版社，1993。

㉗ 根据廖盖隆等编：《中国共产党历史大辞典》，213页；薄一波著：《若干重大决策与事件的回顾》（下卷），1004—1005页。

㉘ 薄一波著：《若干重大决策与事件的回顾》（下卷），1005页。

㉙ 同上，1005—1006页。

㉚ 同上，1006页。

㉛ 同上。

㉜ 黎之：《周扬与"文艺十条""文艺八条"》，见王蒙、袁鹰主编：《忆周扬》，292页。

㉝ 洪子诚：《中国当代文学史》，137页。

㉞ 转引自杨守森主编：《二十世纪中国作家心态史》，449页，北京：中央编译出版社，1998。

一、古今生死共存亡

——60 年代初的历史剧与历史小说

1."帝王将相、才子佳人"：
历史剧蓬勃的时代含义

　　在 1964 年 7 月的京剧现代戏观摩演出人员座谈会上，江青发表了她著名的《谈京剧革命》①。在这个报告中，她介绍了两个她认为是"惊心动魄"的数字，其中一个是关于剧团数字的。江青说："全国的剧团，根据不精确的统计，是三千个（不包括业余剧团，更不算黑剧团），其中有九十个左右是职业话剧团，八十多个是文工团，其余两千八百多个是戏曲剧团。在戏曲舞台上，都是帝王将相，才子佳人，还有牛鬼蛇神。那九十几个话剧团，也不一定都是表现工农兵的，也是'一大、二洋、三古'，可以说话剧舞台也被中外古人占据了。"②其实，惊动了江青的，并不是剧团的数字本身，而是舞台上那些她认为会对经济基础起"破坏作用"，属于"封建主义的一套""资产阶级的一套"的"帝王将相，才子佳人"，还有"牛鬼蛇神"。因此，她挑战在场的艺术家的"良心"③，并提出以演服务于全国六亿几千万工农兵

（江青认为"惊心动魄"的第二个数字）、"反映建国十五年来的现实生活"的"革命的现代戏"为首要的任务的主张。

以古代历史人物或事件为题材的文学作品，特别是历史剧，之所以在50年代末、60年代初蓬勃起来，原因是多方面的。作为戏剧的一种，历史剧是60年代整体文类关系转移过程中的一个环节，即戏剧逐渐取代了小说在50年代文学发展中所占有的中心位置。这点在前言部分已有所阐释，不再赘述。一些领导人对历史的兴趣和经常从历史中寻找解决现实问题的灵感，也间接地促进了大量历史剧的出现，例如毛泽东对"海瑞精神"的推崇与《海瑞罢官》的受欢迎等。此外，戏剧界一直以来对"推陈出新""古为今用"等如何看待传统戏曲在今天能起的教育作用这个问题的关注，例如1960年在《戏剧报》的讨论④，都跟历史剧的繁荣有关。不过，50年代末、60年代初这个"时代"的独特环境，如何造就了历史剧的创作和欣赏，是值得深入探究的。"时代"在这里所指的，除了是"大跃进"后严峻的政治经济形势外，还包括谁在文坛中活跃？是在怎样的必然或偶然的因素下促使一些人开始写历史剧或历史小说？他们为什么要通过（再）评价"古人"来面对"今人"的现实问题或是非黑白？对于不同人来说，"古为今用"所"用"何在？为什么要用戏剧小说这些文学样式？为什么会选某一个特定的历史人物而不是别个？为什么某一部剧或小说会这样写而不是别的写法？可以说，这个时期由历史剧和历史小说所搭起来的文艺"舞台"变得风风火火，是由于一批后来——被打为"牛鬼蛇神"的政治家/文人，尝试以另一种方式向"时代"或"现实"发言，甚至协助政府，以历史剧"激励斗志"⑤，教育群众奋发图强，共度时艰，而不是毛泽东、江青等所担心的,把"再颠倒过来的历史"又一次颠倒回去。

1959 至 1961 年间,中国人民在一定程度上说是到了生死存亡的关键时刻。根据一份关于"中国饥荒"的报告,1953 年到 1964 年期间,每人平均口粮供应,每天从食物摄取的能量、蛋白质和脂肪四方面,1960 年均跌到一个低谷,分别只有 216.4 公斤、1534.8 卡路里、41.7 克和 16.6 克,远远低于 1953 年的水平(分别是 283.2 公斤、2018.1 卡路里、53.3 克和 25.2 克),而到了 1964 年仍没法恢复到 1953 年的水平。⑥全国人口出生率则从 1953 年的 37.0 下降到 1961 年的 18.0 的低谷。全国人口死亡率方面,最高点出现在最困难的 1960 年(25.4),县一级的死亡率更高达 28.6,这年是 1949 年以来出现的唯一一次人口负增长(全国:-4.6;县:-9.2),死亡人数估计高达 2700 万人,而其中以山东、河南、山西、安徽和江苏几省的死亡人口为最多。⑦

这次 20 世纪中国最严重的饥荒,虽说有"自然灾害"的因素,但"大跃进"期间的人为过失,也是不可以忽略的。例如公社干部虚报粮食生产数字、强迫农民交粮、打人等。然而,在整个社会仍然被"反右"运动的阴影笼罩的情况下,"反右倾"成为一种风气,"恐右病"在干部之间就更为严重,有些更利用这个政治前提作为武器,欺压群众,法治观念和言论空间可以说是极其有限的。50 年代末发生的两件事,可以说是政治形势变得日益严峻的重要因素。一是法律制度的崩溃,二是属于元老级的党政领导彭德怀被罢免。由于在反右倾斗争中被指责为"脱离党的领导",司法部和监察部在 1959 年 4 月的第二届全国人大第一次会议中被撤销,其工作由人民法院管理。⑧7 至 8 月,为了总结"大跃进"工作的经验和教训而召开的中共中央政治局扩大会议("庐山会议")期间,彭德怀因给毛泽东写了一封陈述他对 1958 年以来工作的基本估计和对"大跃进"提出批评性意见的信而受到批判,会议还立刻发出一份《关于反对右倾思想的指示》,要求"立即在干部,在各级党的组织中,对右倾思想和右倾情绪,加以检查和克服",对攻击"三面红旗"的党政军内的"右倾机会主义分子"及时进行批判和整顿。除了彭德怀被打为反党集团首领而被革除国防部部长一职外,其他不少各级党员干部也受到波及。

彭德怀事件让很多有类似彭德怀的担忧和形势分析的人,不敢再采取"上书"的形式直陈时弊,文艺家也难以直接表现对现实生活的认识。因此,"历史"成为一种既可以避免与现实正面冲突,又可以"干预生活"的文化资源。一些研究者已经注意到,1956 至 1957 年"百花时代"出现的"干预生活"的作品与这一次通过历史故事"折射"或"影射"当前社会的戏剧或小说,是有区别的。最为明显的是作家背景的不同。例如洪子诚指出,像王蒙、刘宾雁、刘绍棠、公刘等在"百花时代"推动变革的作家都属于年轻的一代,"他们在革命中获得一种政治信仰和生活理想,也接受了一种有关未来社会的美好图景的许诺。但在这之后,他们逐渐察觉到理想与现实之间的距离,并在新的思想形态和社会制度中看到裂痕和污垢。而个人和社会之间的矛盾,也并未如他们原先想象的那样消失。这使他们惶惑,也使他们痛苦。他们在这批作品中表达了这种复杂的体验。他们的创作,有着理想青年的特有视觉和感应,惶惑、忧郁的情绪也掩盖不了那种明锐的朝气。这与若干年后(60 年代初)一批老作家

（陈翔鹤、邓拓、田汉、孟超）在历史故事和典故中寻找'象征'和'影射'的想象方式和情感表达方式，有着明显的差别"⑨。我想，陈翔鹤、邓拓、吴晗、田汉等一批在党政和文化机构内占有中心位置和拥有丰富人生阅历的老作家，他们当年的焦虑、痛苦与不安的情绪，可能并不低于那批已经被打为"右派"的年轻作家，然而，却不能跟他们一样率性地凭理想和感应来写作，不能随心所欲地"揭露黑暗面""干预生活"，而要更多地考虑形势、利益和策略。当然，相对年轻一代的"明锐的朝气"，这一批老作家显得老气或世故，也不排除他们在彭德怀事件后有明哲保身的倾向。但我们若能从文学形式的选择这个角度看，就不难发现两代人对文学如何更好地发挥政治功能，其实有着不同的看法，这也一定程度上决定了他们创作上的差异。这里，我尝试引述一位曾经对中国当代历史剧做过专题研究的美国学者韦格纳（Rudolf G. Wagner）的观点作为讨论之用。⑩

　　韦格纳借用了一个"回声"（resonance）的概念来分析这两代人在两个不同时期对社会进行"干预"的不同策略。他认为"百花时代"那些针对现实问题的作品，是以指向未来的社会主义理想作为现在的"回声板"（resonance board）的，并以一种"科学社会主义"（scientific socialism）的理想作为度量目前官僚主义的"非理想"和"非科学"的尺度。意思是说，他们接受新中国需要以一套全新的、前所未有的价值标准来重整社会现实，为了更有效地批判现时的弊病如何远离了未来社会的理想，年轻的作者们采用特写、短篇小说等较直接的艺术形式是很自然的选择。采用历史剧形式的考虑则不同，其背后的假设是社会变革有一定的延续性，历史经验才应是现在的"回声板"。因此，试图通过重新编写历史故事把历史经验复活过来，即选择今人会产生共鸣的历史人物、关系和冲突，重新进行调动和安排，从而再评价他们的得与失、荣与辱，达到"教育"人民的作用，成为老一代作家的选择。韦格纳更认为"回声"这个概念或"回声板"作为一个隐喻，提供了很大的回旋余地：它指向一种双向的往来关系，即今人会把"现在"硬加在"过去"的头上，甚至完全扭曲它；反过来，"过去"也会强加于"现在"之上，为"现在"界定冲突，树立典范，命名英雄，预测未来，甚至迫使"现在"看来像是一些"过去"的灾难的历史重演。⑪

我也尝试借用"回响"这个概念去进一步阐释历史剧在"干预生活"方面所能发挥的优势。作为一种文学样式，历史剧其实比特写和短篇小说更能承载复杂的内涵，更适合于对已经走了十年理想化的社会主义道路、并处于变幻莫测的政治形势的中国现实做出回应。历史剧所借助的"回声板"是丰富的、多元的、具体的历史记载、书写或记忆。相比之下，特写和短篇小说所倚仗的这个"社会主义美好未来"的"回声板"，就显得理念化、单一化和想象化，加上"大跃进"所带动的共产主义理想在实践上并不理想，其"回响"能力看来就更加单薄和单线。在这样的形势下，老一代的作家知道写作如果只针对现实的矛盾，是不足以形成一种能警惕理想化的"未来"对"现在"可能造成危害的"回声"，他们必须回头去看"过去"。重新编写或评价"过去"，不仅是为了单向的"以古讽今"或"古为今用"，更是一种打通"过去"和"未来"的策略，突出"古"中有"今""今"中有"古"的辩证关系。这种往还于古人与今人的书写，迂回曲折地试图说明：过激的革命性变化（如"大跃进"的冒进思想）不仅危害

"现在"（如导致饥荒等问题的出现），还会模糊"过去"的延续性（如忽略中国农民固有的积习和私有心态），或者会造成对"过去"的盲目排斥（如完全视之为封建的、压迫性的、黑暗的，因此应该摒弃）。1963年以后，江青批判历史剧是"封建主义的一套"、毛泽东在文学艺术的批示（1963年12月12日）中说许多部门至今还是"死人"统治着、柯庆施提出"大写十三年"的口号，均是文艺激进派在需要时便把"过去"推到对立面去的很好例子。

可以说，由于历史剧含义的隐晦性，或者说阐释的多义性，能有效地发挥"讽喻"功能，为文学提供向现实政治说话的另一种形式。对处于党政要位的文化官员来说，它可能是一种能让领导人毛泽东反省而不失面子的间接"进谏"方式。不过，正因为它的隐晦性和多义性，历史剧也可以通过对历史人物是非功过的再评价，把领导人从要面对的困局中解脱开来，甚至是教育人民接受这种评价，维护领导人的权威，稳定政局。例如有些研究者认为，郭沫若写《武则天》（1960），为的是肯定毛泽东在"大跃进"推行的激进改革。⑫或许我们今天很难确定郭沫若当年写历史剧的政治企图，是纯粹的"古为今用"，维护毛泽东的威信，还是有诚意为武则天"翻案"，肯定她上承贞观、下启开元的政绩。⑬无论如何，历史剧是一种可以多重阅读的文学样式，因为它既可以远离现实政治，也可以贴近现实政治；它可以是虚构的，也可以有历史事实根据。当然，它的多重阅读性也同时引起很多的争议。总的来说，在50年代末、60年代初出现的历史剧，虽然不可能都带有"干预生活"的性质，但作为一种特殊的文类，它在这个时期较突出地生长起来，是有一定的历史必然性的,也展示了文学与政治的关系存在另一种更为深层的可能性。反过来说,它的蓬勃也正好说明了这个历史时期中国政治正处于一种比 1956 至 1957 年更为微妙和复杂的状态。

2. 古与今的纠缠:有关历史剧的论争

1960 至 1961 年间围绕着历史剧而出现的一些讨论或论争,包括"古为今用""历史真实与艺术真实的关系""历史人物评价"等问题,其实都跟怎样看待"过去"这个核心问题有关。

首先是"古为今用"问题。60 年代初,"古为今用"是历史剧创作的合法依据。到了 60 年代中期批判历史剧的时候,"以古讽今"则成为其中一项"罪名"。其实,"古为今用"与"以古讽今"刚好说明了历史剧的两面。"古为今用"中的"古"是被动的,为"今"所用;而"以古讽今"中的"古"则是主动的,影响着"今"的存在合理性。可以说,站在"古为今用"的立场,反对"以古讽今",是一种压制"古"的主动性的行为,江青他们要抵抗的正是历史剧在 60 年代初产生的广泛影响,现实成为被"讽"的对象是她不可以忍受的,虽然当年不少历史剧仍然维护建制。只许"古为今用"而不许"以古讽今",其背后是一套对抗性的"我"与"他者"关系的二元对立思维方式。这种思维方式并不是 60 年代独有,早于 1894 年张之洞为了救国而提出"中学为体、西学为用"方案时已形成了所谓"体用说"。现在,"今"为体,"古"为用,其哲学内涵是以古代人物的某些精神素质配合马列主义毛泽东思想;在物质意义上,则是以古代人物的某些行为来肯定当前的社会主义建设。在文学的范畴内,毛泽东早在延安时期已经提出了发挥"古为今用"的精神。他在延安评剧研究院成立时提出"推陈出新"的口号，并在看过新编历史剧《逼上梁山》后肯定和鼓励戏曲家用历史唯物主义观点来处理历史题材，已经奠定了历史剧的历史地位和其中"古"（"陈"）与"今"（"新"）的不对等关系。

　　60 年代初有关历史剧的论述，在一定程度上是延安传统的延续，《文汇报》一则题为《整旧创新　古为今用　激励斗志——首都史学家与剧作家协作，历史剧目创作有了新进展》的报道说："许多剧作者在从事这件工作时，对于历史故事和传统剧目中的情节、人物，运用历史唯物主义观点来进行分析；根据批判地继承传统和推陈出新的精神，给予历史事件、历史人物以新的估价；力求创作的剧目在历史真实的基础上提高思想性和人物形象，使之更集中、更典型并具有鲜明的倾向性和现实教育意义。"⑭可以看到，从调子到修辞，文章都反映着延安文艺的影子。另外，《上海戏剧》的一篇文章更直截了当地说："用过去的历史写成戏曲为当前政治服务前人就做过……历史剧在今天，应当为无产阶级所用，为无产阶级的政治服务。道理非常明显，用不到多讲。问题在于：怎样使它更好地为今天的政治服务，这就有许多问题要研究了……今天的重点何在呢？党向我们指出奋发图强、反对阶级压迫、反对民族压迫，应该是重点。凡是历史上这类题材，对今天人民是有启发借鉴作用，鼓舞我们更好更快地建设国家，更有力地打击敌人的，都是最适合当前政治要求的题材。"⑮这篇文章提出的三个重点题材，的确有明确的政治针对性："奋发图强"要求人民共度伴随着"大跃进"而来的经济困难时期；"反对阶级压迫"虽然是一个普遍性的立场，但似乎有针对"右倾机会主义分子"的倾向;而"反对民族压迫"则让人联想到1959到1962年间发生在西藏的民族冲突。

这样赤裸裸地把历史视作现实政治斗争的武器,1961到1962年间似乎有所收敛。如何理解"古为今用"、怎样做到"古为今用"等问题,得到较多人的关注。例如历史剧能否做到"借古喻今"(张真),其教育作用主要在于"普及历史知识"(吴晗),还是主要从"影响人们的精神品质上起作用"(李希凡);要最好地达到"古为今用",就是"真实地还历史以本来面目"(茅盾);历史剧要"古为今用"就应当反映时代精神,但时代精神指的是今天的时代精神,还是所描写的历史人物所处的时代的时代精神,等等。[16]茅盾在他的长篇论文《关于历史与历史剧》[17]对"古为今用"的总结性讨论,可以说是具有代表性的。茅盾基本上认为各论者提出"古为今用"的五类"方案"[18]都是可取的,因为原则上是一致的,但"在艺术实践中却不是那么容易掌握的"[19]。他的判断是基于当时出现的近百个"卧薪尝胆"剧本的具体分析。他看到有一半的剧作者对"古为今用"做了"片面而又机械的理解",即从主观或现实出发进行想象和艺术虚构,写出一些与人民"四同"、大炼钢铁或搞"三反"运动的"越王勾践"来。茅盾说:"虚构和夸张都不能超越当时人物的思想水平和意识形态……不能在表面的相似之下硬塞进一个我们今天的思想意识的基础。"[20]可以看到,茅盾所关心的除了一直存在的"概念化"创作问题外,还有一个对"历史真实"的认识和对"过去"的尊重的问题,即今人在"用"古人进行政治教育的时候,应该还他们以一个"本来面目"。这涉及历史剧论争的另一个问题:"历史真实与艺术真实的关系"。

　　究竟是否存在一种历史的"本来面目"或"真实"可以让后人去"还原"？如果有的话，所谓"历史真实"指的是什么？是"历史知识"（史料性的）还是历史的"时代精神"（思想性的）？更为复杂的是，无论从史料还是从思想的角度去理解"历史真实"，历史剧都必须采用艺术手段去表现这种"历史真实"，这涉及所谓"艺术真实"的问题。而什么是艺术的"真实性"，怎样才能达到"社会主义现实主义"这个指导创作方法定义中"从思想上改造和教育劳动人民的任务结合起来"[21]的要求，这些问题其实存在已久。由于在 1956 到 1957 年的论争中并没有得到清理，1961 到 1962 年间有关"历史真实与艺术真实的关系"的讨论中，问题又再次浮现。这次，"从现实的革命发展中真实地、历史地和具体地去描写现实"这个对艺术家的基本要求，找到了具体的中国历史中的人物和故事作为描写的素材。

　　引发有关"历史真实与艺术真实的关系"的讨论的是吴晗《谈历史剧》一文。在这篇文章中，吴晗试图总结他在写《海瑞罢官》后对历史剧的看法。他主要以指出历史剧与神话剧和故事剧在本质上的区别，来建立他对历史剧的看法：

　　　　历史剧必须有历史根据，人物、事实都要有根据。历史剧的任务是反映历史的实际情况，吸取其中有些有益经验，对广大人民进行历史主义爱国主义教育。人物、事实都是虚构的，绝对不能算历史剧。人物确有其人，但事实没有或不可能发生的也不能算历史剧。在这一点上说，历史剧必须受历史的约束，两者是有联系的。同时，历史剧不同于历史，两者是有区别的。假如历史剧完全和历史一样，没有加以艺术处理，有所突出、夸张、集中，那只能算历史，不能算历史剧……总之，一句话，历史剧要求反映历史实际的真实，也要求对历史事实进行艺术的加工，使之更加强烈、具有高度的艺术感染力量。㉒

之后，在回答繁星（廖沫沙）为贺《海瑞罢官》演出而写的《"史"和"戏"》㉓一文中提出的问题：如何区别历史的"真实"和戏剧的"真实"、如何区别历史书中的人物和历史戏中的人物时，吴晗补充说：

> 无论是历史书也罢，历史剧也罢，里面的历史人物绝不是僵尸的复活，写这个人，演这个人，都要着眼于他或她的某个方面对于后一代的人们的启发作用，也就是前人经验的总结。一句话，不是为了死人，而是为活人服务，也就是为了继承前人的斗争经验教训，使之为今天的社会主义建设服务，做到古为今用，这两者是统一的，不容有任何怀疑的。㉔

可以看到，吴晗首先强调历史剧的"历史根据"的重要性，而把"艺术加工"放在次要的位置。他甚至认为艺术要受到历史的"约束"，这很大程度上是出于他作为历史学家对历史的执着。不过，他同时强调写历史人物是"为活人服务"，而"不是为了死人"，这跟严格要求历史剧要有"历史根据"看来有互相矛盾的地方。吴晗的观点吸引一些强调文学的艺术规律和另一些强调意识形态作用的人加入讨论。例如常谈（侯外庐）认为吴晗过于从"消极"方面去解答问题，说"单从戏剧真实被'约束'于历史真实这一点上看问题，是嫌不够全面的"，应该提出的是历史剧的艺术真实如何"驾驭"历史真实的问题，而所谓"驾驭，在于把历史的时代特征、规律、阶级矛盾的主要方面，把普遍性存在的这个和那个为人们所习见的历史实际，集中于某些情节和人物上面，成为艺术的反映。这样具体的形象有它的独特的艺术逻辑，而区别于历史家所分析综合的抽象思维"㉕；强调意识形态作用的辛宪锡，则认为"剧作家应根据马克思主义的辩证唯物论和历史唯物论观点，根据现时生活的体验，去综合生活，丰富生活，虚构创造历史事实，塑造出符合历史发展可能性的人物形象来，从而达到历史的真实"㉖。

应该注意的是，1961年吴晗、繁星、常谈等发表在《北京晚报》的有关"历史真实与艺术真实"的讨论，是在一种友好的、交换意见的气氛下进行的。他们还以"兄弟"相称，在一个习惯互称"同志"的时代，更是罕见。这当然跟他们之间有密切的个人关系有关，但正如常谈后来所说，"在讨论中互称'兄弟'，除了礼貌之外，主要是想借这个称谓来发挥自己对于历史真实问题的某种见解"㉗；参与讨论的另一位"兄弟"史优也说："只有亲切有味的、娓娓动人的讨论，才能平心静气地把问题引向深入，这是'百家争鸣'中一种好的方式，我希望由于你们两位的实践，给学术界造成一种很好的风气。至于称兄道弟的好，还是互称同志的好，问题倒不在称呼上，只是亲切有味的态度确是可贵的……"㉘

"亲切有味的态度"之所以"可贵"，是相对50年代频繁出现的思想批判运动所造成的"不亲切"和单调的氛围而言。更加"可贵"的是，在多次的政治批判运动中扮演激进批判者角色的李希凡㉙，一向以坚守文学的唯物主义原则和马克思主义观点见称，在吴晗等人所打开的较为自由的讨论氛围中，也放下一些既定的政治原则,从艺术原则的角度加入这次论争,正面指出吴晗在统一"历史根据"和"艺术加工"这个提法上的"矛盾之处"。虽然被吴晗认为讨论"对不上口径"⑩,但引起的争论却有助于把问题的两面深化下去。李希凡指出:

> 剧作者应该慎重地处理历史事实——哪怕是细节的真实,都应当从历史生活的具体性缜密地考虑,但这却不等于一切如实地翻版。再重复一句,因为历史剧毕竟是戏,是艺术创作,它的艺术真实和历史真实的关系,正像一般文艺创作中的艺术真实和生活真实的关系一样——它来源于历史真实,历史真实是它的继承,但它又毕竟不是历史事实的还原,历史事实的翻版。㉛

在另一篇针对吴晗提出以"历史知识"教育群众的观点的文章中,李希凡进一步指出:

> 艺术也是有教育作用的,但那是通过艺术手段所进行的教育,而非通过某种专业科学知识的形式所进行的教育。也就是说,艺术是通过对生活的审美评价,通过艺术概括的感性形象,深入到读者或观众的精神、心理、道德观念、趣味和感情世界里去,培养人们的生活态度和世界观,发挥它特有的潜移默化的教育作用。㉜

支持李希凡意见的另一位讨论参与者王子野,甚至把历史剧全推到纯粹艺术的范畴中去加以理解。他说:"历史剧之所以应当明确是艺术不是历史就在于打破写真人真事的框框。历史真实和艺术真实一定要统一,这是无可争辩的。但是这个统一不能是基本上保存真人真事,加上一点艺术虚构就行了,而是用真人真事做素材,经过剧作家的大胆虚构,丰富想象的复制而把历史真实再现出来。"㉝吴晗就王子野的文章的回应,可以说是他对论争的一个总结,加上有更多已经上演的历史剧作为讨论的例子,而不是从理论到理论,因此,相比他1960年底的《谈历史剧》,观点已经比较成熟。他说:

> 所谓历史真实,用另一句话说,就是过去人们的实践,在特定时期确实发生过的事情,历史家用科学态度如实地把它记录下来,达到历史真实。那么,艺术真实从哪里来?能不能离开人们的实践?人类,包括我们的祖先,从来没有做过的事情,从来没有发生过的事情,也就是说在日常生活中并不存在的事情,能不能达到艺术上真实的境界呢?我看不能,相反,艺术真实也是来源于生活,来源于人们的实践——我们这一代人、上一代人或者更早的祖先的实践。所以,艺术真实与历史真实应该是统一的,绝不是对立的、互相排斥的。㉞

可以看到,在要统一"历史真实"与"艺术真实"这个大前提上,吴晗与李希凡等是一致的,分歧在于如何理解"真实"的含义。吴晗心目中的"真实"是要有"史实"根据的,即所谓"历史根据"。他主观上强调的是真实的"实践"性和"科学"性,客观效果是纠正创作上一直存在的意识形态先行、概念化弊病。吴晗的目的也非用刻板的"史实"要求来"约束"艺术创造,他本人在创作《海瑞罢官》时也没有教条地死守或"翻版"一些"历史事实"。但在这样的"真实"的理解的支配下,艺术加工就绝不会采取王子野所鼓吹的"大胆虚构、丰富想象"的浪漫主义手法,而是忠于"源于生活"的现实主义原则。对于一个历史学家来说,尊重"过去"应该是头等重要的,而这也符合他对历史剧应该以历史知识教育群众的要求。因此,他的论点可以说是出于他作为历史学家的自觉。当然,值得追问下去的是,究竟是否存在一种绝对"科学"的、客观的"历史真实"? 吴晗一代的历史学家自有其局限性,他们过于相信能从典籍中找到划定历史剧界限的"事实"或依据。他未能意识到,一些发生过的事情是否会被记载下来、如何被记录,都决定于谁在书写历史,写史者站在什么位置、抱有什么立场和目的进行书写,这样,"真实""科学""客观"等曾经认为能说明历史的本质的概念,才开始受到质疑。吴晗担心,如果把《谢瑶环》等虚构出来的故事剧(虽然故事中的武则天、来俊臣、武三思在历史上实有其人)列入历史剧的范畴之内,把《封神榜》《西游记》等算作历史小说的话,那么,"历史没有了,取消了历史。把故事与历史混淆了,把神话和历史混淆了,把传说与历史混淆了"。㉟他的担心反映了他的历史观或偏见,即相信历史的纯粹性、正规性或典籍性,而忽视了"故事""神话""传说"等在民间流传的叙事形式所包含的历史内涵。

至于李希凡,他站在维护艺术规律的立场上与吴晗展开论争,并强调艺术能通过感性的作用发挥教育功能。这些曾经在50年代受到严厉批判的观点,在1962年竟然出现在历史剧讨论的夹缝之中,并出于李希凡之口,除了一定程度上说明了时代氛围的转变外,更反映了李希凡与吴晗不同的历史观。吴晗曾经指出,把虚构的《杨家将》算作历史剧是"糟蹋了历史",李希凡反驳这样的观点时说:"传统的《杨家将》可能有糟粕,可能有不合乎历史生活真实,不合乎情理的地方,这要靠新时代的文艺工作者加以整理、改编。其中很多英雄人物虽非历史上的真人真事,却反映了宋元以来汉族人民发奋御侮的历史精神,反映了人民苦于外族侵略、渴望反抗的积极浪漫主义的理想,反映了外受压迫、内受排挤的民族英雄的悲剧。所以它们虽是非历史事实,却反映了几代人民的理想和愿望,记录着汉族人民不甘屈服于外来民族压迫,'要用反抗的手段解除这种压迫'的悲壮的历史精神。"㊱李希凡这样的历史观尽管有点汉族中心主义,却承认虚构的传统故事或戏曲延续着某种"历史精神",即他心中的"真实"。如果要表现的"历史真实"是流动的、没有很清楚的边界的话,历史剧可以应用的历史素材和艺术手法就可以更多样化了。但李希凡的历史观陷入了与吴晗类似的局限中,即相信由不同的历史材料或虚构的传说所延续的"历史精神"是一种客观"真实",而不是只代表某种位置、立场和目的而已。因此,他同样以文学家的立场执着于能反映这种"真实"的艺术手段的重要性。正如一位研究者指出的:"文学家与史学家可以站在自己的角度对历史剧施加影响,一些史学家完全拿历史真实来苛求史剧创作,动辄说'你违反历史真实',有时弄得史剧家无所措手足;也有一些不着边际的文艺批评,把史剧创造完全引入到一种随心所欲、胡编滥造的轨道,名之曰:'史剧是文艺'。因而,关于史剧的历史的真实与艺术虚构关系的讨论,一直没有取得公允的意见。"㊲

不过,吴晗与李希凡虽然站在不同的立场、以不同的侧重点讨论历史剧的"历史真实与艺术真实统一"的问题,一个执着于"史实"的"真实",另一个则执着于"历史精神"的"真实",但一种根本的理解是相同的:"历史"与"叙事"、"真实"与"虚构"是绝对不可混淆的。双方均在"历史"的可靠性和客观性的前提下进行争论,而没有接受所谓"历史"只是"叙事"的一种,所谓"真实"必然带有"虚构"和主观成分。此外,吴晗与李希凡的意见看来是对立的,但他们却从不同的角度确认了历史剧创作的艺术原则(生活、实践、想象空间等)的重要性,即无论是强调要有"史实"根据或允许更多的艺术创造,都是为了避免公式化或机械化地将现实政治或主观意图加入或干预艺术创作,这是他们共通的地方,也与 60 年代初整体的文艺精神吻合。

如何评价历史人物这个问题,由于历史剧多以"封建统治阶层"代表的"帝王将相"为书写对象,若要把他们再次搬上"应该"属于人民的舞台,对他们先进行(再)评价,看来是一件不可避免的事。从另外一个角度看,需要对"过去"进行评价或再评价,其实反映"现在"某些价值观念的变化,需要向"过去"这个"回声板"寻找行动的依据。不过,由于有历史学家的参与,尽管"古为今用"仍然是时代之音,"过去"与"现在"还不至于简单地约化为"被用"和"用"的关系。一些试图为历史人物翻案的评论者,在标榜历史人物在无产阶级社会应有一个合法位置之余,显出一种"还历史本来面貌"的冲动。

吴晗在评价历史人物这件事上最不遗余力。他介绍和评价过不少古代历史人物,包括曹操、武则天、文天祥、鲁肃、周瑜、诸葛亮、宣文君、冼夫人、玄奘、于谦等。㊳曹操是当年人们最为热衷讨论的"帝王将相"级人物,吴晗对他有比较正面的评价,并认为"奸雄的奸字,这顶帽子是可以摘掉的,这个案是可以翻的",理由是"过去九百多年都骂他奸臣,是由于过去的封建体制、封建道德所起的作用。今天,评价曹操,应该从他对当时人民所起的作用来算账,是推动时代进步呢? 还是相反。"㊈吴晗从曹操的"账本"中,算出了他在人民事业上是"功大于过"的。这种以历史人物为人民做了些什么和产生怎样的影响作为评价历史人物的标准,在当时代表了一种比较尊重历史的态度。吴晗在另一个场合谈到曹操时曾经说:

> 对于历史人物的评价,我们如果用今天的标准去衡量,那就不会有一个十全十美的人。那是因为今天的实际情况不同于历史上曾经存在的实际情况。应当把我们的今天和历史上的昨天前天有所区别,但是又应该把它联系起来,历史的发展不能切断。不这样看,就会把我们祖宗的脸完全给抹黑了。㊵

创作了被认为是为曹操翻案的历史剧《蔡文姬》(1959)的郭沫若,也持类似的观点。他在《为曹操翻案》一文中说:"评介一位历史人物,应该从全面来看问题,应该从他的大节上来权其轻重,特别要看他对于当时人民有无贡献,对于我们整个民族的发展、文化的发展有无贡献……应该以他所处的历史时代为背景,以他对历史发展所起的作用为标准,来加以全面分析。"㊶吴晗、郭沫若等提出的评价标准,在 1959 到 1962 年间是普遍被接受的。

反对为曹操、武则天等"封建统治阶级"翻案的评论者,提出了评价历史人物的另一种标准,那就是阶级论这个"现在的东西"。他们认为封建统治阶级在根本上是反人民的,与人民的利益不可以调和,因此不能轻易地对统治者加以肯定。没有那么坚守阶级本质论的论者,则说要视乎人物的意识形态,不能把所有当官的都视为阶级敌人,有许多是有比较强的民族意识的,等等。[42]这些评价历史人物的标准,在 1961 到 1962 年政治环境较为宽松时,并没有太大的"市场",但到了 1963、1964 年,阶级斗争的号角又再次吹响的时候,却变成了主导的意见,还成为清理一些偏离阶级观点的历史观点的准则,吴晗所代表的观点当然首当其冲,例如历史界有人批评他的"根据当时当地"的评价标准有"非历史主义"倾向。[43]如果肯定某些历史人物的标准一旦受到冲击,那些曾经被肯定的历史人物也必然再挨"骂"的,[44]例如曹操就在这样的"否定—肯定—否定"的循环中,又一次被唾弃:"曹操直到死时始终搞的还只是中国古语所说'挟天子以令诸侯'的老勾当。"[45]可以说,这个时期有关评价历史人物的论争或变化,说明了"历史"或"历史人物"并没有什么"本来的面貌"让今人去"还原"或"翻案",人们只是在不断地对"过去"进行阐释而建构其意义。

总的来说,围绕历史剧问题而衍生出来的有关"历史"("过去")与"真实"的论争,反映的是 1961 到 1962 年间的现实焦虑与调整冲动。"古"与"今"是一种互动或互相界定的关系。以下我选择了三位历史剧和历史小说的创作者以及他们的四个作品,作为个案详细分析 60 年代初老一代作家如何思考古与今以及与之相关的生与死的问题。他们是吴晗和《海瑞罢官》、曹禺和《胆剑篇》、陈翔鹤和《陶渊明写"挽歌"》《广陵散》。作为历史学家的吴晗,"破门而出"第一次写《海瑞罢官》,也是最后的一次。曹禺是著名的剧作家,《胆剑篇》是他写历史题材的第一次尝试。陈翔鹤是小说家,《文学遗产》的编辑,对历史有浓厚的兴趣和认识。他们对历史有各自的切入点,创作机缘与目的也不尽相同,然而,他们的思考却让我们窥探到"1962"这个后来被认为是"舞台上剧目混乱"的年头的时代面貌。

3."整顿纲维":吴晗、彭德怀、 海瑞与《海瑞罢官》

> 纪纲整顿摧强梁,
> 要使生平素愿偿。
>
> ——第三幕:"上任"
>
> 任知县,除民害,整顿纲维,
> 今日里,抚江南,官居高位,
> 权任重,人共望,济困扶危。
>
> ——第五幕:"母训"
>
> 我海瑞丢乌纱心胸开朗,
> 有一日再居官重整纪纲。
>
> ——第九幕:"罢官"

在现存的当代文学史著作中,历史剧《海瑞罢官》更多地被放在"文革"序幕这样的历史位置,因为它被当时的文艺激进派利用来发动"文化革命",而作者吴晗和与《海瑞罢官》有关的人,都无一幸免地牵连到对《海瑞罢官》的政治批判中去。虽然当时的批判者如姚文元等对此历史剧的攻击,除了在"罢官"上做文章,说它为彭德怀翻案("翻案风"),也涉及60年代初农村调整的问题("单干风"),但较少有研究者就这部著名的历史剧与60年代初调整期的关系做较详细的辨析。这里,我尝试把

《海瑞罢官》放回 60 年代初"调整"这个核心关注中,看作为历史学家和北京市副市长的吴晗,如何处理这个敏感的题材。

调整期的命名来自其"八字方针":"调整、巩固、充实、提高"中为首的"调整",而调整的对象是全面的。在经济方面,针对的是 1958 年"大跃进"提出的"以钢为纲""以粮为纲"的不符合实际的"翻番"生产要求。其实早在 1959 年中期,副总理陈云所领导的财经小组,已经建议把钢和粮的指标调整到平衡的水平,并以此为基础,拟好 1960 年的计划。但是,在后来"庐山会议"的"反右倾"斗争影响下,按照另一位副总理薄一波的说法,"许多同志的头脑又热了起来,调整根本无法进行"[46]。《海瑞罢官》正是在这种政治气候中酝酿出来的。作为北京市副市长的吴晗,对"整顿"的重要性当然非常了解。从上面引自《海瑞罢官》剧本的唱段中,我们可以判断"纪纲整顿""整顿纲维"是吴晗所关注的问题,"整顿"正是《海瑞罢官》的主题。正如在上一节讨论过的,吴晗虽然执着于历史剧的"历史根据",但他也强调写历史人物是"为活人服务",书写海瑞在明朝的"整顿"必然有其现实针对性。从接受胡乔木的邀请写了《海瑞骂皇帝》(发表在 1959 年 6 月 26 日《人民日报》),到接受北京京剧团团长马连良的恳请编写出五幕的历史剧《海瑞》(1960 年 3 月),到七易其稿后完成《海瑞罢官》九幕演出本(1960 年 11 月 13 日)[47]这一年半时间中,中国的经济和民生日益恶化,在这个极度困难的时期,"整顿"不能维持在"无法进行"的状态,而可以说是到了"无法不进行"的地步。这样的语境对于理解吴晗的《海瑞罢官》是关键的,虽然从创作动机来看,吴晗原来是"被动"的,即他没有计划用海瑞或历史剧来"干预"现实,1959 年写《海瑞骂皇帝》《论海瑞》等篇,以至答应马连良写有关海瑞的提纲编戏,都是响应毛泽东的号召而参与这些写作的。⑱

不过,值得注意的是,当年毛泽东看上了海瑞(1514—1587)这个明朝的历史人物,并不是为了"整顿",而是鼓励"说真话"。在"海瑞精神"还没有被推到 1961 年的高峰之前,海瑞的形象已经在一些剧目中出现,例如在 1958 年上演的新编《窦娥冤》,海瑞最后出场,为窦娥申冤。其实,称为"南包公"⑲、敢于"说真话"甚至上疏"骂"嘉靖皇帝沉迷修道成仙而导致"君道不正,臣职不明"⑳的海瑞,早在 1957 年便成为一些人的书写对象。例如蒋星煜写了传记《海瑞》㉑,可见"海瑞精神"与"干预生活"的精神在"说真话"这个意义上是互相呼应的。毛泽东是在 1959 年 1 月看完在北京上演的湖南戏曲艺术团的花鼓戏《生死牌》后,对在最后出场的海瑞留下深刻的印象的。之后他读了《明史·海瑞传》,并在 1959 年 4 月共产党八届七中全会期间,专门讲了海瑞的故事,指出海瑞给皇帝上疏,说"嘉靖"是"家家皆净也"是很尖锐和不客气的,并问在座的人哪有海瑞那样的勇气? 还说已把《明史·海瑞传》送给彭德怀看了,并劝周恩来也看一看。㉒毛泽东是个懂历史的人,他对海瑞一定有他自己的评价,而他也知道,"大跃进"的失误,部分原因是很多人在"反右"运动后不敢说真话,虚报生产数字,以致他没有意识到问题的严重性。因此,他希望从党政军的最高领导开始,学习海瑞精神,敢于讲真话,敢于批评他的缺点。不过,从不久之后发生的彭德怀事件来看,毛泽东在鼓励说真话的同时,却怀疑说"真话"的人背后的"真诚"。

作为明史专家,吴晗写海瑞可以说是一个很合适的人选。

从他多篇写海瑞的论文和作品中,看到吴晗对海瑞人格道德方面的正面评价,是始终如一的。其实,在回应毛泽东的号召写《海瑞骂皇帝》之前,吴晗已经写过《海瑞的故事》[53]和《清官海瑞》[54],这两篇文章比较客观和集中地描述了海瑞的清廉、俭朴、正直、有骨气、为民谋幸福和敢于犯上、不怕死的高尚品质。在《海瑞骂皇帝》之后,他又积极地写了《论海瑞》。但是发表之前却刚巧碰上庐山会议,胡乔木便建议他根据毛泽东在会议上对海瑞所作的区分("左派"与"右派""真"与"假"),修改文章。[55]因此,《论海瑞》在内容上虽然跟之前写的三篇海瑞故事差不多,但在修辞上已经有所转变。例如吴晗用了"战斗的一生"来概括海瑞的成长历程,说海瑞学王阳明的教学法是"唯心主义"的,并把他定性为"封建统治阶级的左派"。在文章最后的部分,他更以不少"大跃进"语言说明这样的海瑞才值得学习:"站在人民立场、工人立场的海瑞,为建成社会主义社会而进行百折不挠的海瑞,反对旧时代的乡愿和今天的官僚主义的海瑞,深入群众、领导群众、鼓足干劲、力争上游的海瑞。"[56]这完全是以今人的话套在古人的头上,犯了吴晗自己曾经批评的"反历史主义"弊病。《论海瑞》的最后一段,还很不协调地(从内容到修辞)批判了"右倾机会主义"分子,而且明显指向似乎是模仿海瑞"上疏"而给毛泽东"进谏"的彭德怀,流露出紧跟形势的痕迹:

> 今天有些人自命海瑞,自封"反对派",但是,他们同海瑞相反,不站在今天人民方面,不站在今天的人民事业——社会主义事业方面,不去反对坏人坏事,却专门反对好人好事,说这个搞早了,搞快了,那个搞糟了,过火了,那个过直

了,那个弄偏了,这个有缺点,那个有毛病,太阳里面找黑子,十个指头里专找那一个有点毛病的,尽量夸大,不及其余,在人民群众头上泼冷水,泄人民群众的气。……广大人民一定要把这种人揪出来,放在光天化日之下,大喝一声,不许假冒!让人民群众看清他们的右倾机会主义的本来面目,根本不是什么海瑞![57]

当年彭德怀是否真的"自命海瑞",或者读了毛泽东给他读的《明史·海瑞传》后多少受到海瑞的影响而向毛泽东"说真话",现在不宜做太多的猜测。但我们知道的是,跟海瑞相似,彭德怀生性耿直,自称是个"简单人,类似张飞,确有其粗,而无其细"[58]。对于自己参与打回来的党国事业,彭德怀抱有一份无私的热爱和忧戚之心,这在他那写在狱中的"自述"材料中有清楚的表露。[59]因此,他对"大跃进"的失误和虚报粮食数字一直不满,在北京军区的党代表大会上曾经公开指责大炼钢铁是"小资产阶级狂热性"[60]。在1958年12月武昌会议之后,他到湖南调查,亲身体会到老百姓的苦况,并发现造假数字和"黑风"的情况比他想象的更"可怕":

　　会议闭幕后,我先到了湘潭县的乌石、韶山两公社,后又到了平江县。这几处给我的印象是实际收获的粮食数字没有公布的数字那样多。其根据:由于劳动力不足,没有收获好;有些地区又多吃了一些粮食。在平江展览馆参观时,发现将两个年度的生产数字颠倒公布了,即将1957年高产数字公布为1958年的生产数字,而将1958年的较低数字公布为1957年的生产数字。这样的造假数字,真是令人可怕的。

......

在当时，某些地区严重刮起了几股黑风——公产风、浮夸风、强迫命令风。……有些干部为了表白自己的工作成绩，就无限地上报"卫星"数字。本来产量不高，而报上去的数字很高。如果这些数字堆集在一起，那真是令人可怕！……许多基层干部，为了放更高的卫星或完成上一级交给他的层层加码下来的生产指标，便采取了强迫命令的手段。有的地区打人竟成了风气，完不成任务打，出工迟到也打，说话不好听也有挨打的。在劳动生产中，有些地区不照顾妇女生理特点的现象也很严重，致使不少妇女发生子宫下垂和停经的疾病。这些风气，在 1958 年 12 月我至乌石、平江等地时，给我的印象尤为深刻。[61]

可以看到，彭德怀要向毛泽东"说真话"是出于对整个大形势的观察，而采取"写信"的方式，则更多是迫于党内"没有倾心置腹地谈出来"的氛围，和考虑到上述的问题如果由他在会议上提出来，"会引起某些人的思想混乱"，因此，他决定用一种"倾心置腹"的方式给毛泽东写，但只作为参考，具体的纠正方针由毛泽东自己提出。[62]或许，彭德怀已经看到这样对于毛泽东可能较为合适，因为在 1959 年 2、3 月间开的政治局扩大会议（"郑州会议"）上，毛泽东坚持说"大跃进"的成绩是"九个指头"，缺点只是"一个指头"（吴晗《论海瑞》中的"十个指头里专找那一个有毛病的"是出自此会议的）。从这样的事实看来，彭德怀并非刻意地去模仿海瑞"上疏"，但他信的内容却发挥着"进谏"的作用。整封信中，最"刺"毛泽东的"谏言"是在第二部分"如何总结工作中的经验教训"中提出的两点:"浮夸风气较普遍地滋长起来"和"小资产阶级的狂热性,使我们容易犯'左'的错误"(毛泽东后来针对这点说对于"广大的群众运动,不能泼冷水",这是《论海瑞》中"在人民群众头上泼冷水"的所指)。虽然1959年的中国农村不至于到了海瑞在《治安疏》所描述的"天下吏贪将弱,民不聊生,水旱靡时,盗贼滋炽"⑥的境况,但情况相信比彭德怀看见的严重得多。无论如何,上述两点,已足以让毛泽东把彭德怀跟在疏中说"嘉靖者,言家家皆净而无财用也"的海瑞联想起来,而这正触动了毛泽东的忌讳:"小资产阶级的狂热性"和过"左"("大跃进"的致命伤)。根据薄一波的判断,毛泽东在反驳彭德怀的观点时说不会放弃"人不犯我,我不犯人,人若犯我,我必犯人"这个原则,并说"如果解放军不跟我走(我看解放军会要跟我走)","我就跑到农村去""另外组织",说明彭德怀的信对毛泽东来说已构成一种"犯上"行为,他已下决心进行反击。⑥或许,从修改《论海瑞》开始,吴晗已分不清是被迫还是自觉地把彭德怀联想成为海瑞,即现实的政治形势让"海瑞精神"在60年代的中国找到一个想象的实体,况且,吴晗在修订《论海瑞》时大喝"右倾机会主义"者"不许假冒"海瑞,并不代表他把彭德怀身上的"敢言"精神和"整顿"的努力完全抹杀。在《论海瑞》发表之后又需要写关于海瑞的京剧的时候,吴晗虽然在避开写海瑞的"敢言",但却不能不写海瑞的"整顿"精神。

因此,我们看到经过多次修改的历史剧《海瑞罢官》,是以平反冤案为主线、退田为副线突出海瑞的品质和斗争的,而戏中最后的一场"罢官",所表现的也只不过是海瑞在处决徐瑛和王明友之后,接受朝廷的命令,交出大印和令箭,退归故里。不过,剧本的"前言"所传递的信息,却是超乎剧本所涉及的内容的。江青当年说要禁这个戏,除了出于她对历史剧的敏感和对权力政治的联想外,也可能是由于她在"前言"的字里行间,读到一个曾经被罢免的现代海瑞的"不屈服、不丧气"。"前言"的头一段和尾一段是这样写的:

> 海瑞(公元 1514—1587),号刚峰,广东琼州(今海南岛)人。生活朴素,性格刚直、耿介,是明朝著名的清官、好官。
>
> 他反贪污、反对浪费,主张用重刑严惩贪污,建立廉洁的清明的政治局面;主张节约财力;严格执行政府规定的制度;抑制豪强地主;主张举办减轻贫民力役的一条鞭法;还大力兴修水利,减轻苛捐杂税;重视审判案件,平反冤狱。他反对为非作恶的贪官污吏,恶霸乡官。但是,他又是忠于封建统治阶级的忠臣,他的一切政治作为都是为了巩固封建统治阶级的长远利益出发的。虽然骂过皇帝,因此坐牢,几乎被杀,却又大哭。
>
> ……
>
> 这个戏着重写海瑞的刚直不阿,不为强暴所屈,不为失败所吓倒,失败了再干的坚强意志。表现的是封建统治阶级的内部斗争,左派海瑞和以徐阶为首的右派——官僚地主集团的斗争。海瑞是封建统治阶级的忠臣,但是他比较有远见,比较接近人民,他为了本阶级的长远利益,主张办一些对当时人民有利的好事,限制乡官的非法剥削,触犯了本阶级右派的利益,展开了激烈的斗争。在这场斗争中,海

瑞丢了官，但他并不屈服，不丧气。当时人民因为他做了好
事，拥护他，歌颂他。海瑞的地位在历史上是应该肯定的，
他的一些好的品德，也是值得我们今天学习的。⑥

　　按照五六十年代的写作习惯，放在一个作品之前的"前言"
或作为一篇文章之首的"按语"的分量是相当重的，它代表了一
种立场、一种态度，对读者的暗示性很强。《海瑞罢官》的"前
言"除了介绍故事的情节外，对主角海瑞的评价，也反映了当时
分明的"左""右"斗争路线和清晰的阶级界限：封建统治阶级、
官僚地主集团和人民群众。海瑞作为一个"清官、好官"或"忠
臣"的行为虽然是为了维护封建统治阶级的长远利益，但他的
"对立面"是代表恶势力的官僚地主集团，因为他本人的阶级背
景是人民，并站在被压迫的人民群众的一面。这是"前言"作为
文本清楚地表达的信息，而这个信息是符合当时的政治要求的。
"除霸"与"退田"是《海瑞罢官》的两个主题，剧本是以情节来
表现这两个主题的：海瑞在任应天巡抚期间，重审了赵玉山一家
三代人的冤案，处决了为非作歹的乡官徐阶（曾任丞相）的儿子
徐瑛和做假供的王明友，并下命令要乡官把霸占的田产退回乡
民。为什么选这两个主题？根据吴晗后来的解释，这是因为海
瑞在任应天巡抚期间，做过五件事情，包括清丈、推行一条鞭法、
修吴淞江、除霸和退田，而前三件事不好写，就选了后两件事。⑥
正如在前一节有关历史剧的论争所指出的，吴晗虽然侧重历史
剧的历史真实，但他并不否认艺术加工的重要性。《海瑞罢官》
的重要人物：海瑞、徐阶、徐瑛、戴凤翔都是真实的，虚构的是故
事的情节。正如吴晗自己解释说："在'海瑞罢官'这个戏里，除
了海瑞、徐阶这两个历史人物的典型性和典型环境是符合历史

实际的以外,戏中的事是虚构的,赵玉山一家子历史上并无其人,这家子的三世冤案也并无其事,反过来说,根据典型环境所许可的情况下,这些人和事又是有历史根据的,徐家的确做了许多坏事,当时确有为数众多的老百姓被害,赵玉山一家子的故事从这一角度看是符合历史真实的,不过姓名不一定是赵玉山、洪阿兰而已。"[67]

戏中洪阿兰是赵玉山的儿媳,她的丈夫、赵玉山的儿子是因为被徐府占去田地、被迫纳税,气得吐血,最后身亡。在洪阿兰带着女儿洪小兰上坟的那一天,洪小兰被徐瑛调戏强抢,赵玉山拦阻的时候被打得昏死,最后还在告状时被知县王明友杖死公堂。如果我们对照一下彭德怀在湖南家乡看到的基层干部打人的严重情况,就不难发现,吴晗所虚构的故事不只符合历史真实,还符合当年的真实。[68]这种干部或民兵变成地方恶霸的情况看来非常普遍,这在1961年调整期广泛展开的调查中也有所反映。例如中国人民解放军总政治部动员部部长所做的"关于河南民兵工作问题检讨报告"指出,"在河南商城县十三个公社的武装部部长,有十一个打人骂人、奸淫妇女、横行霸道。全县四十一个民兵团长,有三十个是这种恶霸;全县二百二十四个民兵营长,被百姓骂成'疯狗''土匪'的坏蛋占了一百六十五个"。[69]吴晗自己1960年7月跟齐燕铭出行考察时,相信不会不知道有这类事情发生。这些情况的出现,跟"三面红旗"之一——"人民公社"制度的推出有关。

"大跃进"运动的展开,加速了较早已经开始的农业合作化的步伐,与此同时,毛泽东在构思一种结合工(工业)、农(农业)、商(交换)、学(文化教育)、兵(民兵,即全民武装)于一体的"人民公社"架构,作为全国基本的社会单位。这种理想制度的推行,其实需要合作社发展得比较稳健、民主法制与观念有相当基础的社会条件的配合。但是,当时的社会却朝反方向发展,例如合作化出现的问题仍没有很好解决;司法部、监察部、地方司法行政机构被撤销等。结果是,地方的政、法、社的权力都集中在人民公社书记和其部下的手中,如果这样高度集中的权力能够适当运用,相信也可能出现毛泽东想象的那种共产主义理想社会。但不幸的是,这个景象并没有出现,干部滥用权力谋取私利、欺压民众却反而变得普遍。毛泽东理想中的权力下放,落得个"山高皇帝远",干部变成了《海瑞罢官》中的乡官。有研究者更认为,"他们的权力比旧社会的乡官和地主合起来还大,没有人能限制他们滥权,因此其中以作恶为嗜好的便横行乡里,成了地道的土皇帝。"[70]1960 年底中共中央提出要彻底纠正"五风"中的"命令风""干部特殊风"和"对生产瞎指挥风",正是针对这些问题的。《海瑞罢官》中海瑞为洪阿兰申冤翻案,所代表的"整顿纲维"精神,不仅可以追溯到历史上的海瑞在《治安疏》中批评嘉靖皇帝"纲纪弛矣"这个史实[71],还可以看成是吴晗和跟他一起修改剧本的戏剧界人士,针对人民公社造成的恶果而提出的批评。相对彭德怀直接批评人民公社这个制度推出过早,经过艺术加工的《海瑞罢官》,就显得委婉,即指出责任不在于皇上(领导人),而在于贪官污吏。听听海瑞在舞台上念(唱)道:

> 整顿纪纲,替黎民,申雪冤枉。
>
> 民苦贫残已不支,
>
> 乡官横暴逞非为,

　　　　杀蛟射虎男儿事，

　　　　报国何须德政碑。

　　　　贪官污吏无心肝，

　　　　枉把朝廷命服穿，

　　　　今日定要平民怨，

　　　　无法宽恕重如山。

　　　　　　　　　　　　——第六幕"断案"

　　在吴晗原来的构思中，"除霸"是作为副线处理的，"退田"才是主线。经讨论后，认为这样会有犯"右倾"或"改良主义"之嫌，便在第五稿把"除霸"改为主线，"退田"放在陪衬地位，⑫也采取轻轻带过的方法处理，如：在写海瑞"断案"时顺便发出"限令各家乡官，十日内把一应霸占良民田产，如数归还，不得有误，如违依法惩处"（第六幕"断案"）这个命令；另一个情节是写徐阶向海瑞求情，愿意交出一批田产为儿子赎罪的时候，海瑞不肯，还坚持徐阶退田二十万亩。虽然吴晗非常小心处理"退田"这个主题，但它仍然有其政治敏感性，即容易让人联想起合作化运动和人民公社运动的核心——土地和生产工具公有化的合理性问题。虽然在共产主义理想、无产阶级利益名义下的"共田"，并不等于"官僚地主集团"的"霸田"，但是，"大跃进"和人民公社的实践却告诉人民，饭还是吃不饱，衣还是穿不暖，地主与佃农之间的剥削关系，以干部与人民之间的矛盾重现。《海瑞罢官》的众乡民听到海瑞发出"退田"的号令和榜文时同唱："今日里见到青天，勤耕稼重整田园，有土地何愁衣饭，好光景就在眼前"（第六幕"断案"），其实已不经意地暗示了人民要求

"分田"的愿望。无独有偶,在经济最为困难的时期,安徽农民真的搞起了能提高农民积极性的"定产到田,责任到人"的生产责任制[73]。不过,这种自救的方法后来并没有得到中央的认可,还被认为与中央制定的调整方案《农村人民公社工作条例》("农村六十条")精神不一致。毛泽东认为,人民公社的失误主要在于"共产风""浮夸风",只要通过大量的调查就可以纠正错误的观念和做法,在1962年9月的八届十中全会上,他更正式批判"包产到户"的责任制是犯了"单干风"的错误。

可以说,《海瑞罢官》虽然置换了"退田"和"除霸"("平冤案")这两个主题的主次位置,以表现其"政治正确性",但也不能避免"刺"痛毛泽东。除了是"庐山会议"留下来的心病外,也涉及毛泽东心仪的、发挥"红旗"作用的"人民公社"制度。"纲维""纪纲"的整顿,不仅指向干部的肃整,还涉及土地拥有制和民生(饥荒)这些更为严峻的问题。在戏剧冲突达到高潮的最后一幕"罢官"中,来接替海瑞任应天巡抚的戴凤翔指控老百姓"虎狼百姓,鱼肉乡官",海瑞给了他以下的"奉告":"江南大害是乡官,强占民田稼穑难,冤狱重重要平反,退田才能使民安"。其实可以看作为《海瑞罢官》的总"宣言"。1961年初《海瑞罢官》上演的同时,调整工作的确已经比较积极地展开,与"退田"有关的是1961年3月到5月"农村六十条"的草拟和修订。这方面的调整对人民公社的性质、组织、规模、管理等方面作出了规定,对家庭副业有更多的鼓励,肯定社员的权利与义务,反对干部违法乱纪、违反政策和法令等。民生方面的调整包括取消供给制和办公共食堂的规定。[74]然而,在最重要的调整会议"七千人大会"(1962年1月11日至2月7日)上,"三面红旗"仍然没法降下来。大会只承认人民公社有错误和缺点,例如彭德怀当年提的批评"人民公社办早了"得到承认;不少被错整的干部也得到平反,但唯独是"彭德怀反党集团"的冤案,得不到平反,尽管刘少奇在会上说,彭德怀"信中所说的一些具体问题,不少还是符合事实的。一个政治局委员向中央的主席写一封信,即使信中有些意见是不对的,也不算犯错"。⑦彭德怀不服,在6月中再次写了一封"八万言书"给中共中央和毛泽东,反驳大会在肯定他在庐山写的那封信的观点之余,却咬定他"有参加高岗、饶漱石反党集团",并重申他没有"反党阴谋""派别活动""国际背景"等,但仍然得不到平反。毛泽东是到了1965年接见彭德怀的时候,才提到这封"八万言书",说"也许真理在你那边"。⑦

然而,毛泽东私下与彭德怀做这样坦诚的交谈的同时,却在1965年9到10月的中央会议上提出要批判吴晗及《海瑞罢官》,并听取康生的意见对号入座地把《海瑞罢官》问题的"要害"定性为"罢官"。康生的逻辑是,"嘉靖皇帝罢了海瑞的官,1959年我们罢了彭德怀的官,彭德怀也就是海瑞"。如果把这个逻辑延伸到毛泽东身上,当年罢了彭德怀的毛泽东,便顺理成章地成了嘉靖皇帝。康生的用心,与毛泽东日益膨胀的个人崇拜心理,可以说不谋而合,结果是夸大了现实政治斗争的需要。

由江青和张春桥直接策划、姚文元执笔的《评新编历史剧〈海瑞罢官〉》⑦,首先从文艺入手批判吴晗,指他把海瑞塑造得过分完美、高大,掩盖了他决定农民的命运的"封建统治阶级"本质,并从"历史真实"的绝对要求(把虚构的故事情节拿去考证)出发,指责吴晗编造了"一个假海瑞"来宣扬自己的错误的政治观(以"清官"代替"阶级斗争"),进而把批判引入现实政治。在文章的最后一段,姚文元对于1961年的历史场景,做了配合他批判《海瑞罢官》的"重构"与阐释:

> 一九六一年,正是我国因为连续三年自然灾害而遇到暂时的经济困难的时候,在帝国主义、各国反动派和现代修正主义一再发动反华高潮的情况下,牛鬼蛇神们刮过一阵"单干风""翻案风"。他们鼓吹什么"单干"的"优越性",要求恢复个体经济,要求"退田",就是要拆掉人民公社的台,恢复地主富农的罪恶统治。那些在旧社会中为劳动人民制造了无数冤狱的帝国主义者和地富反坏右,他们失掉了制造冤狱的权利,他们觉得被打倒是"冤案",大肆叫嚣什么"平冤狱",他们希望有那么一个代表他们利益的人物出来,同无产阶级专政对抗,为他们抱不平,为他们"翻案",使他们再上台执政。……在一九六一年,人民从歪曲历史真实的《海瑞罢官》中到底能"学习"到一些什么东西呢?㊲

虽然《人民日报》转载此文章时加上"编者按",提醒读者这应该是一个有关历史剧的学术讨论,应贯彻百花齐放、百家争鸣的方针,以削弱文章呼之欲出的政治批判意欲。吴晗也知道这跟1961年间开放的、友好的历史剧讨论是两码事。在强大的压力下,他写了那篇学术性很强的答辩文章《关于〈海瑞罢官〉的自我批评》,当中花了很大篇幅介绍苏松地区的历史事实和海瑞的关系,甚至重新评价海瑞,还检讨了自己在写《海瑞罢官》

时阶级立场不正确。这样的努力显然是徒劳的。"恢复个体经济""拆掉人民公社的台""平冤狱"[79]等"罪状"当然是为政治批判吴晗做准备，就算"整顿纲维"这个符合 60 年代初的意识形态与政策精神的主题，也为新的政治形势所不容。吴晗在答辩文章中还使用 60 年代初讨论历史剧的逻辑，试图为自己开脱，说"写这个剧本的目的性是什么，在当时是不清楚的，糊涂的"；"这个剧本和一九五九、一九六〇年的现实生活又有什么关系呢？"；"'古为今用''厚今薄古'的原则在当时一点也没有想起过，完全是为古而古，为写戏而写戏，脱离了政治，脱离了现实"，[80]可以说是无力的书生式自辩而已。

　　总的来说，通过历史剧《海瑞罢官》在 60 年代初的中国历史（艺术的、政治的）舞台中相遇的海瑞、彭德怀和吴晗，可以说是你中有我，我中有你，历史与现实、真实与虚构在时空交错的情况下变得界限模糊。今人在重新评价古人的同时，亦以古人来处理今人的矛盾，结果被缠在残酷的现实政治斗争中。历史又好像在自我重复，海瑞、彭德怀与吴晗以不同的方式"整顿纲维"，却互相纠缠在一起。这正是出现 60 年代中国文坛的历史剧的复杂性所在。作为"回声板"的历史经验似乎是悲剧性的，无论是古人或今人，都无一幸免地在替别人"平冤案"后变成"冤案"的主人公，被罢官、迫害甚至牺牲。1979 年《海瑞罢官》解禁[81]、海瑞重登舞台的时候，吴晗和彭德怀这些"现代海瑞"们的"冤案"才得到平反，"整顿纲维"的精神才得到落实，"除霸""退田"等主题在新的现实环境中又一次找到对应物（"四人帮"被除掉、"包产到户"的实施等）。

4. 生聚与教训：曹禺的《胆剑篇》

如果说吴晗写《海瑞罢官》是在"历史"与"政治"之间的"夹缝"中尝试以"艺术"的形式表达他对时代的一种使命感的话，那么，在30年代已经创作了《雷雨》《日出》《原野》等名篇的老一代剧作家曹禺，60年代初转向历史剧的创作，则是在"政治"与"艺术"之间挣扎、"小心地寻求平衡"，是"夹缝里求生"的选择。⑧²而"历史"只是一种"现实题材"的代替物，让他既能够保持作为艺术家对艺术原则的坚持，又能在不过于贴近政治之同时，实践他作为进步知识分子的时代使命。但曹禺没有像吴晗那样选择"整顿纲维"这类"硬"主题，而是以"卧薪尝胆"这样具有教育意义的"软"主题进行艺术创作，以达到激励人民自力更生、发奋图强、共渡难关的目的。

《胆剑篇》是60年代初与"海瑞"同时热起来的众多"卧薪尝胆"作品之一。根据1962年文化部出版的《艺术研究通讯》第四期的初步估计，以此类题材编写的剧本共有71个，而茅盾认为，按照全国各地剧院与剧团的演出情况来看，数目应该接近一百，就他自己搜集的新编"卧薪尝胆"脚本，也有五十来种。⑧³但这些剧本都属于戏曲类的，却没有一个话剧剧本，因此，在罗瑞卿等领导人的建议下，曹禺与梅阡、于是之便共同构思了一个五幕的《胆剑篇》，⑧⁴由曹禺执笔。"剧本写春秋战国时代，吴王夫差在会稽一战，大败越兵，将越王勾践掳去，拘囚于姑苏。勾践在姑苏的吴王宫中，忍气吞声，备受凌辱，给夫差养马，取得信任，被释放回国。他立志'卧薪尝胆，誓雪国耻'，统率越国居民，'十年生聚，十年教训'，最后趁吴王北上会盟，与晋王争夺霸主的时候，挥戈出征，一举灭了吴国。"⑧从这个剧本的"内容说明"看到，《胆剑篇》的主题是"卧薪尝胆，誓雪国耻""十年生聚，十年教训"。

50年代末、60年代初，任何作者写有关"帝王将相"的历史剧，都要小心翼翼，以免与现实政治贴得太近，犯了"以古讽今"的忌讳。正如茅盾基于对他搜集的五十来个"卧薪尝胆"剧本的分析所观察到的，"许多剧本对于吴越战争的性质分析不深，而且避免提出'复仇'的号召"，而他认为剧作者对越国报会稽之仇的事实不敢响响亮亮地讲出来，是因为怕与当时西德和日本的军国主义者发动第三次世界大战这个复仇动机纠缠在一起，"为了这个古为今用的历史故事不至于同这些复仇主义发生混淆"⑧。结果，有些剧本"把勾践装扮成现代的殖民地解放战争的民族英雄；而另外一些剧本则相反，把勾践在当时的历史条件下一个小国的一个有为之主所能起的作用完全抹杀，把他写成了意志薄弱的无能之人，什么都是人民在推动他，在教导他"⑧。茅盾认为《胆剑篇》成功之处正在于克服了这些弊病，成功地刻画了勾践的性格：一个能够忍辱负重、善用他人之所长、从善如流的"有为之主"，而这是"符合当时历史事实的"⑧。

的确，在60年代初这个不稳定的时期，作为一个明显地需要配合政治任务（教育人民）的话剧，《胆剑篇》需要小心处理越王勾践的形象和他跟人民群众的关系。历史中的勾践是否如《胆剑篇》所塑造的那样，即茅盾所关心的"符合历史事实"问题，看来并不是最重要的。剧作者更需要考虑的是他们创造的越王，是否跟今天领导人民度过"三年困难时期"之"有为之主"

有矛盾,越国人民的主动性又是否能激励今天的人民奋发图强?
《胆剑篇》第一幕写的是勾践被俘。虽然在辞别祖宗后就要被
押往吴国,越王勾践仍然穿戴君王的服饰,"魁伟雄武,眉目轩
昂,意志沉着"[89],处于亡国边缘却气派十足,不失为一个有骨气
和威严的君主。在跟吴王夫差的对辩中,更显出他的志气和
远见:

> 勾践　(忽然目若耀火)大王兴兵侵伐越国的疆土,杀光了
> 　　　我们五城三镇,连黎民一年辛苦种的稻子,也一火烧
> 　　　尽。这样的暴兵是千古少见的。勾践不知有什
> 　　　么恩!
>
> 夫差　(勃然)勾践,你简直是不知死活!你是赫赫大禹的
> 　　　子孙,你不能守住祖宗的基业,弄得国破家亡,你有
> 　　　什么可讲的?刚愎自用,不自量力!(训斥的口气)
> 　　　你败就败在骄傲自是,不听谋臣的忠谏哪!(夸傲
> 　　　地大笑起来。勾践低头不语。)
>
> 夫差　越国,不过巴掌大的地方,蛤蟆一样的几个人。你竟
> 　　　敢不听大国君王的号令,还不是罪有应得吗?
>
> 勾践　(突然抬起头来,愤怒)国不分强弱,有义才能立;人
> 　　　不分智愚,有勇才能存。大王但靠国大兵强,欺凌弱
> 　　　小,这是不义;残害无辜,这是不勇。不义不勇的国
> 　　　家,可以出兵遍天下,杀人遍天下,但它是断难立足
> 　　　于天下的。
>
> (大家听了勾践的话,愕然失色。)[90]

勾践的形象,更多是通过他如何对待身边的人,特别是人民

群众的态度建构起来的。第一幕的结尾,是勾践与夫人、范蠡登船往吴国的情景。曹禺描述当时在岸边送别的老百姓"大部分都是衣衫褴褛,有的甚至是光着身子",他们喊着"大王",有的泣不成声,一片惨苦无依的景象。老百姓中的代表人物"苦成",从命名到行为(他代一名小女孩把一捆烧焦了的稻子交给上了船的勾践,并满腔悲愤地说:"大王,别忘了越国的土地和百姓啊!"),对于正在经历饥荒或生活困难期的60年代中国来说,似乎特别富有象征意义。勾践在吴国过的也是纡尊降贵的马夫生活,假如不是他身边的人提醒、鼓励和帮助,他可能无法忍受这种生活,实践他的复国的誓言。首先是范蠡,他与勾践的关系变得比较"平等",敢于直接指出勾践"三年来很受了一些磨炼",但仍然"浮躁不定",并提醒他"十年生聚,十年教训"里面有千头万绪,要在上面多想想。[91]至于勾践身边那位充满智慧的夫人,她在勾践"痛心疾首""愤不欲生"的时候给他吃"药":一个刻着"十年生聚,十年教训"的木简,他读到这个木简的时候,"心中豁然开朗"。[92]《胆剑篇》中的勾践夫人这个角色,可以跟《海瑞罢官》中海瑞的母亲相比,两者都扮演勉励和支持主人公的角色,发挥辅助性和提醒性的功能。还有那位被吴王掳回去当王妃的"西村的施姑娘",她虽然可以享受王妃的生活,却不贪图富贵,仍然忠心耿耿,以一个越国老百姓的身份来照顾勾践在吴国的安危,并协助他(君主、男人)雪耻(因丧权辱国和被边缘化而带来的耻辱)。

值得注意的是,除了属于"帝王将相"级的武则天、谢瑶环、蔡文姬等外,女性人物在历史剧中,大都是被塑造为被剥削的人民群众的象征,例如《海瑞罢官》中的洪阿兰和洪小兰、《打乾

隆》中的民女等。这跟剧作家们怎样理解妇女的历史地位有
关。《胆剑篇》中的女性人物,当中也有黑肩妻、防风嫂、匠丽妻
等没有独立身份及个性的平民,但曹禺在苦成所代表的"人民
群众"与勾践之间,加插了勾践夫人和西施这些较有独立性格
但仍然扮演辅助性角色的女性人物,我们是否能够读到曹禺对
于如何表现60年代初人民在艰苦奋斗、参与建设的位置的理
解?意思是说,《胆剑篇》所表现的性别关系,虽然被更大的民
族救亡目标和有关的君臣(民)关系所覆盖或模糊化,但当勾践
被降为"民",即在性别秩序关系中的"女"的位置时,他是需要
"民"或"女"的帮助,才能恢复他的"君"和"男"的位置。与此
同时,"民"与"女"若没有"君"与"男"权位的恢复,也难以脱离
屈辱的状态。可以说,君与臣(民)在非常(困难)时期的关系,
后者应该扮演一种辅助却忠诚的"女性"角色,才能洗脱民族的
耻辱。

当然,单是女性形象并不足以表现"人民"在意识形态中
"应有"的形态,曹禺必须塑造另一些典型的人民英雄来表现在
国家建设中"人民"所扮演的主动角色。这方面的责任,曹禺让
男性人物来承担。《胆剑篇》从第三幕开始,正式进入"十年生
聚,十年教训"这个主题,主要表现在越国人民如何与回了国的
勾践一起度过荒年和"被殖民"的生活,进而发展自己的生产工
具(犁)和兵器(剑),建设会稽新城,在二十年的积累后大败吴
兵。苦成正是后三幕那充满志气、骨气和正气的主要英雄人物。
例如第三幕,苦成在发现儿子黑肩不愿意守着土地要逃荒的时
候,便骂他是"没有志气""没有一点出息"的畜生;当发现勾践
所发的米是夫差的米时,他也说勾践"真是没有骨气",最后还

让他明白"没有米不算穷,没有志才是穷""非自耕者不食""君子自强不息"等道理。到了第四幕,苦成这个人物已发展成为一个不仅"通习六艺"的"乡贤",还跟范蠡和文种一样,成为勾践的"忠臣",向勾践献计和进谏。在准备以殉国停止吴兵搜剑扰民的那一刻,他以这样的豪情壮语走完他最后一段的"英雄化"道路:

> 苦成　生当为人杰,死也作鬼雄。宁作那笔直折断的剑,不作那弯腰屈存的钩。兵库的剑、刀是不能搜去的,越国的骨气是不能丧失的。(沉毅地)疾风知劲草,岁寒见青松。只有苦成我去,才是万全之策。[93]

苦成在就义前向勾践献"苦胆",以"胆能明目,它叫人眼亮"劝勾践看清"一时强弱在于力,千古胜负在于理"的道理,是他超越了"人民"的身份,升华为勾践的精神领袖的"仪式"。正如有研究者所说,"苦成的形象,本来就是剧作者从'人民群众是历史创造者'这一观念出发、并为体现这一观念而着意虚构、设置的人物。……但如此浓妆艳抹地集中于苦成一身,不但有堆砌之嫌,形不成有机的整体感……"[94]这是从艺术的角度批评曹禺不可避免地落入概念化的窠臼。当年茅盾和吴晗也曾经从这个角度评论《胆剑篇》在表现人民力量的问题。茅盾较为肯定《胆剑篇》的成就,说作品兼取了"企图一方面突出人民力量,另方面又照顾到帝王将相的个人作用"与"将人民的要求复仇雪耻,推倒外国统治,自力更生,发展生产等的坚强意志,作为人民力量的表现"[95]。吴晗则"在写历史上统治阶级的人物时,不敢写他们的才能本事,他们任何好的措施只能是老百姓出的主意,而统治者本人是拿不出什么办法来的"[96]。我认为茅盾还是过于肯定《胆剑篇》，且看这些为了压低勾践的主体性、拔高苦成的作用而塞在勾践嘴里的台词，就会明白吴晗所说的作品"有堆砌之嫌"之所指：

> 勾践　王孙雄就在我的京城会稽，盖起歌台，夜夜唱着夫差的吴歌。可羞啊，可羞！
>
> 　　我卑鄙，我怯弱，像一只惊弓之鸟，一见猎人的影子，就钻入天去。我只知退缩。抢牛，我不敢回手；搜剑，我不敢回手；连拆城我都不敢回手。这一道血痕，打在我的心上。我就是脸皮厚，就是不知痛。在群臣面前，在范蠡、文种这样难驾驭、不能长居人下的大夫面前，站着我这样一个不成器的君王！……
>
> 　　胆哪，你颜色墨而绿，你不美，你不香，你性寒，你苦而涩，一看见你，就知道你的气味是多么难以入口。你像苦成，苦成又多么像你啊。
>
> 　　你苦啊，胆！可你是清心明目的，你叫我们眼亮耳明，看得见希望，听得进一切忠言善语。[97]

在最后一幕，勾践终于能在二十年后有信心灭吴兵的时候，他对自己的总结仍然是谦卑得可以："二十年来，寡人别无长处，听取忠言，寡人学会了。"

值得注意的是，曹禺把勾践的成败关键归结在是否能够"听取忠言"这一点上，虽然保证了在评价"帝王将相"级人物上不会在政治倾向上有"右倾"之嫌，客观上却容易产生"以古讽今"之嫌，作品似乎在带出一个信息：需要学会"听取忠言"，以至"卧薪尝胆，自强不息"，社会才能从极度的困境中恢复过来。从这个角度看，《胆剑篇》在表现"十年生聚，十年教训"这个主题时虽配合主流意识形态，发挥着团结人民渡过难关的作用，歌颂了毛泽东和中国人民在最穷的时候也不接受外援（特别是帝国主义）的"骨气""气节"和"自强不息"的精神，但"生聚"与"教训"又似乎间接影射了"大跃进"的浮躁和破坏，以及毛泽东未能"听取忠言"。不过，当年曹禺并未意识到《胆剑篇》可能出现的政治问题，他只关注人物"概念化"的问题，因此，他在艺术加工（如增加戏剧性冲突、语言的提炼、象征物的使用等方面）上做出最大的努力，[98]但"终于是一次徒然的挣扎"[99]，因为艺术加工并不能掩盖其他创作上的问题。由于《胆剑篇》是属于领导出题目的作品，而且由曹禺执笔，它自然会受到文艺界的重视。1961年3月，当《胆剑篇》还在草稿阶段（名为《卧薪尝胆》），作协便召开了座谈会，收集意见。[100]同年10月，《胆剑篇》上演后受到欢迎，1962年1月号的《文艺报》便辟了专栏笔谈这个作品，文章大都肯定作品的艺术成就。到了2月17日，在为准备"广州会议"而在京召开的剧作家座谈会上，曹禺才听到了真正让他感慨的批评。

一直比较关心曹禺的创作的周恩来，在会上特别指出曹禺写《胆剑篇》写得很苦恼，原因是他入党以后胆子变小了，"生怕这个错，那个错，没有主见，没有把握"。周恩来指出这样会写不出好东西来，并认为《胆剑篇》虽有它的好处，主要方面是成功的，但他没有那样受感动，说"作者好像受了某种束缚，是新的迷信造成的"[101]。对于周恩来的批评，曹禺是承认的，特别在变得胆小、谨慎、受"新的迷信"影响等问题上。^⑩"新的迷信"指的是要讲"大道理",在这样的压力下,个人的创造性或感情就必然受到压抑,犹如塑造人民英雄时必须压低"帝王将相"的才能一样。曹禺在"广州会议"上的发言,就《胆剑篇》没有很好地结合"理"("一时强弱在于力,千古胜负在于理")与"情"的问题,做了以下的反思:

> 我写过一点东西,常是写不好,写不好,可以列举很多原因,主要的还是因为自己不真知道,不深有所感。
>
> 一般剧本总是有"理"有"情"的。没有凭空而来的"情"和"理","情"和"理"都是从斗争的真实逐渐积累、发展、孕育而来的。真知道要写的环境、人物和他们的思想感情,很不容易。只有不断地在深入生活的过程中体验和思索,才能使我们达到"真知道"的境界。
>
> ……剧本的"理"只有一个,是统一的。这个统一的"理"应该渗透在人物的塑造里,情节的安排里,以及丰富多样的语言里。"理"是整个剧本的"灵魂"。人何曾见过"灵魂",但人的一进一退,一言一行之间,往往使人感到它的存在。因此,"理"是我们读完剧本后油然而生的一种思想,仅仅依赖剧本的某一部分,某一个人物,某一段精辟的语言,是不能得到这种结果的。
>
> ……"理胜于情"便干枯了,"情胜于理"便泛滥了。前种使人感到乏味,后一种使人感到茫然。^⑩

可以说,1962 年"广州会议"召开前后那种较为宽松的氛围,是曹禺思考如何在创作中平衡"理"与"情"的一个历史契机。另外,曹禺在上文提到一个"真知道"的问题。毫无疑问,"深入生活"是当时文学家公认的一个创作前提,但对于历史剧创作者来说,这究竟意味着什么?由于曹禺在"广州会议"上的发言没有特别提到历史剧的问题,而他也没有参与之前有关历史剧的讨论,我们无从稽考他当时怎样思考历史。但我们从他在1978年谈如何写《王昭君》的观点,想象到他如果先要"深入生活"才写《胆剑篇》的话,那会是一件多么困难的事。原来60年代初曹禺最想写的剧本并不是《胆剑篇》,而是《王昭君》。《王昭君》也是一个领导(周恩来)交给他的"任务"。曹禺回忆说:"记得那是60年代初的一个下午,在政协礼堂,总理和我们一起谈话,内蒙古的一位领导同志向周总理反映,在内蒙古地区,在钢城包头,蒙古族的男同志要找汉族对象有些困难,因为汉族姑娘一般不愿意嫁给蒙古族的小伙子。周总理说:要提倡汉族妇女嫁给少数民族,不要大汉族主义;古时候就有一个王昭君是这样做的!接着,总理对我说:'曹禺,你就写王昭君吧!'总理还提议大家举杯,预祝《王昭君》早日写成。"⑩接到周恩来这个"任务"后,曹禺便去了两次内蒙古,"看到了两个王昭君的墓,听了著名的马头琴大师巴杰等弹唱的关于王昭君的传说,访问了一些老一辈的蒙古族人",并发现"原来,关于王昭君的传说,不仅在汉族有,在蒙古族也有。而且,在蒙古族地区,王昭君是一个妇孺皆知的、极为可爱的形象,仿佛成了仁慈的女神"。⑩

可以看到,曹禺是采取一种实地考察的方式去理解王昭君的"生活"的,但对于考察勾践这类春秋战国时代的历史人物来说,几乎是不可能的。这可能是让曹禺感到"苦恼"的原因之一。正如他后来所主张的:"历史剧虽然可以在史实的基础上做一些虚构的文章,但不应该违背历史的基本真实"⑩,他只能转向史料。曹禺看过的,"从《史记》等正史到《越绝书》《吴越春秋》等野史资料,从《东周列国志》到一些古典戏曲本"⑩都有,因此,《胆剑篇》的情节发展,大致符合史书的记载,只是在一些无关宏旨的地方进行虚构,增加戏剧的冲突性(如最后一幕夫差为了控制勾践而要求他让女儿季婴跟自己的儿子成亲),也表现了当时社会生活情况(如吴国比越国更早用铁,因此在生产工具和兵器发展上都比越国先进)。在没法做到"真知道"的情况下,他只能转向"深有所感"的努力上去,即以现实生活的感触来理解古代人物的感情。按照曹禺创作现代剧的习惯,除了"深入生活"外,他非常看重对人物感情的投入。然而,60年代初这个压抑情感和不敢表达真实的感受的环境,又让曹禺无从发挥他的所长。创作《胆剑篇》的"苦恼",正是曹禺这位要在"反思"与"紧跟形势"的"夹缝"中求生的剧作家的生存景况的最好写照。

5. 生死与相知:陈翔鹤的《陶渊明 写"挽歌"》和《广陵散》

荒草何茫茫,白杨亦萧萧。

严霜九月中,送我出远郊。

四面无人居,高坟正嶕峣。

马为仰天鸣,风为自萧条。

幽室一已闭,千年不复朝。

千年不复朝,贤达无奈何。

向来相送人,各自还其家。

亲戚或余悲,他人亦已歌。

死去何所道,托体同山阿。

——陶渊明:《挽歌诗》

窅窅我行,萧萧墓门。奢耻宋臣,俭笑王孙。

廓兮已灭,慨焉已遐。不封不树,日月遂过。

匪贵前誉,孰重后歌,人生实难,死如之何?

呜呼哀哉!

——陶渊明:《自祭文》最后一段

50 年代末、60 年代初,在一片阶级、"左""右"斗争和欢呼、歌颂声中走过来的中国文坛,出现了一些思考生和死的历史小说。写过历史小说《杜子美还家》[108]的黄秋耘,更以"空谷足音"[109]来形容陈翔鹤的《陶渊明写"挽歌"》[110]。不过,黄秋耘当年并不是慨叹这部历史小说的思想内涵,而是针对历史小说的"冷门"(相对历史剧的繁荣)和"连五四以来鲁迅的《故事新编》、茅盾的《豹子头林冲》《大泽乡》、郁达夫的《采石矶》那样的引人入胜、动人心弦的历史小说,我们在当代文学创作中也已经久违了"。差不多一年后,陈翔鹤发表了第二篇更为"引人入胜、动人心弦"的历史小说《广陵散》,写的是嵇康的"刚肠疾恶","不堪俗流","非汤武而薄周孔",反抗传统礼法的一面,以致他最后因被牵连到吕安的所谓"挝母"案件中而遭杀害的故事。[111]陈翔鹤和黄秋耘的作品和评论发表后,"冷门"的历史小说真的有点"热"起来。据说,从 1961 年冬到 1963 年春,全国报刊上发表了约 40 篇历史题材的短篇小说。[112]不幸的是,正是这两篇有关古代"才子"之作,把陈翔鹤推进死亡之门,而死后十年才有人公开给他写"挽歌"。⑬

日后同样因《杜子美还家》而受到批判的黄秋耘，曾经对历史小说作过这样的理解：

> 写历史小说，其窍门倒不在于征考文献，搜集资料，言必有据；他拘泥于史实，有时反而会将古人写得更死。更重要的是，作者要能够以今人的眼光，洞察古人的心灵，要能够跟所描写的对象"神交"，用句雅一点的话来说，也就是"心有灵犀一点通"吧。只有这样，才能真正体会到古人的情怀，揣摩到古人的心事，从而展示出古人的风貌，让古人有血有肉地再现在读者的面前。《陶渊明写"挽歌"》是做到了这一点的。⑭

的确，相对沸沸腾腾的历史剧，写历史小说虽然显得"冷门"，但陈翔鹤、黄秋耘等小说家可能因此有更多的时间跟古人作双向的"神交"，而不是单向地"用"之；更多的空间给予"情怀""心事"的流动和"风貌"的描写，而不是制造"戏剧冲突"。这或许是历史剧更崇拜"帝王将相"而历史小说则更钟情于"才子"的原因之一。那么，陈翔鹤跟陶渊明和嵇康的"灵犀"究竟在哪一点上是"通"的？"今人的眼光"又是如何表现出来的呢？

60 年代初，陈翔鹤算是一位老作家。他成长于五四运动时期，20 年代初便到北京大学附近住下来，过着一边读书一边写作的生活。根据陈翔鹤的好友、当年在北京大学读书的冯至的回忆，陈翔鹤是通过阅读西方文学作品培养批判社会的能力的，也因受到其"哀怨而悲凉的语句"的感染而变得感伤。在中国文学方面，他和冯至都爱好"魏晋人物的风度和晚唐的以及清代几个诗人的诗,像杜牧的'浮生恰似冰底水,日夜东流人不知'、龚自珍的'落红不是无情物,化作春泥更护花'等,是翔鹤常常吟咏的诗句"[115]。他对于嵇康在受刑之前从容不迫顾日影而弹琴的事迹,尤为欣赏,不止一次地向冯至谈这个故事。至于现代作家中,他最受影响的是鲁迅(特别是写孤独者的《在酒楼上》《孤独者》《伤逝》等作品)和郁达夫,这在他早期的感伤小说中有所反映。30年代以后陈翔鹤转向现实主义,50年代的作品就多写在转变中的社会中的人和事。[116]1954年他当了《文学遗产》主编,对于重新研究古典文学,这个岗位提供了很好的条件。但早在40年代任中华全国文艺界抗敌协会成都分会常务理事的时候,陈翔鹤已经开始构思和积累材料写12个他很喜欢的历史人物,包括庄子、屈原、贾谊、司马迁、嵇康、阮籍、陶渊明、李商隐等,只是一直没有时间动笔。到了1961年,当时主编《人民文学》的陈白尘向他约稿,成为他决心落笔的契机,并请了一段写作假,跑到香山住了个把月,把《陶渊明写"挽歌"》写出来。[117]他在12个喜欢的人物中首选了陶渊明,相信跟出现在1958到1960年间有关陶渊明的评价问题不无关系。但为什么写《陶渊明写"挽歌"》,按他自己说,"是想表达对生死问题的一点看法"[118]。

陶渊明(365—427)写《挽歌诗》那年(魏晋南北朝的宋文帝元嘉四年),正是他去世的那年。《挽歌诗》共三首,《陶渊明写"挽歌"》多次提到的"死去何所道,托体同山阿"一句,出自第三首。"挽歌"原来是"葬歌",相传最初是拖引灵车的人所唱,所以称挽歌。六朝时代,人死后亲朋多唱挽歌,表示哀悼。[119]陶渊明在生前就为自己写挽歌三首及《自祭文》一篇,可能是感到生命已快走到了尽头，要为自己的一生做点总结。如果我们看《挽歌诗》和《自祭文》的全文，不难发现陶渊明对于自己的一生其实是有点悲观的，而对于自己的快将死去也觉得一阵悲凉。《挽歌诗》最后虽然以比较洒脱的"死去何所道，托体同山阿"两句作结，表示死去无非是寄身在山陵之中罢了，但之前十六句有关出殡情景的描写，却散发出一种无奈情绪，特别是说到来送殡的人回家后，除了亲戚或许还有点"余悲"外，其他人多已高高兴兴地唱起歌了。这种不愿意死后为自己一生立任何碑文（不封不树），却怕后人忘记他（匪贵前誉，孰重后歌）的心情，在《自祭文》就更明显了。最后的"人生实难，死如之何？呜呼哀哉！"三句，诗人回首了自己坎坷的一生和慨叹将要面对死亡的无奈。

陈翔鹤在《陶渊明写"挽歌"》所表现的晚年的陶渊明，对于人生的"难"有较多的感慨，对于死则较为豁达。例如第一节写陶渊明上庐山，看到慧远法师和白莲社的人"想拿敲钟敲鼓来吓唬人"，便拒绝他们要求他入社的邀请说："人生本来就很短促，并且活着也多不容易啊！在我个人想，又何必用敲钟敲鼓来增加它的麻烦呢？"后来又想："他们对于生死道理还有所未达呢！死，死了便了，一死百了，又算得什么！哪值得敲钟敲鼓那样地大惊小怪！"在第三、四节写陶渊明要把《挽歌诗》和《自祭文》完成的时候，陈翔鹤还回到陶渊明在庐山的不快这个情节上，并视此为陶渊明的写作动机，即认为他想通过写《挽歌诗》和《自祭文》继续跟慧远和尚辩论下去，表示一下他对于生死大事的"最终看法"，便在《挽歌诗》的末尾又加上了"死去何所道，托体同山阿"这两句。意思是说，"不错，死又算得个什么！人死了，还不是与山阿草木同归于朽"。故事结尾，陈翔鹤写到陶渊明从《挽歌诗》念到《自祭文》最后五句时，"一种湿漉漉、热乎乎的东西便不自觉地漫到了他的眼睫间来"，他认为诗人"引为感慨的不仅是眼前的生活，而且还有他整个艰难坎坷的一生"，而不是对死亡的茫然。

我认为陈翔鹤基本上把握到陶渊明晚年的悲观情绪，而不是像后来的一些批判者所说的"把自己内心的悲愤绝望的情绪强加给陶渊明"[120]。他之所以强调陶渊明对"眼前的生活"的慨叹，特别是庐山法会慧远和尚"那种淡漠自傲和专门拿死来吓唬人的情景"，甚至厌恶整个社会，说"活在这种尔虞我诈、你砍我杀的社会里，眼前的事情实在是无聊之极；一旦死去，归之自然，真是没有什么值得留恋的"，首先是出于他对于陶渊明"入世"一面的理解。历史上的陶渊明虽然不愿"为五斗米折腰"而辞官归故里，过了二十二年的隐居生活，但并不等于他在精神上完全是"出世"的。他仍然很介意自己的"国民身份"[121]并愿意跟朝廷保持一定的接触，如接受一些官吏的来访等。就为自己写《挽歌诗》和《自祭文》这件事本身，也可以理解为一种怕死后被后人遗忘的心情。鲁迅曾经直接地指出："即使是从前的人，那诗文完全超乎政治的所谓'田园诗人''山林诗人'，是没有的。完全超出于人世间的，也是没有的。既然是超出于世，则当然连诗文也没有。诗文也是人事，既有诗，就可以知道于世事未能忘情。"[122]我想，陈翔鹤跟陶渊明"通"的一点，正是"于世事未能忘情"。在酝酿写《陶渊明写"挽歌"》的几年，陈翔鹤在现实生活中看到的虽然是"死"，但关心的却是"生"的问题。例如作品虽以"陶渊明写'挽歌'"为题，但他着墨更多的是诗人乐也融融的家庭生活、访客和邻舍关系。后来有些批判针对他的两篇历史小说在吃喝的事上大做文章,认为"不仅是反映了物质生活困难时期某些人的一种精神状态(指"悲观失望情绪"——引者按),简直可以说是对封建文人生活表现了千回百转的向往和留恋"[123],很明显是一种曲解。总的来说,陈翔鹤以写陶渊明相对充裕的物质生活来淡化诗人写"挽歌"的悲凉情绪,除了要表现诗人"入世"的一面外,是否向还在物质生活上正处于极度贫乏状态的 60 年代初的中国读者发出一种生命乐观主义的信息?

那么,究竟陈翔鹤在这个作品中,有没有流露一点悲观失望的情绪呢?有,但不是生死价值取向上的,而是指向政治现实的。陈翔鹤写陶渊明上庐山后的不快,并表达了诗人对社会"尔虞我诈、你砍我杀"的不满,这跟作者对今人的事感到不快和不满有关。陈翔鹤的老战友赵其文,在后来悼念陈翔鹤逝世的时候,回忆起一件他"永远不能忘记的"事,那就是 1959 年陈翔鹤对他受到"右倾机会主义运动"的牵连而错划为"反党分子"的反应。他说:

> 到我家来的人当然是屈指可数了,照常来谈谈的只有翔鹤和几个老战友。翔鹤当时对"浮夸风""共产风"造成的恶劣影响很不满,对"反右倾机会主义"也有所怀疑。他说:共产党员把看到的情况如实向党反映,提出纠正错误的意见,这不正是共产党员的正当权利和对党负责的表现吗?怎样就是反党,就是右倾?我劝他千万不要对别人说,万一被人检举可不得了。可他一直对此愤愤不平。[124]

陈翔鹤的"不平"之气大概是通过写陶渊明发泄出来了。然而,由于他的创作还是跟现实政治扣得过紧，或者是说作品有较明显的"以古讽今"色彩，以致日后针对陶渊明上庐山看见慧远和尚开坛作法这个情节的批判，轻的就说是"违反史实"[122]，重的便是"含沙射影""攻击党的庐山会议"[123]，而这些正是置他于死地的"罪证"。"人生实难，死如之何？呜呼哀哉！"小说中的陶渊明念到这几句的时候热泪盈眶，躲进香山写作的陈翔鹤，写到这个情节时，不知会否看见眼前"荒草何茫茫，白杨亦萧萧""窅窅我行，萧萧墓门"般的"死亡"景象和未来社会主义道路的艰难坎坷而变得黯然神伤？他是否想起了鲁迅《野草》中那位无论前面是坟是花？也得往前走的"过客"，那个梦见在冰山间奔驰的"我"看到"死火"的兴奋？

陈翔鹤也写了另一个关于"死"的故事。

在嵇康一生的事迹中，最令陈翔鹤感动的，可能是他的"死"，以致他以嵇康临死前所弹的一曲《广陵散》命名自己的小说。小说《广陵散》就嵇康的琴音所带出的境界作了这样的描述："这是一种微妙的境界，一种令人神志集中、高举、净化而忘我的音乐境界。更何况嵇康所弹的完全为一种'商音'，其特点正在于表达那种肃杀哀怨、悲痛惨切的情调。"嵇康的琴音是小说的结尾和高潮，当然，陈翔鹤受感动的并不仅是嵇康弹那首绝世曲子的悲壮情调，而是他的死背后那"刚肠疾恶""不堪俗流""非汤武而薄周孔"和反抗传统礼法的品质。

按照冯至的回忆，陈翔鹤说过他的《广陵散》，很大部分是根据鲁迅的《魏晋风度及文学与药与酒的关系》的内容写的。[124]的确，鲁迅在这篇文章中提到有关嵇康的事迹，如在家打铁时钟会来看他，他不理会人家，因此种下了杀身的祸根；写《与山巨源绝交书》与山巨源绝交却激怒了司马昭;被牵连在吕安的"不孝"冤案中而见杀等,基本上构成了《广陵散》故事发展的脉络。但陈翔鹤对嵇康的评价看来比鲁迅的高,例如鲁迅认为嵇康的死是因为他爱发议论,司马昭要除掉他就如当年曹操要杀爱挑战他的孔融一样地命定;而鲁迅更批评嵇康做人双重标准,在自己要破坏礼节的同时却在《家诫》中教他的儿子做人要识时务。但陈翔鹤在小说的"附记"中开头却说:

> 这篇故事是想通过嵇康、吕安的无辜被杀,来反映一下在魏晋易代之际,由于封建统治阶级争夺王位和政权,一些具有反抗性、正义感的艺术家们,曾经遇见过怎样的一种惨痛不幸遭遇。像嵇康、吕安这样的人,如果生在今世,我们不难想象,是要在作家协会或音乐协会的负责同志中才能找到他们,然而他们就是那样在最高封建统治阶级曹氏和司马氏两家内部斗争中白白作了牺牲。[129]

陈翔鹤亦为嵇康的复杂性格辩护,说他虽然有庸俗落后的一面(如对儿子的教训),但他主要和可贵的,还在于他有"刚肠疾恶""不堪俗流""非汤武而薄周孔"和反抗传统礼法的一面。对嵇康做这样的理解和辩护,陈翔鹤的"今人的眼光"就更清楚了:他是以写嵇康的"白白作了牺牲"来呼唤今天的文艺家的"反抗性"和"正义感"。正如赵其文对陈翔鹤的回忆所披露的,陈翔鹤的性格同样是"刚肠疾恶""不堪俗流"的,对于他身边的许多朋友无辜地给打成"右倾机会主义分子",他虽然不能像嵇康那样做到"非汤武而薄周孔",不与统治者为伍,但他可以发挥嵇康与山巨源和吕安之间那种"人之相知,贵相知心"的精神，并在生活中实践。

　　"人之相知，贵相知心"，可能是陈翔鹤的座右铭。他的朋友林辰回忆说，陈翔鹤调到《文学遗产》工作后，曾写信给他，鼓励他转到《文学遗产》协助工作，在信中陈翔鹤就用了"人之相知，贵识其天性"这话。[129] 这两句话也见于《广陵散》，陈翔鹤以此来描述嵇康从向秀处得知山巨源接到他的绝交书之后，不仅没有愤怒，还向他的客人夸赞嵇康的书信为"绝代妙文"时的感动。其实，"人之相知，贵识其天性"来自嵇康《与山巨源绝交书》一文中的"夫人之相知，贵识其天性，因而济之"一句。从"识其天性"到"相知心"，我们可以看到陈翔鹤不仅发挥嵇康的精神，还与嵇康"神交"。知人之心必先知其性，心比性更高一个层次。陈翔鹤写历史小说，不仅想知古人之性，还要知其心，这方面的意图他也曾向冯至提及。[130] 因此，他除了从各方面去体会嵇康的心，包括他临死前弹《广陵散》的心情外，陈翔鹤在小说中亦两次指出"司马昭之心，路人皆见"，以突出那些"为了夺得政权，是不惜杀掉所有忠于朝廷的人"的"野心"。

　　《广陵散》对嵇康的死作出这样贴身的解读，发表时引起文艺界的注意和反应是可以想象的。曾经担任《人民文学》编辑的陈白尘回忆当年的情况说："《陶渊明写'挽歌'》是我自己发稿的，因为我喜欢它。《广陵散》写出时，我已实际脱离了《人民文学》的编务了，我读了更喜欢，但我有点担心。因为那时已在广州会议以后，上海一位'大人物'不仅喊出'大写十三年'，而且盘马弯弓，不知意欲何为；我劝翔老和编辑部要持慎重态度，暂缓发表。但编辑部坚持要发，而且对翔老在篇末写的'附记'，我认为可删的，他们却特别欣赏。"[131] 可以看到，一方面，

《广陵散》对于"反抗性"和"正义感"的呼唤,引起了60年代的中国知识分子的共鸣,而谈"死亡"其实是一种为"求生"的呐喊。另一方面,陈白尘的"担心"又像一种正在加快的时代脉搏,让人感到陈翔鹤的作品隐藏着某些不为时势所容的东西,那就是后来的批判者所抓到的"叛逆精神"[132],有些人甚至认为《广陵散》不仅为嵇康"写挽歌",更有替胡风、丁玲、陈企霞等"反革命、右派作家呼冤控诉"的"苦心"。[133]陈白尘把《陶渊明写"挽歌"》和《广陵散》称为"忧时之作",这是否反映了陈翔鹤等现代知识分子与古代文人在忧患意识这点上是相通的?

细读吴晗、曹禺和陈翔鹤的几个以历史人物为题材的作品及其生产语境,以至在"文革"中遭受的批判,我发现无论是历史学家或作家,创作无论是为了完成"任务"或是早有计划,目的无论是教育性还是反思性的,他们既以"历史"这个可以做丰富的想象和多种阐释的载体作为书写的对象,又得在"现实"这个似乎有实体却不断变化、难以捉摸的存在中取得平衡,这一方面反映了现代知识分子的忧患意识或使命感在起作用,另一方面也是他们的身份与位置所决定的。他们要通过"古人"来向"今人"发言,但在向谁说、说什么、怎么说等方面,却不是那么随心所欲。甚至在为什么这样说这方面,后来的批判者都强加了过多的猜测。吴晗突出海瑞的"整顿纲维"功绩,曹禺刻画勾践的"卧薪尝胆"精神,陈翔鹤带出了陶渊明的生死观与嵇康对朋友的正义感和"相知",其实都属于"忧时之作",分别代表着60年代初中国对于社会的调整、上下的同甘共苦、生命和人生价值的再肯定等方面的需要。但历史剧或历史小说作为一种处于"古"与"今"的夹缝中的文学创作,必然在令一个时代的文学面貌变得丰富多彩的同时，说明了那个时代在话语条件上的局限性。江青说 1962 年的舞台被"帝王将相、才子佳人"等死人占据，剧目"混乱"，并在个别作品中找到"影射"现实的"证据"，也是对 60 年代初由历史剧的蓬勃所书写的时代面貌的一种"说法"而已。

注释：

① 这个讲话是到了 1967 年才公开发表的，载《红旗》杂志 1967 年第 6 期，现收入谢冕、洪子诚编：《中国当代文学史料选 1948—1975》，北京：北京大学出版社，1995。

② 同上，601—602 页。

③ 江青说："吃着农民种的粮食，穿着工人织造的衣服，住着工人盖的房子，人民解放军为我们警卫着国防前线，但是却不去表现他们，试问，艺术家站在什么阶级立场，你们常说的艺术家的'良心'何在？"同上。

④ 1960 年，《戏剧报》设有"关于推陈出新问题的讨论"专栏，讨论焦点是张庚在 1956 年第一次全国戏曲剧目会议上的专题报告《正确地理解传统戏曲剧目的思想意义》所提到的"人民性"问题，提出商榷的文章包括朱卓群的《从如何理解人民性说起——与张庚同志商榷》（《戏剧报》1960 年第 2 期）、李寅的《"推陈出新"与正确对待戏曲遗产——兼评张庚同志的若干论点及其他》（《戏剧报》1960 年第 7 期）等。

⑤ 例如 1960 年 12 月 3 日的《文汇报》以"整旧创新 古为今用 激励斗志"为标题，报道说"首都史学家与剧作家协作，历史剧目创作有了新进展"。

⑥ B. Ashton et al（1984）："*Famine in China*，1958—61"，*Population and Development Review* 10.4，转引自 Rudolf G. Wagner（1990）：*The Contemporary Chinese Historical Drama：Four Studies*，Berkeley：University of California Press, pp. 168—169.

⑦ 李剑主编:《中共历史转折关头》,下册,603—606 页,北京:中央党校出版社,1997。

⑧ 参看《中国共产党历史大辞典——社会主义时期》,150 页,北京:中央党校出版社,1991。

⑨ 洪子诚:《1956:百花时代》,93—94 页,济南:山东教育出版社,1998。

⑩ Rudolf G. Wagner: "*Chapter 4 : The Politics of the Historical Drama*", *The Contemporary Chinese Historical Drama : Four Studies*, pp. 239—246.

⑪ 同上,240 页。

⑫ 同上,93 页。

⑬ 郭沫若:《我怎样写"武则天"》,转引自王达敏:《郭沫若史剧论》,146 页,武汉:武汉出版社,1992。

⑭ 《文汇报》1960 年 12 月 3 日。

⑮ 沈起炜:《谈谈历史剧古为今用的两个问题》,载《上海戏剧》1960 年第 10 期。

⑯ 《关于历史问题的讨论》,载《戏剧报》1963 年第 10 期。

⑰ 这篇十万言的论文先在《文学评论》1961 年第 5、6 期连载,单行本于 1962 年 11 月由作家出版社出版。

⑱ 这五类"方案"是:一、对人民进行爱国主义的教育;二、对人民进行阶级斗争和生产斗争的思想教育;三、强调历史题材之积极的、符合于今天需要的部分而删去或者修改其消极的不符合于今天需要的部分;四、可以为今天鼓舞人心、加强斗志的助力或借鉴;五、通过对历史的认识对人民进行马克思列宁主义思想教育。见茅盾:《关于历史和历史剧》,118—119 页,北京:作家出版社,1962。

⑲ 同上,119 页。

⑳ 同上,121 页。

㉑ 作为一种指导性的创作方法,五六十年代中国基本上是沿用苏联的社

会主义现实主义的："社会主义现实主义，作为苏联文学与苏联批评的基本方法，要求艺术家从现实的革命发展中真实地、历史地、具体地去描写现实。同时艺术描写的真实性和历史具体性必须与用社会主义精神从思想上改造和教育劳动人民的任务结合起来。"载《苏联文学艺术问题》，13 页，北京：人民文学出版社，1953。有关这个创作方法或文学思潮的接受过程与论争，可以参看陈顺馨：《社会主义现实主义在中国的接受与转化》，合肥：安徽教育出版社，2000。

㉒ 《文汇报》1960 年 12 月 25 日。

㉓ 《北京晚报》1961 年 2 月 16 日。

㉔ 吴晗：《关于历史剧的一些问题》，载《北京晚报》1961 年 2 月 18 日。

㉕ 常谈：《从"兄弟"谈到历史剧的一些问题》，载《北京晚报》1961 年 3 月 9 日。

㉖ 辛宪锡：《简谈历史剧》，载《文汇报》1961 年 1 月 12 日。

㉗ 侯外庐：《悼念吴晗同志》，见《吴晗和〈海瑞罢官〉》，25 页，北京：人民出版社，1979。

㉘ 史优：《也谈历史剧——并致吴晗、繁星、常谈三同志》，载《北京晚报》1961 年 3 月 17 日。

㉙ 1954 年李希凡与蓝翎发动过对俞平伯的《红楼梦研究》的批判，认为俞的观点是唯心论的；1955 年也参与过对胡风的批判，写了《胡风在文学传统问题上的反马克思主义观点》。

㉚ 吴晗：《并非争论的"争论"》，载《光明日报》1962 年 4 月 28 日。

㉛ 李希凡：《"史实"和"虚构"——漫谈历史剧创作中的历史真实与艺术真实的统一》，载《戏剧报》1962 年第 2 期。

㉜ 李希凡：《"历史知识"及其他——再答吴晗同志》，载《戏剧报》1962 年第 6 期。

㉝ 王子野：《历史剧是艺术，不是历史》，载《光明日报》1962 年 5 月 8 日。

㉞ 吴晗：《历史剧是艺术，也是历史》，载《戏剧报》1962 年第 6 期。

㉟ 同上。

㊱ 李希凡:《"历史知识"及其他——再答吴晗同志》,载《戏剧报》1962 年第 6 期。

㊲ 徐涛:《半领文学风骚——历史文学创作论》,209 页,武汉:武汉出版社,1992。

㊳ 有关的文章大多收在吴晗的《灯下集》《春天集》和《学习集》。

㊴ 吴晗:《谈曹操》,原载《光明日报》1959 年 3 月 9 日,收入《吴晗文集》,第四卷,226 页,北京:北京出版社,1988。

㊵ 吴晗:《从曹操问题的讨论谈历史人物评价问题——在北京教师进修学院对中学历史教师的讲话》,原载《历史教学》1959 年第 7 期,收入《吴晗文集》,第一卷,493—494 页。

㊶ 《人民日报》1959 年 3 月 23 日。

㊷ 参看《关于历史剧问题的讨论》,载《戏剧报》1963 年第 10 期。

㊸ 例如关锋、林聿时说:"在评价历史人物问题上,曾经出现非历史主义的倾向。这种倾向无非是两种形式:一种形式是,对历史上曾经起积极作用的剥削阶级的人物,非历史地予以抹杀;另一种形式是,对历史上的某些人物(包括农民起义领袖和某些剥削阶级的人物)过分美化,以致把无产阶级的某些特征加在他们身上。我们以为,这两种形式的非历史主义倾向,实质上也都是违背马克思主义的阶级观点的。……我们对历史上有贡献的人物,根据他们比他们的前辈提供了新的东西,而肯定他们的历史功绩,另一方面分析他们的阶级局限性,批评其学说中的错误,是完全应该的,这里没有什么非历史主义。"见《历史研究》1963 年第 6 期,3—6 页。

㊹ 关锋、林聿时认为:"所谓帝王将相即使要肯定也得先骂他们几句,如果所谓骂是指的批评、批判,揭露其剥削阶级的本质,等等,我们觉得这是必要的。对于所谓应该肯定的帝王将相,只能是给以一定的肯定,而不能全盘肯定,在肯定他们贡献的同时,也应该恰如其分地予以否定。"

同上。

㊺ 尚钺：《有关历史人物评价的几个问题》，载《历史研究》1964 年第 3 期，51 页。

㊻ 薄一波：《若干重大决策与事件的回顾》，下卷，888 页，北京：中央党校出版社，1993。

㊼ 发表在《北京文艺》1961 年第 1 期，并同时上演。

㊽ 郭星华：《〈海瑞罢官〉是怎样写出来的》，收入《吴晗的学术生涯》，113 页，杭州：浙江人民出版社，1984。

㊾ 蒋星煜：《南包公——海瑞》，载《解放日报》1959 年 4 月 17 日。

㊿ 吴晗：《海瑞骂皇帝》，收入吴晗编写：《海瑞的故事》，32 页，北京：中华书局，1959。

51 蒋星煜：《海瑞》，上海：上海人民出版社，1957，重印于 1962 及 1979。

52 薄一波：《若干重大决策与事件的回顾》，下卷，1231 页。

53 发表于《新观察》1959 年第 13 期。

54 发表于《北京日报》1959 年 7 月 22 日。

55 郭星华：《〈海瑞罢官〉是怎样写出来的》，见《吴晗的学术生涯》，113 页。

56 吴晗：《论海瑞》，原载《人民日报》1959 年 9 月 21 日，收入《吴晗文集》，第一卷，518 页。

57 同上，519 页。

58 《彭德怀自述》编辑组：《彭德怀自述》，281 页，北京：人民出版社，1981。

59 《彭德怀自述》一书主要是根据 1970 年他写的一份自传式材料整理出来的。在第 15 章"庐山会议前后"，他交代了"上书"的前前后后情况，但坚决反对供出什么"军事俱乐部"的组织、纲领、目的、名单等，说如果这样做，会产生严重的后果。他以这样的一句话总结说："我只能毁灭自己，决不能损害党所领导的人民军队。"见《彭德怀自述》，279 页。

60 丁抒：《人祸——"大跃进"与大饥荒》，172 页。

(61) 《彭德怀自述》,266—274 页。

(62) 同上,275 页。

(63) 海瑞:《治安疏》,见《海瑞集》,上册,218 页,北京:中华书局,1962。

(64) 薄一波:《若干重大决策与事件的回顾》,下卷,861 页。

(65) 吴晗:《海瑞罢官》,载《北京文艺》1961 年第 1 期,14—15 页。

(66) 吴晗:《关于〈海瑞罢官〉的自我批评》,载《北京日报》1965 年 12 月 27 日。

(67) 吴晗:《关于历史剧的一些问题》,载《北京日报》1961 年 2 月 18 日。

(68) 作家从维熙在被打为"右派"后发放到农村劳改时,曾经见到这样一个活生生的例子:"北京郊区一个生产大队的队长,利用职权将一块地划归己有,种上了玉米。一个老农饥饿难忍,偷着到大队长的那块地里掰了半麻袋玉米棒子。队长抓到他,让他背着青玉米,手持铜锣游街斗争。他不服,说队长偷地,而他只不过偷地里的玉米,结果受到严惩,进了劳改农场,饿死在那里。"从维熙:《走向混沌》,155 页,转引自丁抒:《人祸——"大跃进"与大饥荒》,195 页。

(69) 此报告发表在中国人民解放军总政治部《工作通讯》1961 年第 4 期,转引自丁抒:《人祸——"大跃进"与大饥荒》,195 页。

(70) 丁抒:《人祸——"大跃进"与大饥荒》,194—195 页。

(71) 见海瑞做京官时期写的《治安疏》:"富有四海,不曰民之脂膏在是也,而侈兴土木。二十余年不视朝,纲纪弛矣。数行推广事例,名爵滥矣。"见《海瑞集》,上册,218 页。

(72) 吴晗:《关于〈海瑞罢官〉的自我批评》,载《北京日报》1965 年 12 月 27 日。

(73) 《中国共产党历史大辞典——社会主义时期》,209 页。

(74) 同上,176—177 页。

(75) 同上,155 页。

(76) 彭德怀:《毛主席与彭德怀同志的谈话(摘录)》(1965 年 9 月 20 日),见

《彭德怀自述》,288 页。

(77) 文章首先发表在 1965 年 11 月 10 日的《文汇报》上,11 月 30 日《人民日报》和《戏剧报》1965 年第 11 期分别转载。

(78) 《戏剧报》1965 年第 11 期,14 页。

(79) 同上。

(80) 吴晗:《关于〈海瑞罢官〉的自我批评》,载《北京日报》1965 年 12 月 27 日。

(81) 1979 年,《海瑞罢官》与田汉的《谢瑶环》、老舍的《茶馆》是作为建国 30 周年献礼演出剧目再度上演的,并获颁优秀剧目荣誉奖。见谢柏梁:《中国当代戏曲文学史》,119 页,中国社会科学出版社,1995。

(82) 钱理群:《〈胆剑篇〉:挣脱不掉束缚》,见《大小舞台之间——曹禺戏剧新论》,337 页,杭州:浙江文艺出版社,1994。

(83) 茅盾:《关于历史和历史剧》,1 页。

(84) 钱理群:《〈胆剑篇〉:挣脱不掉束缚》,见《大小舞台之间——曹禺戏剧新论》,337 页。

(85) 《胆剑篇》单行本(中国戏剧出版社,1962)中的"内容说明"。作品首先发表在《人民文学》1961 年 7、8 月合刊。

(86) 茅盾:《有关历史和历史剧》,139 页。

(87) 同上,140 页。

(88) 同上。

(89) 曹禺执笔:《胆剑篇》(五幕话剧),19 页,北京:中国戏剧出版社,1962。

(90) 同上,20—21 页。

(91) 同上,34 页。

(92) 同上。

(93) 同上,80 页。

(94) 钱理群:《大小舞台之间》,340—341 页。

(95) 茅盾:《关于历史和历史剧》,125—126 页。

㊙ 吴晗:《略谈〈胆剑篇〉》,转引自钱理群:《大小舞台之间》,341 页。

㊿ 曹禺执笔:《胆剑篇》,84—86 页。

㊽ 例如张光年在《〈胆剑篇〉枝谈》(《戏剧报》1962 年第 1 期)一文中详细分析了曹禺所用的各种象征物(火、剑、胆、马、米);颜振奋在《谈〈胆剑篇〉的艺术成就》(《剧本》1961 年第 10 期)中认为作品"言简意赅,语言性格化和富有动作性";另外,田本相在《曹禺传》(北京十月文艺出版社,1988)中的第二十九章"寒凝大地《胆剑篇》",详细描述了曹禺与梅阡、于是之写《胆剑篇》的过程。

㊾ 钱理群:《大小舞台之间》,342 页。

⑩ 田本相:《曹禺传》,408 页。

⑩ 周恩来:《对在京的话剧、歌剧、儿童剧作家的讲话》,见《周恩来论文艺》,107 页,北京:人民文学出版社,1979。

⑩ "曹禺与田本相谈话记录"(1984 年 6 月 3 日),见田本相:《曹禺传》,411 页。

⑩ 曹禺:《漫谈剧作》(根据《在全国话剧、歌剧创作座谈会上的发言》改写),原载《戏剧报》1962 年第 6 期,收入《曹禺戏剧集——论戏剧》,20—24 页,成都:四川文艺出版社,1985。

⑩ 曹禺:《昭君自有千秋在——我为什么写〈王昭君〉》,原载《民族团结》1979 年第 2 期,收入《曹禺戏剧集——论戏剧》,415 页。

⑩ 曹禺:《关于话剧〈王昭君〉的创作》,原载《人民戏剧》1978 年第 12 期,收入《曹禺戏剧集——论戏剧》,411 页。

⑩ 同上,414 页。

⑩ 田本相:《曹禺传》,403 页。

⑩ 发表在《山花》1961 年 8 月号。

⑩ 黄秋耘:《空谷足音——〈陶渊明写"挽歌"〉读后感》,载《文艺报》1961 年第 12 期。

⑩ 发表在《人民文学》1961 年 11 月号。

⑪ 陈翔鹤：《〈广陵散〉后记》，载《人民文学》1962 年 10 月号。

⑫ 陈美兰等主编：《文学风雨四十年——中国当代文学作品争鸣述评》，190 页，武汉：武汉大学出版社，1989。

⑬ 陈翔鹤这两篇历史小说早在 1965 年已经受到批判，到了 1967 年"文革"开始后更被认为是借古讽今的"毒草"，作者是"利用小说反党"，从此便开始对陈翔鹤进行批斗。本来已患有重病的陈翔鹤，经不起折磨摧残，终于在 1969 年死去。1979 年平反后出版《陈翔鹤选集》，之后他的生前好友如陈白尘、林辰、赵其文分别写了《哭翔老》《追念陈翔鹤同志》《要做这样的人》等悼念文章，见《新文学史料》1980 年第 4 期。

⑭ 黄秋耘：《空谷足音——〈陶渊明写"挽歌"〉读后感》，载《文艺报》1961 年第 12 期。

⑮ 冯至：《〈陈翔鹤选集〉序》，载《文学评论》1979 年第 3 期。

⑯ 陈翔鹤 1934 年前的小说包括《悼——》《不安定的灵魂》《转变》《独身者》《给南多》等；1934 年后的有《古老的故事》《一个绅士的成长》等；解放后的则包括《喜宴》《方教授的新居》等，见冯至：《〈陈翔鹤选集〉序》，载《文学评论》1979 年第 3 期，76—79 页。

⑰ 这是根据当年在人民文学出版社工作的赵其文的回忆，见赵其文：《要做这样的人——回忆陈翔鹤同志》，载《新文学史料》1980 年第 4 期，158 页。

⑱ 涂光群：《陈翔鹤为什么写〈陶渊明写"挽歌"〉》，见《中国文坛写真》，104 页，香港：乐府文化出版社，1994。

⑲ 北京大学中国文学史教研室：《魏晋南北朝文学史参考资料》，香港：宏志书店，1961。

⑳ 颜默：《为谁写挽歌？——评历史小说〈广陵散〉和〈陶渊明写"挽歌"〉》，载《文艺报》1965 年第 2 期，34 页。

㉑ 陶渊明不接受因改朝换代而把他晋人的身份改为宋人，他的诗若是晋时期所作的，皆题年号，入宋所作的，则题甲子而已，因为他"耻事二

姓",见刘良:《六臣著〈文选〉》,收入《魏晋南北朝文学史参考资料》,455 页。

⑫ 鲁迅:《魏晋风度及文章与药与酒之关系》,见《鲁迅全集·而已集》,516 页,北京:人民文学出版社,1989。

⑫ 颜默:《为谁写挽歌?——评历史小说〈广陵散〉和〈陶渊明写"挽歌"〉》,载《文艺报》1965 年第 2 期,35 页。

⑫ 赵其文:《要做这样的人——回忆陈翔鹤同志》,载《新文学史料》1980 年第 4 期,158 页。

⑫ 颜默在《为谁写挽歌?——评历史小说〈广陵散〉和〈陶渊明写"挽歌"〉》一文批评陈翔鹤说:"慧远和尚死于东晋义熙十二年(公元四一六年),而陈翔鹤同志为了自己的需要,却让他活到宋元嘉四年(公元四二七年)还没有死。"载《文艺报》1965 年第 2 期,33 页。

⑫ "《陶渊明写'挽歌'》这篇文章的题目是'写挽歌',然而作者却根本无意于写陶渊明创作三首《挽歌》诗的过程,却在他所虚构的'庐山法会'上大做文章",是"借古讽今,指桑骂槐","攻击党的庐山会议",见文戈:《揭穿陈翔鹤两篇历史小说的反动本质》,载《人民文学》1966 年第 5 期。

⑫ 冯至:《〈陈翔鹤选集〉序》,载《文学评论》1979 年第 3 期。

⑫ 《人民文学》1962 年 10 月号,71 页。

⑫ 林辰:《追念陈翔鹤同志》,载《新文学史料》1980 年第 4 期,153 页。

⑬ 冯至:《〈陈翔鹤选集〉序》,载《文学评论》1979 年第 3 期。

⑬ 陈白尘:《哭翔老》,载《新文学史料》1980 年第 4 期,146 页。

⑬ 余冠英在《一篇有害的小说——〈陶渊明写"挽歌"〉》(《文学评论》1965 年第 1 期)中说:"总之,小说《广陵散》所宣扬的'叛逆精神'和与之相关联的'不堪俗流''不生悔吝之心',要求个人的极端自由,以至生活上的颓废放纵等,在今天都是十分错误的思想。"

⑬ 颜默:《为谁写挽歌?——评历史小说〈广陵散〉和〈陶渊明写"挽歌"〉》,载《文艺报》1965 年第 2 期,31 页。

二、人 鬼 情

——在阶级斗争主题与革命英雄夹缝中的"异端"

1."人性与人情"的浮沉:高缨的
《达吉和她的父亲》

　　阶级斗争主题和革命英雄人物的塑造是中国革命(工农兵)文艺的一个不能动摇的"基石"。偏离这个主题和英雄人物的写作公式,或者只是在人性(例如软弱、自私等)和人情(如亲情、友情、爱情等)方面稍为着墨的作品,在不同时期受到了不同程度的批判,如"温情主义""资产阶级人性论""中间人物""牛鬼蛇神"等。这样,写日常生活中有七情六欲的"人"、写参与人事的"鬼"、写"儿女私情"等本来属于文学"永恒"的题材,便逐渐成为作家的禁忌。在 60 年代初的文艺调整期间,题材是备受重视的一个问题。1961 年第 3 期《文艺报》就"题材问题"做了一个"专论",引起文艺界对题材"多样化"的重视和讨论。"专论"清楚指出:"工农兵方向下的百花齐放,要求创作的题材、体裁、风格的多样化。要完满地回答这个要求,就要正确地对待题材问题。题材的多样化,大有助于体裁、风格的多样化;

而题材问题上的清规戒律,不但限制了体裁、风格的多样发展,对文艺创作的全面繁荣也会带来不利的影响;那是同百花齐放的要求相抵触的。"①在这样鼓吹打破"清规戒律"的气氛下,一些作家仍然保持一定的警惕,另一些则就不同的题材做出尝试;批评界也意见不一,一些坚守"重大题材"的原则,另一些则放宽批判"人性论"的尺度,重新评价某些曾受批评的作品。这里选了高缨的《达吉和她的父亲》(短篇小说与电影剧本)、邵燕祥的《小闹闹》(散文)、孟超的《李慧娘》(昆曲)和刘澍德的《归家》(中篇小说)这几个作品和有关的讨论作为个案,分析在这个短暂的不需要天天讲阶级斗争和英雄事迹的历史时空中,"人""鬼""情"这些题材如何得到表现。

《达吉和她的父亲》这个出自年轻作家高缨之手的短篇小说及其电影改编,在 1961 到 1962 年间引起了文艺界的广泛讨论,主要不是因为这两个文本在内容上有很多"异常"的地方。相反,电影《达吉和她的父亲》从小说改编过来后,由于变得更为"正常"(规范),因此引起了批评界的注意,以及一些文艺领导人意识到 1959 到 1960 年间对"人性论"的批判,在作家心目中产生了负面的作用。短篇小说《达吉和她的父亲》②在 1958 年发表的时候,其实并没有引起很大的注意,只是有人指责小说有"温情主义"和宣扬"人性论"之嫌,不过,读者的评价颇不相同。③两年后,高缨把小说改编为同名的电影剧本④。无论在时代背景、故事情节、人物身份和性格等方面,电影剧本跟小说差别都相当大,改动的地方涉及如何处理"人民""生活""人性""人情"等相当敏感的问题,而这些是正在酝酿的文艺调整所关注的问题之一。电影在 1961 年拍完上映后,文艺界领导人之一冯牧发表了一篇名为《〈达吉和她的父亲〉——从小说到电影》的评论⑤，促成了不少人热烈加入讨论。1961 到 1962 年间，《文艺报》开辟专栏讨论《达吉和她的父亲》共六次之多。⑥一时间，马赫尔哈、达吉等彝族名字经常出现在各种报刊上。根据统计，当时报刊上发表的文章达一百余篇之多。⑦中国作协四川分会还把三十四篇发表于 1962 年 2 月底以前的讨论文章编辑成《〈达吉和她的父亲〉讨论集》。这本集子的"前言"指出："这是文艺问题上又一次生动活泼的百家争鸣。1961 年 2 月以来，继《电影文学》之后，《文艺报》《四川日报》《四川文学》和其他报刊，已陆续发表讨论文章六十余篇。这些文章，大都能各抒己见，畅所欲言。它们不仅对这两个同名作品的主题思想、人物塑造，等等，都有各自不同的评价，而且进一步对文艺的典型问题、时代精神、文艺创作规律以及劳动人民的人情美和人性美等一系列重要问题，也发表了各自的见解，体现了百花齐放、百家争鸣的精神。"⑧

高缨写小说《达吉和她的父亲》的时候，应该是在 1957 年下半年。如果从主题的角度看，小说应该归在"民族团结""阶级感情"等"重大"题材一类，这在日后作者谈小说创作过程的内容中得到确认。⑨可能正因为没有离开这个主旋律，小说在"反右"运动已经开始的 1958 年初仍然能发表。但文本结构、叙事手法和感情刻画等方面，都反映出作者的写作状态应该属于"百花时代"。小说用了较为个人和亲切的书信日记体，叙述原来属于汉族但被抢去当彝族奴隶的达吉，如何在那位出于阶级感情而保护她长大的彝族养父马赫和经过千山万水找到她的汉族生父之间选择的故事。不过，从小说的名字来看，达吉应该是主体,她的两个"父亲"应该是被选择的对象。但故事叙述的与其说是达吉的选择,不如说是她如何被选择,因为达吉只是跟随着两位父亲的意思而行事,她只是"民族团结"这个主题的中介,两位父亲才是化解仇恨、互相谅解这个基调的载体。正如作者所说,具有阶级觉悟但有不少缺点的翻身奴隶马赫和性格慈祥但觉悟不高的贫农任秉清是"直接为主题服务的人物",而达吉作为中心人物,是"间接为主题服务的"。[10] 这是符合主流的叙述模式的,不过,影响着这两个代表不同民族利益的父亲的选择,除了阶级外,"父爱"起了一定的作用,而叙述方式和语言也有比较丰富的感情色彩,这才是《达吉和她的父亲》有异于其他同类主题的作品的地方。

除了头尾两段类似引文和结语的文字外,小说基本上是由叙述者李云的日记"抄录"组成的。在小说的"引子"里,除却一些对彝族人民所作的诗意化叙述,如"昔日的眼泪和悲苦的歌谣,那镣链的叮当和奴隶的呻吟"等外,李云具体地描述了他个人的、温馨的亲女情景:

> 每当我在傍晚回到家,我的小女儿(她已经三岁了)便投到我的怀里,用那双柔软的小手紧搂着我的脖子,把热烘烘的脸蛋贴在我颊上,一个劲儿地调笑着。我便眯着双目,沉浸在父性的温情中……这时候,我眼前常常浮现出一个凉山少女和她的父亲的面影,我的心便激烈地跳荡起来……呵,我是多么想即刻向你倾诉一段我所经历的故事;这一段关于父亲、关于女儿、关于人间的爱与恨的故事。

可以看到,叙述者要引出的,是一个有关"父亲""女儿"和"人间

的爱与恨"的故事,尽管故事中的家庭关系仍然以阶级感情而
不是血缘为基础,父女关系仍然刻上民族隔阂的烙印。相比
"阶级"与"民族","人间"似乎留有更多空间让读者作联想外,
也留给作者阐释的余地。⑪无论如何,从文本修辞的方式看,我
认为当年只有 28 岁的高缨,⑫在写作的时候,可能已自觉或不
自觉地将"热烘烘"的"人"气和温情,调和到阶级与民族这些主
题中去。我们可以从作者谈构思小说前在凉山进行生活体验的
内容中找到一点线索。

高缨在 1957 年春夏之交到过凉山,目的是考察正在进行的
彝族民主改革运动的情况。但他说,在"听了许多可歌可泣的
故事,曾被激动得不能自已"之余,并没有考虑以他听到的英雄
人物故事为写作素材。到了遇上一个个活生生的普通老百姓,
例如哭着笑着诉说被奴隶主抢进凉山的汉族姑娘达吉、经常给
年轻的女社长果果做饭的单身老人马赫木呷等,留下了深刻的
印象之后,他才认为他为要表达的主题找到了合适的人物。意
思是说,他充分意识到,只有故事和理想化的英雄人物,是不足
以表现仍然根深蒂固的民族偏见的。选择了塑造较贴近生活的
"有缺点和弱点的普通劳动者"⑬形象来服务主题后,作者发
现,"笔下的人物似乎都愿意与我合作,而他们也带着我去写出
他们的语言、行动、欢乐或者苦恼"⑭,带来意想不到的效果。的
确,小说最感人的,是马赫、任老汉和达吉的内心冲突,人性中自
私一面与善良一面的碰撞,亲情与恩情的自然流露等方面的描
写,而不是英雄式人物沙马木呷和李云执行民族团结教育和民
族调解的工作。最有代表性的,是任老汉听到马赫叮嘱他"一
定比我更爱达吉"和告诉他如何照顾她后的一段"陈词":

妞儿……你……留下来吧！留在你阿大的身边吧！我已经看清楚了,他比我还爱你。我生了你,可是他养育了你,他对你的恩情比海还深……我已经受够别离的苦了,我的心早已分成两半。而今,我不能再把马赫老爹的心分成两半,不能让他再流老泪了,妞儿,留下来吧……

虽然从人物语言的角度来看,这段话不算"自然",加工的痕迹显而易见,但作者的心思是再清楚不过的:直接促成两位父亲让步的不是民族大义、阶级感情,而是亲情或父爱("他比我还爱你"),还有一份朦朦胧胧的"同病相怜"的体谅。因此,小说结尾那段有关阶级与爱恨的关系的政治"宣言",就显得与人物的"语言、行动、欢乐或者苦恼"格格不入和空洞:

一切剥削阶级,一切属于它们的政党、教义都在日日夜夜地制造着仇恨;它们压碎人间的爱,却又伪装着"博爱"的面纱;它们用人民的眼泪洗手,然后戴上雪白的手套……只有我们的阶级,我们的党,才在世界上广泛而深远地传播着、铸造着真正的爱,真正的人们的博爱！这种爱,高高地站立在人类之间,站立在释迦牟尼与耶和华偶像的上面,放出永恒的光彩。

正是为了让人类生活在永远没有仇恨、永远相爱的社会里,我们许多兄弟洒了自己的鲜血;也正为了这,我们才冷酷地憎恨一切敌人！

如果我们把这段教条主义色彩相当浓的"宣言",放到1958年的时代背景去理解的话,突出以"真正的人民的博爱"来抗衡剥削阶级"压碎人间的爱"这样的论述,还是有点不寻常。当时，对内的"反右"运动凸显的是阶级路线，对外则是处于紧张的中美关系状态，"斗争"而不是"爱"才是政治正确的关键词。⑮此外，在修辞方面，作者引用"释迦牟尼与耶和华"等宗教人物作为"党"的"真正的爱"的参照，带出的似乎更多是宗教的而不是阶级斗争的"教义"的联想。可以说，小说无论在故事情节处理上或修辞上，都无意中带出了一个"爱"的潜主题或潜文本，这正是小说被批评有"温情主义"倾向的来由。在受到批评后，作者承认这段结束语在"词句"和"对比"的应用上"不恰当"，并没有在阶级消灭之前，就急于要传播"一种普遍的爱"。⑯

因此，高缨在1960年将小说改编为电影剧本时，主动地在这方面作"调整"，这跟政治不断向"左"转，以及文艺界鼓吹写工农兵英雄人物、批判"人性论"和"人道主义"有关。作者把电影《达吉和她的父亲》的时代背景推到"大跃进"时期，任秉清变成了在凉山帮助彝族人民修建水电站的技术员，达吉则是公社的青年突击队队长，而马赫是公社社长，与任秉清共同工作，情同手足。当任秉清发现了达吉是他思念的、失散多年的女儿和马赫便是她的养父的时候，为了民族团结，为了工作，他强压自己的情感，把女儿留在马赫身边。马赫知道真相后，毅然把达吉还给任秉清。电影处理这样的矛盾的方式是来个二父一女大团圆：任秉清留了下来，跟大家一起建设社会主义新凉山。结局虽然"完满"，也配合政策，却没有留下人性的挣扎、人情的遗憾。高缨在改编工作未开始之前，曾再赴凉山，短期生活了一段。由于小说被当地的文艺界和党委肯定，高缨原来想按照小说的原貌去改，在改得不成功的情况下，才把背景转到1958年去，结果产生了"新的环境及其不调合的人物性格的矛盾"[17]。不过,他说他还是能从这样的"创作的困境中"解脱出来,因为他的改编得到电影界一些人的肯定:"在新的时代背景和人民公社环境中,故事应该是喜上加喜的事,情调最好是欢乐的,人物可以写得理想一点;这样更能体现民族团结的主题。"[18]在电影剧本的"后记"中,高缨还正式地确认了电影的"阶级观点",他说:"由于党的教导,使我更加明确应该以阶级观点来发现分析民族问题,从而正确反映我国崭新的民族关系;应该以革命现实主义和革命浪漫主义相结合的创作方法,来反映现实生活、刻绘劳动人民崇高的精神风貌。"[19]

电影剧本发表后,文艺界的反应看来是出乎高缨意料之外的,甚至可能让他感到尴尬。[20]开始的时候,讨论较多围绕对比小说与剧本而展开的,意见大致分为三种:一种认为剧本比小说"更上一层楼",即更倾向剧本,如李厚基的《更上一层楼——杂谈〈达吉和她的父亲〉从小说到电影剧本的改编》[21];另一种认为剧本失掉了和削弱了小说原有的"艺术感染力量",即更倾向小说,如冯牧的《〈达吉和她的父亲〉——从小说到电影》[22];第三种则认为小说和剧本都成功或者是各有缺点,如郑松元的《大胆、成功的再创造》[23]和屡冰的《人物形象与时代精神——试谈小说〈达吉和她的父亲〉中的人物塑造》[24]。后来,讨论的焦点不再停留在对人物和情节的评价,而转向理论的层面,典型性、艺术多样性等是其中最受关注的问题。[25]正如高缨清楚地意识到的,"《达吉和她的父亲》不论小说和电影剧本……本身并不具备多大价值,只是通过它便于展开某些问题而已"[26]。的确,这些意见和讨论,提供了一扇窗口让我们窥探文艺界在"调整期"如何重新认识人性、人情、个性、艺术性等被压抑的问题。

　　巴人写于"百花时代"的杂文《论人情》[27]在意识形态森严的 1960 年被揪出来批判，当然是直接促成《达吉和她的父亲》成为反思人性和人情问题的切入点之一，但人性与人情在当代文学创作中成为"忌讳"，却可以追溯到 50 年代胡风的"主观战斗精神"、冯雪峰的"艺术的战斗力"、钱谷融的"人道主义"现实主义等涉及表现"人"（包括创作主体与对象）的情感与个性的"人性论"批判去，而这是作为主导思想的社会主义现实主义理论中一直没有解决的核心问题。巴人的《论人情》可以说是有感而发之作。他有一次听到一些老战士批评新的戏剧"政治气味太浓，人情味太少"后，便想发表一下他对"人情"的看法。文章写道："能'通情'，才能'达理'。通的是'人情'，达的是'无产阶级的道理'。……人情是人和人之间共同相通的东西。……本来所谓阶级性，那是人类本性的'自我异化'。而我们要使文艺服务于阶级斗争，正是要使人在阶级消灭后'自我归化'——即回复到人类本性，并且发展这人类本性而日趋丰富。"[28]但首先发难批判巴人的姚文元，认为他的观点跟"老牌"的资产阶级"人性论"者没有两样，即用"人情"来"否认人的思想感情的阶级性"和"把社会生活的阶级内容都否定了"。[29]周扬在第三次文代会（1960 年 7 月 22 日）的报告中，更重点"驳资产阶级人性论"，说"'人性论'是修正主义者的一个主要思想武器……巴人又搬出了这一套陈旧的武器来攻击社会主义文艺，说革命的文艺缺乏'人情味'……中外修正主义者原来是一鼻孔出气的"。[30]

　　明显地试图以"通情"来"达理"的小说《达吉和她的父

亲》,在 1960 年没有受到批判,可能是因为高缨及时在电影改编中做了"补救"。1961 年初率先以较为主流的意见肯定电影剧本而批评小说的李厚基,由于政治气候开始缓和,文艺调整也正在开展,不得不肯定"有着浓厚的抒情色彩,因此,小说的艺术性是较高的",然后才批评"小说对生活的反映是不真实的……只是个人喜怒哀乐的命运戏剧,而不是社会戏剧",而作者是"把自己心爱的人物囚于狭小的个人主义的笼子里,可是却要他们概括时代、民族、阶级这样大的含义……热心于描绘这些人的复杂性,实际上是描绘内心世界的分裂症状,这就给整个作品罩上了阴沉、灰色的基调,染成了冷色的调子"。相反,电影"受着总路线、大跃进、人民公社光辉灿烂三面红旗的感染,整个作品透露了开朗、乐观的基调",因此他肯定了高缨在受到"教导"后的创作表现。㉛但李厚基把个人与阶级(社会)、悲观(灰色)与乐观对立起来的观点,很快就受到冯牧的挑战。冯牧认为优美的人性和人情是能够与阶级情感相结合的:

> 小说用了很大的篇幅着重地描写了几个人物的心理和精神活动,这些片段,可以说是整个作品里描写得最为淋漓尽致和最为激动人心的部分。这些充满了激情的描写,体现了几个人物的曲折复杂的心情,体现了两个父亲和女儿之间的真挚纯洁的情感,把他们的善良、正直而优美的心灵是如此鲜明而真实地袒露在我们的面前。……在这里,在这几个人物之间交流和激荡着的,难道仅仅是一种微不足道的"儿女之情"么?当然不是。在人们之间,在作品和读者之间交流和激荡着的,分明是一种深挚而纯真的阶级感情,一种劳动人民的最崇高最美好的人性和人情。在这里,

作者用诗一般的语言，高声地歌颂了只有劳动人民才具有的那种淳朴的人性美和人情美。是的，我们在这里看到了劳动人民的人性美和人情美；而且我们还希望在更多的作品中也能看到着重人性美和人情美。难道这有什么可以非难的么？难道在反对了资产阶级的虚假的人性论之后，我们也得把无产阶级的人性和人情排除在阶级情感之外么？值得注意的是，直到现在我们还不难听到那种自觉或不自觉地把革命的阶级感情和无产阶级的人性与人情对立起来的论调。有的同志似乎不大喜欢看见劳动人民身上的某种人情的流露。㉜

冯牧以上的观点，基本上反映了文艺领导人对批判"人性论"后遗症的反思。例如周扬在1961年6月举行的全国故事片创作会议上，也在评论电影《达吉和她的父亲》不够"动人"时，对自己1960年批判巴人的《论人情》作了检讨。㉝不过，应该注意的是，小说《达吉和她的父亲》所描写的几个人物的"心理和精神活动"（即"人情与人性"）在1961到1962年间之所以得到冯牧等领导人重新肯定，而改编了的电影反而不够"动人"，其实是"阶级"与"人"的对立关系得到暂时的缓和的历史产物，也就是说，文艺批评的尺度和话语跟着意识形态的变化而伸缩或转换。一直以来本质论地把"人性和人情"二分为无产阶级的和资产阶级的观点，其实并没有受到动摇。例如冯牧不可能界定什么是"资产阶级的虚假的人性论"，什么是"无产阶级的人性和人情"，为什么小说《达吉和她的父亲》所表现的"亲情"是属于"无产阶级的人性和人情"而不是"资产阶级的虚假的人性论"。他们所做到的，似乎只是把"人民"这个概念中的阶级特性淡化,让对"人"的"心理和精神活动"这方面的想象和书写空间不至于堵死,使有血肉和感情的普通的人能在文学作品中重拾他们的位置。

一些批评者也注意到小说《达吉和她的父亲》潜在的"爱"的主题。用肯定的态度去讨论这个主题的批评者扬田村,精确地点出了高缨在表现"民族团结"与"爱"这两个主题时的矛盾。他说:"有人说这篇作品有两种声音,如果是指两个主题的话,那的确是如此。一种是头脑里的声音,一种声音是心灵里的声音。前一种声音宣讲旧社会的罪恶,促使民族团结;后一种声音则为爱讴歌。这两种声音都不够响亮有力,前一种声音没有说得明白清楚;后一种声音似又不想说得明白清楚。"㉞扬田村把高缨一边要表现爱的主题,一边又"不想说得明白清楚"这个主题归咎为他的"不信任",即"把本来是奴隶的阶级友爱,加以抽象化、绝对化,当作是'永恒的'人类之爱,不分场合无条件地加以歌颂。把爱当作是固定不变的歌颂的对象"。㉟高缨对这批评做出了反驳,他不承认小说所表达的"爱"没有阶级内容。㊱从这样的批评和回应中,我看到无论在"百花时代"或者是1962这个"春天",对"爱"这个主题"不信任"是普遍存在的。撇除那些指责小说过多地写了"亲子之爱""儿女之情"、"爱"的"迷惑力"令人"智昏"㊲等批评外,就算指出"在劳动人民之间宣扬彼此相爱,赞美这种爱,本不是什么要不得的事"的批评者如扬田村等,以至小说得到正面批评的高缨,也不敢充分肯定达吉和她的父亲们流露的亲情和爱,是普遍存在的"人"的情感。与此同时,当肯定有阶级内涵的"爱"之余,他们亦不敢承认这种"爱"是"永恒的",这种态度跟把消灭阶级置于终极追求目标的政治意识形态之间,是否存在某种距离? 看来,这次《达吉和她的父亲》的讨论,仍然未能回到巴人《论人情》的理论高度或想象力,即考虑人在阶级消灭后,是否有"自我归化"到人类本性的可能。作家仍然要如走钢丝一样在"阶级"与"人"之间小心翼翼地平衡前进。

2."1962,你不选英雄事迹":邵燕祥的《小闹闹》

1962 年这个夹缝中的"春天",没有让人感到那么舒畅,"谈情说爱"还得小心翼翼,马赫和任老汉与达吉之间、李云与他的女儿之间那种朴素的"亲子(女)之爱",在批评界种种的注释之下,变得面目全非。无独有偶,诗人邵燕祥在这个时候(1962 年 3 月)写的一篇抒发他初为人父的心情和体会的散文《小闹闹》㊳也受到批评。

当年在中央人民广播电台工作的邵燕祥,非常积极推动文艺调整的工作,特别在提高艺术性和鼓励多样化方面。这两方面属于调整方案《文艺十条》头两条的范围,即第一条的"正确地认识政治与文艺的关系"和第二条的"鼓励题材与风格的更加多样化",是文艺调整的重点,目的在于克服"公式化""概念化""单一化"等创作问题。在调整文艺广播节目方面,邵燕祥曾经指出:"听众对于文艺欣赏的需要、兴趣和爱好是多方面的,这就要求广播文艺节目花色品种繁多,题材、体裁、风格尽可能多种多样。"㊴在检讨 1958 年的广播音乐节目时,他又说:"当时播出的许多配合宣传任务的歌曲,虽然表现了重大的题材,但是有相当一部分是艺术性不高,或者思想性、艺术性都不高,甚至存在缺陷的作品。"⑩在广播节目中除了把题材搞得多样化一点外，邵燕祥还增加节目的感情色彩，例如在1962年下半年播出的六篇唱词中，有五篇取材自《红楼梦》，如《宝黛酌情》《紫鹃试玉》《鸳鸯绝偶》等。⑪散文《小闹闹》也是一篇充满感情的作品，1962年7月他还写过一篇刻画母女之间的感情的短篇小说《生离死别》，但没有发表。⑫

《小闹闹》非常细致地描写了父亲"我"在儿子小闹闹还在娘胎时对他的冀盼，在他呱呱落地那一天不知所措的景况，学会如何照顾他和观察他的成长等方面。除了细节的描述外，散文还有不少内心独白，抒发了一个活生生的，充满喜悦、爱、矛盾、紧张、焦虑但却无微不至的父亲的心情：

> 爸爸妈妈端详你，揣度你，好像你还是一个没有揭晓的谜。怕把你看醒，不敢离你太近；怕把你吵醒，说话压着嗓门："应该爱他吗？""只觉得他可怜！"那么小，那么不懂事，那么信任大人，又那么任性，真是可怜，也就是可爱。……眼前这小生命分明又可爱又可怜啊。
>
> ……
>
> 小家伙，小家伙！爸爸被你弄得很紧张。而你又那么敏感，动不动就醒，醒了就哭。是怕灯晃眼吗？爸爸就用毛巾把灯包起来；是怕响动、怕吵吗？楼上的叔叔偏又在捶捶打打做木匠活儿了。坚强点儿吧，别那么脆弱。为什么还哭？小小的夜哭郎啊。
>
> ……
>
> 做爸爸，也是谈何容易。事非经过不知难。何况是这

样无知、无能、无用的爸爸。㊸

邵燕祥在这个时期选择了亲情这个"小"主题,并从熟悉的生活中取材,刻画他个人的情感世界和一个普通家庭的面貌。这样的创作实践表现了他创作与生活的某些认识:对象不一定都是配合政治任务的"重大"题材;照顾孩子等日常生活犹如"二十四史"般值得重视;㊹牵动人的感情和心思的,不仅是革命,还有身边的人和事。究竟邵燕祥做出这样的选择和实践,是出于一种对"人情"的自觉还是受到一些因素影响?"文革"受批判期间,邵燕祥曾经需要按照"指示","以《小闹闹》这篇散文作为麻雀来进行解剖,检查文艺思想,检查人生观和世界观"。他当时以自我批判的语言交代说,他之所以"形象地宣传庸俗的幸福观,'温暖的小家庭',要人们安于斯,一切围着家务事、儿女情转圈子,以个人为圆心,以孩子为半径,以家庭为圆周,置革命于脑后",其中一个原因是受到当时"文艺界有些人大肆吹捧"的朱自清的散文《儿女》"一定的影响"㊺。

邵燕祥在"文革"时期所作的思想检讨,当然在很大程度上是违心的。但说朱自清这篇写于1928年的散文,对他创作《小闹闹》曾经产生影响,看来有一定的可信性,虽然很难就这两篇作品的写作手法、风格等方面一一进行对比。《儿女》是朱自清反思他作为一个"不成材的父亲"㊻的一篇散文,内容涉及很多"家务事、儿女情",也写得非常细腻和动情,特别是几个孩子在吃饭时候的吵闹和把两个孩子丢在祖母家那两个情节的描写。如果朱自清在1962年间真的如邵燕祥所说那样,受到文艺界一些人"大肆吹捧"的话,那么,我们是否可以判断,在鼓吹题材和风格多样化的氛围中,当时文艺创作者乐于借镜的,正是朱自清所代表的五四作家那种写实风格和对人的情感的刻画。此外，以写"父亲"见称的朱自清，能够影响一些作家着墨于亲情或父爱的描写，也不是不能想象的事。同期出现的写亲情的作品，除了邵燕祥的《小闹闹》外，还有电影剧本《亲人》等[47]。不过，应该指出的是，任何一种主题或风格之所以能产生影响，也得有时代契机的配合。一般而言，"人情"与"人性"在逆境中更能打动人心，60年代初的中国人民所经历的困难时期和高度意识形态化的政治环境，是小说如《达吉和她的父亲》等得到肯定和散文如《小闹闹》等得到一些人的赞赏[48]的经济社会基础。达吉两位充满"爱"的父亲、小闹闹那"无知、无能、无用"的爸爸和阿九、阿莱等[49]的"不成材的父亲"，是否比一般出现在写重大题材的小说中的英雄化"父亲"形象（血缘的和象征革命的）更为可亲？

然而，尽管文艺界高唱"题材多样化"，量度作品的好坏、高低的尺度，已经有点偏离社会主义现实主义（当时称为"革命现实主义与革命浪漫主义相结合"）的"要求艺术家从现实的革命发展中真实地、历史地和具体地去描写现实"[50]的准则，一些批评者仍然坚信社会主义现实主义作品要与自然主义划清界限。例如，唐弢在一篇讨论题材问题的文章中点名批评《小闹闹》说：

> 如果说自然主义的一个特点是过多地罗列了生活的细节，这篇作品却没有任何为艺术创造所需要的细节，它所收集的只是生活的渣滓，由作者沾沾自喜地表达出来。……这是名副其实的所谓"家务事、儿女情"的典型，是烦琐的

"家务事"和卑微的"儿女情"相结合的典型。[51]

看来,唐弢等对1962年所倡议的题材多样化的理解,跟作家如邵燕祥的不尽相同。唐弢也支持题材多样化,却不赞成写"家务事、儿女情"。他认为"一篇具体的作品的具体的题材,却还是有好坏的区分,有高下的区分,有恰当与不恰当的区分,因而也仍然存在着可以写和不必写的问题"[52]。意思是说,"家务事、儿女情"是"坏""下""不恰当"的,因此属于"不必写"的题材。他认为相对"新鲜"和"多彩"的"出世不久、前人从未接触过的社会主义建设"的题材,"经过几百年反复描写的'家务事、儿女情'"才是"单调和狭窄",因此,要题材多样化,就应该在"社会主义建设"的范围内搞出花样来。唐弢指出邵燕祥等作家的"错误的实质",在于"把'家务事、儿女情'和社会主义建设对立起来,把'中不溜儿'的人物和革命斗争中的英雄人物对立起来,抓着一点着重地加以倡导"。[53]唐弢所指出的"错误",基本上是政治概念下的"左"与"右"、社会主义与资本主义等二元对立思维的产物,但不自觉地受到这样的意识形态牵制的,不仅是唐弢批评的那些作品,还有他自己。他认为小闹闹的父亲是一个"中不溜儿"的人物,其实已经把这个"中间人物"放在"英雄人物"的对立面,在同样的逻辑下,没有英雄事迹(即国家民族"大事")的支撑的日常生活细节(即"家务事")的描写,就自然被拨入"渣滓"一类了,因为唐弢理解的社会(国家)与个人(家庭)是分等级的,前者界定后者的意义。在这样的思维的支配下,他没法欣赏诗人邵燕祥那种"以小见大"的写作方式,也体会不到没有"直抒胸臆"但不无骄傲地表达出来的家国情,以至对未来抱有的一代比一代好的乐观期待。[54]

此外,由于坚守社会主义现实主义创作方法的原则,唐弢也把细节描写等同于自然主义,这也是细节被贬低为"渣滓"的原因之一。但究竟现实主义艺术创造需要哪些细节?为什么"家务事、儿女情"不算是"现实的革命发展"的一部分?这都是唐弢他们一直没法很好回答的问题。不过,正如邵燕祥在90年代反思唐弢当年对《小闹闹》的批评时指出的,这些有关题材问题的立论,"自是'社会主义文学'理论的题中应有之义。难得的是唐弢先生在'山雨欲来'之际,仍然控制在学术争鸣的范围内,与后来多少'无限上纲'、乱扣政治帽子的做法不同"。[55]这当然是后话。邵燕祥承认,在1962年他未能预料"山雨欲来"之前,他对唐弢的批评是不服气的。[56]随着"文革"的到来,《小闹闹》的"亲子之情"被定性为资产阶级"人性论"的标本[57];批判就"无限上纲"地说《小闹闹》是"在尿布中忘记政权、忘记阶级斗争,以另一种方式坚持右派立场……《小闹闹》,要闹什么?"[58]"是反对毛泽东文艺思想的急先锋……恶毒地歪曲现实……污蔑我们的革命干部满脑子只有孩子,没有革命……整个作品充满资产阶级人情味,是一篇市侩哲学的文学作品"[59]等。在一次批斗会中,一些执行批判任务的人更直斥邵燕祥说:

> 站在资产阶级立场,对党和社会主义制度极端不满,看不到光明面,看不到英雄人物。暴露你所谓的"阴暗面"。充满"人情味"、"儿女情"。
>
> ……
>
> 1962,你不选英雄事迹。[60]

邵燕祥这一项"不选英雄事迹"的"罪状"，正好说明了1962年作家曾经做过的一种另类"选择"。以写充满"人情味""儿女情"的故事或经验代替"英雄事迹"，或许可以理解为60年代中国的文艺创作，从"英雄"向"人"回归的一种努力。

3."鬼"情有害吗：孟超的《李慧娘》

除了以书写亲情向"人"复归外，一些文学家选择了以写具有超自然的力量的"鬼"来表现英雄气概和人情，孟超改编自明人周朝俊的传奇《红梅记》的昆曲《李慧娘》⑥，便是其中著名的例子。除了《李慧娘》以由人变成鬼的李慧娘作为主角外，田汉的历史话剧《关汉卿》⑥也有窦娥鬼魂的出现，以及朱帘秀在狱中说死后要变鬼来报仇的情节，田汉的京剧《谢瑶环》⑥中被害死的女巡按谢瑶环，也说死后要变成厉鬼报复等。无独有偶，这些要复仇的女人或女鬼，都曾经跟一些书生或才子结下不解的"情"缘。无论如何，在1961到1962年这个短暂能够谈"情"说"鬼"的瞬间，人与人、人与鬼之间的恋情与恩怨的书写，均达到淡化阶级仇恨、减低英雄人物独领风骚与促进文艺多样化的效果。

60年代初文坛"闹"鬼，并不始于《李慧娘》。早在意识形态相对严密的1960年，何其芳他们已经在编一本名为《不怕鬼的故事》的书⑥。不过，这个文化行为有明显的服务政治色彩，即旨在"打"现代的"鬼"，而不是一般性地表现鬼或说明唯物主义思想。正如何其芳在序中说：

> 我们编这本小册子，目的不在于借这些不怕鬼的故事

来说明我国古代的唯物主义的思想。我们主要是想把这些故事当作寓言、当作讽喻性的故事来介绍给读者。如果心存怯懦,思想不解放,那末,人们对于并不存在的鬼神也会害怕。如果觉悟提高,迷信破除,思想解放,那末,不但鬼神不可怕,而且帝国主义、反动派、修正主义,一切实际存在的天灾人祸,对于马克思列宁主义者来说,都是不可怕的,都是可以战胜的,都是可以克服的。我们开始编这本小册子,是在《人民日报》发表了《毛泽东同志论帝国主义和一切反动派都是纸老虎》之后。……同纸老虎一样,传说中的鬼的样子也是可怕的,但许多不怕鬼的故事却写出了它实际上并没有什么可怕。⑥

把"纸老虎"跟"鬼的样子"相提并论,主要是说出其凶的外表、虚的内涵。在当时的政治气候里,被符号化为"类似鬼的东西"很多,"大而至国际帝国主义及其在各国的走狗,以南斯拉夫铁托集团为代表的现代修正主义,严重的天灾,一部分没有改造好的地主阶级分子篡夺某些基层组织的领导权,实行复辟,小而至于一般工作中的困难、挫折等等",还有一些没有改造好的"半人半鬼"的人,⑥一网打尽。这些"类似鬼的东西",虽然比鬼实在,但在"为祟""捣乱""引起麻烦"等有害性质,在"穷凶极恶""面目狰狞""妖冶""狐媚惑人"等形象和在"迷""遮""吓"等手段上,它们跟鬼没有两样。⑥从这些修辞来看,中国文化传统中对鬼(包括女鬼)的负面想象,全给何其芳用上了。他知道,中国人对鬼的文化心理主要是"怕",因此,必须要把消除这种恐惧感视为政治"斗争任务"。在想象之中,鬼故事中那些能吓退和制服鬼的"智勇双全"的人,便能转化为打击张牙舞爪的阶级敌人和变幻无常的天灾的英雄。可以说,在现实政治斗争和国民经济都进入极度紧张状态的 60 年代中国,"鬼"成为一种可以利用来服务于政治意识形态的文化资源。不过需要指出的是,《不怕鬼的故事》这个具有寓言性质的政治读本的出版和流传,跟后来通过艺术创造的鬼戏的受欢迎,并没有直接的关系。相同的是,"鬼"在作家心目中,也是一种文化资源,而通过"鬼戏",他们可以寄托一些比较隐晦的情感。

因此,在 1961 至 1962 年间文艺舞台上的鬼,形象跟《不怕鬼的故事》所呈现的鬼大不一样。例如孟超为《李慧娘》作跋的时候说到,李慧娘这个人物(幽魂)在他看过的种种剧目中,均"丽质英姿,光彩逼人",而作为复仇的女性,鬼舞于歌场之上时,他"不能不心往神驰;形影憧憧,见于梦寐,印象久而弥深"。[68]在中国文学的传统中,鬼的表现并不可怕,但并不是因为受到人的克制,相反,它/她/他们是人心仪的对象。像孟超这样一个处身于 20 世纪 60 年代初的中国文人,虽然做不到一些学者所说的"谈鬼可自娱也可娱人"[69]这么潇洒,但从人到鬼,李慧娘在他的演绎下,成为一个为阶级"复仇的女性""正义的化身"。她也是爱情的追求者,死后成鬼更加强她这方面的自由度。在某种程度上来说,她比被解放的、从鬼变成人的喜儿更贴近五四"新女性"的形象。从考察当年孟超在什么情况下构思《李慧娘》,如何表现李慧娘这个形象,到评论界对这个剧本的反响,我们可以看到鬼情如何在阶级斗争这个大主题的夹缝中寻找空间。

一直以来,孟超都是《红梅记》的热爱者。这个传统剧目的生命力很强,曾经有不少人把它改编为不同的剧种,如 1953 年马建翎改编的秦腔《游西湖》。在情节安排上跟《李慧娘》不同的是，《游西湖》中的李慧娘没有被贾似道害死，她活着对这个奸淫无道的宰相进行报仇，因此，这个剧目并没法出现孟超所心往神驰的"鬼舞于歌场之上"的场面。触动孟超写他心中的李慧娘的，是1959年秋他生的一场病。作者回忆当时的情景说，"病榻凉夜，落叶悉簌，冷月窥窗，李慧娘之影像，忽又涌上眼前，乃捡取《红梅记》一曲，借以自遣"[70]。作者"落叶悉簌，冷月窥窗"时想起鬼魂李慧娘，可能是自然不过的事，但在"病榻凉夜"那种孤寂无助的状态，孟超认同的，或许更多的是被贾似道迫害而落难的书生裴禹（舜卿），而对裴禹表示爱慕、并以超人的力量把他救出贾府的李慧娘，就自然成为孟超欲求的对象。这些现实的情景，在《李慧娘》的剧本中是有所表现的。例如第四场"幽恨"开头，孟超写道，"集芳园内，月光惨淡，四周阴冷，秋树萧索，哀虫凄鸣，李慧娘魂魄着素衣，黑纱兜头，幽幽地上"，李慧娘唱：

> 月惨淡，
>
> 风凄零。
>
> 白露冷冷，
>
> 寒琪蛩哀鸣。（慢慢地往前飘动）
>
> 俺无主的幽魂，
>
> 漂泊难凭，
>
> 似断线的风筝，
>
> 又飘到集芳静境。
>
> ——"幽恨"

到了第五场,裴禹被挟持到集芳园的一个小小书斋之后,也说唱道:

> 烛光淡淡秋风冷,
> 心事重重近三更。
> ……
> 听寒虫凄厉,
> 叶落窗外,
> 这潇洒秋园所何在?
>
> ——"救裴"

正当裴舜卿疑虑之际,李慧娘的鬼魂便出来拯救他了。落难书生得到女人的相救,并产生感情,是古代文学的一个相当经典的"才子佳人"叙述模式。在这些作品中,一般能够拯救潦倒的"才子"的"佳人",不是有私己钱的风尘女子如妓女、不怕丢份的低微女子如妾婢,便是有非凡力量的女侠或女鬼。"才子"则只要是风流或柔情,就会得到女人的怜爱。孟超虽然钟爱这类题材,但在改写传统剧目的时候,他注意到原来"曲中主要的人物裴禹,则寻风觅月,反复地缠绕于男女的柔情欲障,格调不高。李慧娘虽说为爱的压抑、为爱的追求而致死,为爱的驱使、爱的反抗而幽恋,豪情足以震人,唯如《幽会》中'又相人间魅阮郎'的情趣,毕竟使人物挫了分量",这是不合时代女性形象的。于是,孟超笔下的李慧娘,便获得一个"正义豪情、拯人为怀、斗奸复仇为志"[71]的形象。为了配合这样的李慧娘形象,孟超把裴禹塑造为一个满怀爱国豪情的书生,并把原著中与卢昭容的感情发展线索砍掉,集中发展对李慧娘因感恩而萌生出来的感情。

李慧娘的鬼魂第一次出现在裴禹面前时,作者先让她向观众交代没有"不良"动机:

> 到此来,
>
> 不是偿还风流债,
>
> 莽书生遭祸灾,
>
> 为国事,困书斋,
>
> 做鬼的再不怕瓜田李下流言在。
>
> 壮一壮胆子,
>
> 要把他救出了望乡台。

> ——"救裴"

到了李慧娘的鬼魂与裴禹互道患难身世,进而共叹"同是天涯孤鸿怨"后,孟超要写两人产生情愫、相见恨晚的时候,还是表现得很含蓄。一方面,在当时的道德和书写规范的支配下,男女私情的表现一般都是有情无欲的;另方面,李慧娘和裴禹有一个共同的"斗奸复仇"的使命在身,因此,观众(读者)只能通过患难之情来想象男女爱情的发生:

> 李慧娘:咱二人,苦相怜。
>
> 　　　　幽冥路隔,
>
> 　　　　难得相逢同患难。
>
> 裴舜卿:莫负这——
>
> 　　　　孤灯凉夜奈何天!
>
> 　　　　……
>
> 李慧娘:断头缘,没下梢,
>
> 　　　　从今后你做了乱离韦臬,

俺成了睡孤坟,害相思——

孤零零的玉箫!

不过,怀着一股深情向贾似道报仇的李慧娘,由于能够摆脱一点作为生人的道德约束和既定的权力关系,在面对杀害她的人的指责时,就显得大胆一点。她向贾似道说:"俺把你集芳园当做了西厢,刚和他拜盟焚香……愿结下来生的因缘账。"(第六场"鬼辩")李慧娘这些话,可以理解为她的一厢情愿,或者是向贾似道撒谎,因为在前一场戏并没有作任何的铺垫,即裴禹没有作过这样的承诺。有趣的是,当时一些评论者并不想作这样的理解,反而希望剧本加强写情方面的情节,好能让这个主题表现得更明晰。例如杨宪益指出:"我觉得这个新本子主要的缺点就是李慧娘和裴生的爱情基础被缩减了;剧中虽也提到李慧娘对裴生的爱慕,但是有些突然,有些微嫌不足。裴生对慧娘的爱情就更说不上了。……剧本强调爱国主义思想,强调慧娘和裴生的不畏强暴和正义感,从大处着眼,都是好的;但是似乎不应该取消了爱情。"[72]另外一篇刊登在《人民日报》的评论更点出了剧本在爱情描写上的"暧昧",加强裴禹与李慧娘的"进步"的爱情关系是会提高作品的思想性的:

> ……可是在接触到裴禹与李慧娘的爱情关系时,却出现了暧昧不明的情况,使我们感到美中不足。我们认为这段故事可以含蓄,却不要"含糊",色情宜避,爱情则不须避。……这种爱情关系的本身,就寓有反专制的思想内容;不能简单地看做一般的"苟且"爱情,这爱情的背后正蕴藏着一种进步的社会理想,因而,这一段爱情所以不同于裴禹

与卢昭容的姻缘者在此,李慧娘的形象所以具有特色者亦在此。这个戏有了这段爱情穿插,不但不会冲淡政治斗争,降低剧本的思想性,相反,倒会更提高其思想性,比写李慧娘直接加入太学生的行列,更有说服力。[73]

孟超可能没想到,他的作品被评论者肯定的,正是他不敢过于着墨的爱情描写。但这些批评却反映出当时对表现爱情的需求。后来,作者在仍然坚持"在爱情方面似应写得含蓄些",李慧娘是"死后为救裴而来,非为幽会而来",只是逐渐地由敬生爱之余,承认剧本在爱情情节的安排上存在漏洞。例如"当裴禹唱出了'空对孤灯凉夜奈何天'之后,慧娘如何,并没有表态"。因此,在1962年发行的单行本中,他增添了李慧娘抒发爱情的唱词:"又何须娟娟明月回廊畔,向人间偷渡金针线,就这样接了再世如花眷,纵海枯石烂,俺魂儿冉冉,心永不变!"这不仅为李慧娘在"鬼辩"一场中向贾似道说出她与裴禹的关系打下了基础[74],也增加了剧本的感情内涵。情能动人,《李慧娘》之所以受欢迎,其实不仅是因为写了人鬼之间的恋情,也因为作者在写作过程中充分地投入了感情,这点,批评者是有所察觉的。例如长白雁突出孟超作为太阳社的老诗人和其浪漫主义创作方法的背景,指出"诗人是以情写戏的,……然而,切'情',虽出之李慧娘的口,也是发自诗人的内心的。……在李慧娘的性格成长里,含蕴诗人的性格。……描写人,描写情,火辣辣的,情深深的……如果说,李慧娘虽死犹活,并且活在观众的心上,是不是就因为'情之至'呢?"[75]黄秋耘则从艺术的角度赞赏《李慧娘》中"幽恨"一场"意境凄厉,情采斐然"[76]。孟超本人在得到批评界这方面的肯定后,才坦然地说《李慧娘》"基本上是一抒发感情之戏"⑦。此外，他认为李慧娘"情之至"在于死后，而这才是她真正的"生"的开始。这种理解直接来自他"馨香膜拜之前代师宗"戏曲家汤玉茗（显祖）的《尚情论》⑧，不过，已超乎男女之情的范围，也不限于一种浪漫主义的艺术追求，而是包含了"性"与"理"等方面的哲理。可以说，《李慧娘》除了是抒发感情之戏外，还承载着作者"借戏言志"的写作动机：

> 我则以为情不逾乎理，情不离乎性，情理性皆由于实际感受、实际生活之所影响与支配，爱其所爱，憎其所憎，三者固不可截然而划分者；情者只在于有激于心，而更激之于人了。情之纤细者微至于男女之私，放而大之，则义夫义妇，与国与民，散之四合，扬诸寰宇，而无不足以使芸芸众生因之而呼号，因之而哀伤，因之而悲哭，因之而兴奋，因之而激发，因之而变为力量，潜移默化，似固无迹而可寻者，然而动人心魄，励人进取，乃可泣鬼神而夺造化之功。……我自义溢于胸，放情地歌，放情地唱，放情地笑骂，放情地诅咒；是我之所是，非我之所非，爱我之所爱，憎我之所憎，是非爱憎无不与普天下正义真理契合溶结而为一，而又导致其歌舞奋发，敌忾斗志，戏之为道，又岂可小窥。⑦

可以清楚地看到，"情"对于孟超来说是跟他的"性"联系在一起的，而在放情尽性之后，"理"就自然产生。因此，写情的戏比干巴巴的讲理更能发挥"言志"的效果。这种对"情"的理解，可以说是孟超一代受革命浪漫主义思潮和传统的"载道"思想影响的文人的写照。或许，我们更可以进一步判断，昆剧《李慧娘》之所以受欢迎，除了是以情动了观众之外，还言了时代之

"志",这可以说是创作在艺术性和政治性取得平衡的结果,而这是通过"鬼"这种特殊的形象来完成的。李慧娘在戏中"既无鬼趣,更非凶鬼、恶鬼、悱恻凄厉之鬼",而裴禹也明确地摆出了"不怕鬼"这个符合时代要求的姿态,[80]然而,投射了很多自己的感情在这个作品,并成功地收到"励生人"之效的孟超,似乎对于写鬼戏仍然心有不安。他在1962年春节之夜,"放情"地为《李慧娘》单行本的出版写序言时还不忘说:"舞台上久已无鬼登场,有鬼固然无害,但因我之故,重鬼而不重人,到处鬼影憧憧,凄凄惨惨,狞像怖人,固非我之初意,但始作俑者,我亦难辞其咎。"[81]孟超是在感谢廖沫沙的《有鬼无害论》为他的作品"护法"之同时,意识到文坛中仍然有一股反对鬼戏的力量,他需要对自己的追求负责。

廖沫沙是在1961年下半年应孟超的邀请,为《李慧娘》写剧评的。当时一些观众批评《李慧娘》"把李慧娘写成了鬼,舞台形象显得阴森森的",但廖沫沙知道毛泽东曾经说过,有一点牛鬼蛇神搬上舞台"用不着害怕"[82],因此,他把讨论的重点放在鬼有没有害的问题上,好能消除人们对李慧娘这样的鬼的害怕心理。《有鬼无害论》强调李慧娘原来是人,变成鬼后仍然是"社会斗争的一分子"的"好鬼":

> 本来是人,死后成鬼的阴魂,当然更是社会斗争的一分子,戏台上的鬼魂李慧娘,我们不能单把她看作鬼,同时还应当看到她是一个至死不屈的妇女形象。……我们要查问的,不是李慧娘是人是鬼,而是她代表谁和反抗谁。用一句孩子们看戏通常所要问的话:她是个好鬼,还是个坏鬼?如果是个好鬼,能鼓舞人们的斗志,在戏台上多出现几次,那

又有什么妨害呢?[83]

廖沫沙以政治道德观念和传统看戏的心理,模糊人与鬼之间的界限,可以说是有效的。鬼的形象在中国传统戏曲中并不陌生,观众一般把鬼当作人去看。如果警恶惩奸,无论是"复仇"还是"反抗",好鬼就是好人,而好鬼在舞台上的生命之所以历久不衰,还在于他能做人所不能做的事,减低人的无能感,甚至成为人寄托理想或愿望的载体。如果再赋予阶级的内涵,贴上革命的标签,好鬼能发挥的社会功能其实与"鼓舞人民的斗志"的当代"英雄"无异。李慧娘死后若不变成鬼,她只能是一个被迫害的妾,"至死不屈的妇女形象"是没法完成的。廖沫沙想做的,正是把李慧娘鬼魂的个人复仇行为,转化为"代表"受压迫阶级"反抗"压迫阶级的集体斗争,因为她不仅吓破了代表压迫阶级的宰相贾似道的胆,证明"千古正气冲霄汉"的力量,还拯救或保护了裴禹所代表的革命力量。正如另一些肯定鬼戏的评论所指出的,"鬼是人写的,人演的;写来是为人演的,演来是为人看的,要人理解,它就不得不像人。戏曲舞台上那些可爱的鬼,就是如此,他们虽然不食人间烟火,却总带着几分人情,看来是鬼,实际是人。……再看李慧娘,她已经死了,让我们感到她还在拼'死'相护,救自己心爱的人,那一场战斗,不也是人在战斗么?"[84];"好的'鬼戏'是完美的鬼魂形象和完美的'鬼'事,当它激起观众(读者)的共鸣时,它在人们心目中就不会是鬼和'鬼事',而是活生生的人和'人事'"[85]。

可以说,孟超这样写鬼和廖沫沙这样谈鬼,并没有什么政治不正确。《李慧娘》的演出,当时除了得到政治领导人如康生、周恩来的赞赏外,也受到观众的欢迎,正如陈迩冬的诗句所描述的：“孟老词章，慧娘情事，一时流播京华。百花齐放，千古发新葩。”[86]康生甚至“指令《李慧娘》一定要出鬼魂，不然他就不看”[87]。鬼戏没有出鬼魂，对于戏曲爱好者来说，的确是没味的，不看也罢。打从孟超着手改编《李慧娘》就对此事特别热心的康生，可能是不喜欢1953年马建翎把《红梅记》改编为秦腔《游西湖》时，让李慧娘活着复仇，因此支持孟超的构思，并在改编过程中提出不少修改的意见。[88]

其实，《游西湖》在1953年已经引起过鬼戏的论争，而基本上是围绕李慧娘的鬼魂应不应出场的问题。《游西湖》在剧情上跟《李慧娘》有相异之处：李慧娘与裴禹是青梅竹马的爱侣关系，李慧娘被贾似道霸占为妾后，还跟裴禹往来，引起贾似道的杀机，但李慧娘最后还是逃出生天。马建翎删改剧本的意图在于克服原剧中“耍鬼弄怪、形象恶劣、含有浓厚的宿命论与迷信的成分”的严重缺点，和“要加强裴生与慧娘的爱情基础”以加强“反对封建婚姻制度的意义”，并为了保持“原剧的气氛与技术表演”，“把原剧的‘鬼’变成‘人’，而这个‘人’又能起‘鬼’的作用”。[89]有趣的是，李慧娘在1953至1954年从“鬼”变成“人”，到了1961至1962年，又从“人”变成“鬼”；1953至1954年马建翎和支持他的改编的人说李慧娘这个“人”能起“鬼”的作用，而到了1961至1962年，孟超与廖沫沙等又称“鬼”能起“人”的作用。可以看到，无论是什么时候，鬼跟人并没有两样，谈鬼其实是在谈人，不同的只是在于对鬼采取压抑还是张扬的态度，这视乎一个时代如何理解人的存在和政治需要。

50年代初，反封建迷信和妇女解放可以说是国策之一，在文艺创作中必然需要有所配合。在戏曲方面，就曾经出现四大

自由婚恋戏[90]，而鬼戏则禁演。李慧娘的鬼形象在《游西湖》受
到压抑，突出的是她那自由恋爱和翻身的"侠女"形象，可以说
是大势所趋。到了 60 年代初，婚恋和解放的主题已被更尖锐的
阶级斗争所取代，能执行"阶级"复仇任务的鬼魂李慧娘，就有
机会重新登上舞台。不过，鬼戏是否属于毒害人民的封建糟粕，
塑造"好鬼"（特别是李慧娘这样具反抗性的女鬼）形象是鼓吹
封建思想还是反封建等问题，由于在 50 年代初没有解决，60 年
代初《有鬼无害论》又再次挑起有关的论争。回顾 50 年代初那
次论争，可以看到讨论基本上还是围绕文艺问题，例如删掉鬼戏
是否创作公式化的表现[91]，写鬼魂是否浪漫主义精神和现实主
义精神的结合[92]，等等。后来马建翎真的重新改编《游西湖》，
恢复了李慧娘的鬼魂形象。在 1956 至 1957 年的"百花时代"，
"鬼"的观念得到更广泛和更深入的讨论，而大量的"鬼戏"出现
在舞台上，这样是对"鬼"的客观存在性、反抗性、人民性和"鬼
戏"的地位和艺术性的肯定[93]。这部分是 1953 年那次论争的结
果，例如张庚在文化部第一次全国戏曲剧目会议上，重提了李慧
娘这个形象的改编问题：

> 据说李慧娘的鬼仍是迷信的，改成人以后也是一样有
> 人民性的，因此这样改了。但是事实证明，李慧娘的鬼改成
> 人以后，悲剧的气氛消失了，戏就不感动人了。原因其实是
> 简单的：在这具体场合，人既然没有死，悲剧的成分自然大
> 大地削弱；而人已经死了，却假设他冤魂不散，不报仇不止，
> 这是何等富于想象力的艺术手法！[94]

这样下来，1961 至 1962 年李慧娘的鬼魂再次出现在舞台

上和“有鬼无害论”的提出，似乎有一定的历史延续性。这次有关“鬼戏”的讨论，虽然文艺调整重提艺术多样性和阶级斗争的暂时缓和提供了一定的土壤，但政治氛围却比50年代复杂，例如之前有“打鬼”的政治宣传(《不怕鬼的故事》的出版)。此外，与此次讨论相关的剧目《李慧娘》，从改编到上演，都跟康生这个政治人物分不开，以致讨论变得更为敏感。

毛泽东在1962年9月的八届十中全会提出了阶级斗争必须年年讲、月月讲、天天讲，并号召抓意识形态领域的阶级斗争后，清理“鬼戏”成为重点工作之一。1962年11月22日文化部党组发布的《关于改进和加强剧目工作的报告》中，就把《有鬼无害论》列为有问题的文章(95)。1963年3月29日发出的《关于停演“鬼戏”的请示报告》，更点名批判《李慧娘》和“有鬼无害论”说：“近几年来‘鬼戏’演出渐渐增加，有些在解放后经过改革去掉了鬼魂形象的剧目(如《游西湖》等)，又恢复了原来的面貌；甚至有严重思想毒素和舞台形象恐怖的‘鬼戏’，如《黄氏女游阴》等，也重新搬上舞台。更为严重的是新编的剧本(如《李慧娘》)亦大肆渲染鬼魂，而评论界又大加赞美，并且提出‘有鬼无害论’，来为演出‘鬼戏’辩护。”(96)之后，康生和江青通过上海市委组织了批判文章《“有鬼无害”论》(97)，把《李慧娘》与《有鬼无害论》相提并论。这不仅定了批判《李慧娘》的基调，还突出了廖沫沙在支持“鬼戏”大潮中的位置。接踵而来的批判文章都从“鬼”的害处展开，例如景孤血的《鬼戏之害》就否定了鬼魂可以参加“政治斗争”、鬼戏有“人民性”的说法(98)；赵寻的《演“鬼戏”没有害处吗?》指出“鬼戏”助长迷信，妨碍人民接受社会主义、共产主义思想等(99)；刊登廖沫沙的《有鬼无害论》的《北京晚报》也综述了一些质疑"有鬼无害"的批评[100]。当 1964 年毛泽东有关文艺的"两个批示"出来后,批判孟超与廖沫沙的调子更进一步升级为"用厉鬼来推翻无产阶级专政"、李慧娘代表的死亡阶级要向共产党报仇[101]。江青也在 7 月的京剧现代戏观摩演出的总结大会上说《李慧娘》《谢瑶环》等是"大毒草"。

康生对《李慧娘》的态度来了个 180 度转变,从大力支持"鬼戏"变成批判"鬼戏"的主要人物,这固然是出于政治利益的考虑。在极大的政治压力下,为《李慧娘》写过"有鬼无害论"的廖沫沙,在被迫自我检查之余,还得违心地把《李慧娘》说成是"反党反社会主义的鬼戏",并质疑孟超在《李慧娘》跋中所表达的"时代感情"说:"那是一种'虫声凄厉,冷月窥窗'的时代,他要抒发的是'以拯人为怀,斗奸复仇为志'的感情。……孟超的这种'感情'是同反动阶级的'感情'合拍的,是反映了反动阶级不甘心于灭亡的'感情'……孟超的'时代感情'所要鼓励的'生人'……无非是在当前社会'家室破败风沾絮,身世凄凉雨打萍'的被推翻的各种反动的剥削阶级。"[102]但这样的检讨也没有让廖沫沙在"文革"中免受与《李慧娘》有关的批斗。孟超则先被列入为"鬼"("牛鬼蛇神")一类而受到批斗,后被迫害致死。他没能像他笔下的李慧娘那样,替自己"报冤仇"。[103]

孟超通过《李慧娘》所抒发的感情,究竟纯粹是对生与死、情与理性等问题的自觉探索,还是不自觉地讽喻了 50 年代末、60 年代初那段困难时期人民的惨淡经营和生不如死的现状,我们很难做出判断。但清楚不过的是,孟超是一个对戏剧有"癖好"的人,他在 1961 年写的一篇剧评的"小引"中曾经说:"由于个人癖好,业务所关,经常读剧看剧,日夕接触,因而常有所感;

甚之联想似茧,重重丝绕:或缠于艺,或牵于情,或寄于理,飘漾无凭,遐迩弗拘。"[104]他之所以醉心于戏剧的"艺""情"和"理",是因为他没有忘记"戏剧的教育作用是要通过艺术而从潜移默化中撷取果实的"和"戏剧既有激人、动人、陶冶人的思想感情之功,也还有令人接受艺术欣赏之力"。[105]由此,可以想象他破天荒地写《李慧娘》这第一个(也是最后一个)剧本的时候,会是多么的希望做到艺术性与情理的结合,而他的确投入了"激人"的情感在其中。然而,无论作者有多大的真诚,《李慧娘》在题材上和作为传统曲艺的一种,它比历史剧更容易受到冲击。首先,作为古代的"鬼戏",《李慧娘》在"以古讽今"之上,多了一种"以鬼讽人"的嫌疑。在"文革"时期,更容易被套上以厉鬼"影射"社会主义制度的"罪名"。此外,阅读、诠释和判断一个作品的情和志的含义的,通常是批评者,究竟李慧娘代表的是廖沫沙所说的"好鬼"还是何其芳在《不怕鬼的故事》序中指的那些"坏鬼",就视乎谁在诠释和判断。60 年代主导了整个诠释空间的文艺激进派的批评者,为了证明作品是一株"毒草",大多在孟超的写作意图上大做文章[106],因为这是最没法说清楚的部分。正如一位研究者总结的,"不管作家意向如何,读者本来就趋向于把鬼话当人话听,把鬼故事当人故事读,故不难品味出文中隐含的影射、讽喻或者根本就不存在的暗示与引申。即使把一篇纯属娱乐的鬼故事误读成意味深长的政治寓言也不奇怪,因为'鬼世界'本就是'人世间'的摹写与讽喻。……当社会盛行政治索隐和大众裁决,而作者又没有任何诠释权时,鬼故事便可能绝迹。谁能证明你的创作不是'影射现实发泄不满'?'鬼'能证明吗?"[107]可以看到,当代中国两段鬼故事"绝迹"的时期是在

1962 年的前和后,即意识形态森严的"反右"期和"文革"期(从酝酿期 1963 年到结束的 1976 年)。作者"异端"的"鬼"能在"1962"这个夹缝中有一线的生存空间,战战兢兢地诉说人间的情和怨,是作家在这个历史夹缝中获得想象的余地、实践艺术多样化,并可以寄其情和言其志的一种说明。

4."儿女情长"还是"小资产阶级"爱情: 刘澍德的《归家》

1961 至 1962 年间,当昆曲《李慧娘》以人鬼或生死相隔的悲剧式爱情打动了观众的心的同时,长篇小说《归家》[108]则以一个因男女对爱情与革命事业的矛盾而不能成婚的故事,引起了广大青年读者和文艺界的热烈讨论。

小说的背景是 1961 年人民公社进行调整的时期。擅长写农村题材的刘澍德[109],原来构思的看来并不是一个爱情故事,而是他熟悉的云南农村社会主义改造中的斗争。小说单行本的"内容提要"对故事做了这样的概括:"农村姑娘李菊英,在农业专科学校毕业后,怀着为农业技术改革服务的远大抱负,回到了阔别五年多的家乡。这时,农村已经人民公社化了,在她离家时,由于父辈在合作化道路上的分歧,竟致她和已经订了婚,并且是从小一块长大的爱人朱彦解除了婚约。现在,她回到家来,朱彦已经担任了生产队长,在整风整社中,还评为'五好干部'。因为过去的历史关系,两个年轻人仍然存在着许多误会与隔阂。小说即以菊英归家后的生活遭遇和两个青年的感情纠葛为情节的主线,围绕着他们对待工作、生活的态度,展开了公社化后云南农村生活的若干侧面,反映了农村中两条道路的斗争,刻画了一九六一年整风整社后农村新老干部的精神风貌,以及他们对农业技术改革的迫切愿望。"可以看到,《归家》中的"感情纠葛"只是一条带动情节的主线而已,而不是小说的主题。有趣的是,读者却把它当作爱情故事来读,或者说,它的争议性是在于爱情方面的描写而不在于阶级斗争。无论肯定或是否定的评论,几乎都首先谈到爱情这条主线和菊英、朱彦这两个主要人物的关系。例如推荐这部小说的一位读者说:"朱彦和菊英的恋爱故事,是作者主要的描写对象,也是这部作品所以成功的主要方面"[⑩];给予《归家》高度评价而后来受到其他评论质疑的评论者刘金,也说"《归家》可以说是一个爱情故事"[⑪]。对小说进行批评的一位读者则说:"《归家》基本上是个爱情故事,阶级斗争的情节只是爱情纠葛的陪衬,两者并没有有机结合……"[⑫]

爱情在 1961 到 1962 年是读者的兴奋点。前面讨论过,孟超按《李慧娘》读者的要求,加强了爱情方面的情节和唱段。在《归家》的情况,可以说是作者无心,读者有意。无论是读后"感到很大的满足"[⑬]还是认为"不值得赞赏"[⑭],读者其实是从正反两面说明了小说的爱情描写,已非简单的"革命加恋爱"公式可以概括。那么,是怎样的爱情描写吸引了读者?作者是否如刘金所说的"深入细致地描写了男女主人公复杂微妙的感情活动,多方面地突出了主人公的性格",并且以"抒情诗一样优美的爱情描写和内心独白",使小说变得"绚丽""动人",还是如很多认为小说有"小资产阶级思想感情"的评论者所说的:"旧爱加上新情,旧的创痛加上新的猜疑,扭结在一起,形成一个独特的世界:一对主人公时而恼,时而好;时而沉溺于温情的回忆,时而爆发为尖刻的争吵；时而谴责对方，时而自我谴责；又是爱，又是恨，翻云覆雨，瞬息万变，弄得读者晕头转向"[115]？

我认为，刘澍德可能试图刻画"男女主人公复杂微妙的感情活动"，但看来"儿女情"并不是他的擅长，特别是女主人公菊英的心理感受。一方面，作家可能受制于两条道路斗争这个主题；另方面，如大部分五六十年代的男作家那样，刘澍德在写作手法上采取一种较抽离的叙事策略，即叙事者在故事外叙述或不大投入故事，这样，成功地揭示人物的感情活动并不容易。《归家》的叙事者（作者）以"我"的身份在文本中出现，但他并不是故事中的人物，却经常在叙述过程中插入一些对"你"（受述者或读者）的讲话，向"你"解释"我"的叙述行为。[116]这种高于人物的"超然"叙事位置，虽然为叙事者提供进入人物内心的合理途径，但来得很不自然。例如，在一个试验田的准备工作会议后，由于二人的关系还没有正常化，朱彦向菊英提出问题时还是显得不自然，菊英也觉得别扭，叙事者这样叙述当时二人的对话（43—44 页）：

> "你讲得完全对，完全正确，在这以外，还得加上大家指出的那个'红'字。不过，在你所有一切话里面，有一句话我不大同意……"他又想抛锚了。
>
> "就提那一句话吧！看你这人……"她也不好往下说了，因为"看你这人"下面硬是不好措辞。
>
> "你，我是指你引的那句古语：'庄稼不薄情，加工加肥好收成'……大家全说：'草木无情人有情'，你却说'庄稼不薄情'，照这样说，人应该比庄稼更好扶伺些了，可是，不尽然！……"他不说下去。停住脚步，把手电向后一晃。

……………打了这些点点，表示作者写不下去了。这不
能怪我，因为我们的菊英一时答不出话来呀！

作者想表现的是，菊英因朱彦用庄稼的比喻来讽刺她薄情，才
"一时答不出话来"，因为这触动了她的痛处。叙事者/作者这
样硬出场，可以说是不必要的，也干扰了叙述，却能够显示他的
全知视点。像这样蹩脚的或从外在强加的矛盾爱情心理描写，
在小说中是不少的。除了对话外，小说还有大段大段菊英的日
记内容，加插在第三人称的叙述当中，中间也加入一些论述式或
概括式文字。例如，当朱彦明白了自己对菊英的矛盾心理后，叙
事者/作者便直截了当地替他做出如此的思想总结（226 页）：

> 在菊英的呜咽中，他才明白地肯定：今天见了菊英，首
> 先应该向她承认错误，包括误会她、亏待她，毫无保留地倾
> 吐出来，请求她谅解和批评。仔细想来，天地间很少赤裸裸
> 的不和集体发生关系的事。就是私人情感和关系，都跟社
> 会生活有着丝丝缕缕的联系。就拿悔婚来说，并不是因为
> 我跟菊英、我爹跟他爹发生什么感情、利害的冲突，而是因
> 为合作化。

这些叙述的策略或手法，很大程度上妨碍了复杂微妙的爱
情心理的逐渐呈现。不过，小说也不是完全没有"优美的爱情
描写"。例如在菊英醉酒后坦露心事感动了朱彦那个场景，作
者较成功地呈现了朱彦有机会跟菊英亲热但又不敢的心理
（86—88 页）：

> 朱彦呆呆站在灯前，直直站在那里，想动又不敢动。他
> 看着菊英闪光的头发，弯曲丰满的肩膀；从肩膀发出的热

气,通过衣袖传到他的身上来……

……

……他使力拉着她的衣袖。她的脸如同擦过胭脂,额头和鼻尖上,闪着细小的汗星,在灯光下,真像一朵出水的莲花。

……

他很想伸出手抚摩一下她的脸、她的头发,摸索摸索她的手,就像五年以前那样,轻轻地贴着耳朵,讲几句只有童年才能理解的幼稚可笑的话。机会就在目前:只要他肯伸出手去,岂止可以触到美丽的脸、光泽的发、柔软的双手?……但朱彦是光明磊落的汉子,不能利用任何投机取巧的手法,达到羞于告人的目的。

我想,让《归家》赢得"爱情小说"之名的,应该包括朱彦与菊英互诉衷情、开始有身体接触(如朱彦拉菊英的手、抚摩她的脸和头发)以至矛盾挣扎这个场景。这是小说最为感人的部分,而爱情这条线的发展只是到了这个场景才变得较为清晰(250—253页):

"你不能走!你不能离开我们!"他向她伸出右手,生怕她立刻就会跑开一样。如果他不这样,她是不想再讲什么的。朱彦这样急切,这样激动,深深触动了她,她忍不住说:

"你知道县委为什么调我?……领导晓得我的处境很困难……"

她向后退……可是她的手腕却落到朱彦的手里。

"是的,你处境很困难,是我逼你走的……菊英,你不能离开我们!"他双手握住她的手臂,脸红筋涨,嘴皮直打哆嗦。这个小伙子,什么也不顾了,失了分寸,忘记了严肃和矜持,这种神态,她从来还没见过。

……

"放开,外面有人来了!你不怕吗?"她想挣脱开。

"哪个来我也不怕,我不能再怕啦!"他眼睛好像就要冒火,声音也高起来。

……

"……我在夜里时常梦到你,你总是背着脸,给我一个脊背……"

他声音低沉,额头上渗出汗珠,他放开一只手,抖抖索索把她披在额前的短发理到头顶上去……

"放开我,朱彦,你不能这样,你已经……"她含着眼泪,声音嘶哑了。她想把他推开,却温顺地低着头,安静地站着不动。事情已经明白:朱彦不但人挨得她紧紧的,他的心,也是紧紧挨着她的。为了这个,她气过,哭过,恨过,想离开家的心都有过。现在朱彦这样暴露感情,虽出意料,却教她得到了满足。……可是,朱彦这样和她挨近,不由得教她想起另外一个人。……为着忠实于自己的诺言,为了集中精力搞科学事业,她必得把个人情感问题摆脱开……她推开他代她整理头发的手说:

"放开我,你不要对我这样,你已经没有资格了!"她左手抓住他握着她的手腕,想把右手挣脱开,挣了两下,朱彦没放手,她又不再挣扎。不知什么缘故,她对自己说出的话，感到担心又很伤心。她抬起头来，她和他的面孔离得这么近，他别别跳动的心，她几乎都听到了。

相比现在的爱情心理小说，《归家》这样的描写根本说不上细腻或深刻。不过，当我们把这部小说放在60年代初这个时代背景和跟1962年前后的作品相比，不难发现，这方面的描写不但无意中闯进了"家务事、儿女情"这个"写什么"方面的"禁区"，还在"怎样写"方面出现一点偏离，因而引来了"处处流露着低级的趣味，庸俗的格调"[117]"恋爱至上主义"[118]"小资产阶级知识分子的缺点"[119]"不是爱情故事'融合'于阶级斗争，而是阶级斗争'融合'为爱情故事"[120]等批评。

五六十年代的大多数小说中，英雄人物的爱情必然是为革命服务的，而女英雄则大多跟着领路的男英雄的发展轨迹走，我曾经以"爱情革命化"和"革命爱情化"这两个修辞公式来概括这个时期的规范化叙述。[121]在《归家》这篇小说里，菊英虽然是女英雄，却是以知识分子或"专家"和受过感情创伤的"女儿"这两个矛盾的身份回到家乡参与建设。因此，她的农业试验工作尽管需要已当了生产队长的前未婚夫朱彦的配合，但她的革命事业并不依附在这个男英雄身上，她的婚姻对象也不仅限于这个男人。意思是说，一个简单地结合"儿女""英雄"的公式并不适用于朱彦和菊英较为复杂的关系。此外，作者也没有简单地把政治（"大跃进"时期严峻的两条路线斗争）的缓和理解为解决个人婚姻问题的前提，而是突出了个体感情受到创伤后很难一下子愈合所带来的矛盾，新的际遇和不同的身份也令人际关系变得复杂化。可以说，作者以两个青年的"感情纠葛"为主线，就决定了"感情"所起的主要作用，人物的行为也比较容易偏离革命化的"英雄儿女"的道德规范。

从上述的场景看到,《归家》的爱情描写已带有隐晦的性暗示:朱彦无论是想到跟菊英亲热、主动拨菊英的头发,或是紧紧地挨近她的身体,都属于性冲动的表现。这类较为"大胆"的描写,在前后期的小说中是很少出现的。刘澍德不一定有意识地这样书写两性关系,甚至只是以这种亲密接触的描写突出主人公的正直,却不经意地给了朱彦这类英雄人物较为丰满的血肉,为1962年增添了一点不一样的内容。至于菊英,作者虽然更多地在她的感情起落和矛盾上着墨,而较忽略她主动处理自己的感情和事业矛盾的能力,但在醉酒的那个场景,作者还是写到她酒后吐真言,主动地对朱彦说:"你说,你想要什么?只要你说,我都给你,什么都给你……"到了故事结尾,朱彦陪她坐马车前往县城报到的时候,作者也写了她"把手渐渐移到朱彦的手边,一下子又按到他的手背上面"。当朱彦把手移开以示"全是按照同志方式"跟她交往时,她还不轻易放过他,"故意把手按到他的手上"。尽管作者的意图只是说明菊英对朱彦有一份深情和敬佩,还把她和朱彦的关系最后界定为"有建设社会主义雄心大志的人"而不是情侣,但这样的描写已足以让不少道德上和意识形态上的负面批评更多地指向菊英。⑫

刘澍德是在1962年9月完成这篇中篇小说的。他没法预料时局会骤变,更想象不到在同月召开的中共八届十中全会重新强调阶级斗争会对他不利。从主题上看,《归家》完全是配合政策的作品,正如刘金所说:"作者没有孤立地描写男女主人公的爱情纠葛及其命运,而是把它和社会斗争有机地紧紧地结合起来加以描绘。这就赋予了这个爱情故事以深刻的社会意义。"[122]然而,他把爱情故事"融合"在阶级斗争中的创作意图,后来却被批判者读成把阶级斗争"融合"到爱情故事中去。无论如何,上述那些稍为偏离公式和刻画人物内心矛盾冲突的爱情描写,已足以构成小说鼓吹"非无产阶级恋爱观"的"罪证":"太多地让他俩在爱情'误会'中纠缠,太少地让他俩到火热的斗争生活中考验。"[124]换句话说,小说是以个人感情的复杂性和矛盾冲突取代了阶级的复杂性和矛盾冲突。

总的来说,无论是青年男女之间的爱情(《归家》),人鬼之间的恋情(《李慧娘》),还是两代人之间的亲情(《达吉和她的父亲》《小闹闹》)等较为复杂多样的个人情感,到了60年代初阶级斗争主题暂时放缓的时候,又一次得到抒发和刻画的机会。这些以人、鬼、情为题材的创作,无论在内容和叙述方式上,都或多或少地偏离了以塑造革命英雄人物为己任的主流工农兵文艺,丰富了60年代初这个文艺调整时期(特别是题材多样化这方面)的内涵。虽然这些不无争议的作品,都因文艺再度向阶级斗争和革命英雄倾斜而成了"异端",但里面的人物形象,爱中有恨、恨中有爱,情中有性、性中有情,鬼就是人、人就是鬼,生离不开"家务事"、死舍不得"儿女情",不是比年年讲、月月讲、天天讲阶级斗争和公式化地制造英雄人物,更让人感到兴奋或激动吗?

注释:

① 《文艺报》1961年第3期,2页。

② 发表在《红岩》1958年第3期。

③ 参见於可训等主编:《文学风雨四十年》,286—287页,武汉:武汉大学

出版社,1989。

④ 发表在《电影文学》1960 年 10 月号。

⑤ 发表在《文艺报》1961 年第 7 期。

⑥ 分别见《文艺报》1961 年第 10、11、12 期和 1962 年第 2、4、7 期。

⑦ 同上。

⑧ 中国作家协会四川分会编:《〈达吉和她的父亲〉讨论集》,成都:四川人民出版社,1962。

⑨ 高缨在《关于〈达吉和她的父亲〉的创造过程》(《文艺报》1962 年 7 期)中说:"我要写的是民族团结的主题。"(28 页)而在回应一些评论文章时指出:"骨肉之情只不过是为主题服务的故事环节,而绝不是主题本身。"(29 页)

⑩ 同上,29 页。

⑪ 例如在反驳一些人批评他忍不住表现对爱的赞美时,作者还是强调,在任何情况下,"爱"都不可能没有阶级内容。同上。

⑫ 高缨(高洪仪)生于 1929 年,1956 年开始专业创作。

⑬ 高缨:《关于〈达吉和她的父亲〉的创造过程》,载《文艺报》1962 年第 7 期,29 页。

⑭ 同上。

⑮ 1958 年 8 月,美国试图介入福建、金门的军事行动。中国政府在 10 月发出了《关于当前对美斗争形势的通知》,除了"截然划清了国际和国内两类问题的界限"外,还说明"这场斗争进一步暴露了美国纸老虎的本质"和"美蒋之间有一致性,但彼此疑忌甚深"。见《中国共产党历史大辞典》,201 页。

⑯ 高缨:《关于〈达吉和她的父亲〉的创造过程》,载《文艺报》1962 年第 7 期,30 页。

⑰ 同上,31 页。

⑱ 同上,31 页。

⑲ 《电影文学》1960 年 10 月号,35 页。

⑳ 高缨是到 1962 年 6 月才对《达吉和她的父亲》的讨论发表他的回应文章《关于〈达吉和她的父亲〉的创造过程》,而他不敢对自己的小说和剧本做出较为肯定的评价,只是谦虚地承认自己理论水平不高,对问题没有想透,但"热烈地、衷心地拥护这一次学术讨论",认为这是"党'百花齐放、百家争鸣'方针的一种具体表现"。载《文艺报》1962 年 7 期,26 页。

㉑ 《电影文学》1961 年 2 月号,收入《〈达吉和她的父亲〉讨论集》,3—10 页。

㉒ 《文艺报》1961 年第 7 期,收入《〈达吉和她的父亲〉讨论集》,11—25 页。

㉓ 《四川日报》1961 年 8 月 30 日,收入《〈达吉和她的父亲〉讨论集》,55—62 页。

㉔ 《四川文学》1961 年 9 月号,收入《〈达吉和她的父亲〉讨论集》,63—76 页。

㉕ 如陈朝红的《典型与时代——〈达吉和她的父亲〉讨论中的点滴体会》(《四川文学》1961 年 10 月号);陈书泉的《典型性格的丰富性和典型环境的特殊性》(《四川日报》1961 年 11 月 1 日),分别收入《〈达吉和她的父亲〉讨论集》,112—123 页和 140—145 页。

㉖ 高缨:《关于〈达吉和她的父亲〉的创造过程》,载《文艺报》1962 年 7 期,27 页。

㉗ 原载《新港》1957 年 1 月号,《文艺报》1960 年第 2 期转载。

㉘ 载《文艺报》1960 年第 2 期,42 页。

㉙ 姚文元:《批判巴人的"人性论"》,载《文艺报》1960 年第 2 期,31—32 页。

㉚ 周扬:《我国社会主义文学艺术的道路——1960 年 7 月 22 日在中国文学艺术工作者第三次代表大会上的报告》,载《文艺报》1960 年第 13—

14 期,30 页。

㉛ 《达吉和她的父亲讨论集》,4—6 页。

㉜ 同上,19—20 页。

㉝ 周扬说:"《达吉和她的父亲》,应该说是好片子,但是有缺点。导演自己也讲了,就是怕搞成'人性论'。关汉卿革命化,达吉和她的父亲不敢讲父女之情,这都是我在文代会上的报告产生了副作用,反对'人性论'的后果之一。……《达吉和她的父亲》在结构上还有缺陷。故事情节、父女关系,观众一下子就弄清楚了,对后面的发展和结果,也事先就猜到了。当然故事是动人的,但还可以更动人些。"见《在全国故事片创作会议上的讲话》,收入《周扬文集》,第三卷,373—374 页,北京:人民文学出版社,1990。

㉞ 扬田村:《谈小说〈达吉和她的父亲〉的思想内容——兼与冯牧同志商榷》,原载《四川文学》1961 年 9 月号,收入《达吉和她的父亲讨论集》,96 页。

㉟ 同上,97 页。

㊱ 高缨:《关于〈达吉和她的父亲〉的创造过程》,载《文艺报》1962 年第 7 期,29 页。

㊲ 林志浩:《是迷惑力,还是艺术说服力?》,载《文艺报》1961 年第 12 期,收入《达吉和她的父亲讨论集》,235 页。

㊳ 原载《上海文学》1962 年 6 月号,收入邵燕祥:《人生败笔——一个灭顶者的挣扎实录》,郑州:河南人民出版社,1997。

㊴ 邵燕祥:《中央台文艺广播工作概括(节录)》,《中央台的音乐广播》卷首(1961 年 6 月),见《人生败笔——一个灭顶者的挣扎实录》,232 页。

㊵ 邵燕祥:《配合宣传任务的广播音乐节目》,《中央台的音乐广播》中的一章(1961 年 6 月),见《人生败笔——一个灭顶者的挣扎实录》,238 页。

㊶ 邵燕祥:《人生败笔——一个灭顶者的挣扎实录》,264—280 页。

㊷ 中央广播电视剧团文化革命委员会：《邵燕祥反党反社会主义反毛泽东思想罪行材料》(1966 年 9 月 22 日)，见《人生败笔——一个灭顶者的挣扎实录》,6—7 页。

㊸ 邵燕祥：《人生败笔——一个灭顶者的挣扎实录》,292—296 页。

㊹ 出自《小闹闹》第一段："小闹闹比不上二十四史,小闹闹只有一年一个月零二十天。这一年一个月零二十天,在爸爸妈妈眼里心里,可也是一部小小的二十四史啦。"

㊺ 邵燕祥：《思想检查报告》(1966 年 4 月 2 日在剧团编导组会上谈),见《人生败笔——一个灭顶者的挣扎实录》,60—64 页。

㊻ 朱自清：《儿女》,收入林呐等编：《朱自清散文选》,120 页,天津：百花文艺出版社,1989。

㊼ 剧本是郭维根据王愿坚同名短篇小说改编而成的,写一个身经百战的将军认父的故事,载《电影文学》1962 年第 10 期。剧本发表后受到赞扬,如吴哲的《谈谈〈亲人〉的改编》和郭声湖的《情节和性格——读剧本〈亲人〉》(《电影剧本》1963 年第 1—2 期)。参考武汉大学中文系主编：《中国当代文学手册》,217 页,武汉：湖北教育出版社,1988。

㊽ 在 1970 年 1 月 3 日的邵燕祥批斗会上,有人指出《小闹闹》一文,得到魏金枝称赞,王若望吹捧。林(默涵)说'可算无害作品'"。见《人生败笔——一个灭顶者的挣扎实录》,221 页。

㊾ 朱自清在《儿女》中提到的五个儿女是：阿九、阿菜、阿毛、润儿和转儿。

㊿ 这是社会主义现实主义创作方法定义中的一句,见《苏联文学艺术问题》,13 页,北京：人民文学出版社,1953。

51 唐弢：《关于题材》,原载《文学评论》1963 年第 1 期,收入《人生败笔——一个灭顶者的挣扎实录》,312—314 页。

52 唐弢：《关于题材》,见《人生败笔——一个灭顶者的挣扎实录》,305 页。

53 同上,309 页。

54 邵燕祥在《小闹闹》的结尾部分,写过这样的独白："小闹闹,你可知道

你生在怎么样的国家,生在什么样的时代!……快些长大吧。……我
知道,那时候你若有机会看到这篇文字,也许会以专注的热情、用心的
态度对待工作,工作一定可以做得好得多!"见《人生败笔——一个灭顶
者的挣扎实录》,304 页。

㉟ 同上,317 页。

㊱ 邵燕祥在 1966 年 7 月 22 日的《我的交代》中曾经说:"《文学评论》载文
点名批评我的作品,给了我当头棒喝。但我当时是口服心不服,私下
拿了许多理由来为《小闹闹》一文的原则错误辩解,反诬批评文章是断
章取义、寻章摘句等。"《人生败笔——一个灭顶者的挣扎实录》,98 页。

㊲ 邵燕祥:《我的交代》(1966 年 7 月 22 日),见《人生败笔——一个灭顶
者的挣扎实录》,94 页。

㊳ 邵燕祥:《又一次批斗会的简要记录》(1970 年 1 月 3 日),见《人生败
笔——一个灭顶者的挣扎实录》,222 页。

㊴ 中央广播电视剧团文化革命委员会:《邵燕祥反党反社会主义反毛泽东
思想罪行材料》(1966 年 9 月 22 日),见《人生败笔——一个灭顶者的
挣扎实录》,5 页。

㊵ 见邵燕祥的《批判会的简要记录》(1966 年 8 月),见《人生败笔——一
个灭顶者的挣扎实录》,109—111 页。

㊶ 原载《剧本》1961 年 7、8 月号。

㊷ 原载《剧本》1958 年 3 月号,1960 年 5 月修订。

㊸ 原载《剧本》1961 年 7、8 月号。

㊹ 这个由中国科学院文学研究所编的《不怕鬼的故事》有三个单行版本,
分别是人民文学出版社的正本(北京,1961)、群众出版社的通俗本(北
京,1961)和作家出版社的译写本(北京,1962)。

㊺ 何其芳:《不怕鬼的故事·序》,原载《红旗》1961 年第 3—4 期,转载于
《新华月报》1961 年第 2 期,159 页。

㊻ 同上。

㊆ 同上。

㊇ 孟超:《跋〈李慧娘〉》,载《文学评论》1962年第3期。

㊈ 陈平原在他编的《神神鬼鬼》(人民文学出版社,1992)一书的序言中说:"文人天性爱谈鬼,这点毋庸讳言。中国古代文人留下那么多鬼笔记、鬼诗文、鬼小说和鬼戏曲,以至让人一想就手痒。虽说有以鬼自晦、以鬼为戏、以鬼设教之别(刘青园《常谈》),但谈鬼可自娱也可娱人,我想,这一点谁也不否认。"(5页)。

㊉ 孟超:《跋〈李慧娘〉》,载《文学评论》1962年第3期,110页。

㊎ 同上,111页。

㊏ 杨宪益:《红梅旧曲喜新翻——昆曲〈李慧娘〉观后感》,载《剧本》1961年第10期,91页。

㊐ 陶君起、李大珂:《一朵鲜艳的"红梅"——从〈红梅记〉的改编谈到昆曲〈李慧娘〉》,载《人民日报》1961年12月28日。

㊑ 孟超:《跋〈李慧娘〉》,载《文学评论》1962年第3期,114页。

㊒ 长白雁:《个性以辣,风格以情——观北昆〈李慧娘〉偶得》,载《光明日报》1961年9月1日。

㊓ 黄秋耘:《〈李慧娘〉的改编》(1961年10月),收入《琐谈与断想》,152页,石家庄:花山文艺出版社,1983。

㊔ 孟超:《跋〈李慧娘〉》,载《文学评论》1962年第3期,112页。

㊕ 文章有这样的几句:"生者可以死,死者可以生;生而不可以死,死而不复生者,皆非情之至也,"同上。

㊖ 孟超:《跋〈李慧娘〉》,载《文学评论》1962年第3期,112页。

㊗ 第五场"救裴"中,李慧娘问裴禹:"俺是个含冤被害鬼红颜,到如今幽幽无主在黄泉! 裴相公,你怕吗?"裴禹答说:"俺裴禹倒还有胆量。大姐因俺而死,心中感激,又哪能惧怕。"

㊘ 同上,115页。

㊙ 廖沫沙:《我写〈有鬼无害论〉的前后》(1978年冬),见《瓮中杂俎》,

231— 234 页,北京:中国社会科学出版社,1994。

⑧ 廖沫沙:《瓮中杂俎》,235—236 页。

⑧ 唐致:《谈鬼戏》,载《解放日报》1962 年 4 月 2 日。

⑧ 若何:《演"鬼戏"有害吗？——演"鬼戏"没有害处吗?》,载《光明日报》1963 年 9 月 10 日,其他肯定鬼戏的评论有:晨虹:《从〈游西湖〉中李慧娘的形象试谈舞台上的"鬼"》,载《甘肃日报》1963 年 11 月 17 日;谭鹏:《有些"鬼戏"应该加以肯定》,载《光明日报》1963 年 9 月 10 日。参见於可训:《文学风雨四十年》,178 页。

⑧ 这是陈迩冬:《满庭芳·北方昆曲剧院上演孟超同志所编〈李慧娘〉》(《光明日报》1961 年 8 月 19 日)一诗的首五句。

⑧ 穆欣:《孟超〈李慧娘〉冤案始末》,载《新文学史料》1995 年第 2 期,159 页。

⑧ 例如 1960 年《李慧娘》彩排的时候,他曾出主意把李慧娘所戴的蓝色鬼穗子改为红色,同上。

⑧ 转引自《改编〈游西湖〉的讨论》,载《文艺报》1954 年第 5 期,40 页。

⑨ 这四大自由婚恋戏是评剧《刘巧儿》(1950)、《小女婿》(1952)、沪剧《罗汉钱》(1952)和吕剧《李二嫂改嫁》,参见谢柏梁:《中国当代戏曲文学史》,38 页,北京:中国社会科学出版社,1995。

⑨ 一些批评指出马建翎把鬼戏全部删掉是"粗暴行为",只表明他混淆了神话与迷信;把机械地强调李慧娘和裴禹的"爱情基础",把有无"自由恋爱"作为评定古代妇女婚姻问题所具反封建意义的强弱的标准是不对的,是创作公式化的表现。见谢柏梁:《中国当代戏曲文学史》,41 页。

⑨ 张真:《谈〈游西湖〉的改编》,载《文艺报》1954 年第 21 期。

⑨ 1956 年的"鬼戏"讨论,引发自文化部召开的全国戏曲剧目工作会议。会中有人提出应该让"鬼戏"登台,如张庚的《正确地理解传统曲目的思想意义——在文化部第一次全国戏曲剧目会议上的专题报告》(《文

艺报》1956 年第 13 期），之后不少支持的评论文章出现在各地的报刊，例如秦牧在《谈鬼》（《人民日报》1956 年 10 月 13 日）中说："人民终归会坐在剧场里欣赏古代的有鬼出现的戏剧"；曲六乙在《漫谈鬼戏》中说："人对鬼远比对神更为关心；在人、神、鬼三者之间，鬼比神能散发出更多的人性"等。1956 年下半年，上海《新民晚报》曾经专门展开一次关于"鬼戏"问题的讨论，发表了三十多篇文章，其中只有极少数反对演出"鬼戏"。1956—1957 年全国各地不少剧团都上演"鬼戏"，包括《奇冤报》《探阴山》《活捉王魁》《活捉三郎》《黄氏女游阴》《滑油山》《僵尸拜月》《红毛僵尸》等。参见《关于上演"鬼戏"有害还是无害的争论》，载《戏剧报》1963 年第 9 期。

⑭ 张庚：《正确地理解传统曲目的思想意义——在文化部第一次全国戏曲剧目会议上的专题报告》，载《文艺报》1956 年第 13 期，17 页。

⑮ 陈海云、司徒伟智：《廖沫沙的风雨岁月（六）》，载《新文学史料》1986 年第 2 期，191 页。

⑯ 转引自穆欣：《孟超〈李慧娘〉冤案始末》，载《新文学史料》1995 年第 2 期，161 页。

⑰ 《文汇报》1963 年 5 月 6—7 日。

⑱ 《光明日报》1963 年 5 月 21— 25 日。

⑲ 《文艺报》1962 年第 4 期，16 页。

⑩⑩ 《"有鬼无害"吗？——对〈有鬼无害论〉一文的意见综述》，载《北京晚报》1963 年 5 月 31 日。

⑩① 这是康生在 1964 年全国京剧现代戏观摩演出大会上讲的，之后的批判都跟这个调子走。参见穆欣：《孟超〈李慧娘〉冤案始末》，载《新文学史料》1995 年第 2 期，163 页。

⑩② 繁星（廖沫沙）：《我的〈有鬼无害论〉是错误的》，原载《人民日报》1965 年 2 月 18 日，收入《瓮中杂俎》，240—242 页。

⑩③ 孟超死于 1976 年 5 月，1979 年 6 月才获得平反，1980 年《李慧娘》由上

海文艺出版社重印发行,见穆欣:《孟超〈李慧娘〉冤案始末》,载《新文学史料》1995 年第 2 期,167 页。

⑭ 孟超:《剧苑管窥录》,载《文艺报》1961 年第 6 期,25 页。

⑮ 同上,26 页。

⑯ 例如邓绍基在其批判文章《〈李慧娘〉——一株毒草》(《文学评论》1964年第 6 期)中就判断孟超的写作意图是把他自己对时代(1959 年)的"阴暗的感受"投射在作品中,并定论说:"正是由于他有了同党和人民相反的思想感情,有了强烈的不满的思想和情绪,所以他要写作《李慧娘》,要通过它来'放情'地发泄他的感情,以表示他的'反抗',甚至还有鼓励其他'生人'也来'反抗'……孟超笔下的李慧娘所能鼓励的'生人',只能是今天的那些和她的政治上'备受压抑'和'死后强梁'的思想感情有共鸣的人……在我们国家里,感到或自认为在政治上'备受压抑'、因而怀着十分仇恨的心情、企图来放开的是些什么人呢? 这只能是那些对我们党和社会主义心怀不满和充满仇恨的人,那些反对和敌视我们党和社会主义的人。"

⑰ 陈平原编:《神神鬼鬼》,7—8 页。

⑱ 《归家》上部写于 1962 年,在《边疆文艺》连载,单行本于 1963 年由上海文艺出版社出版,下部则一直没有出现。

⑲ 刘澍德(1906—1970)是云南作家,五六十年代间任中国科学院云南分院文学研究所副所长、作协昆明分会副主席。他这个时期的小说大多以云南农村社会主义改造为内容,富有地方色彩,《归家》发表前,以中篇小说《桥》(1954)成名。

⑩ 张迅:《读〈归家〉上部》,载《大公报》1963 年 4 月 28 日。

⑪ 刘金:《〈归家〉——一部富有特色的新作》,载《文艺报》1963 年第 1 期,18 页。

⑫ 金乡:《菊英值得歌颂吗?》,载《中国青年报》1963 年 7 月 18 日。

⑬ 刘金:《〈归家〉——一部富有特色的新作》,载《文艺报》1963 年第 1 期,

17 页。

⑭ 崔宗理：《不值得赞赏的爱情———一评〈归家〉》，载《北京日报》1963 年
8 月 22 日。

⑮ 何文轩：《评〈归家〉的爱情描写》，载《文艺报》1963 年第 12 期，36 页。

⑯ 有关这方面的研究，请参看拙作《中国当代文学的叙事与性别》（北京
大学出版社，1995）中的第一编。

⑰ 何文轩：《评〈归家〉的爱情描写》，载《文艺报》1963 年第 12 期，37 页。

⑱ 樊骏、吴子敏：《〈归家〉的思想倾向和艺术倾向》，载《文学评论》1963
年第 4 期，9 页。

⑲ 许孝伯、陈奉德：《〈归家〉的矛盾冲突及人物形象》，载《文艺报》1963
年第 7/8 期，67 页。

⑳ 孙光萱：《评刘金同志对〈归家〉的评论》，载《文汇报》1963 年 7 月 8 日。

㉑ 陈顺馨：《中国当代文学的叙事与性别》，98 页，北京：北京大学出版
社，1995。

㉒ 如金乡《菊英值得歌颂吗?》一文，主要针对菊英的“小资产阶级的变态
心理和患得患失的思想情绪”，说“像她这样在爱情关系上朝三暮四、喜
怒无常的人，居然会积极负责地对待工作，大公无私地对待同志，严肃
忠诚地对待组织，会有什么共产主义的崇高心灵”。

㉓ 刘金：《〈归家〉———一部富有特色的新作》，载《文艺报》1963 年第 1 期，
19 页。

㉔ 崔宗理：《不值得赞赏的爱情———一评〈归家〉》，载《北京日报》1963 年
8 月 22 日。

三、不"野"的百合花

——杂文"三家"的时代角色

1. 延安时期以来的"杂文"论述

在众多的文学体裁中,不断要就其与时代的关系进行论述的,首先要数杂文。从延安时期开始,左翼文学家就一直追问:我们是否还"需要"杂文? 杂文能不能"废"? 我们处身的是否"还是杂文的时代"?[①]但是,如果我们问:是否需要小说、是否处身于小说的时代等,则显得多余。1961 到 1962 年间出现的杂文"时代",大致被研究杂文的人士公认为当代杂文发展的第二次"高潮"[②],在未进入分析为什么杂文在这个年头能不"废",还呈现很大的"需要",形成一个所谓"高潮"之前,我认为有必要就 1942 年到 1962 年这 20 年来的杂文论述,先做一个粗略的梳理,以便对这种现代文学体裁的产生和发展的语境有更多的理解,从而辨析杂文与"时代"构成的特殊关系。

在 40 年代左翼文学阵营,以至五六十年代的整个文坛(甚至"文革"后),有关杂文的论述,必定离不开已经确立为正统的鲁迅(派)传统。根据有关研究者的考证,30 年代的左翼文学界并没有形成一个特定的"杂文"概念,例如茅盾在 1934 年写《关于小品文》时,仍然把跟周作人和林语堂分道扬镳后,围绕鲁迅所形成的社会批评性强的杂文阵营的作品称为"小品文"。到了 1935 年编《且介亭杂文》《且介亭杂文二集》时,鲁迅才第一次十分明确地把自己的文章称为"杂文"。原因大概有两个:"一是不得已,因为他不愿意采用当时大多已成了他和战友们的对立面的'小品文'这个名称,一定要把自己和战友们的战斗的杂感文章同那些名士、逸士们的'小摆设'式的小品文区别开来。二是,当时有一些反鲁迅的人是把'杂文'作为一个讽刺奚落的名词使用的,鲁迅索性就把自己的文章定名为'杂文'了,看你怎么办?"③这样,同样是一种杂感式的短文,同样源自形成于 20 年代、在风格上结合明朗与含蓄、讽刺与幽默的"语丝文体"④,"杂文"跟"小品文"就随着鲁迅与周作人、林语堂等人在政治立场上和对斗争态度的分歧,日后各自承载了不同的政治功能与文学想象。可以说,杂文作为一种"战斗"性和"政论"性的文体被确定下来或正式命名的时候,就跟鲁迅本人在论争对手面前所表现的"战斗性"分不开了。然而,鲁迅杂文并不是全都这样,当中不乏幽默的"小品文"式的随笔。不过,左翼文学界看重的是一个战斗的鲁迅和他的论战文章,因此,当年的瞿秋白把鲁迅的杂感定性为"'社会论文'——战斗的'阜利通'"⑤。

根据解放区的文艺领导及一些作家的逻辑,杂文的"战斗"性和"政论"性既然来自鲁迅的"战斗"精神和"进步"的政治立场,如果鲁迅的战斗对象(对外是他面对的反动政治势力;对内是文坛中与他为敌的各派文人)都不存在的话,那么,杂文的"需要"就自然消失,杂文"时代"就自然过去。然而,对于深受鲁迅影响、从国统区投奔解放区的青年作家如丁玲、萧军、罗烽、王实味、艾青等来说，这样的逻辑可能过于简单。他们不仅继承了鲁迅以杂文作为"批判的武器"的作风，还带着直接从鲁迅的为人或间接从他的杂文那里感染到的独立思考精神和对民族国家的责任感。尽管他们还没有学到鲁迅跟对手论争时的老练和运用的"曲"笔，却个性鲜明，有棱有角，不乏一份年轻人的"野气"⑥。他们投奔解放区后的经验，也告诉他们这个在政治上解放了的地区，存在着种种问题，而以杂文直率地反映这些问题是他们的责任。例如丁玲看到解放区内的妇女问题后，便写了《三八节有感》（1942）；艾青写了《了解作家，尊重作家》（1942），因为他感到作家没有得到足够的尊重；王实味体会到的是解放区的领导对干部关心不足，有官僚主义的倾向，故"决心要写一些杂文"，还取"味虽略带苦涩……但却有更大的药用价值"的"野百合花"，作为这些杂文的总标题（《野百合花——前记》1942），以救革命的"病"，可谓用心良苦；萧军不满革命队伍中对同志之间的"爱"与"耐"不重视，遂写《论同志之"爱"与"耐"》（1942）。我们不妨再次重温他们如何理解杂文的"需要"和"时代"，并在倡议高举杂文（也就是鲁迅）这个"武器"时所表现的那种锋芒和"野气"：

> 一定要写得出像鲁迅那样好的杂文才肯下笔，那就可以先下决心不写。文章要在熟练中进步的，而写文章不是为着荣誉，只是为着真理。

> 现在这一时代仍不脱离鲁迅先生的时代。贪污腐化，黑暗，压迫屠杀进步分子，人民连保卫自己的抗战的自由都没有，而我们却只会说"中国是统一战线的时代呀！"……

即使在进步的地方,有了初步的民主,然而这里更须要督促,监视。中国所有的几千年来的根深蒂固的封建恶习,是不容易铲除的,而所谓进步的地方,又非从天而降,它与中国的旧社会是相连结着的。而我们却只说在这里是不宜于写杂文的,这里只应反映民主的生活,伟大的建设。

陶醉于小的成功,讳疾忌医,虽也可以说是人之常情,但却只是懒惰和怯弱。

……我们这时代还须要杂文,我们不要放弃这一武器。举起它,杂文是不会死的。

——丁玲:《我们需要杂文》(1941)

是的,"延安是政治警觉性表现最高的地方",若是单凭穿华丽的衣裳,而懒于洗澡,迟早那件衣裳也要肮脏起来的。……

想到此,常常忆起鲁迅先生。划破黑暗,指示一路去的短剑已经埋在地下了,锈了,现在能启用这种武器的,实在不多。然而如今还是杂文的时代。

——罗烽:《还是杂文的时代》(1942)

可以看到,丁玲、罗烽他们视高举的那把"短剑"为双刃剑,"一面是斩击敌人,一面却应该是为割离自己的疮瘤而使用"[7],即要求作为革命武器的杂文,应该发挥"批评与自我批评"的作用,而革命队伍也应该以"大度"和"宽容"接纳这些批评。[8]不过,尽管丁玲主编的《解放日报》副刊和其他刊物如《文艺月报》《大众文艺》等都给杂文增加了版面,对鼓励作家积极写杂文起了一定的作用,但对于公开地利用杂文进行内部批评特别是揭露延安的阴暗面,一般作家仍然"犹犹豫豫、躲躲闪闪、不敢放胆直面,生怕惹出麻烦"⑨。不幸的是,丁玲他们的"野气",也真给自己惹出了麻烦。之后出现的杂文批判运动,不仅给敢说"听候批判"(《野百合花》)的王实味带来杀身之祸,还令这类杂文在解放后被进一步边缘化,无论是"匕首""投枪"或是"短剑",作家可以说是给缴了械。毛泽东在文艺整风中发表的《在延安文艺座谈会上的讲话》(1942),基本上把鲁迅式的杂文的"需要"限定在针对"敌人"的范围之内,也把鲁迅所处身的"杂文时代"跟"人民"的解放时代区分开来:

> 如果不是对于人民的敌人,而是对于人民自己,那末,"杂文时代"的鲁迅,也不曾嘲笑和攻击革命人民和革命政党,杂文的写法也和对于敌人的完全两样。对于人民的缺点是需要批评的,我们在前面已经说过了,但必须是真正站在人民的立场上,用保护人民、教育人民的满腔热情来说话。如果用对付敌人所需要的刻毒手法来对付同志,就是把自己站在敌人的立场上去了。⑩

从这样的论述看到,毛泽东在没有否定鲁迅式的杂文的"官方认可"地位之余,利用"人民"和"敌人"两种概念化的对象,既把批评的立场二分为"人民的立场"和"敌人的立场",也把批评"同志"的作家,打入"敌人"一类。但王实味等人的批评是在"满腔热情"地"保护"人民还是在"刻毒"地"对付同志"?在一种整风的语境中,这样的问题并没有论争的余地,对王实味等进行的批判,已经是一个回答。

50年代初,当"是否需要杂文"这个问题再次出现的时候,冯雪峰和孔罗荪分别写了《谈谈杂文》(1950)和《关于杂文》(1951),讨论这个问题。他们基本上是在《讲话》的基础上进行论述的,论点主要有两个:一是杂文时代并没有过去,但需要的是切合今天的杂文(即站在人民的革命立场,巩固人民民主专政);二是重申只有鲁迅式的杂文才能算是杂文,但并不一定采取"曲折、隐晦和反语"的形式(即以明白、痛快和淋漓尽致的形式教育人民)。意思是说,杂文的"战斗"性,在新的时代已赋予了新的内涵,与30年代鲁迅杂文所象征的那种独立批判精神和能力已相去甚远。杂文跟别的批评性文章一样,其批评功能必须配合政治任务才能够得到体现。因此,杂文在这个时期是处于低潮状态的。

有意思的是,夏衍在1954年5月曾经写过一篇名为《谈小品文》的杂文。他首先转介了发表在4月18日《人民日报》的一篇介绍苏联报纸经验的文章《小品文——进行思想斗争最灵活的武器》的内容。该文章说小品文在苏联人民生活中产生了巨大的影响,却指出中国报纸上的小品文虽然有过一些,但还不够多,这同报纸上批评和自我批评开展得不够是有关的。[11]夏衍说完全同意这种看法,还论述了小品文的历史、写小品文的条件和可以采取的形式等问题,最后还批评"文艺作家视小品文为畏途,推辞唯恐不及……对一切社会中仍然存在的恶习、缺点和不健康现象熟视无睹、无动于衷,或者是偶有所感而也缄口不言,怕负责任。这是缺乏责任感和政治热情的具体表现,严重地影响了批评和自我批评的展开",还建议"用小品文这一武器,对我们自己队伍里的这种政治上的麻痹和冷淡,展开剧烈的斗争"。[12]从这篇杂文,我们完全可以读到延安时期文艺界的问题、丁玲的关切和对杂文的期待——作为批评和自我批评的武器，但夏衍却用"小品文"来代替"杂文"，只说"我们过去习用的所谓杂文或者杂感一类文章中有很大的一部分就是小品文"[13]。看来，到了50年代中，"小品文"这个概念，有些回到1934年茅盾的理解去了，即除了梁实秋等人的闲适和幽默小品外，还包括鲁迅式的批评性的杂感。相反，后来在命名上取代了"小品文"的正统位置的"杂文"，却不能"名正言顺"地用来概括具批评性的文章。当然，1954年间被翻译和介绍过来的苏联"小品文"，又不完全属于批评性的"杂文"一类，因为除了讽刺这个特点外，这些"小品文"的情节性或故事性较强，写法也跟"杂文"不太一样。不过，夏衍仍然沿用《人民日报》文章中的"小品文"概念来支持中国在"杂文"写作方面的需要，而不是如他在文章中所暗示的那样，以纠正人们对"杂文"的狭隘理解来为"杂文"正名。这可能说明了"杂文"概念在50年代中的复杂性：一方面已变成"畏途"（如果仍然理解为鲁迅式的战斗杂文的话），另方面又成为一种不锐利的武器（如果理解为经《讲话》改造的杂文的话）。相反，三四十年代那种跟"小品文"划清界限的需要已经不存在，以"小品文"这个概念来命名一些与中国写作经验不太一样的作品，可能更适合。

到了1956—1957年这个被称为当代杂文发展的第一个"高潮"的"鸣放"时期，"小品文"与"杂文"的概念已经是相通的。例如徐懋庸在讨论一直以来属于杂文范畴的"危机"时，用的是"小品文"这个概念（《小品文的新危机》）。活跃地参与有关杂文讨论的，大多是新一代的年轻作者，锐气不下延安时期的丁玲、王实味等人，况且王实味等当年所观察到的官僚主义问题，到了 50 年代中就显得更为严重。在一种空前放松的政治环境底下,曾经因受到批判而压制下来的杂文主张和杂文所针对的内部问题,再度浮出历史地表。类似王实味所用的"野百合花"意象,在这个时期的杂文或小品文论述中,一般被表现为治疗官僚主义的"药"或"大夫",⑭写杂文成了反官僚主义的"武器"。例如一位作者以写信给一位官僚的形式,说出了他对杂文的"需要"的理解:"对于写'杂文'的人,你特别不满,你曾经表示:'这些人为什么总爱写揭露缺点的文章?这些人为什么对反对官僚主义这样有兴趣?'……我们应该提倡鲁迅的杂文,因为我们还有官僚主义,还有其他非工人阶级的思想,我们需要尖锐的批评!"⑮另外,也有人像丁玲当年那样,提出杂文不能像"温吞水":"首先就要求其确定……不要再吞吞吐吐。"⑯杂文如何能成为"锋利"的武器呢?毛泽东在《讲话》中模糊处理的"讽刺"手段,在这个时期的杂文论述里,也得到一些人的鼓励。例如一位论述者说:"杂文的战斗性在于它的讽刺力量。……讽刺必得夸张……不许杂文运用夸张的手法,就好像不许医生用显微镜和 X 光,也好像不许芭蕾舞演员用脚尖旋转。"⑰

值得注意的是,丁玲与罗烽从解放区过来后,虽然曾在 50 年代身居要职(特别是丁玲),但在这次杂文高潮来临之前,已经被打为两个反党集团的成员,因此没有发言权。萧军早在 1948 年已被进一步批判,50 年代初写的小说《五月的矿山》再次受到抨击后,在 1956 年间,他便决心走与鲁迅相反的方向:弃文从医,想以实用的针灸和正骨而不是杂文来治病救人。⑱至于其他曾经在延安支持过杂文的作家,或许他们已从历史的教训中学会了保护自己;又或许经过十几年的变迁,他们已经对现实有更多的接受或者成了现实的一部分,不再需要以写杂文这种方式表达自己的意见。正如洪子诚在《1956:百花时代》中分析杂文时所说的:"关于杂文的争论,其实是关于对现实的看法和作家的写作与现实的关系的问题。"[19]在50年代初未有梳理的杂文与"时代"的关系和写法等问题,在这个时期又引起了讨论。

从30年代开始就属于"鲁迅风"杂文派的徐懋庸,在杂文形势好像一片大好的情况下,发表了让人联想起当年鲁迅批评周作人与林语堂的小品文沦为"小摆设"命运的《小品文的新危机》[20]。虽然徐懋庸没有沿用鲁迅的角度批评今天的"小品文"的"危机"在于沦为政治"小摆设",而是指出小品文的"新"的危机是"消亡的危机"。[21]徐懋庸没有从全面肯定杂文的"武器"功能来说明它的"新"危机,反而客观地摆出一直以来存在的矛盾:在社会主义民主的时代"小品文是否还有存在的理由";"中正和平"与"锋利"的两难等,让新的政治环境因素更显得突出。这篇文章赢来了很大的反响。[22]从报刊上的回应和《文艺报》召开的座谈会上的发言[23]来看,当时的讨论似乎达到一个共识,那就是杂文应有存在的理由。例如一些论者指出:"杂文就是药的一种。……但用来治疗人民内部的病的药,却不见得都须'中正和平'……杂文要有激情,乃至愤怒"[24];"真正的锋利和尖锐只意味着一针见血,把问题的症结一语道破,分析到它的骨子里"[25];"没有任何理由可以否定讽刺是批评的一种,且有非一般批评所能代替的特殊作用。只要你站得稳,只要不滥用,可以用以对敌,也可以用以对自己人"[26]。对讽刺较为谨慎的论者则说:"鲁迅先生的杂文所以起到那么大的作用,正是因为鲁迅先生在对敌讽刺的时候首先把敌人分析透彻,抓住关键,直刺要害。虽然我们现在是对待自己人,根本不同于鲁迅先生之对待敌人;但我们仍要学习鲁迅先生的精神,在进行批评和讽刺的时候,也一定要把病情分析清楚以后再开刀,绝不应不分青红皂白便挥舞大刀,乱砍一阵。"㉗

这些论述的"医学化"修辞,反映着一种迫切的"救亡"意欲,犹如五四时期鲁迅给中国"断症"一样,1956年的年轻知识分子给共产党断的症是官僚主义,而且病情严重,不得不高举"讽刺"的利刀或下"讽刺"的药方。不过,1956年大量出现在各种报刊那些今天看起来也觉得痛快或"过瘾"的丰富多彩的杂文或小品文,昙花一现后要面对的是比1942年的杂文批判运动更为严峻的"反右"运动。最为尖锐或讽刺性的杂文受到猛烈抨击,例如戈扬编的《新观察》中的十几篇杂文,不仅文章被批判,作者和编者都被打成"右派"。这次声讨杂文在"反右"后还有余波:1958年,丁玲、罗烽、王实味等人写于1942年的杂文又一次被揪出来,接受"再批判"。

2. 杂文创作"高潮"与读者需要

如果说,"百花时代"造就的杂文的瞬间繁荣,是一种"鸣放"政策或"双百"方针的产物的话,那么,1961到1962年间出现的第二次不那么嚣张的杂文"高潮"或"复苏"㉘,虽然也跟"调整"期重提"双百"方针有关,但较多的是由邓拓等几位作家的历史积累带动起来、由读者的需要完成的。意思是说,按照1957年毛泽东的判断,"时代"需要"鸣放",杂文才一下子找到它的位置,发挥了其"尖兵"的作用,但 1962 年的中国人毕竟仍然活在"反右"和"再批判"运动的阴影底下,加上经历了"大跃进"和三年经济困难时期,批评性的杂文再次成为"畏途"。艰苦的现实生活和人民紧张的精神状态所呼唤的,是同甘共苦的经济生活和放松的政治生活,以"野百合花"式的"苦药"治疗已"大病"一场的国家看来是不切实际需要的;令神经绷得紧紧的尖锐的批评,也不合人民的口味。由一些有丰富的人生经验和知识的知名作家如邓拓、吴晗、廖沫沙、唐弢、夏衍、孟超等所写的思想性、知识性甚至幽默性的杂文或小品文,反而受到读者的欢迎,类似的杂文书写继而在各地报刊蓬勃生长。这里,我尝试从三个关系密切的杂文专栏——《燕山夜话》(《北京晚报》1961年 3 月到 1962 年 9 月)、《三家村札记》(《前线》1961 年 10 月到 1964 年 7 月)和《长短录》(《人民日报》1962 年 5 月到 12 月)的开设和接受,窥探在这个时期出现的杂文"高潮"与读者"需要"的关系。

根据当年在《北京晚报》当编辑的顾行和刘孟洪的"文革"后回忆,他们邀约邓拓给他们报纸开设一个栏目,写一些知识性的杂文,原因是"那时正值三年困难时期,读者迫切需要阅读能够开拓眼界、丰富知识、振奋精神的文章"㉙。经过一番考虑才答应"上马"开设《燕山夜话》这个栏目的邓拓,是非常认同《北京晚报》的宗旨的。从人生阅历和知识结构的角度看,邓拓多年办报的经验和丰富的历史知识,写出"开拓眼界,丰富知识"的文章,是容易的事。至于"振奋精神",当时身居要职——任北京市委书记和市委理论刊物《前线》杂志主编的邓拓,更是责无旁贷。但他选择了写杂文来完成这项使命,却不是偶然的,也

涉及他对杂文的看法。就与杂文的渊源方面，40年代邓拓领导
《晋察冀日报》的时候，除了写政论和新闻报告外，还写过杂文、
散文、随笔、短诗等，过的是一种"一手拿笔，一手握枪"的办报
生活。[30]解放后到1958年调任北京市委之前，邓拓担任《人民日
报》的总编。1957年，《人民日报》曾经开辟小品文专栏"想到
就写就画"，发表支持以"锋利"和"讽刺"的杂文来"治病救人"
的文章，[31]起了很重要的示范作用。不过，邓拓当年并不完全赞
成"鸣放"，因此《人民日报》也发表过不赞同鸣放的文章，邓拓
还阻止过报社一些人的鸣放（这些人后来因此没有被打成"右
派"），后来被批评是"死人办报""书生办报"。虽然今天我们
的确很难断定，"他最初的谨慎，到底是出于正统的惯性，还是
对政治斗争未来走向的预感"[32]，但清楚不过的是，他本人对于
官僚主义是有反省的。在以"卜无忌"这个笔名发表在《人民日
报》专栏上、讽刺性很强的《废弃"庸人政治"》一文中，邓拓说：
"凡是凭着主观愿望，追求表面好看，贪大喜功，缺乏实际效果
的政治活动，在实质上都可以说是'庸人政治'。……我自己也
患过病，也当过编辑，各种感受都有一些，说几句由衷之言，并非
危言耸听。但愿我们的同志遇事深思熟虑，千万不要乱拟方案，
像庸医那样乱开方子，以免害死了人……那些天天怕出乱子，天
天喊叫'放不得'的人，真是庸人自扰，瞎操心了。"[33]应该注意
的是，邓拓把一些他认为是通过"鸣放""乱开方子"的人也称为
"庸人"，即跟那些天天喊叫"放不得"的官僚政治差不多，这正
是他对"鸣放"有所保留的原因。他的"谨慎"很大程度上是因
为他自己处身在官僚架构里，难免有些"惯性"，但他的确有政
治智慧，知道两种不同的"庸人政治"都解决不了问题。从写这

篇杂文这个行为和文章的内容来看,或许我们可以这样判断:邓拓因"预感"到毛泽东"引蛇出洞"而明哲保身地置身于这场杂文运动之外这个可能性较低。"反右"运动发生后,他的"谨慎"虽然让他免受牵连,但由于他不全心全意地响应毛泽东的"鸣放"号召,最后也被调离《人民日报》。到了60年代初,当他考虑是否再要"上马"开杂文专栏时,邓拓仍然显得谨慎。他最终答应了《北京晚报》编辑的要求,表面的原因是他在材料上已有充足的准备㉞,但这跟他如何认识"杂文"及"杂家"的功能,相信有很大的关系。

邓拓没有写过直接及单独谈杂文的杂文,我们需要从《燕山夜话》的几篇文章中,理解他有关的想法。最早刊登的杂文中有一篇名为《欢迎"杂家"》㉟的。邓拓写这篇文章的目的,是为"杂家"正名。"杂家"并不是班固所区分的"九流十家"中的"杂家流",因为它不比其他流派"杂"多少,真正的"杂家"是泛指"广博知识"之士。正如前面提到的,"杂文"作为现代文学发展史中的一种文体,基本上内化了其作为"文"的历史包袱,是"载道"也好,是"战斗"也好,都偏向其政治功能性或工具性,而忽略其"杂"的本质。其实,要写好杂文,除了有鲁迅的战斗性外,也必须具鲁迅那"广博知识"的"杂家"条件。邓拓谈"杂家",间接地把"杂文"的知识属性突出来,这样的理解在一定程度上是向30年代"语丝派"杂文传统回归的一种表现方式,"杂文"不仅可以在概念使用上与"小品文"互通,还恢复了它在内涵上应有的丰富性。邓拓在自己的杂文写作中也实践了"杂家"的精神。在专栏《燕山夜话》和《三家村札记》发表的近170篇杂文中,纯粹介绍各类知识的杂文占差不多一半(81篇),其

余大部分讨论人生、学习等问题，较具批评性（针对艺术、政治、思想）的属少数（14篇）。㊱

除了谈"杂家"外，邓拓在另外两篇杂文，《"批判"正解》㊲和《他讽刺了你吗？》㊳，则写到杂文最具争议性的内涵——"批判"与"讽刺"。邓拓尝试为"批判"正名说："其实，不论是思想批判、学术批判等等，绝不是以'打击'或'否定'一切为目的的；而是为了去粗取精，去伪存真，更好地接受遗产，发展文化，发展我们的社会主义事业。……批判即是研究，没有批判的研究就不能叫做研究。"㊴这样把"批判"建立在实事求是的基础和积极的意义上，对于消解杂文的"负面"形象（如杂文家"乱开方子"等）和建构杂文的"时代"需要，是有帮助的。至于讽刺，他认为并没有什么问题，接受不了讽刺的责任很多时候是在被讽刺的人身上。在维护以画讽刺漫画见称的华君武的一幅漫画时，邓拓说："我真不了解，为什么有的人如此神经过敏，以致变得非常脆弱，哪怕是善意的规劝性的讽刺，也受不了。其实，华君武同志的内部漫画充满着善意的规劝，这是大家所公认的。"㊵突出"善意的规劝性的讽刺"，同样收消解杂文的"负面"形象（杂文＝讽刺＝恶毒批评）之效。

邓拓在他的党政和编辑工作中，也积极推广知识性和趣味性的杂文。1961年，邓拓在北京市委常委会议上发表报纸宣传工作意见时曾经这样说："现在工业下马，农业歉收，物资供应紧张；群众生活困难，情绪低落，许多事情不好报道。报纸应当提倡读书，帮助群众开阔眼界，增加知识，振奋精神，在困难时期保持一种好的精神状态。"㊶这可以说是当时的中央精神的一种传达。正如中央领导人鼓励曹禺他们写话剧《胆剑篇》以"振奋

精神"一样,邓拓希望通过鼓励工作人员办好《前线》等市委的
刊物,使读者能保持"好的精神状态"。如何能办好理论刊物
《前线》,邓拓提出了"五性"的说法:理论性、地方性、时事性、知
识性和战斗性。[42]可以看到,工农兵文艺传统中最为重要的"战
斗性",在这个时期已被排到"五性"的最后,邓拓更重视的是刊
物要多开辟多种专栏,给读者以广泛的知识教育,包括中外古
今、天文地理、文史哲经。在 1961 年 11 月 25 日[43]《前线》创刊
三周年的编辑会议上,邓拓就更具体地提出他曾经有过的一个
想法:

> 　　我曾经有一个兴头,办一个杂志,办个"杂文旬刊",十
> 天出一期,八个页码,半张报纸,每篇文章不超过千字,内容
> 是什么都讲,要一字不空。要政治,整个都是政治眼光贯穿
> 着看,但是要生动。不是光为了给人一些知识,而是广泛谈
> 论一些问题,使人从中吸取一些有用的东西。搞出来的东
> 西,要字字是炮弹。[44]

从这个没有实现的"杂文旬刊"的蓝图,我们更清楚地了解到邓
拓对杂文的重视和对杂文如何才能发挥其政治功能的认识:首
先是要做到"一字不空",才能达到"字字是炮弹"的效果。这样
的认识可以说是相当具时代性的,即针对"大跃进"所带来的各
方面的"假、大、空"情况的。其次,邓拓认为"知识"要针对"问
题",假如人民能从问题出发实实在在地掌握一些知识,就更有
力量干预生活,这也是他不断要求读者提供意见,并按照读者的
要求写出一篇一篇的"燕山夜话"的原因。"杂文旬刊"看来是
没有办成,邓拓有意促成的栏目《三家村札记》,在把廖沫沙和

吴晗这两位重要的人物拉进来后,却真的在杂志《前线》顺利地
运作起来。"三家村"的幸存者廖沫沙,在"文革"后曾经就当年
邓拓如何促成这个杂文专栏的情景,写过一些回忆性的文字。
我们不妨通过廖沫沙的记忆,重温一个 60 年代初中国特有的活
泼轻松的历史场景:

> 在一九六一年的九月以前,《前线》将开辟这个专栏的
> 事,我是一无所知的。直到九月中旬或下旬,《前线》编辑
> 部的工作同志来通知我:第二天中午,邀请我到四川饭店聚
> 餐。我也没有问过他为什么、将有什么人参加。因为我本
> 来是《前线》的编委之一,而且在此以前曾多次给《前线》写
> 过稿;编辑部约请写稿人吃顿饭,在我的写作经历中并不是
> 什么稀罕的事,三十年代在上海,四十年代在桂林、香港、重
> 庆,五十年代即解放以后在北京,我都被邀参加报刊出版社
> 的聚餐,所以我对这类约会,一点也不感觉新奇。

> 到时我就去了。在座的人并不多,邓拓、吴晗两位之
> 外,只有《前线》编辑部的几位同志。

> 入席以前,坐在沙发上抽烟喝茶,邓拓同志随便地谈
> 起:《前线》也想仿照别的报刊"马铁丁""司马牛"之类,约
> 几个合写一个专栏,今天就是请那么两位(指吴和我)来商
> 量一下。听说"马铁丁"他们是三个人合用的笔名,我们也
> 照样是三个人取个共同的笔名;既是三个人,就干脆叫《三
> 家村札记》行不行? 他所说的"三个人"就是指邓、吴、廖
> 三人。

> 我记得话谈到这里,饭店的服务员已摆好桌面,端来饭
> 菜,催请入席。编辑部的一个同志说"一边吃,一边谈吧"。

于是大家就座。

吃饭之间,话题并不集中,东拉西扯,直到吃完,才又回到本题。所谓"本题",也不过是三人合用的笔名如何取法,最后确定一人出一字,吴晗出"吴"字,邓拓出"南"字(邓拓的笔名叫"马南村"),我出"星"字(我当时的笔名是"繁星")。专栏的名称与合用的笔名"吴南星"就这样定了。至于文章的写作内容和写作方法如何,我清楚记得,当时并没有任何人提出来作为议题加以讨论……⑤

从这样轻松的会议过程来看,参与《前线》的杂文专栏写作对于当时的廖沫沙来说,好像是自然不过的事,没有半点犹豫,因为他是北京市委的统战部部长,吴晗是北京市副市长,在政治背景上,"三家村"原是一家人;况且他早在30年代已经熟悉这一种文体,可以说是杂文老手,还参与过有关杂文的论争⑥。这样,"三家村札记"便运转起来。在差不多三年的时间内,除了邓拓的18篇外,吴晗与廖沫沙各写了21篇,其他人提供了5篇,共65篇。1962年5月,吴晗和廖沫沙也被邀请参加《人民日报》新设的专栏"长短录"。

1962年5月到9月,可以说是杂文专栏的"全盛"时期,三份有影响力的北京市和中央级别的报刊,都前后设立杂文专栏。《人民日报》在看到北京两份报刊的两个杂文专栏那么受欢迎,在形势日渐见好和配合"双百"方针的情况下,也决定设立一个请有名望的作家助阵的杂文专栏,并确定专栏的方针为:"希望这个专栏在配合进一步贯彻'百花齐放、百家争鸣'方针方面,在表彰先进、匡正时弊、活跃思想、增加知识方面,起更大的作用。"当时报社的编委会还明确地提出杂文专栏不直接配合政治却要风格多样化的主张：

> "长短录"配合政治是广泛的，多方面的，不同角度和
> 不同形式的。一般不强调直接配合，而是打迂回战，尽量发
> 挥杂文的特性。可以是旗帜鲜明的，态度明朗的，但又娓娓
> 动听，清新活泼。主题含蓄而不隐晦，行文婉转而少曲
> 笔。……在总的方向、方针一致的原则下，作者取材的范围
> 和侧重点不同，写作的风格也不同。应该保持而且发挥这
> 种不同的风格。[47]

《人民日报》编委这些方针和意见，相比《北京晚报》和《前线》
的宗旨和想法，可以说又走前了一步。首先，"匡正时弊"与"活
跃思想"的宗旨比"振奋精神"更进取和具体、清晰。其次，虽说
要配合政治，他们强调的却是"文艺十条"中的"多样化"（题材
和风格）纲领，又试图整合历史发展中杂文艺术的各种内在矛
盾（例如明朗与含蓄的结合）。这些意见反映 1962 年中在整体
氛围方面，比 1961 年底的放松更让人鼓舞，报刊编辑可发挥的
余地也比 1961 年大，专栏成了可以让作家较自由地组合和创作
的园地，特别是无所不谈的杂文专栏。负责"长短录"等专栏的
副刊编委曾经定出一条原则："副刊编辑同志应该同作者保持
密切联系，在一定时期，可以根据报纸和读者的要求，提供一些
题目或线索，但不做强制性的要求，写不写和如何写，应该尊重
作者的自由。"[48]这样宽松和互相信任的写作氛围，在 60 年代可
以说是难得一见的。参与"长短录"的作者除了有吴晗和廖沫
沙外，还有夏衍、孟超和唐弢。他们同样是解放前就建立了自己
的杂文地位的，尤其是夏衍和唐弢，但由于"反右"运动的冲击，

很多老作家也不愿意再涉足杂文。例如夏衍,他说本来从1957年后就决心不写杂文了,但1962年文艺界热烈的气氛,让他感到鼓舞,不期然"旧病复发",带头组织专栏:

> 1962年"七千人大会"之后,周恩来同志两次召开了文艺界座谈会,提出破除迷信,解放思想,强调了艺术规律和艺术民主。也正是在这个时候,邓拓同志的《燕山夜话》和吴晗、廖沫沙、邓拓的《三家村札记》,大受读者欢迎,于是,当《人民日报》文艺部当时的负责人陈笑雨设想要在副刊开辟一个杂文专栏的时候,我就"旧病复发",不仅"欣然同意"参加,而且还推荐沫沙、唐弢、孟超等同志合作。⑭

又是在四川饭店举行饭局。这次由《人民日报》邀请,夏衍牵了头,并推荐几个他认为能写的人参加。除了孟超之外,廖沫沙、吴晗和唐弢都因工作忙而想推掉这个专栏,但在夏衍和编辑盛情的邀请下,他们也就勉强"上马"了,组成了一个松散的五人写作集体。"长短录"以廖沫沙的第一篇写给这个专栏的杂文《"长短相较"说》命名,一共出了37篇。专栏在1962年12月政治形势急转直下的情况下被迫停止。

或许,对于老一辈作家如夏衍等来说,写不写杂文已经成为一种政治姿态,一种对政治判断的回应:政治形势不利于发表言论的时候就不写,当形势有所缓和,惯于用杂文来跟时代对话的作家,就"旧病复发"。他们是构成了60年代这个杂文"高潮"的主要力量或条件。夏衍以"病"来形容自己的杂文/发声行为,当然有很强的自我调侃的意味,却说明了杂文与一个时代的休戚与共。总的来说,相比1957年4月到6月当代杂文的第一个"高潮"，1962 年这个再来"高潮"，在表现形态上有以下几个不同的地方。

首先，从时代氛围上比较，1956 到 1957 年间给人的是一种"解冻"的感觉，即从延安时期杂文被"冻"了之后的第一次释放，因此能量比较大。大量出现的杂文如果不是百"家"争鸣，也算是百鸟齐鸣，刀光剑影。在 1961 到 1962 年的调整期，给人的是一种大病后需要调理的感觉，杂文的功能是补"空子"，而不是高举"武器"或"手术刀"，因此来得温和、节制和适度。其次，参与这两次杂文写作和讨论的作者的背景有些差别。1957 年，在几个重要的杂文、小品文阵地，包括《新观察》《长江文艺》《新民报晚刊》《中国青年报》《文汇报》《新晚报》《人民日报》等发表文章的作者，来自不同的背景，包括在解放前已经成名的徐懋庸、聂绀弩、严秀（曾彦修）、巴人、宋云彬、萧乾等杂文家，在 1956 到 1957 年才较多写杂文的唐弢、夏衍等，和一大批在文坛上还没有确立"江湖地位"的青年作者。加上政治上反官僚主义的目标清晰，文艺创作上有很多问题有待清理，不同背景的作家在不同的题材上都有发挥的余地，因此杂文的内容也比较有论争性。1961 到 1962 年间参与杂文创作的作者的背景则相对单一。由于徐懋庸、聂绀弩、严秀（曾彦修）、巴人等著名杂文家，和很多青年作者在"反右"运动中受到冲击，还能够在 1962 年撑起杂文局面的，是一些在党政和文化机构身居要职、知名的文人学者。他们的影响力来自丰富的知识和耐人寻味的思想，杂文的内容涉及的更多的是历史素材，现实问题则较少讨论。再次，在两次的杂文"高潮"中，报刊的副刊及专栏都发挥了很重要的推动作用，而有见地的编辑是一个关键的中介或桥梁。

1957年,《中国青年报》的编辑将杂文专栏命名为"辣椒",可谓作风大胆;"新观察"因编辑戈扬的在位而成为一个讽刺性杂文的重镇;《新晚报》的"灯下谈"专栏的编辑则说:"春寒已过,正是鸟语花香时节,新闻界这朵花正含苞待放,记者这一'家',现在要发言了!"⑩到了1961年,同样,如果不是《北京晚报》的编辑耐性地"磨"邓拓开杂文专栏,《燕山夜话》就不会出现;《人民日报》的编辑不是对时代或事业有一种责任感,也不会再度以"匡正时弊"作为杂文专栏的宗旨之一。不同的是,1957年的专栏是公开给读者或作者投稿的,因此开放性比较大,形式较为多样化。60年代的杂文专栏则大多由单个作家或写作集体承担,集体的组合也靠人情关系,可以说相当的"小圈子"。或许这样做较稳妥、质量较有保证,但由于这些"上马"的作者已经形成了一定风格和在内容上懂得自制,表达形式相对单一化。

60年代初杂文的蓬勃,在读者阅读专栏文章的热烈程度和积极反应方面也有所反映。首先,专栏的名字和常设性,较容易引起读者的认同感和注意。例如《燕山夜话》这个栏目的名称本身就带有一种亲切的感觉。根据邓拓的解释,"夜话"是"夜晚谈心"的意思,而"燕山"是北京的一条主要山脉,这对北京读者来说就更觉亲近。其次,杂文的内容是否切合读者的需要,以至作者形成与读者的"对话"方式,是鼓励读者作出回应和塑造他们的阅读方式的重要因素。根据当年《燕山夜话》的编辑的回忆:"专栏文章在《北京晚报》刊出之前,首先在报社内部引起惊叹。每次小样出来,大家先睹为快,边看边议论:一个人怎能读那么多的书? 能记住那么多的材料? 见报以后,在社会同样引起广泛的反响。它的第一篇文章《生命的三分之一》发表以后,立即以它独具匠心的题目和立意新颖的内容吸引了广大读者。许多读者给编辑部来信,有的信中说:'看了《生命的三分之一》,我们才知道原来我们每天都在浪费着自己生命的一部分,感谢作者给我们做了重要的提醒,我们一定要加倍珍惜自己生命的三分之一,让它也发出光来。'仅 1961 年 3 月到 1962 年 3 月的一年中,《北京晚报》编辑部就收到读者给作者的来信四百多封,信来自全国各地,远自云、贵、新、藏,来信的有工人、教师、学生、科学工作者,也有中央的领导同志。人民在信中不仅谈到从'燕山夜话'中得到的启示和教育,而且纷纷给'燕山夜话'出题目,找资料,这样畅所欲言地通过报纸进行交谈,是我们在从事多年的报纸工作中所仅见的。"[51]一位当年仍然是青年的读者回忆说:"二十多年前,当时我还是一个刚上工作岗位的小青年,我有一个癖好,喜爱看报读报。每天工余便跑图书馆,特别沉迷于各种晚报,一天翻读《北京晚报》,看到署名马南村写的《燕山夜话》,一口气读下去,我的心里完全被一行行的文字占住了。呵,多么优美的文笔,多么敏捷的思路,我仿佛是在聆听一位长者讲述娓娓动听的故事,视野开阔了,知识丰富了,教益颇深,收获颇丰。"[52]另一位读者、杂文家牧惠在 80 年代也回忆道:"1961 年我刚从广东调来北京,'燕山夜话'正在《北京晚报》陆续发表。每天下班回到家里,头一件事就是读晚报,看马南村的文章。我还不知道马南村就是邓拓。印象是作者很有学问,见多识广,或谈书法,或谈学习,大半是文史方面的故事,读者能从中得到很多知识。我把这类文章归入知识小品文一类,并不认为是杂文。"[53]

邓拓对于自己的专栏得到不同年龄层,特别是青年的热烈欢迎,也感到"出乎意料之外"⑤。他接受读者的建议,把已经发表的稿子,辑成小册出版。五集的《燕山夜话》单行本,成为专栏"燕山夜话"的另一个传播渠道,影响便变得越来越宽。邓拓也乐意跟读者"对话",读者提出的问题、想法和意见,他都有所回应,并设法满足他们的要求。对邓拓来说,这才是"百家争鸣"的精神。正如他在《燕山夜话》第四集的"编余题记"说:"许多文章中提出的观点和论证,得到朋友们的赞同,这固然是令人兴奋和鼓舞的;但是,有时听到个别不同的意见,却也使自己有所启发或警惕。特别是当别的作者发表了不同意见的文章,无论采取什么样的形式,我觉得都不应该把不同的意见'顶回去',而应该让读者有计划充分地研究不同的意见,作出他们自己认为正确的判断。"⑤邓拓鼓励以开放的态度对待不同的意见,并身体力行,似乎有一种寓意或时代针对性。1957年的"百家争鸣"之所以演变为打击异见者的运动,彭德怀"上书"毛泽东后被打为"反党"分子,都是因为意见被"顶回去"。这些,邓拓应该是看在心里的。因此,他希望能在与读者交流的过程中,培养出宽容的胸怀和独立思考、判断的能力。邓拓与读者保持这样的互动关系,不仅能做到活跃思想,还在知识增长方面互相裨益。⑤

《燕山夜话》这类知识性专栏杂文受到读者的欢迎,除了启发邓拓在《前线》开设《三家村札记》和《人民日报》的编辑开设《长短录》外,也令各地的报刊相继仿效,采取同样的形式,发表知识性的专栏杂文。山东《大众日报》的《历下漫话》、《云南日报》的《滇云漫谭》等是一些例子。但某些专栏出现的时候,邓拓已迫不得已要告别"燕山"了。他在1962年10月辑最后一册《燕山夜话》单行本的时候，时局已突然变得紧张起来，专栏不得不停下来。在他最后一次与读者"夜话"中，我能感觉到一种类似他被拉"上马"时的犹豫心情，但夹集着一份不舍："我衷心地祝愿这些报纸的专栏杂文，能够长期坚持下去，并且不断地改进内容，更好地为读者服务；同时希望读者们也能够从这些报纸的专栏杂文中得到有益的知识。"⑰不过，邓拓仍然可以在他主持的《三家村札记》专栏中继续发表杂文。《三家村札记》之所以能坚持到1964年7月，跟《前线》的位置和北京市委整体抗拒江青等人对文艺进行干预有关（虽然这也种下了文艺激进派在"文革"前批判"三家村"的祸根），但得到读者的广泛支持也是因素之一。或许，60年代初的中国读者，在经历了"大跃进"后三年的粮食紧张、饥饿、浮肿病和多次让人精神紧张的批判运动后，感到的是一种从身体到精神到文化的"空"或匮乏，因此，他们关注的更多的是如何照顾生活、吸收知识和思考问题。例如，邓拓按读者的需要而大量书写的纯知识性的杂文，涉及的内容非常广泛，从如何养猫狗（《谈谈养狗》《养猫捕鼠》）、介绍食品的好处（《大豆是个宝》《姜够本》等）、谈粮食（《粮食能长在树上吗?》《甘薯的来历》等）、谈养生之道（《谈"养生学"》《白开水最好喝》等），到介绍文化地理历史知识（《"烤"字考》《谁最早发现美洲》《两座庙的兴废》《昭君无怨》等）、谈趣闻逸事（《下雨趣闻》《鸽子就叫做鸽子》等）都有。对于这些杂文，有些人宁愿称之为周作人、林语堂式的"小品文"而不是"杂文"（例如前述的杂文家牧惠），这又一次说明了这两个时而一分为二、时而合二为一的名词，在不同的历史时期有不同的所指。不过，更为值得注意的是，由于格外重视杂文的"武器"功能或批评特性,左翼文艺界在创作上压抑日常生活题材的作风,在杂文就更加明显。到了60年代初,当生活已经成为一个生死问题的时候,读者对生活知识的渴求是很自然不过的事,他们的需要改变了杂文的传统,这也是非杂文家的意志可以转移的。

3."三家"的杂文:知识性的"武器"
还是"平钝"的"敝帚"?

在邓拓、吴晗和廖沫沙这三位在1962年较为突出的杂文作者中,邓拓的杂文无论从数量、质量或影响方面,都被公认为"三家"之冠。㉘作为一位有历史学背景的杂文家,邓拓拥有丰厚的文化资源。无论是传播知识,还是讨论人生或批评现象,他都引经据典。在约170篇《燕山夜话》和《三家村札记》专栏杂文中,只有25篇(15%)没有引用中国古籍。可以说,他的杂文都非空穴来风,而是言之有物,思想是通过知识的铺垫而总结或提示出来的。例如为人称道的《燕山夜话》第一篇杂文《生命的三分之一》,其思想内涵其实很简单:珍惜晚上的时间,好好读书,领略古今有用的东西(也是他选择"夜话"的原因)。邓拓却引用了班固《汉书·食货志》和《汉书·刑法志》、刘向《说苑》和《北史·吕思礼传》中的人物,作为在夜间勤奋看书的佐证。读者读后,除了想到自己是否在浪费晚上那三分之一的生命外,必然也增长知识。同样,一些知识性较强的杂文,作者如何选择和铺陈知识的背后,是他的思想成分,即对一些事物的认识和理解。例如《下雨趣闻》一文,全篇都是介绍古代文献中各种各样有关雨的记录,但作者利用最后一句:在各种记录的材料中"寻找有用的东西"⁵⁹，带出要尊重古代文化遗产这个思想。单从题目看，这篇杂文像是林语堂式的小品文，但邓拓那种独特的写法，始终贯彻着他对历史文化资源的重视和针对现实的"厚今薄古"心态。可以说，邓拓这个时期的杂文本身，构成了一个独特的知识世界。

由于邓拓习惯通过知识来表达思想，他把"燕山夜话"所有的篇目通称为知识性杂文，但这些杂文其实具有庞杂的思想。究竟邓拓是在特殊的历史条件和位置，"拿起笔来时很可能有所顾忌"⁶⁰，还是比1957年写《废弃"庸人政治"》时更加谨慎，我们不得而知。但无可否认的是，他的杂文能够带领读者思考很多人生态度和社会的问题。除了要珍惜时间与生命（《生命的三分之一》）外，邓拓也写到为人之道如从唯物主义的角度看到"志气"（《说志气》）、从平凡中见不平凡（《植物中的钢铁》）、在贫穷中显骨气（《人穷志不穷》）等，学习之道如读者要下苦功（《不要秘诀的秘诀》）、要虚心（《多学少评》和《主观和虚心》），也要事事关心（《事事关心》）等，工作处事之道如老实地以少积多（《一个鸡蛋的家当》）、敢于放胆放手（《放下即实地》）、有大胆负责精神（《"推事"种种》）、多用心（《多用心》）等。一些杂文则带有针对社会的、思辨性较强的主张，如劳动创造社会财富（《爱护劳动力的学说》）、对待各种运动的力量应采取"开导"的态度（《堵塞不如开导》）、推崇跟随群众路线的思想作风（《王道与霸道》）、智比谋重要（《智谋是可靠的吗？》）、多读多想而少说空洞无物的话（《伟大的空话》）、说真话（《说大话的故事》）、对事物不能"健忘"（《专治"健忘症"》）等。这些思想性较强的杂文，都不会具体针对现实中的某种现象、政策或个人。

　　然而,读者却不难发现作者用心之处,尤其是今天拥有了历史距离的读者。1957 年被打为"右派"、80 年代曾经两次编选邓拓的杂文的杂文家曾彦修,在 90 年代中为重新出版的《燕山夜话》写"读后感"时,就重点评点了十来篇他比较重视的杂文,因为他从这些他认为称得上属鲁迅式的思想性、批判性杂文中,读到"匡正时弊"的内涵。例如他认为《爱护劳动力的学说》有力地批判了"大跃进"的"滥耗民力",《说大话的故事》是"一剂真正能治疗浮夸病的良药",《智谋是可靠的吗?》《放下即实地》和《专治"健忘症"》是批判"超主观主义"的,《堵塞不如开导》批判的是"要把人堵死的环境"等。⑥曾彦修这样理解邓拓的杂文,自然有他的道理,而正由于邓拓这些杂文在所指上那么含糊,它们能让读者作不同的想象或琢磨的余地还是很大的,这也是其丰富性之所在。但曾彦修把邓拓的杂文二分为"直接并深刻地反'左'"的思想性、批判性杂文(即上述那些),和"间接反'左'"的其他"知识性、艺术性为主,兼有思想性"的小品文,并说"如果离开了反'左',就根本无法理解邓拓的这些文章,也会大大降低邓拓杂文的历史价值"⑥,却反映出一种受制于"左"与"反左"的二元对立思维方式。这种二分法的不足之处在于对邓拓的杂文,只能作出一种政治的阅读,忽略了他通过大量杂文的写作所表现的那种深层的人文和社会关怀,无论是针对为人之道的、为学之道的、为政之道的或是人生哲理的。如果我们仍然用 1957 年那种"医疗化"修辞来概括邓拓杂文的功能的话,那么,这部分曾彦修称为"广义的杂文"的小品文,对于治理广义的时代症候(即不仅是政治上的官僚主义、形式主义、主观主义等"病"，还有人民在生活、知识、思想方面的贫乏和幼稚病)，也算是一剂"良药"。如果沿用鲁迅式的"战斗性"修辞的话，邓拓不仅像鲁迅那样"隐晦曲折"地以杂文作为"武器"，"匡正时弊"，还使用了"历史知识"这把锈了的"短剑"，挖掘人民或民族思想的黑暗面(如不珍惜生命、爱取巧、习惯空谈、不负责任、怕事，等等)。正如周扬在 80 年代评价邓拓杂文的时候所说的："富有知识性、文艺性，无疑是当时《夜话》一见报刊就引人注目的重要原因。……历史知识和历史人物的评论，丝毫没有冲淡对现实的关注，倒是给人们增加了认识和改造现实的智慧。即便在提倡认真读书的时候，作者也没有忘记提醒人们还要关心国家大事，端正学习目的。"⑥我认为，我们需要离开习惯的"反左"阅读模式，才能把邓拓杂文的价值，提到新的历史高度。此外，从文体发展的角度看，邓拓的杂文可以说是周作人和林语堂所代表的人生派和幽默派与被定型化的鲁迅杂文传统的一种融合，使杂文与小品文这两个名称都再次获得了应有的"双刃剑"特质。

至于邓拓的有现实针对性的批评性杂文，较多属于艺术批评，例如批判资本主义艺术形式的《"一无所有"的"艺术"》《"无声音乐"及其他》等，批评和讽刺公式主义和八股文的《八股余孽》《不吃羊肉吃菜羹》等，鼓励创新艺术的《创作新的词牌》《艺术的魅力》《要什么样的"新"?》等，而只有少量是向现实问题发言的。就算针对当时因要扩大耕地面积而"与水争地"的问题的《围田的教训》，也没有点明是针对"大跃进"大搞"围湖造田"的错误的。即使是曾彦修等读到有较大影射现实政治成分的《堵塞不如开导》《说大话的故事》《智谋是可靠的吗?》《放下即实地》《专治"健忘症"》《伟大的空话》等,和直接针对浪费问题的《看病不能节约吗?》,均没有讽刺性或激烈的言论,更没有姚文元为了配合"文革"而批判这些文章时所说的为资本主义势力"开导""恶毒诬蔑党的负责同志患了'健忘症'""要党'放下'社会主义建设总路线,讽刺抓住不放的人是'瞎子'"⑥④等成分。

邓拓并没有对自己的杂文做出任何的概括或评价,只是在最后一辑的《燕山夜话》的《奉告读者》中曾经这样说:"我对自己也是非常不满意的,每写一点东西,到了发表出来一看,就觉得自己没有写好,心里很惭愧。"⑥⑤看来,这只是邓拓谦虚之言而已,他应该知道"燕山夜话"最初定下来的三个宗旨"开拓眼界、丰富知识、振奋精神",已经超额完成。或许,这位被称为"书生"型的党的领导干部,早知道他的仕途并不如他的文章那样发挥效用。但他并没有估计到,日后政治形势让他不仅不能再与读者"夜话"连篇,还剥夺了他的写作权,乃至生命。因此,他在这篇《奉告读者》中留下一个再"上马"的心愿:"前一个时期写《夜话》是被人拉上马的,现在下马也是为了避免自己对自己老有意见。等将来确有一点心得,非写不可的时候,再写不迟。"⑥⑥邓拓在《燕山夜话》被迫停笔时,心情可能跟当年调离《人民日报》写《留别人民日报诸同志》一诗时差不多,是"累"、惆怅,但仍然乐观:

> 笔走龙蛇二十年,分明非梦亦非烟。
>
> 文章满纸书生累,风雨同舟战友贤。
>
> 屈指当知功与过,关心最是后争先。
>
> 平生赢得豪情在,举国高潮望接天。

杂文"三家"的第二家历史学家吴晗,他在抗战时期开始写杂文,并偏爱以历史为书写对象和从历史中洞察政局和时世。他创新地以读史札记形式发表在《文汇报》的杂文《旧史新谭》,当时已发挥一种"战斗"的作用。[67]一位杂文研究者认为,吴晗这时期的杂文"所给予读者的都是深刻的现实启示,读者完全能够从历史的教训里产生种种'联想','悟已往之不谏',完成现在以至未来行为的设计"[68]。四五十年代,吴晗继续在报刊发表散篇的杂文,有些是以历史为题材的,有些则是针对现实的。50年代后期则写得较少。到了60年代初,因参与有关历史剧的讨论和创作,吴晗更集中地以历史人物或历史问题作为写作的题材。杂文方面,他仍然非常重视。在一篇名为《多写一点杂文》[69]的文章中,吴晗第一次详细地提出他对杂文的理解:第一,杂文是一种很锋利的武器,鲁迅用来与国民党斗争;第二,今天仍然是"杂文的时代",因为"封建的、买办的东西在作怪";第三,通过杂文,推动批评和自我批评的开展,好处是说不胜说的。被批评的单位或个人应该善待批评。可以看到,这些观点跟二十年前丁玲、罗烽等人在延安提出的差不多,说明了吴晗对"杂文的时代"仍然没有过去的认识。值得注意的是,吴晗是到了1962年5月才公开发表他对杂文的看法。这个时期不仅杂文专栏处于"高峰"状态,文艺界整体的氛围也是较为放松和让人感到乐观的。或许,我们可以从吴晗一篇发表在1962年元旦的杂文《说浪》,感受一下他那兴奋的心情和对未来一年的憧憬:

> 带着浪的浓厚兴趣回来(按——指他带孩子到北戴河玩浪回来),和各级学校的师生接触,他们也在说浪,一个浪催一个浪,很紧张,也很兴奋。

这个浪是读者的浪,勤学的浪,求知的浪。

……

……我们的国家是一个年轻的国家,不但是青年人,就连老年人也朝气蓬勃,勤勤恳恳地工作,不肯服老,才三四十岁的人怎么可以说老?

……

要下定决心,努力学习,迎接新的一九六二![70]

吴晗是在这样情绪高涨的状态下参与《三家村札记》和《长短录》专栏的写作的。第一篇写给《长短录》的《争鸣的风度》,吴晗谈到社会要有一种开放、公开、公平和宽容地讨论问题(即"百家争鸣")的"风度",并批评很多人未能拥有这种"风度",老以为自己是对的。不久之前,他在《光明日报》发表的《谈框框》[71],也暗示不少人仍然活在"框框"里:"在日常生活和工作中,我们总不免以过去的框框来束缚自己,或者相反,以今天的框框去硬套古人。"1961年学术界为了鼓励自由讨论风气而开了一些"神仙会",吴晗认为这些会议"争鸣"得还是不够,[72]要做到真正的争鸣,学术界才有协作可言。[73]

除了这些就杂文和争鸣等问题进行评论的杂文外,吴晗两个专栏中还写了不少历史题材的杂文,并不忘提醒读者这些历史故事或事迹对现实的启示。例如《长短录》有两篇谈戚继光的杂文,其中的《戚继光练兵》主要介绍戚继光练兵之道。到了结尾,吴晗写道:戚继光"善于从实践总结经验,更重要的是不以成功的经验应用于不同的地点和敌人,而宁愿从头做起,以具有普遍性的理论原则来指导实践"[74]。《反对"花法"》一文则从戚继光反对"华而不实"的"花法"武艺,说到在教育工作、建筑以至小孩的玩具都应该是实而不华、讲求实用的。⑦ 相比邓拓，吴晗的历史知识性杂文比较开门见山，着重对现实生活直接起作用。此外，他的发言对象，不像邓拓那么杂，影响范围也较邓拓窄，较多地针对学术界和知识界。这当然跟他的工作环境有关，但《前线》和《人民日报》不像《北京晚报》那么大众化，也是一个原因。从背景上看，作为一个学者，在这段时间吴晗大部分的精力，其实还是放在写历史论文上，而不像邓拓那么能投入在应付读者在历史知识上的需要。相反，他在 1962 年发表的两篇重要论文《论历史人物评价》和《论历史知识的普及》，则大量地引经据典。有研究者曾经统计："第一篇文章中，所引用的经典人物的语录多达 15 处，字数达到将近 1500 字；第二篇文章中，引用了 7 处，字数也达到了将近 1300 字。"⑦ 或许，吴晗在繁忙的学术和领导工作之余仍然参加《三家村札记》和《长短录》的写作计划，一方面说明了他对杂文的重视和反映他敢于"滑浪"的精神，另方面杂文给他带来的那种自由思想空间和抒发感情的机会，是其他写作方式没有的。然而，这些忙里偷闲的写作活动，跟他"破门而出"写《海瑞罢官》一样，把他卷入严重的政治批判中去。"三家村"另外一家廖沫沙，1973 年在狱中知道吴晗逝世的消息后，写了一首悼念吴晗的诗，诗中就把吴晗在《三家村札记》专栏写杂文这段历史概括为"帮闲"：

> "罢官"容易折腰难，忆昔"投枪"梦一般。
> "灯下集"中勤考据，"三家村"里错帮闲。
> 低头四改"元璋传"，举眼千回未过关。
> 夫妻双双飞去也，只留鸿爪在人间！

那么,廖沫沙又如何看待他在这个时期的杂文写作呢?
1962 年 9 月,在北京出版社的提议下,廖沫沙把他从 1959 年以
来发表的杂文,辑成了一册《分阴集》。在书的"后记"中,廖沫
沙把自己这几年来的杂文概括为"平钝"而无"警策"之处的"敝
帚":

> ……梁朝的诗评家钟嵘,讥讽一些不知自量的作者:
> "终朝点缀,分夜呻吟,独观谓为警策,众睹终沦平钝。"
> (《诗品》)……我写过的不过是本来就很平淡的杂文,既不
> 用什么"点缀",也没有什么可"呻吟"的地方,所以不论是
> "独观"也罢,"众睹"也罢,反正都一样,"平钝"而无"警
> 策"之处。
>
> ……
>
> 我对我所写的杂文,"多不称意",视同"敝帚",除开它
> 本来是"平钝"之作以外,恐怕也像葛洪所说的,随同年龄
> 的增长,"所览差广",多看了别人写的东西,就越觉得自己
> 所写的媸而不妍。⑦

廖沫沙为何这样苛刻地批评自己的杂文? 如果只用"谦
虚"两个字来解释,可能无法理解他对杂文的认识,特别是怎样
看待杂文应该发挥的作用。在这篇"后记"里,廖沫沙提出了一
个他认同的杂文标准:"警策"。跟邓拓和吴晗差不多,廖沫沙
是在二三十年代开始执笔为文的。在工作位置上,他虽然没有
邓拓和吴晗的高,但他在现代杂文史上的地位,却比他们二人重
要。廖沫沙一直是"鲁迅风"的一员,曾加入杂文的论争,创作
成就也表现在杂文方面。因此,他对杂文的感情和要求必然比

另外二人高，而鲁迅杂文对他的影响还是根深蒂固的。"警策"很恰当地表达了他认为杂文在一个时代应起的作用。他以这个高"指标"衡量自己在1961到1962年间所写的杂文，必然会产生不满，因为在21篇投到《三家村札记》专栏的杂文中，只有一篇他承认是带讽刺性的，那就是《怕鬼的"雅谑"》（1961）[78]，而讽刺的对象还只是赫鲁晓夫。廖沫沙在30年代已经使用讽谏与戏谑调侃这种方式写杂文，因为政治现实不允许他直言是非，但这种方式对他来说是可以起到"警策"作用的，是一种鲁迅式的"武器"。解放后，他既不能针对现实直言，也不能用这种方式写杂文，因为"曲笔"不被鼓励，讽刺成了禁忌。在1956到1957年的"鸣放"时期，廖沫沙改用了明刀明枪的"乱弹"（《乱弹杂记》，1956），但后来也成了禁忌。到了60年代初参与《三家村札记》专栏写作时，虽然形势已较为宽松，但"戏谑""投枪""乱弹"等传统杂文手法仍然无用武之地。对于廖沫沙来说，过于稳妥的写法可能就变得"平钝"，如果不至于是"敝帚"的话。具有讽刺意味的是，虽然廖沫沙当时只用了一种"隐晦"的笔法来写《怕鬼的"雅谑"》，因为在报刊上随意点名批判修正主义仍然是不许的，但这篇后来成了他"反党"罪状之一的杂文，却不是因为人家读出了他违反指示，讽刺了赫鲁晓夫，而是因为他写得过于隐晦，被别有用心的人用来诬告他。

除了《怕鬼的"雅谑"》以外，《三家村札记》其余的20篇和《长短录》的7篇杂文，在内容上稍有"警策"味道的可能只是《"孔之卓"在哪里？》一篇。该文指出孔子有"民主"思想，欢迎人家对自己提出批评，但在笔法上没有什么"锋利"之处。另一篇发表在《北京晚报》的《灰尘不会自己跑掉》（1962年1月3

日),借新年大扫除来提醒大家要清除物质上和精神上的"妖魔鬼怪"和"灰尘",也是如此。至于其他的篇目,廖沫沙像邓拓和吴晗一样,充分利用历史知识,以古人的道理来训今人,包括谈学问之道的《不叩亦必鸣》《"蒙以样养正"说》等,谈道德教育的《志欲大而心欲小》《理想在两只手上》等。有些篇目甚至是谈小学生练字(《小学生练字》《还是小学生练字》)的,收在《分阴集》的一些杂文,也是"逢年过节的应景之作,虽也包含一些鼓舞生产劳动的意思,但也并无深意,明白易晓"⑦。这些杂文对作者来说,就像连灰尘也打扫不掉的"敝帚"。廖沫沙似乎对于自己的作品评价得过于苛刻。如果一般性地去理解这些介绍历史、学习和生活知识的杂文,当然是相对平淡无奇,但把这些杂文放在独特的时代背景中去,就算是"平钝"如教小学生练字的杂文,带出的也可能是一种有现实针对性的态度,其价值就不仅相等于"敝帚"了。今天看来,虽然廖沫沙这个时期的杂文并不那么起明显的"警策"作用,但他切实地介入生活,特别是通过杂文写作讨论了很多教育方面的问题,难道百无用处的"敝帚"就能概括这些杂文的性质吗?

　　或许,廖沫沙对1962年的感觉没有吴晗那么好,也没有他乐观,因此他没有发表他对杂文的看法的文章,也没有信心利用《长短录》来"匡正时弊"。又或许,他公事繁忙,被拉"上马"写杂文后,没有时间认真对待这项写作计划,说自己的杂文是"敝帚"可能出于一种自责。但廖沫沙始终没有放下或改变的,是他对杂文的认识,因此陷入那种"多不称意"的情绪中,越看自己的文章越"媸而不妍"。这可能是一代"鲁迅风"杂文家没法避免的局限或困局! 由于对自己的杂文评价那么低,廖沫沙就更无法理解为什么《三家村札记》和《长短录》的文章被文艺激进派视为反党反社会主义的"毒草"。"文革"后出狱,他仍然不解地说:"所谓'三家村'仅仅是邓拓、吴晗和我这样三个微不足道的,而且除开三支秃笔以外别无其他能量的人,所写的《三家村札记》又只是在文坛上不足挂齿的一些文字,并非什么惊人的巨作,为什么竟能引动林彪、'四人帮'及其'权威''顾问'们这样瞩目'垂青',视为洪水猛兽,乃至制造这样一场史无前例的空前浩劫,这究竟是为了什么呢?"⑩

廖沫沙在解放后无法施展他崇尚的戏谑或调侃写作手法,让他感到费解的"文革"历史,竟为他制造了一个机会,自我调侃了一番。1967年夏天,他与吴晗一起被批斗的时候,由于当时没有笔、没有"投枪",他只能用痛苦和心血,写下这首令人哭笑不得的诗作《嘲吴晗并自嘲》:

> 书生自喜投文网,高士于今爱"折腰"。
>
> 扭臂栽头喷气舞,满场争看斗风骚。

4.总结:不"野"的百合花

我用"不野的百合花"这个形象来概括1961到1962年间邓拓、吴晗和廖沫沙"三家"的杂文,原因有两方面。一方面,这杂文"三家"虽然是因为政治原因而被置放在同一个历史舞台上,但要了解他们的杂文的生产过程与含义,以至20世纪杂文发展到了60年代初时的收获与缺陷,就必须回到延安时期对"杂文时代"的争辩,以至整个现代杂文史的发展脉络中去。另方面,"不野"和"百合花",可以分别用来总结杂文"三家"和"杂文时代"在 1961 到 1962 年间中国文坛的特征。

总结上述的讨论,现代杂文发展到 1962 年,收获和缺陷主要有以下几方面。首先,邓拓的杂文,在某种程度上把现代杂文史上"杂文"与"小品文"的决裂缝合起来。知识中见思想,思想有知识作为基础,才能成为真正的批评的"武器"。现在,无论称一篇短小的文章为"杂文"或"小品文",也不代表文章只有批评性或知识性的内涵。邓拓那些具丰富的历史知识和人文思想的杂文,不仅能与 60 年代初的中国读者"对话",对于今天的读者来说,也有可读性和针对性。单行本《燕山夜话》没有被历史淘汰,仍然被重印并受到读者欢迎,就是证明。其次,在题材和风格方面,由于杂文"三家"较为单一化的背景(政治上的和文化资源上的),60 年代初的杂文未能做到充分的多样化,但历史知识性的杂文却一枝独秀,这构成了这个时期杂文的重要特色。不足的是,其他风格的杂文缺乏生长的空间,更遑论有"野百合花"的出现,这又反映这个"杂文时代"的局限。再次,1956 到1957 年讨论过的一些杂文问题,到了 1962 年有了较深入的理解,例如讽刺、批判、争鸣等问题。虽然这些理解很多时候只出自一家之言,而不是通过论争而达到的共识,也跳不出《讲话》的框框,但在"百家争鸣"仍然只属于奋斗目标的形势下,这也算是"调整"期的一个小小的收获。

"野百合花"从延安的王实味开始,就意味着作者若要忠于自己的观察和感觉,以杂文作为"武器"进行批评与自我批评的话,就可能要以生命为代价。王实味当年写《野百合花》的时候,心中想起的是革命烈士李芬的勇气和牺牲。对于王实味来说,她犹如野百合花一样,是"山野间最美丽的野花",但也是味带苦涩的"药"，有警醒或救治的作用。如果只是一般的百合花，就只是香甜可口，没有药用价值。二十年后的邓拓、吴晗或廖沫沙，不知在写杂文的时候，有没有想到王实味？有没有想起丁玲、罗烽等人，以至一批被打为"右派"的杂文家？抑或更多地想起毛泽东的《讲话》、对党的承诺或承担、政策纲领、自己的官职？"野百合花"式的杂文让王实味牺牲了性命，让无数的作家被流放，但中国仍然需要吃"苦药"，这点看来他们是知道的。可能由于两个既定的身份，他们注定"野"不起来。一是政治身份：他们身处权力中心，忠心于党的事业，经过多次政治运动的磨炼后，容易变得谨慎、老练与世故，这也是他们的生存之道。二是文化身份：他们虽有"书生"或学者的"骨气"，却缺乏挑战权威的胆量。夹在严峻的现实和这两重身份之间，他们的杂文虽不可能成为香甜的百合花，但也不会是"野百合花"。邓拓、吴晗和廖沫沙这杂文"三家"，只能选择以历史知识作为"武器"来面对现实，这是建制内的知识分子所处的"夹缝"状态的一种写照。

注释：

① 分别见丁玲：《我们需要杂文》(《解放日报》1941 年 10 月 23 日)、萧军：《杂文还废不得说》(《谷雨》1942 年第 5 期)和罗烽：《还是杂文的时代》(《解放日报》1942 年 3 月 12 日)。

② 曾彦修：《中国新文艺大系·1949—1966 杂文集·导言》，15 页，北京：中国文联出版公司，1991。

③ 同上，3 页。

④ 参见姜振昌著：《中国现代杂文史论》，73—80 页，北京：人民文学出版

社,1995。

⑤ 瞿秋白在1933年编选《鲁迅杂感选集》时,给了鲁迅极高的评价,并给他的杂感下了这样的定义式解释:"鲁迅的杂感其实是一种'社会论文'——战斗的'阜利通'(feuilleton)。谁要是想一想这将近二十年的情形,他就可以懂得这种文体发生的原因。急遽的剧烈的社会斗争,使作家不能够从容的把他的思想和情感熔铸到创作里去,表现在具体的形象和典型里;同时,残酷的强暴的压力,又不容许作家的言论采取通常的形式。作家的幽默才能,就帮助他用艺术的形式来表现他的政治立场,他的深刻的对于社会的观察,他的热烈的对于民众斗争的同情。不但这样,这里反映着'五四'以来中国的思想斗争的历史。杂感这种文体,将要因为鲁迅变成文艺性的论文(阜利通——feuilleton)的代名词。自然,这不能够代替创作,然而它的特点是更直接的更迅速的反映社会的日常事变。"瞿秋白这样的理解虽然不很准确,但解放后没有别的定义能取代它,因此也就成为定论。参见曾彦修:《中国新文艺大系·1949—1966杂文集·导言》,3—4页。

⑥ "野气"原来是唐弢用来形容在国统区的周木斋的杂文的(见姜振昌:《中国现代杂文史论》,202页),但我认为对于以"野百合花"来命名自己的杂文的王实味和其他年轻作家来说,也是相当贴切的。

⑦ 萧军:《杂文还废不得说》,廖沫沙编:《中国新文学大系1937—1949杂文卷》(第12卷),509页,上海:上海文艺出版社,1990。

⑧ 丁玲:《大度、宽容与〈文艺月报〉》(1940),雷加主编:《中国解放区文学书系散文·杂文编 二》,1155页,重庆:重庆出版社,1992。

⑨ 姜振昌著:《中国现代杂文史论》,212页。

⑩ 《毛泽东论文艺》(增订本),61页,北京:人民文学出版社,1992。

⑪ 原载《夏衍杂文集》(三联书店,1980),收入《中国新文艺大系·1949—1966杂文集》,34页。

⑫ 同上,35页。

⑬ 同上，34 页。

⑭ 例如漫画家肖里作的一幅讽刺漫画，把"小品文"的治疗功能做了这样的表现：一个背着药箱和笔墨的拟人化"小品"，把针筒指向一个脖子上挂着"官僚主义"的工作中的干部，而这个干部却指着另一位高高在上地坐在他背后的、脖子上也挂着"官僚主义"的干部说："他的病比我还重！"段跃编：《1957 乌昼啼——"鸣放"期间杂文小品文文选》，59 页，北京：中国电影出版社，1998。

⑮ 沈雁：《给"罗立正"的信》，原载《新观察》1957 年第 12 期，收入段跃编：《1957 乌昼啼——"鸣放"期间杂文小品文文选》，38—39 页。

⑯ 宋谋场：《吞吞吐吐的"武器"》，原载《长江文艺》1957 年 7 月号，收入段跃编：《1957 乌昼啼——"鸣放"期间杂文小品文文选》，143 页。

⑰ 卫明：《杂感》，原载《新民报晚刊》1957 年 5 月，收入段跃编：《1957 乌昼啼——"鸣放"期间杂文小品文文选》，226 页。

⑱ 王科、徐塞：《萧军评传》，238 页，重庆：重庆出版社，1995。

⑲ 洪子诚：《1956：百花时代》，121 页。

⑳ 《人民日报》1957 年 4 月 11 日。

㉑ 段跃编：《1957 乌昼啼——"鸣放"期间杂文小品文文选》，518 页。

㉒ 徐懋庸在文章中提出的两难问题还包括"事"与"人""小"与"全""严肃"与"活泼""通俗"与"脱离群众""材料"与"作者"等。

㉓ 《我们需要杂文，应当发展杂文——本报召开的杂文问题座谈会记录》，载《文艺报》1957 年第 4 期。

㉔ 卢弓：《从批评的冷与热，谈到鸭子，文物，猪……》，原载《文汇报》1957 年 4 月 18 日，收入段跃编：《1957 乌昼啼——"鸣放"期间杂文小品文文选》，384 页。

㉕ 雁序：《锋利，正是为了治病救人》，原载《人民日报》1957 年 4 月 26 日，收入段跃编：《1957 乌昼啼——"鸣放"期间杂文小品文文选》，471 页。

㉖ 李跃：《"讽刺"的危机》，原载《人民日报》1957 年 5 月 3 日，收入段跃

编:《1957 乌昼啼——"鸣放"期间杂文小品文文选》,473—474 页。

㉗ 陈秉:《从鸭子、文物、猪想到杂文的讽刺》,原载《文汇报》1957 年 5 月 13 日,收入段跃编:《1957 乌昼啼——"鸣放"期间杂文小品文文选》,388 页。

㉘ "复苏"是曾彦修的用词,他认为"那一次局部复苏时,忌讳仍然极多,哪里可以讲什么'批判精神'或'批评精神',很多文章确实就是知识或历史随笔,并没有什么特别的含义 ……"见《中国新文艺大系·1949—1966杂文集·导言》,27 页。

㉙ 顾行、刘孟洪:《邓拓同志和他的〈燕山夜话〉》,见《忆邓拓》,113 页,福州:福建人民出版社,1980。

㉚ 王必胜:《邓拓同志的生平和文学活动》,载《新文学史料》,1981 年第 4 期,76 页。

㉛ 如雁序的《锋利,正是为了治病救人》(1957 年 4 月 26 日)、李跃的《"讽刺"的危机》(1957 年 5 月 3 日)等。

㉜ 李辉:《书生累——深酌浅饮"三家村"》,44 页,深圳:海天出版社,1998。

㉝ 卜无忌:《废弃"庸人政治"》,载《人民日报》1957 年 5 月 11 日,收入段跃编:《1957 乌昼啼——"鸣放"期间杂文小品文文选》,480—481 页。

㉞ 邓拓给《北京晚报》的编辑谈他的专栏构思时说:"可以写的内容很多,题目随便想了一想,就够写一两年的。"见顾行、刘孟洪:《邓拓同志和他的〈燕山夜话〉》,收入《忆邓拓》,114 页。

㉟ 邓拓曾在 60 年代初把专栏《燕山夜话》的杂文,编为五集先后出版(北京出版社),《欢迎"杂家"》是收入《燕山夜话》一集的。

㊱ 邓拓在两个专栏共发表 168 篇杂文,"燕山夜话"150 篇,"三家村札记"18 篇,可以粗略地分为知识性的、讨论人生和学习等问题的和针对某些具体事情或现状的。见《邓拓文集》第三集,北京:北京出版社,1986。中国社会科学出版社的《燕山夜话》(1997)所收的五集《燕山夜话》,只

有 149 篇,缺见于《邓拓文集》的《收藏家的功绩》一篇。

㊲ 收入《燕山夜话》第一集。

㊳ 收入《燕山夜话》第五集。

㊴ 邓拓:《"批判"正解》,见《燕山夜话》,80—81 页,北京:中国社会科学出版社,1997(以下引文均根据这个版本)。

㊵ 邓拓:《他讽刺了你吗?》,见《燕山夜话》,421 页。

㊶ 顾行、成美:《邓拓传》,105 页,太原:山西教育出版社,1993。

㊷ 李筠:《邓拓同志与〈前线〉杂志》,见《忆邓拓》,105 页。

㊸ 李筠在《邓拓同志与〈前线〉杂志》一文把这个日期记为 1963 年 11 月 25 日,看来是错误的。《前线》创刊于 1958 年 11 月 5 日,三周年应该是在 1961 年 11 月 5 日。

㊹ 李筠:《邓拓同志与〈前线〉杂志》,见《忆邓拓》,106 页。

㊺ 廖沫沙:《〈三家村札记〉后记》,见《廖沫沙杂文集》,737—738 页,北京:三联书店,1984。

㊻ 1934 年廖沫沙挑起了一次有关"说苍蝇"与"谈宇宙"之论争,针对的主要是林语堂在刊物《人间世》发刊时声称:小品文的创作应当是"宇宙之大,苍蝇之微,皆可取材"。参加论争的还有巴金、胡风、曹聚仁、徐懋庸等人,涉及的范围相当广泛。详情见姜振昌:《中国现代杂文史论》,135—141 页。

㊼ 同上,96 页。

㊽ 同上,97 页。

㊾ 见夏衍《今日谈·代序》(人民日报出版社,1983),转引自陈海云、司徒伟智:《廖沫沙的风雨岁月(五)》,载《新文学史料》1986 年第 1 期,203 页。

㊿ 段跃编:《1957 乌昼啼——"鸣放"期间杂文小品文文选》目录,8 页。

(51) 顾行、成美:《邓拓传》,106—107 页。

(52) 陈菲等:《致丁一岚信(5 封)之一:陈菲信》,李辉编著:《书生累——深酌浅饮“三家村”》,76—77 页。

(53) 牧惠:《闲话杂文说邓拓》,见《杂文杂谈》,72 页,长沙:湖南人民出版社,1988。

(54) 邓拓:“两点说明”,《燕山夜话一集》,见《燕山夜话》,3 页。

(55) 邓拓:《燕山夜话》,267 页。

(56) 《燕山夜话》大部分文章是应读者的要求而写的,读者当然得益。针对一些他不熟悉的题目,邓拓也需要做大量的实际调查工作或翻查大量史料,才能写出来,这样,他也有所收获。

(57) 邓拓:《燕山夜话》,363 页。

(58) 例如杂文家曾彦修认为“邓拓应是新中国建立四十年来首屈一指的杰出的杂文家”,见曾彦修:《中国新文艺大系·1946—1966 杂文集·导言》,20 页。

(59) 邓拓:《燕山夜话》,313 页。

(60) 牧惠:《闲话杂文说邓拓》,见《杂文杂谈》,74 页。

(61) 曾彦修:《〈燕山夜话〉读后感》,邓拓:《燕山夜话》,8—11 页。

(62) 同上,5 页。

(63) 周扬:《〈邓拓文集〉序言》,见《周扬文集》,第五卷,519 页,北京:人民文学出版社,1994。

(64) 姚文元:《评“三家村”〈燕山夜话〉〈三家村札记〉的反动本质》,见李辉编著:《书生累——深酌浅饮“三家村”》,320 页、324 页、326 页。

(65) 邓拓:《燕山夜话》,364 页。

(66) 同上。

(67) 黄裳在一篇纪念吴晗的文章《一束旧信》中,回忆抗战时期吴晗写《旧史新谭》的情况时说:“抗战中间,我又从报纸上读到他的《旧史新谭》。这些短短的读史札记之类的杂文,实在是一个创造性的尝试,是战斗的历史科学的一支奇兵。”见《吴晗和〈海瑞罢官〉》,52 页,北京:人民出版社,1979。

㉘ 姜振昌:《中国现代杂文史论》,247 页。

㉙ 《文汇报》1962 年 6 月 30 日。

⑩ 《光明日报》1962 年 1 月 1 日。

⑪ 《光明日报》1962 年 2 月 3 日。

⑫ 见吴晗的两篇有关"神仙会"的杂文《神仙会与百家争鸣》(《光明日报》
1961 年 2 月 25 日)和《再谈神仙会和百家争鸣——并答吴大琨同志》
(《光明日报》1961 年 3 月 21 日),见《吴晗杂文选》,184—196 页,北
京:人民文学出版社,1979。

⑬ 章白(吴晗):《论不同学科的协作》,见《长短录》,39—41 页。

⑭ 章白(吴晗):《戚继光练兵》,见《长短录》,54 页。

⑮ 章白(吴晗):《反对"花法"》,见《长短录》,72—73 页。

⑯ 李辉:《碑石——关于吴晗同志的随想》,见李辉编著:《书生累——深
酌浅饮"三家村"》,141 页。

⑰ 廖沫沙:《〈分阴集〉后记》,见《廖沫沙杂文集》,695—696 页。

⑱ 见《〈分阴集〉再版前言》(1979),收入《廖沫沙杂文集》,693 页。

⑲ 同上。

⑳ 廖沫沙:《〈三家村札记〉出版后记》,见李辉编著:《书生累——深酌浅
饮"三家村"》,13 页。

四、抒情的冲动与形式

—— 困难时期的挚情、闲情、矫情与激情

1."大自然"与"记忆":散文家与诗人情感的"载体"

如果说60年代初杂文家所激发出来的更多的是智性的东西的话,那么,散文家和诗人在这个时期所表达的,则更多的是一种感性的自我。当然,智性与感性不是截然二分的,智性的东西如果没有情感的元素在内是没有生命的,同样,情感若没有认知或思考的基础,则显得空洞。况且在60年代初这个处于调整状态的历史时期,抒情并不能完全转化为个人行为,以抒情的方式歌颂"大跃进"仍然见于一些散文作品中。因此,尽管我们在部分作品中发现散文家和诗人的感性自我,像"文革"后那样整体作家如水银泻地般抒发情感的情况,在这个时期是不可能出现的。正由于没有让情感的闸门尽开,当政治形势在1962年底一下子变得严峻起来的时候,一些作家把个人抒情的冲动再度让位给革命理性,或者把抒情再度调整为国家行为,并不见得那么困难。

散文在 60 年代初蓬勃起来,当时已经受到一些批评者和作家的注意。例如李希凡把 1961 年称为"散文年"[①];川岛则说:"在过去的一九六一年中,我们文艺园地里散文的收成独好"[②],并指出一些"有目共睹"的事实,包括全国各地的报刊每期或每天都刊登若干篇的散文,散文的创作队伍和作品题材范围都有所扩大,艺术上做到"多样化"等。翻看 1960 到 1963 年出版的四十多部重要散文集,单从集子的名称,我们不难发现作家的游踪和他们的"大自然"情结。[③]这方面的具体情况,川岛当年作了如下的描述:"作家们还写了不少歌咏祖国河山,描写景物的文章。祖国壮丽的山川景色,随着作者的行踪,一幅一幅地展示出来。……他们的作品,不废叙述,却并不依靠离奇曲折的故事情节与高深玄奥的哲理来炫耀,只是依照作者对现实生活的理解,充满感情,将真情实况抒写出来。有诗情也有画意,是散文也是诗……"[④]曾经参与当年《笔谈散文》[⑤]的作家徐迟也指出:"近来游记之多,更为空前。不用说,抒情散文与小品文非常之发达。"[⑥]

如果看看 1961 到 1962 年散文作家和诗人的生活,可以发现真的有不少人在路途上:巴金于 1961 年 3 月率领中国作家代表团参加了亚非作家会议常设委员会在东京召开的紧急会议后,4 月与萧珊去了杭州旅游,7 月又到黄山边休养边创作,1962年 7 月还以第八届禁止原子弹氢弹、阻止核战争世界大会中国代表团团长身份再赴东京;冰心 1961 年 3 月去过东京开会,暑假去了大连度假,年底到过湛江,接着于 1962 年 2 月到开罗参加亚非作家会议;茅盾是亚非作家会议代表团团长,除了赴开罗外,1963 年初也去了海南岛;老舍 1961 年夏天和端木蕻良等二十多位艺术家到过内蒙古参观访问;杨朔更是外事频繁,⑦除了1962 年跟巴金同赴东京和到开罗参加亚非作家会议外,前后一两年还访问过锡兰、加纳、西非等地,在国内则到过广州、昆明等多个地方;刘白羽 1960 年游过长江三峡,1961 年去东京开会;季羡林 1960 年访问缅甸,1962 年游石林;丰子恺 1961 年去爬黄山;郭小川则于 1960 年去了包头深入生活,1961 年 2 月去了辽宁、鞍山和抚顺等地参观访问,同年年底到上海、福州、广东、云南、四川、河南等地旅行,1962 年到了厦门体验生活、创作和治病;还有骆宾基去过苇河,何为去了武夷山和厦门,峻青回了故乡胶东半岛,袁鹰到过戈壁滩……

这些在途上的作家,有的风尘仆仆,有的悠然自得。他们以一山一水、一花一木、一景一物或一人一事,抒发所见所感所思,并见诸文字。在这些或以散文或以诗歌形式出现的游记中,作家不仅写了他们的见闻和当下的感想,被山水、花木、景物、人情所勾起的丰富记忆,都大量地融入文章之中。他们写下这些见闻、感想和记忆,主要不是为了记录,而是抒发或许压抑已久的情感。无论是"大自然"或"记忆",都提供一种能远离现实的距离,让情感获得活动的空间。需要指出的是,这个时期作家的抒情冲动,不仅见于游记式的散文或诗歌中,也见诸托物抒情或回忆性的文字中。例如刘白羽写在病中的《平明小札》⑧、吴伯箫回忆延安生活的《记一辆纺车》和《菜园小记》⑨、沈从文写他童年记忆的《过节和观灯》⑩、李广田在一个冬日远望西山而写下的《山色及其他》⑪等。不过,无论在游记式的或是非游记式的作品中,"大自然"(山水、景物、花木和有关的人事等方面的统称)和"记忆"在 60 年代初已成为作家主要的情感寄托对象或

"载体"。

不过,应该注意的是,在一些以"大自然"为题材的散文中,承载的并不纯粹是散文家个人的情感或记忆,而是夹杂着时代特征的政治激情,如歌颂"大跃进"的"功绩"、国内外革命群众对帝国主义和各种"反动力量"的斗争等。比如老舍和端木蕻良在访问内蒙古后分别写的散文《内蒙风光》和《在草原上》:前者在抒情地描写内蒙古的林海、草原、渔场和各风景区的时候,突然生硬地蹦出"人民公社万岁,万万岁!"等口号,并写出配合政策路线的"我们是在每一新建设与新事物中都看到三面红旗的光辉! 是,内蒙的辉煌成就便是遵循总路线的必然结果"等句子;⑫后者则以"诗化"的草原景色来歌颂像初升太阳的毛泽东:

> 内蒙古大草原呀,人民都说你辽远,是呀,太阳从东海出来,它的光线要在一个半钟头之后,才能照遍整个内蒙古大草原! 但是,毛泽东的阳光却无日无夜永远普照在草原上人们的心中……这就使我不禁回想到你离北京又多么近呀!⑬

每一个作家在写每一篇散文时处于哪种感情状态当然需要具体分析,整体来说,这类散文创作一定程度上反映了文艺调整期的另一特色:一方面,政治抒情散文的政治色彩在"大自然"的描写中得到淡化;另方面,要配合政治任务地抒发感情则显得不那么"自然"。

"回忆"或"记忆"在 60 年代初的散文中,很多时候是由作家所处的现实环境触动的,但多种多样。首先,现实中"艰苦的生活"所唤起的一方面是以前更艰难的岁月,另方面是现在没法再次得到或回到的美好的"过去"。前一类的回忆所发挥的作用是歌颂现在的"不易",而后一类则填补现在的"不足"。其次,什么东西或经验会遗留在一位作家的记忆里,或者是作家选择保留什么记忆,以至作家是在什么样的环境中勾起记忆库里哪一个部分的情思,都因人而异或因地而异。例如,吴伯箫之所以"常常想起"在延安曾经使用的一辆纺车,是因为想带出一种"跟困难作斗争,其乐无穷"的精神,克服现实物质生活的艰难。他说:"那个时候,物质生活曾经是艰苦的、困难的吧,但是,比起无限丰富的精神生活来,那算得了什么!凭着崇高的理想、豪迈的气概、乐观的志趣,克服困难不也是一种享受吗?"[14]但阅历更为丰富的老一辈作家如沈从文,40年代他没有到过解放区,在看到各种壮丽庄严的灯景,如十三陵水库落成时的灯景和天安门的灯色后,他特别记起的却是四十多年前南方丰富多彩的端午节、跑马节和灯节。书写这样的记忆,并没有歌颂或贬抑解放后的节日之意,而是表现对民间风俗的赞叹和对历史长河中存在过的事物的怀念:

> 近年来我的记忆力日益衰退,可是四十多年前在一条六百里长的沅水和五个支流一些大城小镇度过的端阳节,由于乡情风俗热烈活泼,将近半个世纪,种种景象在记忆中还明朗清楚,不褪色,不走样。……社会不断前进,而灯节灯景也越来越宏伟辉煌,并且赋以各种不同深刻意义。回过头来看看半世纪前另外一些小地方年节风俗,和规模极小的灯节灯景,就真像是回到一个极其古老的历史故事里

去了。[⑮]

另外,在冰心记忆深处,有一只木屐,它在日本横滨码头旁边水上漂着,而对于冰心来说,它象征日本劳动人民。当60年代初冰心再度赴日,参加亚非作家会议时,那只木屐又在她脑海中浮出来,勾起了她在日本居留那几年的"许多复杂的情感"。[⑯]巴金写《藤森先生的笑容》的时候,则是在一个热得没法工作的中午。他浑身大汗地坐在书桌前面,"思想仿佛长了翅膀飞走了,……飞到了远方,栖息在绿树的浓荫里"。正是在日本与藤森先生坐在绿树的浓荫下聊天的愉快记忆,让巴金在精神上走出了那如蒸笼般的屋子,得到一阵的"凉快"。[⑰]

从这些例子看到,"记忆"和其附带的"想象"能发挥两方面的功能。一方面,"记忆"能让作家跨越时间和空间的限制,神游在祖国大地或者是海外一些值得怀念的景物和人情中,或翱翔在不同历史时期的珍贵经验和感觉里,寻找可以暂时逃避现实的"栖息"之所。另方面,"记忆"也能把人带回现实,或者成为面对现实生活的一种动力。这样的"记忆"有多种表现方式:一种是由党领导老百姓"忆苦思甜"的政治行为,作家如吴伯箫"忆"物质生活之"苦"而思精神生活之"乐"是一种,沈从文"忆"童年之"热闹"而思今日的"辉煌"又是一种。有没有"忆"昔日之"苦"而思目前的"苦"的呢?我想在生活中应该是有的,但在当年的政治气候中,恐怕难以见诸文字。总的看来,"记忆"是能掌握抒情文字的散文家和诗人"出"世或"入"世的一种门道,但由于抒情对于很多作家来说并不纯然是个人行为,而"记忆"又是那么有选择性,正是不同的散文家和诗人通过不同的"记忆"内容和以不同的形式抒情,构成这个历史时期抒情现象的矛盾性、复杂性和多样性。

总的来说，"大自然"和"记忆"作为作家情感的"载体"，发挥着同样的作用。无边无际和千变万化的"大自然"，与无穷无尽和千丝万缕的"记忆"，都是发挥想象力和抒情的理想对象。从审美的角度看，"诗化"的"大自然"和"诗化"的"记忆"或"过去"一样，都是作家逃避现实的好去处。文人的"山水"属性自古有之。我们在60年代初发表的"笔谈散文"中发现，当代的散文家和诗人的确曾经向古代散文家和诗人借鉴，专门讨论古代散文传统和"山水记"的文章也不少，例如郭预衡的《略谈我国的散文传统》、晦之的《试谈继承古典散文传统》、振甫的《古代散文中的山水记》和《谈柳宗元的山水记》等[18]。不过，由于当代作家所处身的社会现实，跟古代的文人不同，他们对"大自然"的认识与感触，可以说是有距离的。除了古今文人公认或者是客观存在的"山水之美"外，对于"山水"是否只是自然的一部分、"美"在哪里等问题，答案可能很不一样。此外，"美丽的自然"在文人的心目中，是否只是现实生活中的矛盾与阴暗面的对照物，看来也因人而异。对于很大部分的当代散文家或诗人来说，"山水之美"在于它结合了很多现代化的"建设"或"改造"，或是它被赋予了很多现代的意义，如老舍对内蒙兴安岭的理解是"人与山的关系日益密切，怎能够使我们不感到亲切、舒服呢？由今天看来，它的确含有兴国安邦的意义了"[19]。另外，在60年代初仍然没有被剥夺写作权利的散文家和诗人中间，不乏文化官员，如茅盾、老舍、巴金、杨朔等，但他们跟"大自然"的接触，已经不像古代的士大夫如柳宗元那样，被贬到偏远的永州（今湖南零陵地区）等地与"美好的山水"为伍或到西山

"宴游"(《始得西山宴游记》)，而是以社会主义新中国代表的身份出访或开会，或以荣誉的作家身份参观或深入生活。当然有些散文是写在个人旅游或休养之后的，但这种机会也只是一些享受特殊待遇的老作家所拥有，他们对"大自然"的感受，与早被打为"右派"而被流放到"北大荒"或贫困山区接受"再教育"的作家，当然不可以同日而语。或许，60年代初的散文缺乏的，正是借"景"来抒对现实矛盾与阴暗面的不满之"情"的内容。

在这一章里，我并不打算全面地去把握60年代初出现的大量抒情散文和抒情诗歌，而是选择一些在当时比较活跃的散文作者，包括老一辈的冰心、巴金、曹靖华、丰子恺等和在60年代初被称为"散文三家"的杨朔、秦牧和刘白羽，还有抒情诗人郭小川，作为把握"抒情"这个现象和描述各种抒情方式的例证，以展示"1962"这个时期文学独有的夹缝状态的一个侧面。

2. "率尔命笔"：老一辈作家的挚情与闲情

在解放后的十来年间，没有一年像1961至1962年那样能够集中地在报刊上看到在二三十年代已经确立了自己的文学风格的老一辈作家的作品，而这些作品又集中在散文创作方面。例如，一直在自己熟悉的文学领域中求新、并在文联和作协等机构担任职位的冰心与巴金，虽然一个在北京，一个在上海，曾经两度共同在最有代表性的杂志《人民文学》和《上海文学》上发表散文，[20]并在这个时期分别出版散文集《樱花赞》和《吐不尽的感情》。跟冰心和巴金走了很不一样的创作道路的作家如沈从文和李广田,尽管解放后就不把主要精力放在文学创作上,在这段时间也发表了《过节和观灯》和《山色及其他》。翻译家曹靖华在1961年更是散文意兴大发,一年内写了14篇散文,包括回忆鲁迅和瞿秋白的几篇文章,还在1962年出版了散文集《花》。漫画散文家丰子恺爬完黄山后写了《上天都》[21],也用漫画化的笔法为他家的猫描绘了一篇《阿咪》[22]。还有茅盾的《海南杂忆》[23]、老舍的《内蒙风光》、端木蕻良的《在草原上》,等等。作为从五四走过来的一代成熟的文学家,无论在解放后采取了什么态度面对自己的人生与创作,对于时代的风云变幻,他们都是敏感的。50年代以来一浪接一浪的文艺批判运动,他们或许都闯过了。在一种既熟悉又陌生的文学"春天"将至的感觉中,虽然有作家如老舍、端木蕻良等仍然革命激情不减,但对更多的老作家来说,这是一次难得的从容抒情的机会,重温一下山水之乐、生活闲情,或者是沉淀已久的记忆。从他们的生活和记忆中抒发出来的感情,经过人生阅历和时间的过滤,显得较为真挚。

1961到1962年间冰心几次出门都看见海,勾起了她童年的"海"的记忆。在《海恋》一文中,她写道:

> 我回忆中的景色:风晨,月夕,雪地,星空,像万花筒一般,瞬息万变;和这些景色相配合的我的幻想活动,也像一出出不同的戏剧,日夜不停地在上演着。但是每一出戏都是在同一的,以高山大海为背景的舞台上演出的。这个舞台,绝顶静寂,无边辽阔,我既是演员,又是剧作者。我虽然单身独白,我却感到无限的欢畅与自由。

> 这些往事,再说下去,是永远说不完的,而且我所要说的并不是这些。我是说,每一个人都有自己的童年往事,快

乐也好,辛酸也好,对于他都是心动神移的最深刻的记忆。我恰巧从小亲近了海,爱恋了海,而别的人就亲近爱恋了别的景物,他们说起来写起来也不免会"一往情深"的。其实,具体来说,爱海也罢,爱别的东西也罢,都爱的是我们自己的土地,我们自己的人民;就说爱海,我们爱的绝不是任何一片四望无边的海。每一处海边,都有她自己的沙滩,自己的岩石,自己的树木,自己的村庄,来构成她自己独特的、使人爱恋的"性格"。㉔

在这篇有关"海"的"记忆"的独白中,冰心不是写了海本身,而是抒发了她对"海"所代表的自己的成长,而自己的成长又是跟"海"一样,是"土地"和"人民"的一部分。正如每一处海都有自己独特的"性格",她自己也有值得"爱恋"的性格,而她知道她那独特的个性,是在一个她"既是演员,又是剧作者"的"无限的欢畅与自由"的人生舞台上塑造出来的。把冰心这段用个性化的语言书写的"回忆",跟她写在"大跃进"期间、在内容和语言上都表现了很大的"共性"的散文《我们把春天吵醒了》(1959)进行对比,我们更清楚地看到她在60年代创作上的变化:

> 我们在矿山里开出了春天,在火炉里炼出了春天,在盐场上晒出了春天,在纺织机上织出了春天,在沙漠的铁路上筑起了春天,在汹涌的海洋里捞出了春天,在鲜红的唇上唱出了春天,在挥舞的笔下写出了春天……㉕

在冰心描述的这个"春天"("大跃进")的"舞台"上,相比在经济建设上做出贡献的工人、渔民等劳动人民,艺术家是微不足道的。冰心更把她属于的作家类劳动人民安排最后出场。虽然轰轰烈烈，我想冰心在这个"舞台"上是萎缩的、寂寞的，她"挥舞的笔下"写出来的只能是歌颂别人的春天。在压抑个性的年代，个性化较强的老一辈作家如冰心汇入"大地"的、"人民"的春天大合唱里是必须的，或者说身不由己，因为她已经是"人民"的作家，是"春天"舞台上的一个小演员，而再不能如她五四时期那样"单身独自"地当"剧作者"，独领舞台的风骚。因此，对比《我们把春天吵醒了》，《海恋》可以说是一篇回归"自我"的散文，稍为显露了冰心一直掩藏起来的创作个性和没法改造过来的一个内在的"自我"。她心底里是恋着那份已经失去的"无限的欢畅与自由"。尽管如此，冰心在文章的最后一段还是回到"主旋律"去，把反抗帝国主义的英雄"人民"带进应该属于她个人记忆的"高山大海"的舞台来："我拉着他们温热的小手，望着他们背后蔚蓝的大海，童年的海恋，怒潮似的涌上心头。多么可爱的日本和阿联的儿童，多么可爱的日本和地中海呵！"[26]

巴金的创作个性，则表现在他那坦率、真挚而热烈的感情表达当中。60年代初巴金说他有"吐不尽的感情"，而最让他"吐不尽"的是他与日本朋友之间的情谊。单在1962年一年中，巴金就一共写了十篇有关访问日本的散文。他把中国代表团参加亚非作家会议这次行程称为"友谊的旅行"[27]。虽然是代表团的团长，巴金这组散文并没有什么表面化的外交辞令，所抒发的情感是具体针对每一个他会见过的朋友的"笑容"、每一张带回来的照片拍摄时的情况、每一个他记得的细节。由于他在30年代曾在日本居留一段日子，懂得日本人的人情和风俗习惯，知道每一种行为所承载的情谊的分量,因此更容易感动。例如文艺批评家青野季吉虽身患癌症,身体虚弱,还是到机场来送别巴金及代表团成员,巴金感动不已。回国后,听闻青野季吉去世的消息后,巴金特别写了一篇《忆青野季吉先生》,抒发他对这位学者的怀念:

> 这位杰出的日本文艺评论家离开我们已经半年了。我在两小时前开抽屉找东西,无意间翻到了他的照片,我注意地看了一会儿,依旧把照片锁在抽屉里。可是他的面貌一直留在我的心上,现在他的声音又在我的脑子里响起来了。仍然是八个多月以前我在东京听见的他那苍老的声音,他那恳切的谈话。他带着深厚的友情一次又一次地唤起我的名字……
>
> ……
>
> 我在这种几乎要使人的心融化的温暖气氛中写下青野季吉的名字,忽然有了一个非常强烈的愿望:要是青野先生能够坐在餐桌前,和我们一起喝一杯热茶,谈几句话,那多好!那多好!
>
> 我生活在友谊的海洋中,怎么能忘记青野老人那么坚定、那么深厚的友谊呢?[28]

可以看到,巴金的抒情方式很直接,或者说有些直抒胸臆,但来得很自然,很生活化,给人一种亲切的感觉,不像另一些抒情诗或散文里的豪情壮语那么人工化和疏离。我们都知道,跟一位你渴望已久的好朋友在一起"喝一杯热茶,谈几句话",真的是"多好"的一件事。在另一篇写"藤森先生的笑容"的散文中,巴金也回忆到在一个热闹的场合看到藤森先生的时候,藤森"满脸笑容地向我问候,同我碰杯,真是说不出的亲热,说不出的高兴! 我很想拉住他,同他谈一个整天"㉙。这个小小的愿望反映的是巴金在友情面前的从容和渴望,也是在那个时期才能拥有的放松的心情。如果只是为了完成责任而促进中日作家的友谊,巴金并不需要亲热地拉住一个代表"谈一个整天",他和藤森的情谊在他的记忆中是个人的、非功利的。

在这个能够从容抒情的时期,巴金不是没有写过慷慨激昂的文字。例如在参加第八届禁止原子弹、氢弹世界大会的闭幕会上,他看到一些"右派打手"试图捣乱的情况,感到非常激愤㉚;看日本的进步电影《松川事件》㉛和优美的樱花和富士山㉜,又让他激动不已。在这些情况下,个别的、生活的日本朋友就会转化为整体的、斗争的日本"人民",而两个朋友之间的情谊也上升为"两国人民"之间的友情。尽管如"两国人民"这类"国家话语"在巴金个性化的散文中也有存在的必要,但由于不是硬套而是有感而发的,因此来得较为自然。文字背后这份激情,也是巴金式的。可以说,无论是从容地或者是激动地抒发情感,巴金的散文始终给人一种真挚的感觉,呈现了作家的真实"自我"。

1961 到 1962 年间,除了冰心和巴金写过怀念远方或已故朋友的散文外,曹靖华也写了几篇回忆与鲁迅、瞿秋白和一些苏联朋友交往的文章。在这些文章中,有关鲁迅的记述,所占的篇幅最多。《哪有闲情话年月》写到鲁迅当年为求得苏联版画家的作品和资料所做的努力,《素笺寄深情》写鲁迅与瞿秋白的深厚情谊,《采得百花酿蜜后》是以鲁迅的序跋来阐述鲁迅的精神,《忆当年,穿着细事且莫等闲看!》回忆鲁迅当年对于穿着的体会,《智慧花开烂如锦》写的是鲁迅的读书经验,而《雪雾迷蒙访书画》写了鲁迅的爱画。㉝从文学史的观点看,这些记述鲁迅以及瞿秋白事迹的文字,是有珍贵的文学史料价值的。例如,中译本《铁流》的四幅版画是如何获得的? 为什么鲁迅《引玉集》中五个列宁格勒美术家自己写的小传,都出于同一日? 更重要的是,正统化的文学史或文学批评对鲁迅的阐释,基本上把鲁迅"殿堂"化了,曹靖华在这个时期写的却是一个很人性化、生活化的鲁迅:他"亲赴纸店选宣纸,亲手包扎,亲笔写信皮,亲送邮局投递",以保证把最好的宣纸寄给苏联那些版画家;㉞他上海的家的三楼常设一间房给经常到来躲避国民党跟踪的瞿秋白;㉟他关注到曹靖华在上海穿不流行的"蓝大褂"可能会引起特务的注意,当发现蓝大褂下面的皮袍时才放心地说:"好,好!满及格!"然后面露笑容地喷一口烟,并向曹靖华讲出他自己的一些与衣着有关的经历㊱。曹靖华就这类"细事"的描述,不仅把鲁迅日常的、血肉的一面呈现出来,也可以说是对重大题材的一种偏离,突出"家务事"题材的重要性,与邵燕祥写散文《小闹闹》有异曲同工之妙。㊲

曹靖华说过:"友谊是珍贵的。"㊳对于共同经历过战斗的日子的老一辈作家来说,这句话更有分量。跟巴金相似,曹靖华通过对鲁迅等已故朋友的事迹的描述而抒发他的怀念之情。读者读着他铺陈出来的细节的时候,不期然会随着作者的思绪回到当年的历史情景中去。可以说,一份对于源自真实生活和真诚交往的情谊、感觉,用不着什么华丽铺张的修辞,在平铺直叙的结构、朴素简练的文字中就能渗入读者的心。用曹靖华的说法,这些散文是"聊"出来的。1961 年有报社的人来找他约稿,但他想,如果像鲁迅当年那样遇上那些只来"挤"稿子的编辑,那他也只能"乘机摆脱"。此外,他也不想"命题作文"。那位聪明的编辑,可能已经摸透老一辈作家的心态,即知道他们已进入一种从容写作的人生阶段,"挤"文章是没有意思的,而散文写作正需要这份从容。因此,他开始跟曹靖华聊天谈心,打消了他的疑虑。曹靖华回忆当时他"自投罗网"的情况:

> 我的座上客既不像威风凛凛的大主考,命题作文,也不带任何框框,套上硬挤。他恳挚洒脱,从容自然,确是来聊天谈心呢。谁知于纵情畅聊中,乘机截住:"别忙,有意思,写下来吧!"这我才恍然大悟:他原是"聊文章"来了。畅聊中,吐露着鲁迅的看法,"散文的体裁,其实是大可以随便的"。"题材应听其十分自由选择,风景静物,虫鱼,即一花一叶均可……"

> 我们就散文畅聊下去了:它如地方风习、街头景色、往事回忆、感想述怀,以及天上地下,古往今来……

> ……

> 从此,时聊时写,时写时聊;聊聊写写,写写聊聊。[39]

从这段文字看到,曹靖华是给一种从容、随便、自由的创作氛围所感动而开始写散文的。由于"写"在"聊"之后,读着曹靖华的散文就跟听着他跟人聊天一样。他可能效法鲁迅倡议的"随便"体裁,达到所谓形"散"而神不"散"。例如《哪有闲情话年月》一文有这样的开头:"日期,通常也称作年月吧,这是一个极平常的字眼,有的被人牢记,有的被人忽视,有的也被人全不理会。比方说吧，鲁迅先生……"⑩ 不过，想起鲁迅，想起往事，曹靖华也不见得都那么轻松，在《素笺寄深情》这一篇感情色彩较凝重的散文中，作者写道："偶读《鲁迅日记》，见有'复靖华信，附文它笺'，或'寄靖华信，附唯宁笺'等记载，不禁勾起无限回想。"⑪ 作者从记忆深处勾出来的，是鲁迅与瞿秋白那种生死之交和"远非笔墨所能寄托"的深厚感情。鲁迅与瞿秋白不仅是翻译和革命工作上的亲密伙伴，在生活上也互相帮助，如他经常把瞿秋白（即文它、唯宁）的信寄给在苏联的曹靖华，让他转给瞿秋白在苏联读书的孩子。因此，曹靖华是知道鲁迅对朋友的情义的。到了瞿秋白遇难，鲁迅化悲痛为力量，着手出版瞿秋白文集《述林》，直到生命的最后一刻，这让曹靖华感动不已。曹靖华这篇散文不仅讲述了鲁迅与瞿秋白"两人一颗心"的感人往事，也抒发了他对这两位革命同志心中的怀念。他曾经说过："凡心有所动，就可形之于文，这样，文才能感人。当然，有时心有所感，形之于文，而文却未必感人者，固另有原因在。不过，要是自己对于所写的尚无动于衷，而想写出来感人者怕少有的了。"⑫ 从文章来看，曹靖华对于鲁迅和瞿秋白，的确是情动于衷的。

1962 年间，让曹靖华情动而形于文的，除了"聊"出来的"往事回忆、感想述怀"外，还有"风花雪月"。《点苍山下金花娇》《洱海一枝春》和《天涯处处皆芳草》⑬ 是三篇云南抒情之作，还有《艳烟红豆寄相思》⑭ 等广西抒情篇。不过，虽然是轻松地寄情于云南广西山水之间，欣赏花草人情之美，但写"大自然"看来不是他的所长。这类散文虽然也有很大的随意性，但有些倾向人工造句和排列，结果是少了回忆性散文那种娓娓道来之感觉,却多了些为了把抒情对象"诗化"而带来的生硬感。
例如:

> 大理,好一幅风景画。
>
> 大理,好一首抒情诗。
>
> ……
>
> 风花雪月……
>
> 大理,它美,美得别致、有情趣。㊺

这些篇目当然不至于像曹靖华说的是"烂砖",但的确有应"百
花齐放的精神"之景的味道㊻,也流露一些当时崇尚的"诗化"
散文的意图。这点在下一节会详细讨论。

　　漫画家和散文家丰子恺这个时期写的游记《上天都》,抒发
了一种"老人家"独有的游兴和闲情。可能是拥有漫画家天赋
的缘故,丰子恺在这篇散文中活泼有趣而细致地描写了他自己
如何以有限的体力,一步一步地克服黄山各处的险境,例如他说
他用了四条"腿"爬上约有一千级石阶高的天都峰,下山时则
"倒"着走。丰子恺也写到这次"上天都"的经验带来的启示:
"凡事只要坚忍不懈地进行,即使慢些,也终于能获得成功",还
吟了一首诗来抒发他对黄山、世事、"掀髯上天都"的人的赞叹。
可以说,《上天都》所书写的那种游兴,有一种闲情逸致,给人一
种如看作者的漫画的感觉,但这份闲情并不是来自像柳宗元逃
遁西山、远离尘世的超然,而是来自作者对"世事"和日常生活
的投入和平常心。且看丰子恺在兴奋心情中所吟的小诗的其中
几句:

> 入山虽甚深,世事仍然闻。息足听广播,都城传好音。

> 国际乒乓赛,中国得冠军。飞船绕地球,勇哉加加林! 客中
> 逢双喜,游兴忽然增。掀髯上天都,不让少年人。[47]

可以看到,"世事"对丰子恺来说是中国在国际乒乓赛中得冠
军、飞船绕地球等时事,而这些好消息增加了他的游兴,让他能
"掀髯"上了天都峰,不让少年人。意思是说,对于丰子恺来说,
关注国际大事与他追求生活的闲情逸致是没有冲突的。在另一
篇散文《阿咪》中,丰子恺更通过写一只猫,带出回归"日常"生
活的重要性。

丰子恺是一个爱猫之人,小白猫阿咪是他家养过的第三只
猫,解放前养过一只大白猫,死后就养了一只黄猫。替人身边的
伙伴之一的猫写文章,对于丰子恺来说原来是一件很平常的事,
就如写家中任何一位成员一样,解放前他也写过那只大白猫。
但到了50年代,他却没有再为猫写文章了,因为觉得这类文章
"无益于世道人心"。可以说,丰子恺在那个时期仍然受制于写
"重大题材"的主流规范,看来比"家务事、儿女情"更为"小"的
猫事猫情,就不必写了,不然只证明"小资产阶级"性情没有改
造好。然而,到了1962年,当友人给他送来一只小白猫后,他开
始"似觉非写不可了"。结果,他真的战胜自己的内心矛盾,率
性地说:"率尔命笔,也顾不得世道人心了。"[48]

好一句"率尔命笔"! 丰子恺心中好像积累了不少压抑感,
想痛快地一下子"率"个干净。"率尔命笔"的确是作家要结束
只写照顾"世道人心"的"遵命文学"的日子的象征,跟曹靖华想
逃脱拿着命题或框框来"挤"他的文章的编辑的心情是一样的。
但为什么一只猫能够让丰子恺那么下决心? 或许我们可以从丰
子恺笔下的阿咪给他一家带来的欢乐和增添的气氛,与他一家

一直对猫拥有的感情,看到老一辈作家对日常生活的"顿悟"和
重视。可以说,丰子恺开始敢于书写一些富有"情趣"的事物,
并懂得诉诸"人民""群众"的需要,从"小"见"大",其客观效果
是给"世道人心"赋予了新的内涵:"世道"可以是来自国际乒乓
赛、飞船绕地球等有趣的"世事";"人心"也包含"助人亲善,教
人团结"等方面,正如他在写阿咪时说的:

> 可知猫是男女老幼一切人民大家喜爱的动物。猫的可
> 爱,可说是群众意见。而事实上,如上所述,猫的确能化岑
> 寂为热闹,变枯燥为生趣,转懊恼为欢笑;能助人亲善,教人
> 团结。即使不捕老鼠,也有功于人生。那么我今为猫写照,
> 恐是未可厚非之事吧?㊽

不顾"世道人心"而写成的这篇抒情散文《阿咪》,在"文革"中
被诬指为反对毛泽东㊿,可见丰子恺在 1962 年"率尔命笔"后所
付出的代价。

　　总结上述几位老作家的抒情方式,无论是冰心的表现"自
我"、巴金的热情洋溢、曹靖华的娓娓道来、丰子恺的回归"日
常"等,都构成了 1961 到 1962 年生机勃勃的散文创作从容、真
挚、闲适的一面,也可以说是五四以来现代散文的抒情本色在当
代的一次发挥。可惜的是,这个被"吵醒"的"春天",并未能真
正做到"百花齐放",一些解放后没有继续在文艺园地笔耕的老
作家如沈从文、李广田等,只是昙花一现。他们或许像巴金那样
有"吐不尽的感情",但毕竟这个抒情的"瞬间"实在太短,未能
让需时间"热身"的老作家多栽上几棵花木。老一辈作家的记
忆是丰富的,感情是悠长而深挚的,创作仍然是有个性的,但他

们仍然不能毫无顾忌地把"自我"坦露出来。换句话说，他们是在一个试图摆脱"遵命文学"的命运、响应文学创作多元化的时代氛围中，试图率性忘情地把"真我"舒展一番。大致上，这些老一辈的作家在感情抒发上来得比较真挚，然而，在他们较个性化的创作中，仍然能找到"共性"的痕迹和"载道"的倾向。或许，正是他们拥有的相对敏感的时代触角，使他们不会在抒情上"失控"或者让自己落后于时代的步伐。

此外，老一辈作家的散文所流露的那份闲情逸致，也非他们独有，中年一代作家如秋耘、秦牧、范烟桥等，也有以花鸟、草木、虫鱼、灯色等生活化题材写文章的。例如秋耘的《鸟兽·虫鱼·草木》[51]写的是鸟兽、虫鱼、草木与文艺创作的关系，虽然作者并没有把这些东西当作生活情趣来写，但他重视它们在文学创作中的作用。在广州生活的秦牧，对于介绍南方的风土人情和节日的"冲动"和"欲望"，也不亚于沈从文。1961年他在写著名的《年宵花市》的时候曾经这样说："对于广州的年宵花市，我就常常有这样的冲动。虽然过去我已经描述过它们了，但是今年，徜徉在这个特别巨大的花海中，我又涌起了这样的欲望了。"[52]犹如沈从文写南方的端午节和跑马节、丰子恺写小白猫，他把那年"不平常"的广州花市的"十里花街"写得有声有色，当时就得到好评[53]，而他那些为人乐道的知识性散文[54]，也让他赢得与杨朔齐名的"南秦北杨"的美誉。秦牧自己也替"情趣"等被定型为"资产阶级文学"的概念"平反"，倡议文学应该有"文娱性""消遣性""幽默"和"文采"，并强调知识对"情趣"的重要性："亲切的肺腑之音，流露作者个性的独特语言，强烈的抒情，不用说同样具有这种魅力和情趣。它使人如和故人对坐，听着娓娓动听的言谈,整个心灵都被震撼了。作品的丰富的知识和新鲜的事物,也产生这种魅力和情趣,它把人引进到一个新的境界,读着读着,仿佛眼睛也明亮了。"⑤他的散文跟邓拓等的杂文是异曲同工的,散文研究者佘树森把秦牧的散文称为"杂文"体,也是因为看到秦牧的散文在抒情之外的"理趣"构思。⑤

总的来说,以上这些仍然刻有时代烙印但情感来得真挚、细长和闲逸的散文,虽然没有直接回应或表现这个困难时期的种种问题,但它们为物质生活上相对匮乏、精神相对紧张的读者,提供了一处犹如"大自然"般让人感到舒畅甚至是逃避的栖息之地。更重要的是,在政治意义上,这些从容地、真挚地、闲话家常地抒发情感的创作是"多快好省"和"假、大、空"等"大跃进"风气的一种反拨。当然,也有一些老作家仍然潇洒地、勇敢地、自愿地"率尔命笔"。但说到底,能够这样做的老一辈作家,并没有起很大的影响或主导的作用,这个时代始终不是属于他们的。60年代初最为活跃的所谓散文三大家(杨朔、刘白羽和秦牧),才是散文大潮中的主潮,而其中以杨朔的散文最得到社会的肯定。

3. 把散文"当诗写":杨朔的
"诗意"与抒情的"失真"

60年代初散文创作一个为人注意的现象,是"诗意"的追求。当年的一些散文评论,也讨论到这个现象。例如李元洛对什么是散文的"诗意"提出了这样的见解:"散文中的诗意,我以为最主要的是:深刻新颖的思想和优美充沛的感情,丰富美丽的想象和耐人寻味的意境,精炼鲜明的富于美感的语言。"[57]菡子则认为:"亲切动人的散文都是有诗意的。……生活本身的光辉就是那诗意的火种。活在我们伟大的时代,就不难在一人一事一景一物中发现诗意……"[58]后来的散文研究者佘树森对散文的"诗意"的历史成因,作了较为详尽的分析。他指出,是时代触发了散文的诗意。在经济极度困难的时期,"一是,严峻的现实生活使人们的头脑开始从'大跃进'的狂热中冷静下来,对极左思潮的遏制、文艺政策的调整,使作家的心灵获得一定的解放。……二是,艰苦的生活又唤起人们对革命战争岁月的回忆,并发出许多美好的诗意和情思。……三是,严峻的生活与美好的心灵也将作者的审美引向'诗化'的境界。在当时,一方面是经济上的困难,物质上的匮乏,不少地方,尤其在农村,还受着贫穷和饥饿的威胁;另方面则是精神世界的净化和升华。艰苦奋斗的传统、共产主义精神,在大力提倡和发扬。在这种情况下,还受着传统散文功能观支配的作家,便自觉地使自己的审美关照避开现实生活的矛盾和阴暗面,而移向崇高的心灵和美丽的自然,并且常常将二者加以融合,寓情于物,借景抒情。"[59]

可以看到,李元洛所代表的是一种艺术的角度,即更多地从思想、感情、想象、意境和语言等方面去理解散文"诗意",而菡子所代表的则是一种主流政治的角度,即认为"诗意"来自"伟大的时代"的生活,歌颂这种生活本身就产生"诗化"的审美效果。佘树森看到散文"诗意"化的历史背景,但他从比较传统的散文观的角度理解这个时期散文家的选择。这些当时的评论和后来的研究所带出的观点,对于描述整体的散文"诗意"化现象,都有一定的合理性,但也有片面性。例如60年代初散文的

"诗意"追求,即所谓进行"诗化",很大程度上是一种文艺调整的努力,即试图以艺术手段来克服公式化的描写,而这也是不少散文家愿意尝试的,例如上述的曹靖华。但"诗化"也可以是革命浪漫主义的创作手段的产物,即菡子所说的"审美效果",老舍在《内蒙风光》中从蒙古草原升起的太阳想到毛泽东的伟大,是其中一个例子。至于散文家的审美关照能否像佘树森所说的那样,完全抽离"现实生活的矛盾和阴暗面,而移向崇高的心灵和美丽的自然"呢? 如果老一辈的散文家如冰心等都做不到的话,我想受传统散文影响更少的年轻一辈的散文家,就更难做到了。正如我在前面提到的,这种审美体验并没有生活基础支撑,作家的"心灵"与"美丽的自然"已经烙上深刻的时代印记。不过,虽然当时的作家与批评者对于"诗意"的理解不尽相同,但对散文进行"诗化",以达到抒情的效果,看来是得到不少作家认同的,并且在创作中实践起来。的确,作为最适合抒情的文学体裁,散文与诗之"结合"是最自然不过的事,"散文诗"和"诗化散文"正是两种最普遍的混合抒情体。不过,究竟60年代初的散文家在创造散文的"诗意"的同时,是否以抒情的"失真"为代价?

杨朔的散文在60年代初之所以那么受到文艺界的注意,除了是他的多产、题材范围国际化或比较广泛等因素外,主要是因为他的"艺术"成就,即他的创作实践为散文提供了一种新的"格式"。用他自己的话说,就是把散文"拿着当诗写"[60]。

杨朔并不是诗人,50年代初写过小说。但据他自己说,他"向来爱诗,特别是那些久经岁月磨炼的古典诗章"。于是,在50年代末开始写散文的时候,就向这方面学,"常常在寻求诗的意境"⑥。但他对"诗意"的理解，看来更多的是经过革命浪漫主义洗礼的：

> 杏花春雨，固然有诗，铁马金戈的英雄气概，更是有鼓舞人心的诗力。你在斗争中，劳动中，生活中，时常会有些东西触动你的心，使你激昂，使你欢乐，使你忧愁，使你深思，这不是诗又是什么？⑥

在这种理解支配下，他写散文的第一步就是对可能会触动他的新事物"反复思索"，第二步是形成文章的"思想意境"，第三步是动笔写时，"放肆笔墨，总要像写诗那样"，而最后一步是"再三剪裁材料，安排布局，推敲字句，然后成文章"。⑥可以看到，起码在理论层面上，写散文对于杨朔来说是一个理性化和人工化的过程，是有意的精心构造而不是让感觉自然流露或抒发。这个时期杨朔对于散文创作的理解，跟 50 年代末是有差异的。1959 年编散文集《海市》的时候，他强调"散文常常能从生活的急流里抓取一个人物，一个思想，一个有意义的生活片断，迅速反映出这个时代的侧影。所以一篇出色的散文，常常会涂着时代的色彩，富有战斗性"。⑥从"迅速反映"到"诗化"一个时代，我们看到杨朔试图朝艺术的方向对散文做出调整。首先，他注意到客观环境（时代）在变化，"大跃进"时期那种"生活的急流"已经稍为缓和，但困难时期仍然需要能"鼓舞人心"、有"英雄气概"的作品，因此，表现"斗争""劳动""生活"这些仍然属时代主潮的内涵，是坚定不移的，这也是杨朔取的仍然是革命浪漫主义"诗力"的原因。不过，他努力以"反复思索""安排""推敲"等"诗化"手段取代直截了当或"迅速"地反映一个时代的做法。在散文风格方面,这个时期情感的表现也显得比50年代末多样化,他知道生活中并不只有"激昂"和"欢乐",还有"忧愁"和"深思",这也是他的散文变得较为个性化的原因。

　　然而,不知是否受到他的工作性质的支配,杨朔这个时期的散文可以说只有一个主题:表现劳动人民的斗争和解放。以出国访问、在国内接待外宾或者游山玩水时的所见所闻为素材的散文,构成了杨朔创作的主要内容。就拿当年最引起批评者和读者注意的一些文章,如《雪浪花》⑥⑤《茶花赋》⑥⑥《荔枝蜜》⑥⑦《樱花雨》⑥⑧等看,写的无论是海边浪花的美、对云南茶花的怀念、广东荔枝蜜的香醇或是日本雨中的樱花和温泉,都是用来衬托和表现劳动人民的受苦经历和今天生活的甘甜,如老渔民"老泰山"、茶花工匠普之仁、养蜂员老梁和辛勤的农民、日本服务员君子等。或许这可以理解为杨朔散文诗意化的第一个层面,即表现从让人感动的斗争、劳动和生活中激发出来的"诗意"。《雪浪花》有一段情景与人物交融的描写,最为当时的评论者所乐道,认为能衬托出"老泰山""高洁的品格、健美的青春"⑥⑨,曹禺甚至说这篇散文"令人深思的老人刻在我们的记忆里,不着一丝雕琢痕迹"⑦⑩:

　　　　西天上正铺着一片金光灿烂的晚霞,把老泰山的脸映得红通通的。老人收起磨刀石,放到独轮车上,跟我道了别,推起了小车走了几步,又停下,弯腰从路边掐了枝野菊花,别到车上,才又推着车慢慢走了,一直走进火红的霞光里去。他走了,他海边对几个姑娘讲的话却回到我的心上。我觉得,老泰山恰似一点浪花,跟无数浪花集到一起,形成了这个时代的大浪潮,激扬飞溅,早已把旧日的江山变了个样儿，正在勤勤恳恳塑造人民的江山。[71]

"走进火红的霞光里""时代的大浪潮""人民的江山"等豪情壮语，串联在"野菊花""一点浪花""老人"等抒情的景象中，的确能淡化时代的"战斗性"，以一种人们乐于接受的诗意方式鼓舞他们往前走。另外，杨朔在《茶花赋》中对普之仁形象的描写，也刻意地突出作为普通劳动者的普之仁如何"触动"他的感情：

> 我热切地望着他的手，那双手满是茧子，沾着新鲜的泥土。我又望着他的脸，他的眼角刻着很深的皱纹，不必多问他的身世，猜得出他是个曾经忧患的中年人。如果他离开你，走进人丛里去，立刻便消逝了，再也不容易寻到他——他就是这样一个极其普通的劳动者。然而正是这样的人，整月整年，劳心劳力，拿出全部精力培植着花木，美化我们的生活。美就是这样创造出来的。[72]

跟"老泰山"相反，普之仁除了有"茧子""皱纹""整月整年，劳心劳力"等劳动人民的共同特征和共性外，好像没有什么个性让作者记得他，虽然他给杨朔介绍过那么多有关茶花的知识。《荔枝蜜》则把"为人类酿造最甜的生活"的蜜蜂和农民说成是"高尚"的，并以"梦见自己变成一只小蜜蜂"来抒发自己对"高尚"情操的向往。

对比一下杨朔写于1959年的《蓬莱仙境》与《海市》，我们不难发现类似《雪浪花》《茶花赋》等散文的确少了一些浮夸地直接"反映"生活的痕迹。《蓬莱仙境》与《海市》这两篇50年代末的代表作，是"文革"后评论杨朔的人经常引为"惋惜"或视为"失真"的作品之一,[73]因为作者没有对其隔别二十多年的故乡蓬莱作出一个比较真实的描述,而是诗意化地把这个地方描述为现实的"仙境"。那里"要什么有什么"[74],人们"生活真像神仙","富足得很"。[75]正如一些批评者指出,杨朔"这两篇散文中的感情指向没有落在游子归乡的喜悦及家乡熟悉而又陌生的面貌上,而落在了对'人民公社'的大加肯定和赞扬方面。家乡的美景,故土的主人,游子的心境,成了某种错误政治产物的铺垫。作者的审美情感在这里变成了对盲目的历史信仰的认同"[76]。对于杨朔这个历史"污点",批评者大多把它理解为时代之产物,例如认为杨朔是受制于一种普遍的"单纯阐释政治观念和图解政策的思想倾向"[77];"创作中一种偏离现实主义的倾向……不独是杨朔"[78],而不是个人的虚假、虚伪。然而,杨朔试图在意境和语言上进一步"诗化",作为调整他在散文创作上关于贴近现实生活的问题之余,是否做到曹禺所说的"不着一丝雕琢痕迹"呢?

"老泰山"那种过于浪漫主义的描写,的确很难说没有"一丝雕琢痕迹"。当年周立波曾经这样评论杨朔的散文:"笔墨简洁,叙述明白,是作者的特长;然而也许因为过于矜持吧,文字上微露人工斧凿的痕迹。"[79]至于对劳动人民的美德的情感抒发,也显得过于"有意",意思是说,杨朔的"热切"是说出来的而不是释放出来的。"劳动人民"成为他"望"的对象,或者加以想象和整合的对象,因此,普之仁等劳动个体消失在"茧子""皱纹"等"劳动人民"的符号中,个性也被"整月整年,劳心劳力"等公式化修辞所掩盖。在杨朔的散文中,富有诗意的"大自然"也是他抒情对象之一。不过,他未能达到他喜爱的古典诗歌那种审美对象与审美主体融合的境界,过于着急地把山水花木虫鸟等用来载他的"道"或言他的"志",甚至在游兴十足的时候,也不能像丰子恺爬黄山那样悠然自得,回归自己。语言方面,由于过于刻意把散文当作诗写,就算在描写"大自然"景色的时候,杨朔也在炼字方面下很大的功夫。例如《茶花赋》[80]以下短短一段,作者用了不少如"醉""勤""搅天风雪、水瘦山寒""花事"等精练的字句和"催生婆"等比喻,让不少批评者赞不绝口:

> 今年二月,我从海外回来,一脚踏进昆明,心都醉了。我是北方人,论季节,北方也许正是搅天风雪,水瘦山寒,云南的春天却脚步儿勤,来得快,到处早像催生婆似的正在催动花事。[81]

写昆明茶花的美,作者也没有直接写茶花美在什么地方和观者的感受,而是对"美"作出赞叹和以茶花来比兴劳动者和祖国的"花朵"(童子):

> 我不觉对着茶花沉吟起来。茶花是美啊。凡是生活中,美的事物都是劳动创造的。是谁白天黑夜,积年累月,拿自己的汗水浇着花,像抚育自己女儿一样抚育着花秧,终于培养出这样绿色的好花?应该感谢那为我们美化生活的人。
>
> ……
>
> 正在这时,恰巧有一群小孩也来看茶花,一个个仰着鲜红的小脸,甜蜜蜜地笑着,叽叽喳喳叫个不休。
>
> 我说:"童子面茶花开了。"

可以看到,杨朔在 60 年代初尝试以古代诗歌常用的比、兴技巧来"诗化"他的创作,虽然给散文带来一种"赋"的味道,但作者在 50 年代中期在《滇池边上的报春花》等篇表现的那种较为朴素的感情,则有所削弱。炼字、造句、借物言志当然可以是抒情散文的艺术特色之一,但因为杨朔这个时期的散文创作在这方面过于"刻意",被审美对象触发出来的情感就难于自由地流动,还变得"失真"。当年一些批评界赞赏的名句,如《雪浪花》中那位一开口就像个革命老干部或诗人的"老泰山"所讲的:"别看浪花小,无数浪花集在一起,心齐,又有耐性,就是这样咬啊咬的,咬上几百年,几千年,几万年,哪怕是铁打的江山,也能叫它变个样儿。""瞧我磨的剪子,多快。你想剪天上的云霞,做一床天大的被,也剪得动",今天却成为说明杨朔散文矫情的最好例子。

或许,"文革"后对杨朔的一些批评有些过于苛刻,并没有将他"把散文当诗写"的实践放在当年文艺调整这个背景下加以理解。我倾向把杨朔散文的"诗意"化抒情方式,看成 60 年代众多的抒情方式的一种。正如老一辈作家如老舍等一样,杨朔是真诚地要让散文成为时代的"歌"与"光",有益"世道人心",也试图在艺术上进行新的尝试,克服公式化的毛病。但冰心在赞赏杨朔的散文之余说道:

> 真正好的散文是难得的,能够把散文写得动人,不是一件容易的事。不热爱自己所描写的对象,感情不真挚,不到非写不可的时候,就写不好;同时,字汇不够,心里有话,笔下说不出,也写不好;字汇丰富了,还没有熟练到会把恰当的字眼放在恰当的地方,也仍然写不好。[82]

冰心当年讲的这段话,很好地概括了杨朔散文所代表的那种企图以"诗化"手段把散文"写好"所产生的问题。感情不够真挚、没有把恰当的词汇放到恰当的地方,可以说是"诗化"努力跟抒情欲望没有很好结合的结果,以致散文既未能达到古诗那种情景交融的境界,却反过来对散文应发挥的抒情功能构成一定的障碍。更遗憾的是,"诗化"并没有解决杨朔"大跃进"时期的散文在内容上不真实的问题,还出于过于刻意把自己的"诗意"投射到要歌颂的劳动人民身上,使"失真"这个缺陷反映到艺术上来。不过,杨朔的散文如《海市》《雪浪花》《荔枝蜜》《茶花赋》《樱花雨》《野茫茫》等篇之所以在 1961 到 1962 年受到欢迎、肯定和产生影响,[83] 并流传到今天,成为"精选"作品,[84] 正因为它们的艺术价值。无论如何,从文学史的角度看,这些作品虽然在内容、艺术以至抒情方面都不无"失真"之处,但仍然是散文在"1962"这个夹缝中挣扎生存的一种真实写照,因此是具有时代意义和代表性的。到了 1962 年底政治形势起了变化的时候,肯定这类作品的批评便大大减少,杨朔其他战斗性强的散文,反而开始得到另一些批评者的肯定。[85] "文革"时期,他的战斗性散文所立的"功"没有让他逃过厄运,《荔枝蜜》和《雪浪花》更被打为影射攻击领袖和为彭德怀翻案的"大毒草"。[86] 1961 到 1962 年间"把散文当诗写"的杨朔,为这个实践付出了生命的代价。

4. 浮肿病、"甘蔗林"与"青纱帐"：
诗人郭小川病中的激情

1962 年初,从战场上走过来的战士散文家刘白羽和诗人郭小川都在生病。刘白羽病得比较厉害,住在医院,是一次"死"的考验。⑧郭小川患的则是营养不良而导致的浮肿病和肝炎,要吃药和疗养。⑧同样面对自己的身体日渐脆弱而不能写作,刘白羽与郭小川的反应却略有不同。刘白羽心中异常地"平明",并陷入一种沉思的状态。每天"晨曦乍上,清气袭人"的时候,他就在室外的一藤桌、一藤椅上,利用他"最酷爱的时间、最酷爱的所在"和"最酷爱的心境",断断续续地写下了 12 篇的《平明小札》。据说刘白羽这么早写作,也有躲开护士的目的,但撰写这些散文时,"有时身冒虚汗,有时两手颤抖,有时周身发木、发麻"。⑧在这种状态下写的散文,可能是刘白羽一生的成长和战斗经历较为自然、真挚和诗意的记录,他似乎在诉说自己的"所在"和"心境",或者是对危在旦夕的生命做一个总结。通过"晨""早晨的花"黎明前的"路"所勾起的童年回忆;"歌声""启明星""急流""秋天""蔷薇""红""血与水"等意象所抒发的革命战士之心和战斗精神,比他前后写的"政治抒情散文"⑩来得感人。

一直在路上的郭小川,对于自己的状态,则显得焦躁不安。例如他在厦门既不能马上到部队去体验生活,又不能马上写作,要休息,要治病,又惦挂北京的妻子和孩子,感到日子难以打发。⑨3 月,郭小川来到广州疗养后,才比较接受自己的健康情

况,刚巧又碰上在那里召开的"全国话剧、歌剧创作座谈会"(即
"广州会议")。在听了周恩来、陈毅等的报告和有关知识分子
的讲话后,郭小川心情变得激动和愉快,给妻子杜惠写信说:
"这次会开得非常成功。对会后工作,对争取、团结知识分子,
有很大的意义。……周、陈、陶把五干会的精神正确地运用在文
化上面。这几天愉快极了,思想也很丰富,我一定可以写些像样
的东西的!"[92]在 1962 年 3 月到 6 月这段时间,郭小川的确写出
了 60 年代初的代表作《甘蔗林——青纱帐》和《青纱帐——甘
蔗林》。这两首诗融合了郭小川病中对过去与现在、战斗与生
活、北方与南方、妻子与丈夫之间的种种激情。

　　我把这个独特历史时刻的刘白羽与郭小川放在一起进行对
比,主要是因为他们这个时期的作品,特别是《平明小札》和《甘
蔗林——青纱帐》《青纱帐——甘蔗林》代表着 30 年代以来革
命抒情散文和诗歌发展中一个值得注意的抒情方式。这是一种
跟生命体验有更多结合的抒情方式。在战场上曾经出生入死的
革命战士,最怕的可能不是战死沙场,而是生活无所作为。"战
士"已成为一种刻在骨肉里的"身份",非战争的时候也觉得需
要处于战斗、革命的状态,经得起考验,不能变质、动摇,而这也
是他们抒情的支点。刘白羽在病中曾经这样写道:

　　　　战士——和战士一道生活过的人,都该会记得他们那
　　响亮的一句话:"在最困难的时候考验我吧!"而后,他们在
　　革命斗争的艰险关头,走在前面,承担了应当承担的革命义
　　务。那么,在那以后,他们的血流到哪里去了?流到我们正
　　在继续斗争的人的血管中来了。于是我们的生命里有着他
　　们的生命,血,依旧在奔流,在闪光,在呼唤。

……

> 但我觉得最重要的，是你要经常使你的血液浓而且亮，
> 而绝不能让它悄悄地变成一种掺了红色颜料冲出来的水。
> 同志！那是不行的。一个人，可以衰老，可以病死，那是自
> 然法则，人们并不畏惧，但人绝不能肉体还活着而灵魂却已
> 经枯死。[93]

在肉体快要枯死而灵魂却格外活跃的刘白羽，他最担忧的是战士的"血"变成了"水"，因此他要以他最后的生命作出如此呼唤。在郭小川的诗歌和书信里，我们也能感觉到生活中的战士的血在流动，那种浓度不可能是"掺了红色颜料冲出来的水"。

如果要理解糅合在郭小川的《甘蔗林——青纱帐》和《青纱帐——甘蔗林》里的多种感情，我们需要回到他第一次说要拿出一点"像样"[94]的作品来的1958年及前后的经历。郭小川曾经对妻子说过："我这一生中主要是这两件事：一、工作；二、爱你。"[95]工作主要指为革命而创作，这对于从事专业创作的人来说是很正常的。但看来很少革命抒情诗人会像郭小川那样，把爱情放到这么重要的位置。因此，在诗人的感情世界里，激情的来源和抒发对象包括了革命和爱人，两者是合二为一的：革命的激情的延续需要有热烈的爱情作为养分，而他与杜惠又是革命同志（在延安认识和结婚），在互相勉励的革命道路上又增进他们的爱情。1956年，郭小川除了写火热的斗争的诗歌外（该年他出版了诗集《投入火热的斗争》），也很有冲动写"纯"爱情诗。他说："在这迷人的时代里，多么需要诗，又多么需要爱情，'纯'

的爱情。"[96]但当年那个让他激动不已的时代，竟没有让他写出一首爱情诗来，而是到了1957年，他才埋头写了两部长篇叙事性的革命爱情诗《白雪的赞歌》[97]和《深深的山谷》[98]。不过，尽管这两首诗的爱情观都合乎当时的道德规范：纯洁、忠贞、坚强，而又是以女性形象来表现的，1958年毕竟不是谈情说爱的时代，诗人臧克家当时在正面肯定这两首诗的同时，就向郭小川建议说："小川同志是在斗争里成长的，对单命斗争生活有着比较丰富的经验，我个人希望他多写一些像'向困难进军'一类的战斗性强烈的长诗。并不是爱情主题的东西不可以写，但我总希望他不要太多地在这样题材上多花费精力。"[99]

对于臧克家的建议，郭小川内心有什么感受，我们无法得知，他只说过希望能"写一篇较有分量的东西"[100]，最终却什么都没写成，部分原因是他忙于外事[101]，但也有可能他既要参与反击右派和歌颂"大跃进"，又因为很多朋友被错划为"右派"而感到苦闷。[102]此外，1959年也开始了"三年困难时期"，城市蔬菜粮食逐渐匮乏，农村的情况更是严重。郭小川还从剧作家海默那里听到他从基层带回来的"许多骇人听闻的故事"，开始对中国的走向产生疑问，却未有机会亲身到农村去观察。[103]因而，他所期待的"有分量"和"像样"的作品，可能包含他对中国的未来那份"惆怅"与期盼。在他个人的诗歌创作道路方面，走到了这个年头，郭小川也想过要当"大作家"[104]，这也可能构成他要写"有分量"和"像样"的作品的冲动。凝聚了这些复杂的心情和半年的心血而写成的《望星空》，诗人一厢情愿地以此作为建国十周年的献礼，怎料受到了批判。《望星空》和1957年禁止发表的《一个和八个》，以及早期的《致大海》和两篇革命爱情长诗，一同被认为是诗人的"灵魂深处的不健康的东西"和"一种资产阶级、小资产阶级的虚无主义"的反映。[105]

正如诗人公刘在"文革"后替郭小川辨析时所说的,《望星空》是诗人想用自己的诗来协助党组织做思想工作,宣传"人定胜天"的革命信念,这可以说是郭小川作为一个共产党员的自觉责任。但作为一个真诚的诗人,"生活的力量和正直的品质又执拗地命令他面向现实"。《望星空》就是诗人试图用艺术手段把这互相矛盾的信念和现实统一起来,但他又表现得那么信心不足,在第一章和第二章中反复吟咏"迷惘"和"惆怅",这是他创作生涯中的第一次。[106]批判延续到 60 年代初期,郭小川的情绪陷入了低潮,他为自己这篇"有严重错误的诗"作了检讨。不过,更让他感到不安的是,南斯拉夫的《解放报》和《消息报》转载了他的作品和一篇严厉的批判文章,并为他的"开始遭到不幸"表示"惋惜"。这对郭小川来说并不是一件好事,就好像"敌人"趁革命阵营出现内部矛盾的时机发动攻击一样。为了弥补这次的"错误",他得撰文反驳南斯拉夫的"现代修正主义"者,说他们卖弄"骗人的'创作自由'的小旗"[107]。1960 年这段时间可以说是郭小川的"困难时期"。

因此,1961 到 1962 年当他离开作协的岗位到南方休假、探访、创作和养病这段时间,对郭小川来说是做了一次全面的调整。诗歌方面,基调是明朗和乐观的;题材虽不再直接写爱情,但南方的山水草木让他的感情得到抒发;节奏从《三门峡》[108]开始变得明快和纡韵律化,跟写于煤都沈阳和鞍钢的《别煤都》(1961 年 3 月)和《鞍钢一瞥》(1961 年 2 月)那种沉重和硬邦邦的诗句有很大的区别。个人的道路方面,他重新感受正在改变的时代气氛和思考这次南方之旅的经验。特别在"广州会议"听到周恩来、陈毅等的报告后，他知道他"过去的意见是比较正确的"[⑩]，但他对自己过去所做的，似乎有更多的顿悟，不想再"打先锋"而又被"吊住"：

> 我们那里几个领导人的作风，就是相当不妙，他们做的是作家的工作，却在很大程度上脱离了作家，官僚主义、命令主义是够严重的，党的优良传统在他们身上是少得很的。可是，现在还不是解决的时候。我也不愿意去打先锋，如果去打，很可能又把我吊住，你知道，我是绝对不想在作协工作下去了，我已经越来越走上创作的道路了。何况，即使我不说什么，问题也一样可以解决，真理早晚是要胜利的，我说得太早，反而落得不少闲话。不如老老实实写些东西，也为文学真正发挥点作用。[⑪]

诗人似乎学会了一点明哲保身的道理，但他那种没有什么根据的革命乐观主义："真理早晚是要胜利的"，又似乎是他退守"文学"这个不是第一线的战士位置的托词。因此，他不会再写如《望星空》这类诗，对于"作协"过去的工作，也"无心恋战"，在信中屡次向杜惠提到要离开这个单位，甚至整个文艺界，调到中南地区从事创作。[⑪]生活方面，对身在北方的妻子的依恋，仍然是他动力的来源。病中的他，也开始感觉到健康的重要，在浮肿仍然没有消退的情况下，他坚持写作。

可以说，郭小川在1962年诗兴旺盛，写出十来篇作品，跟他在思想感情上有所调整有关，然而，《甘蔗林——青纱帐》和《青纱帐——甘蔗林》却反映了诗人内心的矛盾，是国家的，也是个人的。

以"南方的甘蔗林"代表当前的日常生活,而以"北方的青纱帐"代表过去的战斗生活,是诗作两种最明显的象征和对比。在《甘蔗林——青纱帐》这一首诗的第一段和最后一段所重复的抒情主旋律:

> 南方的甘蔗林哪,南方的甘蔗林!
>
> 你为什么这样香甜,又为什么那么严峻?
>
> 北方的青纱帐啊,北方的青纱帐!
>
> 你为什么那样遥远,又为什么这样亲近?

诗人用了"香甜"与"严峻""遥远"与"亲近"描述"过去"和"现在"这两个二分的历史阶段。但为什么目前能够"狠狠心每天抽它三支香烟"的社会主义时代,是"香甜"同时又是"严峻"的呢?已经过去的"艰辛"的战争时期,为什么既是"遥远"又是"亲近"的呢?从诗作明显透露的那种"肃杀的秋天毕竟过去了,繁华的夏日已经来临"式的乐观主义,和诗人对时间所做的线性理解看来,"昨天"的"艰辛"必然带来"今天"和"明天"的"香甜"。然而,诗人的生活体验告诉他,正是"年轻时代的战友""青纱帐里的亲人"把"昨天"的"艰辛"忘记了,才导致"今天"和"明天"的"严峻",因此,他用了八个"可记得?"来提醒那些身居要职的厂长、学者、编辑、将军、教授、书记等人,要"有勇气唤回自己的战斗的春天"。或许,郭小川也有把这个提醒送给他曾经私下批评的"作协"领导们的意思。正如当年的一位批评者所察觉的,诗人通过对"记忆"中的"昨天"和"香甜"的南方甘蔗感情的抒发,达到"今天的警策"[12]的目的。这说明诗人虽然不想当"先锋"，但社会责任感仍然很强。至于看来属于"昨天"的、形象化为"北方的青纱帐"的"记忆"，以及其中包括的"发现""判断""梦幻""心愿""信念""计算""方案"和"誓言"，对战士诗人郭小川来说，是既"遥远"又"亲近"的。在《青纱帐——甘蔗林》一诗中，他用了"令人神往"来表达他对"北方的青纱帐"的感情，这是"遥远"之感的来源，但"北方的青纱帐"却有诗人的"青春""信念""梦想""歌声""意志"和"希望"，还有他的"战友""亲人""兄长""祖国""同胞"和"故乡"，那怎能不"亲近"呢？这是这两首诗第一个层面的含义。

如果我们从地域的角度解读这两首诗，便会发现诗歌的第二个层面的意义。"南方"和"北方"分别让郭小川联想起"香甜"的现在和"艰辛"的过去，跟南方一般被认为相对富庶、悠闲和北方一般被认为相对贫瘠、操劳是有关的。不过，我们不能忽略郭小川在这段时间"在路上"的体验，即他到南方后找到一种对"过去"和"现在"的新的感受，而这种感受既是愉快的又是矛盾的。在厦门、广州等优美和重要的南方城市，诗人享受了人生中最悠闲的时光和遇上了让他再次"沸腾"⑬的"广州会议"，并反思了他在个人的"困难时期"所遭遇的事情。但他知道这只是短暂的，"南方"并不属于他，他将要回到有他全部的爱与憎的"北方"。此外，他在南方的时候仍然被爱情燃烧着（他给杜惠那些热烈的情书是最好的证明），他对爱人的思念又促使他觉得应该早点回北方，或者是让杜惠到南方来。因此，对"遥远"的北方的爱情对象的投入，又让他感到"亲近"。在《青纱帐——甘蔗林》一诗中，他尝试回答可能存在心中已久的一个问题："到底更爱南方，还是北方？……到底更爱甘蔗林，还是青纱帐?"作为一个战士诗人,郭小川的回答只能是"我们的国土到处都是一样……生活永远使人感到新鲜明朗",但生活中有血有肉的郭小川,却做了一个中间的选择,即如果可以,他愿意到中南部去。[114]还应该注意的是,《甘蔗林——青纱帐》和《青纱帐——甘蔗林》这两首诗起草于厦门,改成于北京,而象征"南方"的甘蔗林和象征"北方"的青纱帐在这两首诗中的前后位置刚好对换,看来"南""北"的地域因素,一定程度上影响诗人对个人生活的安排、国家未来前途等方面的考虑,因而产生内心的矛盾与复杂的情感。

这两首在时间与空间、个人与集体、生活与战斗之间穿插的诗歌,是郭小川在这个夹缝时期的状态的最好写照,也反映了一个正在变化的时代如何悄悄地影响着个人的选择和创作。如同病中的刘白羽,郭小川的作品虽然仍然以抽象化的"革命"来承载他的感情,但具体的个人记忆与生死经历,以至处身的环境,让他在"无可救药"的革命乐观主义中,保留一份真挚和纯洁的激情,也在"消肿"的过程中拾回一份现实感,继续在自己认为正确的道路上前进。正是在这个意义上,在刘白羽和郭小川代表的那些真诚地歌唱的革命抒情散文家和诗人身上,流着的是热的"血"而不是"掺了红色颜料冲出来的水"。

当年曾经有人批评郭小川把"生活说得过于甜蜜一点了"[115],同样,我们也不难发现他的诗作有美化"青纱帐"的问题,如出现"只要青纱帐不倒,共产主义肯定要在下一代实现"等豪情壮语。不过,在这个处于"调理"中的年代,情感抒发的"浮肿病"症候不是一下子就能治好,激励人向上的革命战歌,仍然有一席之地。可以说,无论是老一辈作家的挚情与闲情、把散文当作诗写的杨朔的矫情，或者是革命抒情诗人郭小川的政治激情，都切中人们在这个调整期的各种情感需要，也满足了散文家和诗人自己在这个时期特有的抒情冲动。他们抒发情感的种种形式，又同时丰富了一个追求"多样化"创作和抒情的年代的内涵。

注释：

① 李希凡：《题材、思想、艺术》，载《人民日报》1962 年 2 月 20 日。

② 川岛：《漫谈一九六一年的散文》，载《文艺报》1962 年第 5—6 期，57 页。

③ 根据陈鸣树主编的《二十世纪中国文学大典 1930—1965》（上海教育出版社，1996）的记录，1960 到 1963 年出版的散文集共 43 部，其中 1960 年占 8 部，包括杨朔《海闹》、冰心《我们把春天吵醒了》、巴金《赞歌集》、师陀《保加利亚行记》等；1961 年占 4 部，包括吴伯箫《北极星》、秦牧《花城》、杨朔《东风第一枝》等；1962 年占 15 部，包括刘白羽《红玛瑙集》、郭风《曙》、曹靖华《花》、冰心《樱花赞》、秦牧《艺海拾贝》、陈大远《北欧行诗话》、洪锦文《故乡散记》、冶秋《大地新游》等；1963 年占 16 部，包括林遐《山水阳光》、峻青《秋色赋》、巴金《倾吐不尽的感情》、碧野《情满青山》、魏巍《黎明风景》等。

④ 川岛：《漫谈一九六一年的散文》，载《文艺报》1962 年第 5—6 期，57—65 页。

⑤ 1961—1962 年间，报刊上发表了不少谈论散文的文章，《人民日报》还设了一个《笔谈散文》的专栏，冰心、师陀、柯灵等作家都在这个专栏发过文章。1962 年年底，百花文艺出版社选编了一册《笔谈散文》，共收了 27 篇文章。之后在 1964 年 6 月又编了《笔谈散文续编》，收入 1963 年后的文章。

⑥ 《笔谈散文》，18 页。

⑦　杨朔当年任亚非作家常设局中国联络委员会秘书长,因此经常出访很多国家、开国际会议和接待外宾。

⑧　《人民文学》1962 年第 12 期。

⑨　分别见《人民文学》1961 年第 4 期和第 6 期。

⑩　《人民文学》1963 年第 4 期。

⑪　《人民文学》1962 年第 5 期。

⑫　老舍:《内蒙风光》,载《人民日报》1961 年 10 月 13 日。

⑬　端木蕻良:《在草原上》,载《人民文学》1961 年 11 月号,44 —47 页。

⑭　吴伯箫:《记一辆纺车》,载《人民文学》1961 年 4 月号,18 页。

⑮　沈从文:《过节和观灯》,载《人民文学》1963 年 4 月号,42— 47 页。

⑯　冰心:《一只木屐》,载《上海文学》1962 年 7 月号,15 页。

⑰　巴金:《藤森先生的笑容》,载《人民文学》1962 年 10 月号,23 页。

⑱　这些文章均收入《笔谈散文》一书。

⑲　老舍:《内蒙风光》,载《人民日报》1961 年 10 月 13 日。

⑳　1962 年《上海文学》第 7 期发表了冰心的《一只木屐》和巴金的《富士山和樱花》,同年,《人民文学》第 10 期则发表了冰心的《海恋》和巴金的《藤森先生的笑容》。

㉑　《人民文学》1961 年第 6 期。

㉒　《上海文学》1962 年第 8 期。

㉓　《人民文学》1963 年第 6 期。

㉔　冰心:《海恋》,载《人民文学》1962 年第 10 期,27 页。

㉕　冰心:《我们把春天吵醒了》,收入《我们把春天吵醒了》,4 页,天津:百花文艺出版社,1960。

㉖　冰心:《海恋》,载《人民文学》1962 年第 10 期,27 页。

㉗　巴金:《致芹泽光治良先生》(代序),见《倾吐不尽的感情》,5 页,天津:百花文艺出版社,1963。

㉘　巴金:《忆青野季吉先生》,见《倾吐不尽的感情》,41— 50 页。

㉙ 巴金:《藤森先生的笑容》,载《人民文学》1962 年第 10 期,25 页。

㉚ 《倾吐不尽的感情》(1962 年 9 月),收入《倾吐不尽的感情》,130—148 页。

㉛ 《看了〈松川事件〉之后》(1961 年 12 月),收入《倾吐不尽的感情》,92—111 页。

㉜ 《富士山和樱花》(1962 年 7 月),载《上海文学》1962 年第 7 期,收入《倾吐不尽的感情》,57—77 页。

㉝ 这些作品全收入《花》(天津:百花文艺出版社,1962)这个集子里。

㉞ 曹靖华:《哪有闲情话年月》,见《花》,140 页。

㉟ 曹靖华:《素笺寄深情》,见《花》,148 页。

㊱ 曹靖华:《忆当年,穿着细事且莫等闲看!》,见《花》。

㊲ 邵燕祥的《小闹闹》分析,见本书第二章。

㊳ 曹靖华:《好似春燕第一只》,见《花》,130 页。

㊴ 曹靖华:《花·小跋》,229—231 页。

㊵ 曹靖华:《哪有闲情话年月》,见《花》,140 页。

㊶ 曹靖华:《素笺寄深情》,见《花》,148 页。

㊷ 曹靖华:《花·小跋》,见《花》,230 页。

㊸ 三篇均收入《花》,《天涯处处皆芳草》也发表在《人民日报》1962 年 3 月 23 日。

㊹ 《人民日报》1963 年 1 月 2 日。

㊺ 曹靖华:《洱海一枝春》,见《花》,217—221 页。

㊻ 曹靖华:《花·小跋》,见《花》,231 页。

㊼ 丰子恺:《上天都》,载《人民文学》1961 年第 6 期,23 页。

㊽ 丰子恺:《阿咪》,载《上海文学》1962 年第 8 期,21 页。

㊾ 同上,22 页。

㊿ 王西彦:《辛勤的播种者——记丰子恺》,见《往事与哀思》,363 页,上海:上海文艺出版社,1979。

(51) 《人民文学》1962 年第 7 期。

(52) 《人民文学》1961 年第 4 期,62 页。

(53) 易征等:《十里花街——谈秦牧的散文》(载《上海文学》1962 年第 4 期)。

(54) 这类散文都收入他的散文集《花城》(作家出版社,1961)和《艺海拾贝》(上海文艺出版社,1962)。当时的评论包括杜埃的《论秦牧的散文——〈花城〉读后》(《文艺报》1962 年第 12 期)、林志浩的《艺海拾贝》(《文艺报》1963 年第 6 期)等。

(55) 秦牧:《艺术魅力和文笔情趣》,载《文艺报》1962 年第 7 期,33 页。

(56) 佘树森:《中国现当代散文研究》,307 页,北京:北京大学出版社,1993。

(57) 李元洛:《散文的诗意》,见《笔谈散文》,66 页。

(58) 菡子:《诗意与风格》,见《笔谈散文》,72 页。

(59) 佘树森、陈旭光:《中国当代散文报告文学发展史》,71— 72 页。

(60) 杨朔:《东风第一枝 · 小跋》(作家出版社,1961),收入《杨朔散文选集》,200 页,天津:百花文艺出版社,1993。

(61) 同上。

(62) 同上,201 页。

(63) 同上。

(64) 杨朔:《海市 · 小序》,收入《杨朔散文选集》,149 页。

(65) 《红旗》1961 年第 20 期。

(66) 《人民文学》1961 年第 3 期。

(67) 《人民日报》1961 年 7 月 23 日。

(68) 《人民日报》1961 年 4 月 29 日。

(69) 黄政枢:《杨朔的散文艺术》,载《上海文学》1963 年第 1 期,67 页。

(70) 曹禺:《评〈雪浪花〉》,载《文艺报》1962 年第 12 期,3 页。

(71) 杨朔:《雪浪花》,载《杨朔散文选集》,184 页。

(72) 杨朔:《茶花赋》,载《杨朔散文选集》,168 页。

㊁ 如沈敏特：《对于杨朔散文的一点惋惜》，载《艺谭》1980 年第 3 期；李
殿玮：《优美乐曲中的不和谐音符——谈杨朔后期散文抒情的失真》，载
《求是学刊》1993 年第 3 期；吴周文：《杨朔散文的艺术》，166 页，上海：
上海文艺出版社，1983。

㊃ 杨朔：《蓬莱仙境》，见《杨朔散文选集》，134 页。

㊄ 杨朔：《海市》，见《杨朔散文选集》，143 页。

㊅ 李殿玮：《优美乐曲中的不和谐音符——谈杨朔后期散文抒情的失真》，
载《求是学刊》1993 年第 3 期，68—69 页。

㊆ 同上，71 页。

㊇ 吴周文：《杨朔散文的艺术》，165 页。

㊈ 周立波：《1959—1961 散文特写选·序》，北京：人民文学出版社，1963。

㊵ 杨朔：《茶花赋》，见《杨朔散文选集》，166—169 页。

㊶ 杨朔：《杨朔散文选集》，68—73 页。

㊷ 冰心：《〈海市〉打动了我的心》，载《文艺报》1961 年第 6 期，11 页。

㊸ 根据研究杨朔散文的吴周文的不完全统计，在《海市》集出版（1959）后
的三年中，《人民日报》《光明日报》《文汇报》《文艺报》《文学评论》等
报刊发表评论杨朔散文的文章，就有 13 篇之多，似比之当年"冰心体"
散文问世时的影响有过之而无不及。见吴周文：《杨朔散文的艺术》，
13—14 页。老作家中，除了曹禺对《雪浪花》的高度评价外，冰心在
《〈海市〉打动了我的心》一文也赞扬杨朔的散文"是有真挚丰富的感情
的……作者的文笔，称得上一清如水，朴素简洁，清新俊逸，遂使人低徊
吟诵，不能去怀"。另外，川岛的《漫谈一九六一年的散文》（《文艺报》
1962 年第 5—6 期）、洁泯的《谈杨朔的几篇散文》（《文学评论》1962 年
第 2 期）、黄政枢的《杨朔的散文艺术》（《上海文学》1963 年第 1 期）、王
路德的《盘马弯弓惜不发——读杨朔的〈野茫茫〉》等篇也是从艺术的
角度肯定杨朔的一些散文的。

㊹ 例如《中国新文学大系 1949—1966 散文集》选了杨朔这个时期的《海

市》和《雪浪花》；刘锡庆等编的《当代艺术散文精选》（北京：北京十月文艺出版社，1989）收的是《茶花赋》《樱花雨》和《荔枝蜜》三篇。

⑧⑤ 例如杨扬就肯定了杨朔的新作《晚潮急》，说它与作者的其他作品如《蚁山》《非洲鼓》《生命在号召》《卢蒙巴不朽》等，“对英勇无畏的非洲人民反对帝国主义、殖民主义，争取民族独立解放的斗争，作了真切动人的描绘”。载《人民日报》1962 年 12 月 8 日，转载于《文艺报》1963 年第 4 期，35 页。此外，曾经从艺术的角度肯定过杨朔的《雪浪花》等篇的批评者黄政枢，在 1965 年，写了《于无声处听惊雷——谈杨朔的国际题材散文》（《收获》1965 年第 5 期）一文，更多地肯定作者那些“更加富有战斗力，更加切合当前斗争形势”的国际题材散文。

⑧⑥ 另外，杨朔 50 年代初写的《三千里江山》也被打为“黑小说”，参见吴周文：《杨朔散文的艺术》，5 页。

⑧⑦ 朱兵：《刘白羽评传》，224 页，天津：百花文艺出版社，1995。

⑧⑧ 杜惠编：《郭小川家书集》，98 页，天津：百花文艺出版社，1998。

⑧⑨ 朱兵：《刘白羽评传》，225 页。

⑨⓪ 这是佘树森对刘白羽散文的概括，见佘树森：《中国现当代散文研究》，308 页。

⑨① 杜惠编：《郭小川家书集》（1962 年 2 月 22 日），98—99 页。

⑨② 杜惠编：《郭小川家书集》（1962 年 4 月 1—2 日），107—108 页。

⑨③ 刘白羽：《平明小札——“血与水”》，载《人民文学》1962 年第 12 期，8 页。

⑨④ 杜惠编：《郭小川家书集》（1958 年 10 月 13 日），49 页。

⑨⑤ 杜惠编：《郭小川家书集》（1959 年 5 月 22 日），60 页。

⑨⑥ 杜惠编：《郭小川家书集》（1956 年 1 月 13 日），25 页。

⑨⑦ 发表于《诗刊》1957 年第 12 期。

⑨⑧ 发表于《诗刊》1957 年第 4 期。

⑨⑨ 臧克家：《郭小川同志的两篇长诗》，载《人民文学》1958 年第 3 期，

117 页。

⑩ 杜惠编:《郭小川家书集》(1958 年 6 月 24 日),42 页。

⑩ 郭小川在 1958 年外出两次,一次是陪茅盾参观访问延吉,一次是到苏联开"亚非作家会议"。

⑩ 参见张恩和:《郭小川评传》,91 页,重庆:重庆出版社,1993。

⑩ 公刘:《理当为〈望星空〉恢复名誉》,载《安徽文学》1979 年第 9 期,61—62 页。

⑩ 杜惠编:《郭小川家书集》(1959 年 5 月 22 日),60 页。

⑩ 批判文章包括萧三的《谈〈望星空〉》(《人民文学》1960 年第 7 期)、华夫的《评郭小川的〈望星空〉》(《文艺报》1959 年第 23 期)等篇。

⑩ 公刘:《理当为〈望星空〉恢复名誉》,载《安徽文学》1979 年第 9 期,62 页。

⑩ 郭小川:《不值一驳》,载《文艺报》1960 年第 7 期,7 页。

⑩ 《人民日报》1961 年 12 月 31 日。

⑩ 杜惠编:《郭小川家书集》(1962 年 4 月 13 日),110 页。

⑩ 同上。

⑪ 杜惠编:《郭小川家书集》(1961 年 12 月 20 日),96 页。

⑫ 宋垒:《〈甘蔗林——青纱帐〉及其诗体》,载《安徽文学》1963 年第 11 期。

⑬ 郭小川在 1962 年 4 月 1 日的信中写道:"我一口气把会议文件全部看完。看来,这次会开得非常成功。对会后的工作,对争取、团结知识分子,有很大的意义。你看,一到生活沸腾的处所,我就忘记自己的身体……"见杜惠编:《郭小川家书集》,107 页。

⑭ 最后组织没有让郭小川离开北京,只把他调到《人民日报》当记者。

⑮ 闻山:《谈郭小川的几首诗》,载《长江文艺》1963 年第 6 期,62 页。

五、家、国话语夹缝中的
女性"自我"书写

—— 茹志鹃、刘真与宗璞

1. 题材、风格多样化的讨论
与女性创作的时代契机

对于"十七年"女作家的创作,如果从性别与历史的角度去把握的话,把她们放在整体 20 世纪女性书写的脉络加以考察是其中一种方式。但这并不是本书的意图,这里想做的,是把三位女作家放在"1962"这个特定的历史时期的文学关系中,看她们的创作跟这个时代的种种变化发生什么联系:一方面,她们这个时期创作上的选择有没有受到整个文学氛围的影响? 如果有,是表现在哪一方面? 另方面,作为女性,她们自身的创作风格与轨迹又为这个时期的文艺调整提供了哪方面有别于男性的参考价值?

我之所以选择茹志鹃、刘真和宗璞这三位女作家来讨论女性创作跟"1962"这个历史阶段的关系,首先考虑的是她们的代表性。无论从背景和创作特点上看,茹志鹃、刘真跟宗璞都有些不同的地方。由于家庭贫困和家乡受到日本的侵略,茹志鹃和刘真在少年和儿童时期就分别参加了新四军和八路军,因此,战场上的经验成为她们创作的重要源泉。也由于她们是在革命队伍中"养育"长大的,她们对解放后的一切事物都看得非常美好,并真心真意地希望用文学来歌颂这一切。她们的创作背景和取向,可以说是大多数参加过革命斗争的及来自解放区的当代女作家(甚至男作家)的写照。不过,虽然背景相似,在 60 年代初,当茹志鹃的风格化创作成为一个"现象",其作品被批评界用作讨论题材和风格多样化的范本的同时,刘真却因一篇还没有发表的作品[1]而受到严厉的批判,直到 1962 年才得到较为公正的待遇。这又说明了没有作家会走在一条相同的创作道路上。宗璞则出身于知识分子家庭。少年时期也是战火连天,要跟着搞中国哲学研究的父亲冯友兰撤到云南西南联大去,但这没有妨碍她接受正规的教育。她 1951 年毕业于清华大学外文系,住在北京大学的校园,深受父亲的熏陶,主要以她熟悉的知识分子,特别是校园的生活和经历,作为书写的对象,可以说是典型的知识分子作家。但正如很多愿意改造的知识分子一样,宗璞有一个难以改造的"自我",促使她以她那种温和的方式,履行一份批评社会的责任。

其次,无论是把自己的心全交给党的事业的"革命战士",或者是相对抽离政治的"知识分子",这些看来属"中性"的身份,是茹志鹃、刘真和宗璞等女作家首先认同的。"女性"这个身份则属次要。或者说,"解放"了的中国赋予"女性"这个身份的意义,并没有跟"男性"有很大的差别,甚至还压抑性别差异,使"半边天"们像男人一样,乐于做维护民族利益和建设国家大业的"革命战士"或"知识分子",而忘却"女性"自身。因此,她们并没有意识到性别作为一个创作的元素可能起的作用。但作为女人,她们所经历的生活体验或观察到的时代变化,看来不可能与男性完全相同,甚至在艺术手法的追求、书写的风格、回应现实问题的方式等方面,也呈现有别于男人的地方。这样,在一种化装为"中性"的"男性"标准下,她们的创作时而得到处于中心或主导位置的"男性"话语的认同,时而受到排斥。更为复杂的是,无论是认同或排斥,背后的权力机制并不是纯粹的性别差异,而是跟千变万化的政治环境及其权力游动的方向有关。例如,60 年代初茹志鹃的小说受到一时的注意及赞扬,与其说是对性别差异的一次认同,不如说是因为她的较为风格化的作品为当时讨论题材和风格多样化问题提供了一份难得的素材而已。就当代"十七年"小说的整体形态而言,女性叙事话语在"说什么"(如题材等)方面与男性无大差别,跟主流意识形态也是合拍的,但在"怎么说"(如视角等)方面却有别于男性的话语特质。[2]

第三,这三位具代表性的女作家被公认的成就,主要在短篇小说创作方面,而短篇小说从 60 年代初开始成为一种较为蓬勃和备受批评界关注的文学体裁,因此她们跟这个时代的关系更为密切。

在未进入个别的女作家的论述之前,我想就出现在 1961 年,特别是在《文艺报》第 3 至 12 期的茹志鹃短篇小说的讨论,做一个回顾与分析。正如一些当代文学研究者指出的,当年只有 36 岁和在解放后只写了十来个短篇小说和少量散文的茹志鹃,之所以吸引不少批评者的注意,成为讨论的焦点,其意义

"不仅限于对她的作品的得失和她的创作道路的探讨,而且有一定的普遍性的意义"③。要了解这个"普遍性的意义",我们需要追溯到1958至1959年的文学创作与批评的情况。受到"大跃进"浮夸风的影响,文学创作在这个时期普遍出现赶任务的特征,对发展中的生产和生活的变化作了粗浅的描述和概念化、公式化的理解,而这在年轻一代的作家中更为明显。茅盾在1962年给上海青年作家胡万春回信的时候,曾经做了这样的暗示。他说:"你们所处时代不同,如前所述,凡事都有党在指示,党分析一切并将结论教导你们;这是你们在写作前的十分有利的条件,然而不利之处亦在于此,——因为不是自己碰了多少钉子而得的结论,所见有时就不深,所知有时就不透,此在写作中会出现概念化。"④茹志鹃在"大跃进"时期的作品,虽然也按照"党的指示"而写"沸腾的生活",但由于她忠于对生活的原始感觉,对身边的普通人物的钟爱,对他们心理变化的细致把握,她能够写出《百合花》(1958)这个让她名噪一时的风格化作品。

茹志鹃日后在回忆写《百合花》的过程时,曾经为自己的选择感到"庆幸"。她说:

> 一九五八年初,那时虽在反右,不过文学上的许多条条框框,还正在制作和诞生中,可能有一些已经降临人间,不过还没有套在我的头上,还没有成为紧箍咒。所以,我在翻箱倒柜一番后,在过去那些质感的怂恿催逼之下,决定要写一个普通的战士,一个年轻的通讯员。……现在回想起来,可庆幸的一点,是没有按着那一段真实生活来加以描红。……第二个感到庆幸的,是当初把这个小通讯员,作为一个小战士,作为一个普通人来写的,一个年轻人,一个刚

刚开始生活的人。我写的生活十分放松，毫无负担。……
第三个感到庆幸的是，在当时那种向左转，向左转，再向左
转的形势下，我站在原地没有及时动，（后来也动的，怎敢
不动！）原因绝对不是自己认识高明，而是出于年轻无知的
一种麻木。⑤

在稍后创作以合作化、"大跃进"为背景的《春暖时节》（1959）、
《里程》（1959）、《静静的产院》（1960）等作品时，作者的"年轻
无知"虽然少了几分她说的"麻木"，却多了一些按照"党的指
示"而写作的"动"，例如她强调《静静的产院》中谭婶婶的思想
之所以能打开，是因为学了杜书记（男人）干革命，在紧张地第
一次动手术刀时，"耳畔只听见杜书记那坚决响亮的声音"。但
在略为"描红"一些英雄人物之余，她着力写的还是"普通人"，
而且大多数还是生活中的女人：家庭主妇、农村妇女、接生员等，
也不忘刻画静兰、王三娘、谭婶婶等人物在追赶急促的时代步伐
时内心产生的矛盾和微妙的变化。

茹志鹃那篇跟时代步伐并不合拍，还曾经一度因被认为
"感情阴暗"⑥而被退回去的《百合花》⑦，如果发表后不是得到
茅盾高度的评价，看来也不会为作者后来的作品带来较为正面
的评价。茅盾当年指出："《百合花》可以说是在结构上最细致
严密，同时也是最富于节奏感的。它的人物描写，也有特点：人
物的形象是由淡而浓，好比一个人迎面而来，越近越看得清，最
后，不但让我们看清了他的外形，也看到了他的内心。……它的
风格就是：清新、俊逸。这篇作品说明，表面上那样庄严的主题，
除了常见的慷慨激昂的笔调，还可以有其他的风格。……我以
为这是我最近读过的几十个短篇中间最使我满意，也最使我感

动的一篇。它是结构严谨,没有闲笔的短篇小说,但同时它又富于抒情诗的风味。"⑧可以看到,茅盾关心的不仅是青年作家茹志鹃的新作,还有短篇小说怎样才能写得多姿多彩的问题,虽然当时"多样化"还没有成为一个热门的话题。

对茹志鹃的艺术风格作较全面的、专题化的批评文章,则出现在 1959 年。⑨除了魏金枝专门谈茹志鹃作品的妇女形象的《茹志鹃作品中的妇女形象》⑩外,比较重要的一篇是出自一位女性批评者欧阳文彬之手。她以读者兼朋友的身份,用比较个人化的书信形式给茹志鹃提出了一些意见。从她自己的阅读感受和看到的、听到的评论出发,欧阳文彬肯定了茹志鹃独特的艺术风格,而她观察到茹志鹃是在茅盾的鼓励下更着意地发展这方面的才能。批评者感到不足的地方主要在于:"描写方法……运动的感觉还嫌不够,表现事物的发展也还不很充分";"结构上……故事都比较简单,既没有曲折离奇的情节,也没有惊心动魄的冲突";"人物塑造……为什么不大胆追求这些最能代表时代精神的形象,而刻意雕镂所谓'小人物'?……为什么把自己限制在这个圈子里,作茧自缚?……'小人物'是否也可以放在矛盾冲突中来写,他们的精神世界是否也可以提到崇高的境地?"⑪欧阳文彬这几个方面的批评,基本上是根据当时主流的批评标准:需要反映大时代那惊心动魄的阶级矛盾冲突和大写英雄人物的崇高精神。就欧阳文彬对茹志鹃的批评,一些读者在 1960 年曾经进行反驳,⑫但主要的回应是到了 1961 年才出现的。需要注意的是,当时的论者虽然并不完全认同欧阳文彬提出的观点和意见,却肯定她那亲切平和的批评态度,⑬并在讨论过程中保持着欧阳文彬所表现的那种友好、开放、谦虚但不无立场的批评风范。这也算是一种难得的批评现象。

首先回应欧阳文彬对茹志鹃作品评价的,是《文艺报》的副主编侯金镜。他的文章《创作个性和艺术特色——读茹志鹃小说有感》,是跟正式提出"工农兵方向下的百花齐放,要求创作的题材、体裁、风格的多样化"的《题材问题》专论,同时发表在1961年第3期的《文艺报》上的。《题材问题》这篇专论是1961年整个文艺调整机制的一部分,包含了酝酿中的《文艺十条》的第一条"正确地认识政治与文艺的关系"和第二条"鼓励题材与风格的更加多样化"的基本论点。专论指出:

> 我们提倡描写重大题材,同时提倡题材多样化。
>
> ……
>
> 这些年来,围绕着提出问题,文艺界也曾经进行过两条战线的斗争。……文艺家也不止一次地反对了我们自己队伍中间某些好心好意的同志在题材问题上的片面性主张;这些同志把描写工农兵题材的广泛性对立起来,把表现重大主题同家庭生活、爱情生活的描写(所谓"家务事、儿女情")对立起来……
>
> ……
>
> 题材问题上的片面化、狭义化的理解,必然会形成一些清规戒律。如果把描写重大题材强调到绝对的程度,某些看来不那么重大,但是比较有意义的题材,某些侧面描写、因小及大的尝试,就会受到冷落。
>
> ……
>
> 题材问题上的狭隘化理解,是因为有些同志把文艺和

政治的关系，理解得过于狭隘了。⑭

文中说那些"好心好意的同志"，看来是指欧阳文彬那样真诚地相信工农兵作家如茹志鹃应该写"重大题材"的批评者。如果说，这篇专论是在纲领上肯定"侧面描写""因小及大"的写法的话，那么，侯金镜则是从讨论如何评价茹志鹃的作品及针对欧阳文彬具体的论点出发，指出题材、体裁和风格的多样化是一条广阔的道路。他认为茹志鹃最好的作品，如《如愿》《里程》《春暖时节》《静静的产院》等，虽然没有"正面描写时代主流、英雄气概的作品"，但由于风格感人，其价值是不可贬低的。相反，选择了尖锐的斗争题材写英雄人物一类的作品，如《关大妈》《三走严庄》《澄河边上》等，反而没有发挥作者的长处，更暴露其短处。假如作者把她的长处（"以小及大"、人物心理描写、抒情调子）看成短处，就会牺牲了多样化、风格化的尝试，因此，他认为欧阳文彬建议茹志鹃从"小人物"的"侧面描写"转向写"反映现实的主要矛盾"的"当代英雄"，是值得商榷的。侯金镜还把茹志鹃的选择和描写概括为"社会激流中的一朵浪花，社会主义建设大合奏里的一支插曲"⑮。

另一位论者、作家细言（王西彦），在一个茹志鹃作品的座谈会上，对侯金镜的论点做出了回应。他认为侯金镜把茹志鹃的作品概括为"社会激流中的一朵浪花"或"社会主义建设大合奏里的一支插曲"，其实跟很多人一样，承认了人物和题材有"大"和"小"或"重要"与"次要"之分，只要作家舍短补长，写出的是"小人物""小题材"也无碍于其价值。但细言认为没有必要作这样的区分，茹志鹃写的"小人物"其实也是写英雄人物，因为这些不是定型的人物而是成长中的人物；不是英勇就义的场面才算是惊心动魄的"大题材",人物的内心活动也有惊心动魄的一面,因此也算是"大题材"。另外,他认为一个作家的艺术创作的"长""短"处也不是一成不变的而是发展的,因此不能完全用创作个性、风格或善不善于驾驭某一类的材料来解释茹志鹃目前的表现,况且风格不是一个"长""短"的问题,她的作品也不是另一类重大题材("社会激流")的"补充"("浪花""插曲")。⑯细言的论点后来受到洁泯的反驳。洁泯认为,茹志鹃写的日常生活场面与火热战斗中的惊心动魄的场面、普通人与英雄是有区别的,例如他说《三走严庄》的收黎子给人的感受与王愿坚的《党费》中的女共产党员黄新就是不一样。他更认为细言把普通人物和英雄人物等同起来,就和把他们对立起来一样也走向另一极端。⑰1959 年已经评论过茹志鹃作品的魏金枝,在这次辩论中,则较认同侯金镜的观点,认为不需要刻意去选择"重大题材"和"高大人物",但政治第一这个标准是不能放弃的。⑱

在这次讨论中,我认为细言的观点是最"前卫"的,因为他打破了一种政治化的二元对立的思维方式。所谓题材、人物的大小、重要不重要,是一个政治标准而不是艺术标准,而哪些题材才算"大""重要",完全决定于谁在设立标准、谁在执行这些标准。另外,在不同的时期,由于政治意识形态的变化,标准和设立、执行这些标准的人都在变。在 60 年代的中国文坛,看来很多人在试图挪动一些僵化了的标准。文艺调整与《文艺十条》的制定,涉及最高领导人如周恩来、陈毅等,也汇集了各方面的文艺机关领导人、批评者和作家的意见。当然,"多样化"的提出在一定程度上放宽了文艺创作和批评的政治标准或尺度,但基本上没有放弃"重大题材""英雄人物"这些跟革命、国家、民族、社会主义建设等集体或公共领域的事物相关的首要性,因此《文艺报》的《题材问题》专论也只能把"描写重大题材"放在"题材多样化"的前面,属于所谓个人或私人领域的"家务事、儿女情"可以写,也应该鼓励写,但较适合由擅长于写这方面的题材的女作家来写(侯金镜),而且不要忘记写英雄人物(洁泯),更不能放弃政治标准(魏金枝)。可以说,"多样化"的口号在一个时期提供了一定的空间,让不同的题材和风格有发挥的余地,然而,里面仍然有大与小、重要与次要的等级区别。侯金镜等所做到的,只是打通了"小"和"次要"的"浪花"或"插曲"与"大"和"重要"的"海洋"或"乐章"的关系。不过,细言这些带有超前意识的观点,在当时没有产生共鸣,原因是如果把艺术世界二分为"大"与"小""重要"与"次要"的界限被取消后,就等于在政治意识形态上取消了"左"与"右""无产阶级"与"资产阶级"的二分,也就是消解了阶级斗争、革命历史等上层建筑。现在看来,细言试图取消的只是等级制度,而不是"区别"或"差异"本身。洁泯指出,茹志鹃笔下的收黎子和王愿坚笔下的黄新给了读者不同的感觉,这当然是真实的,但这不能说明前者是"小人物"而后者是"英雄人物",前者属于"小题材"而后者属于"大题材"。"区别",只是决定于作家的不同取材方式,即细言在他的文章中提到的那两个要点:"作家从社会生活的哪些方面去采取素材,以及他在生活里面提炼出怎样的题材。"[19]其实,细言的观点亦有助于开拓女作家的创作风格和可能性的理解,因为划分题材和人物的大小和重要性的界限不复存在的话,谁更适合写哪种题材、哪种人物就不再取决于等级化的性别秩序。这样,女作家就像男作家一样,可以发挥多方面的才能和尝试多样化的手法,这对于打破定型化的性别标签,即把细致的描写、抒情的笔法、"小人物"的塑造和"家务事、儿女情"的题材等定性为"女性"的风格、擅长或书写特质,是有帮助的。可是,茹志鹃没有这方面的性别意识,60年代初题材、体裁和风格"多样化"的讨论,反而刺激她不甘于做"浪花",还正准备朝"大海"的中心努力游过去。

2."浪花"与"大海":茹志鹃
不平静的"春天"

1962年,对于茹志鹃来说,是一个不平静的年头。5月,她在一篇散文《今年春天》中激动地写道:

> 今年的春天对我说来不是一般的春天。今年春天,是毛主席《在延安文艺座谈会上的讲话》发表的二十周年,也是我参加革命的第十九个年头;今年春天,我碰到了我二十年前的一个朋友。那时候,她从孤儿院出来了,我也是从孤儿院出来的。所以我们很快成了好朋友;今年春天,她从报刊上、银幕上看到也有一个人的名字叫茹志鹃,不过,人家说她是一个搞文学创作的。她不相信,她怀疑,怎么穷孩子会创作了呢!结果,她到我家里来"检验"我,她不相信的事竟是一个事实;今年春天,我收编了我第二个小说集,我重读了我这两年来的作品,同时也回顾了我这几年来所走过的路,同志们,我是个不善于赤裸裸表达自己的感情的人,我只是独自趴在书桌上,激动得不能自禁。我想写点什

么，作为今年这个春天的纪念，但总是觉得言不尽意而放下了笔。[20]

　　参军十九年，碰到一个二十年前一起住孤儿院的朋友和出版第二本小说集《静静的产院》[21]这三件事，的确总结了茹志鹃三十多年生活和差不多二十年创作生涯中辉煌的一页和两者之间的种种关系。首先是参军与"孤儿"的经验与创作关系方面。茹志鹃两岁丧母，父亲弃下五个孩子出走。茹志鹃的四个哥哥分别寄居在亲戚家或当学徒，她则跟随祖母生活，两人依靠家庭手工业糊口，但仍需辗转于沪杭两地向亲戚借钱。十三岁祖母去世，孤苦无依，曾进上海一所教会办的孤儿院，半年后由三哥领出来，继续断断续续地读书与工作，前后受过的正规教育只有四年。1943年跟随哥哥参加新四军，一直到了1955年才复员，任上海《文艺月报》编辑。1960年离开编辑岗位，从事专业创作。[22]对于茹志鹃来说，1943年是她人生的分水岭，因为在那时她才找到"家"的感觉，而这对于她的创作起了非常重要的作用。她在"文革"刚结束的时候，曾经这样形容参军这段特殊的经历对她的重要性：

　　　　我的特殊经历是，在参加革命以前，我没有什么家，到了部队以后，我有了家。我这个特殊的经历，就赋予我一双我自己的、单单属于我自己的一双眼睛。……这不仅是一双眼睛的问题，这里包括了思想情感、立场观点，是个世界观的问题。……我带着这双眼睛去看社会，看我周围的生活。所以我对生活，特别是解放以后，社会主义建设阶段，我是带着一种非常热情的、信赖的、毫无异议的、单纯的这

么一双眼睛去看待生活的。由我这一双眼睛看出来的东西,那歌颂也是非常真诚的。㉓

"家"对于茹志鹃来说,看来是一个要有父母兄弟姐妹的爱护和照顾、让她感到温暖和有归属感的地方,而她之所以能够认同部队是她的"家",说明当时的革命队伍中间存在一种类似亲情的东西,同志如手足。㉔但要构成一个"大家庭",除了感情的元素外,还需要长幼、男女秩序和"伦理"关系来维持。党是这个大家庭的"家长",党的"女儿"是需要听从"家长"的训诲和遵守本分,才能共同建设一个"新中国"。茹志鹃对部队这个"家"的认同,很自然转化为对"党""国"的认同,而"家"所提供的那种"安身立命"的感觉,是跟"女儿"对党、国的忠诚分不开的。因此,茹志鹃那双"眼睛",应该不是"单单属于我自己",而是同时属于党和国家的;没有共产党,就没有新中国,就没有茹志鹃,这起码是她60年代的认识或认同的逻辑。在《今年春天》一文中,茹志鹃就曾经说:"我重读了自己写的东西,我读到的,是别人在看这些作品的时候万万看不见的东西。这是什么呢?这就是她,我们的党。"

这段话也不经意地透露了茹志鹃对"党"的性别指认。在她的心目中,代表"家"或"党"的"家长"是"她"("母亲")而不是"他"("父亲")。在《今年春天》一文的结尾,茹志鹃更直接地向"母亲,我们的党"发出"女儿"式的呼唤:"母亲!你只管带领我们,像过去那样,快一些,更快一些地带领我们前进!"此外,当年她拿到向国庆十周年献礼的第一本集子《高高的白杨树》的时候,她说她心中只有一句话,那就是:"母亲,中国共产党"㉕。这样的性别指认，或许跟茹志鹃的童年经历有关，但是，以"她"或"母亲"来指认"党"的性别属性在民族主义色彩很浓的 20 世纪中国革命文学里是普遍的，跟用"母亲"来象征"祖国"的修辞是相同的，而且不独见于女作家。例如冯德英的长篇小说《苦菜花》（1957）中娟子的母亲，就是"革命大家庭中能源源不断地养育革命后代的后盾，是组织的化身"㉖。茹志鹃本人的小说也有一些保护和养育革命后代的老大娘形象，如《关大妈》（1954）中的关大妈。但如果"家"对茹志鹃来说包含一双"眼睛"，而她又把这双"眼睛"内化为看和感受世界的"视角"的话，那么，这应该是一双"女性"的"眼睛"。"女性"在这里不是生理意义上的，而是社会文化意义上的，即来自茹志鹃在革命队伍中受到养育和照顾的感觉，而养育和照顾的角色一般是由女性来承担的。在她自己的成长经验里，母亲虽然早死，她家中的男性成员都没法照顾她，让她产生"孤儿"的感觉，但曾经多年艰苦地养育和照顾她的是一个女人——她的祖母。况且解放后，她自己也当起母亲来，承担照顾者的角色。因此，60 年代初茹志鹃对"家"的感觉，应该比她刚加入部队的时候更为丰富，"她"不仅有"党""国"的政治含义，也增添了女性或母亲那份来自日常家庭生活感受的内涵。

总的来说，茹志鹃"家"的"视角"是由两种体验或身份构成的：一是"战士"，二是"女人"。"战士"的体验或身份使她真诚地歌颂革命大家庭的事业，犹如任何一位男性或女性的战士一样；"女人"的体验或身份则让她的写作拥有一种跟男人不完全一样的把握和表达事物的方式。在这样富有双重含义的"家"的视角支配下，茹志鹃在 1958 年的创作可以说是相当复杂的：

在波及她的丈夫和战友的"反右"运动中,茹志鹃"不无悲凉地思念起战时的生活,和那时的同志的关系"㉗,并琢磨如何表现小通讯员那种"年轻,质朴,羞涩"的行为和小媳妇那含蓄而细腻的感情;同时,她却亢奋地唱起"大跃进"的赞歌:"跑吧!跑吧!用每小时八十公里的速度跑吧!让我们的火车、钢铁、棉花……飞跃过五九年,揭开新的帷幕。"㉘或许,正如茹志鹃自己说的,无论是在忧虑之中缅怀过去美好的同志关系,还是激动地憧憬社会主义的光明未来,都是"真诚"的。她还没有感到这两重身份之间的矛盾。

历史当然没有乘坐"大跃进"的快车"飞跃"50 年代最后的一年,但"战士"与"女儿"要求的双重忠诚和带来的宠幸,却让茹志鹃能继续以忠于她自己的体验和生活的"女人"视角来写她的"浪花"。可以看到,1959 到 1960 年间茹志鹃的作品,仍然以"内观"或"内部视点"取胜,并一边在内容和语言上配合"大跃进"的时代精神,一边书写她身边出现的"小人物",特别是那些在改变中的普通妇女,例如有她祖母的影子的何大妈(《如愿》1959)、家庭主妇静兰(《春暖时节》1959)、接生员谭婶婶(《静静的产院》1960)等。这些人物跟作者一样,一定程度上能够在"大跃进""火红"的集体生活中实现"自我",她们的经历跟李准笔下的李双双(《李双双小传》1959)、赵树理笔下的陈菊英(《三里湾》1958)等也不一样。李双双、陈菊英等这些出于男性作家之手的女性形象,是在较为"外观"或用"外部视点"的叙述中塑造出来的,而不同的叙事者使用不同的视角叙述女性人物的解放过程,涉及的是作家不同的妇女观。我们从茹志鹃的作品中看到的是女性人物对内部精神的追求,意思是说,作家理解的解放是对个人有意义的。相反，我们从李准、赵树理等人的作品看到的，则更多的是外部世界的变化如何促成女性人物走上不同的人生道路，意思是说，他们把妇女解放更多地理解为社会整体解放的一个组成部分。㉙除了何大妈、春兰、谭婶婶等展示那种"内在"的、精神的解放外，茹志鹃通过塑造《高高的白杨树》（1959）中的"大姐"、《三走严庄》（1960）中的收黎子等较多革命英雄味道的女性形象，带出了妇女解放的另一层含义，那就是妇女能做想做的事情，也可以做以前认为不会做或不适合做的事情。这样的理解则较贴近官方的"半边天"妇女观。

在茹志鹃的个人创作道路中，1960年是一个转折期：她由业余转向专业创作。这反映了文艺界对这位年轻作者在50年代，特别是《百合花》及以后的创作的一种肯定，也是"母亲"对"女儿"的爱护、关心和提携的一种表现。对于能够转向专业创作，茹志鹃应该是感到兴奋和幸福的，这从她写于1962年的《今年春天》一文可以判断。但对于一个摸索中的青年作家来说，专业意味着什么呢？二十年后，茹志鹃回忆起那段爱怎么写就怎么写、爱什么时候写就什么时候写的业余阶段时，不无感叹地说："到了一九六〇年专业了，好，对不起，你是专业作家了，专业作家有专业作家的要求。第一，请你下生活，下生活当然是同吃同住同劳动……一会儿交下一个任务，说你去写个'反资文学'。……所以我一九六〇年到一九六六年，大概写得极少，都在生活中，在任务的催促中……"㉚这样的"后话"，所指的当然较多的是1962年后的情况，况且茹志鹃还于1962年当选为作协上海分会的理事，需要参与文学界的各种活动。1961到1962年，茹志鹃集中写了几个比较有特色的短篇。到了1963年之后,批评界的视线已经移离短篇小说和茹志鹃,以至她在1962年写的那个在题材上跟以前的作品相差颇大的《逝去的夜》[31],没有受到充分的肯定和批评界的注意。

《逝去的夜》在某种程度上是茹志鹃响应题材"多样化"号召的产物。在她发表过的作品中,题材基本上没有离开革命战争和社会主义建设这两大范畴。此外,她虽然把很多参军时的个人经历写到小说里去,或者以第一人称的叙事方式,将自己投进小说的情景中去,但她从来没有挖掘参军前那段不堪回首的岁月。可以说,她那"家"的"眼睛"或"视角"已经把她认为"没有家"的日子排除在她的创作视野之外。《逝去的夜》却破天荒地以她住在孤儿院的那段经历作为素材,通过十一岁的也宝和她在孤儿院唯一的朋友的故事,暴露外国人办的孤儿院内的生活是如何的非人化,[32]并揭示孤儿院外纸醉金迷的上海法租界和剥削劳工的中国地界的情况。作品的思想内涵是清楚的:上帝救不了人,得靠自己的力量救自己(如也宝逃离孤儿院)。值得注意的是小说的结尾。在逃离孤儿院后,也宝去找她那当学徒的哥哥,怎料看到一个好像是她哥哥的男孩被警察拉走。也宝一时明白过来:"怪不得自己逃出来,逃得那么容易,原来并没有逃得出来,世界上还有这么许多罗网。"但作者没有安排一个直接引领也宝逃脱这个"罗网"的途径,而是让她一个人在一条漫长的路上走着:

> 空荡荡的马路上,一个小小的身影在走,走得很慢,她疲惫了?她在想前面有什么在等她?或许,她已学会了一个人走路,一个人稳稳地在夜里走路。

"路是长的,但不能没有一个尽头!"她走着想着。[33]

迎着"逝去的夜"的,并不是一线"曙光",而是一个模糊的信念:"不能没有一个尽头"。这种没有"光明尾巴"的结尾,一定程度上偏离了五六十年代小说叙述惯用的模式。从这个结尾来看,茹志鹃写这个作品的动机并不纯粹为了实践题材多样化,从童年的记忆中提炼素材进行创作,也不旨在对自己童年的经历作一次自传式的书写,不然,她该让也宝看到路的尽头有一线"曙光",或碰见白区革命工作者什么的。我认为茹志鹃是在表达当年她的一种"在路上"的状态或不平静的心情,而那位跟她同时从孤儿院出来的朋友对她搞文学创作的惊叹,是触发她书写这段经历的外在因素。不过,还有一种内在的动力——不满目前的创作,促使她在重拾一个童年片段之余,对自己所走过的路和将要走的路,作出较深入的思考。

走到 1962 这个年头的茹志鹃,一方面觉得自己进入一个"不是一般的春天",另方面对来自各方面的批评感到忧虑和无所适从。同时,她也陷入一种矛盾的夹缝中:她深深地体会到像她那样的"既没有一套可以用来驳倒别人的理论,也没有什么系统的知识"的"初学写作者","没有党的支持,个人要坚持一种什么看法,一种什么做法,这是比较难的,"[34]但她确实想坚持自己的一些看法、一些做法。意思是说,她既想听"党"的话,又想走自己的路;既想得到各方面的意见和支持,又怕自己走了歪路。例如不少十分关心她的老战友和老朋友曾向她劝告说:"茹志鹃,你是走在危险的边缘上,只要稍为过那么一分,就坏了",或"当心,过于纤细是容易折断的"。对于这些劝告,她有时候会听得"心惊肉跳",有时候又感到同志的温暖,最终她会说"我腰杆是挺的",即认为这些劝告没有扰乱她。㉟《逝去的夜》的结尾所表达的那份不无犹豫的自信:"或许,她已学会了一个人走路,一个人稳稳地在夜里走路",可以说是茹志鹃当时的真实写照。一个人走在路上,她不知道自己是否累了? 在前面的路不知道是好是坏? 那既激动又着急的心情,在《今年春天》一文中,也有真实的记录:

> 最近一年来,报刊上讨论到风格问题、题材问题,拿我的创作作了例子,谈到了我创作上的优点缺点长处短处,种种的看法,都来自前辈们的,都是我平时所信服的老师们,他们鼓励我,关心我,同时指出我的短处和我的努力方向,我仿佛在一个不沉的河里游泳那样,我感到幸福,也感到激动,我体会到前辈们是这样说,那样说,总的心情只是一个,那就是,"茹志鹃,你快快长大吧!"

> 是的,我要快快地长大,客观上对自己的要求是越来越高了,我着急,我焦躁,领导上估计我会茫然不知所措,怕我会把那些意见生吞活剥,怕我不实事求是,已经再三地叮嘱过我:"茹志鹃,你要有主见,要在自己原来的基础上发展提高……"但是我内心并没有记取这些叮嘱,我着急,我想在文学工作上打硬仗,想拼命,想在一篇作品里把自己的短处统统改进起来。结果,我写了一个并不成功的中篇提纲。㊱

茹志鹃在文学工作上要打的那场"硬仗",主要是在题材上突破"小人物"的框框,在方法上突破"以小见大"的习惯,在风格上突破"像刺绣一般精细"㊲的语言和描述。也就是说,她不要她的作品只是侯金镜比喻中那朵"浪花"，她要写"大海"。茹志鹃后来回忆说："人家评我是一朵浪花，我心里很难受。我也要去写大海，你们说要我避我所短，那我拼命去学粗犷的，应该去写党所需要的东西。党所需要的我不去写，怎么行呢？于是我就搁笔不写，写不出来了。"[38]可以看到，茹志鹃当时认为自己的"短处"在于没有针对党的需要去写"粗犷"的东西，而这个"短处"却受到大部分批评者的赞许，这是她感到"难受"的原因。因此，她再没心思写短篇，而集中构思中篇，并要学梁斌写《红旗谱》那样写得粗犷些。[39]在1962年元旦举行的一个青年作家"谈心会"上，茹志鹃满怀壮志地说："我正在面临一个考验，在写中篇。我过去写的是短篇，故事情节比较简单。写中篇要比短篇困难得多，但我一定要写。我也要克服自己的不能把人物放在尖锐矛盾中去发展这一缺点。"[40]后来她意识到大纲写得不成功，便设法修改。作为打破自己的框框的一种挑战，这场"硬仗"的产品《回头卒》[41]却让茹志鹃败下阵来。

从她走过的这段在"危险的边缘"的路来看，茹志鹃选择了听从欧阳文彬和其他一些老战友的批评意见，而放弃侯金镜、细言和魏金枝等人的建议。细言建议打破题材的"大""小"之分，这方面她似乎没有产生共鸣。在那个"谈心会"上开头的一段话，非常清楚地表达了她的想法：

> 自题材多样化提出后，我常常在思索大题材、小题材问题。我觉得，大题材始终是我们要强调、追求的，因为它概括力大，最能表现我们这一时代。但与此同时，也不排斥小题材。我理解，小题材只不过是从较小的角度去看世界罢了，是不能与整个时代的主流脱离的，它应该始终围绕着一

个轴心转动着。㊷

可以看到,在那个强调"多样化"的年头,由于她在革命大家庭位置的改变,茹志鹃似乎又调整了她的"眼睛"和对"家"的感觉。她看到这个世界原来有"轴心"和"边缘"之分,"生活规定了"有"主流"和"次流"之别㊸,她不愿意只是处于"边缘"或"次流"的位置,而希望更靠近"轴心"或"主流"。在理论的配合上,适逢纪念《在延安文艺座谈会上的讲话》发表20周年,茹志鹃很自然地以毛泽东对文艺提出的六个"更",即比实际生活"更高,更强烈,更有集中性,更典型,更理想,因此就更带普遍性",㊹作为追求更高的境界的标准。与此同时,她也对自己过去的经历作了一次回顾,并且特别突出她在文工团给战士们演出《白毛女》时的热烈反应,由此向《讲话》提出的"文艺要为工农兵服务"原则和对文艺要作革命的"武器"表示认同。㊺

茹志鹃1962年在文艺方向上试图往"左"转,或许是出于一种"真诚",又或许是出于一种专业作家的使命感。两者都驱使她走向更为"国有化"的创作道路。由于她在自己的创作道路上走得相对顺利,没有遇过什么大的挫折,她没有充分利用1962年那其实更有利于她的创作的时代氛围:对"小人物"和"小题材"的容忍、对个性化的风格的推崇、批评界对她的重视等等,写出更多像《逝去的夜》那样较有个性的作品,为"1962"这个"春天"多增添一些不同的色彩。尽管这种有利于她的气氛并没有维持多久,类似《逝去的夜》的作品很快就陷于另一种"危险的边缘",不过,也可能是由于察觉到《逝去的夜》没有得到重视,茹志鹃才更意识到需要改变她的创作路子。其实,茹志鹃在1962年的"多样化"实践,即她所谓"有意识地掉掉花样,换换胃口"⑯的尝试下的产品,如《同志之间》《阿舒》等,更经得起时间的考验。今天读来,通过战争背景的淡化、内心活动的细致刻画和人情味的增强,《同志之间》带出的那种困难(战争)时期更形珍贵的同志感情,仍然是很感人的。同样,通过淡化"大跃进"的竞赛意识、增强生活情趣和外表美的描写、较为真实地描写粮食失收的问题等手法,茹志鹃突出了阿舒(《阿舒》)这个活泼爱玩的小姑娘和她朦胧地寻找生活意义的过程。这个形象在 60 年代女性人物画廊中是难得一见的。当这些"浪花"作品汇合在一起的时候,1961 至 1962 年那个流露人情、抒发个性、表达自我的"时代激流",就会呈现在人们的眼前,而这绝非一篇"大海"式的作品能够代替的。或者,正是这个时代需要的是"浪花"而不是"大海",仍然能够在夹缝中生长起来的小说体裁是短篇而不是长篇或中篇。遗憾的是,茹志鹃当时没有看到这点。就她个人历程而言,最终使她的创作生涯"折断"的并不是那些"纤细"的"浪花",而是她追赶的"粗犷"的"大海"。当茹志鹃为着赢得"母亲"的欢心或是当好"女儿"的责任而在自己的创作"大海"中真诚地、挺起腰"逆流而上"的时候,她才真正"言不尽意","疲惫",不得不"下沉"。她还不知道,前面等着她的还有一个正在兴风作浪的"大海",将要把她多年精心经营的"浪花"吞噬。

搁笔十多年后,茹志鹃对于她的"浪花"式创作,已变得非常坦然。"文革"后,以《百合花》重拾那些遗留在"时代激流"中一朵一朵的"浪花"时,已届中年的茹志鹃怀念的是已经去世的侯金镜,并对"浪花"作了一个总结性的描述:

> 侯金镜同志曾说它是"时代激流中的一朵浪花",我

想,在我还没学会如何在短篇小说里去正面展开宏伟的、波澜壮阔的大海全貌的时候,那就截取一朵浪花吧!浪花虽小,到底是从我们这个伟大时代里飞迸出来的;金镜同志又说它是"社会主义建设大合奏中的一支插曲",那么它也未离开社会主义建设大合奏的主旋律,或者,对主旋律还能起到一点陪衬、烘托的作用。因此,在社会这一浩瀚壮丽的大海里,我努力想游远去,游到海的中心去,不过在游的过程中,凡是我能得到的浪花,我就采来,凡是对我们这一时代大合奏有助的乐句,我也不放弃。……这些男男女女,老老少少,他们虽然不是"风口浪尖"上的风流人物,也不是高大完美、叱咤风云的英雄;但他们都是实实在在,从各自的起点迈步向前,努力跟上时代的步伐的。他们一不矫揉造作,二不自命不凡,是一些一步步走在革命队伍行列之中的人。……现在,我可以明明白白地说出:这就是我的思想、我的感情、我的世界观。我愿意他们存在下去,因为他们有存在的价值,同时,也可以作为日后的检验。[47]

一个曾经试图"大"写"家""国"、在 60 年代写不下去的时候毅然搁笔的女作家,到了 70 年代末,在重新编排"剪辑错了的故事"的过程中,寻回了那个失落的"自我",回到那条漫漫的创作之路上,"稳稳地"走着。茹志鹃的道路并不说明女作家更适合"小"写"家""国",因为影响一个作家怎样选择一种较适合自己的文学体裁来把握这个世界的,不仅有性别因素,还有一个主导的标准在起作用。

在 60 年代初的茹志鹃身上,我发现一种特殊的"夹缝"式挣扎:她在抗拒以男性主导的批评界对女作家的创作抱有的定型化观点,即认为她们较适合写有"阴柔"风格的作品[48]。但这种抗拒并不是来自女性对自我拥有多面潜能的认识,也不是对一些男性批评者就"女性文学"或女作家的创作持有的传统观念提出质疑,更不是回应细言那较接近女性主义批评的主张——打破大与小、主与次的二元对立思维,而是源于她对一种主流的、"男性"化的创作标准的认同。毛泽东《讲话》的权威性是制造"标准"的根据,茹志鹃向《讲话》献忠心自然成为典型的自我"标准化"行为[49]。不过,她对"标准化"创作的追求,更多地表现在文学体裁的改变上,她认同长篇或中篇比短篇更能够全面反映一个大时代的风貌和变化,而在50年代处于中心或主流位置的长篇小说,绝大部分是出于男作家之手的。其实,不同的小说体裁,由于要求对素材作出不同的处理,一个作家(无论是女是男)适合哪种体裁,更多的是决定于把握素材的能力,而不是要写什么题材的作品,或是否想反映一个时代的精神面貌。不过,一般来说,更有自信地涉足长篇的多是男性作家,而女作家较多钟情于短篇。茹志鹃1963到1964年在写完那个唯一的中篇之后就写不下去的原因,可能不单单是发现自己对那类材料的把握能力不够,没有写短篇称心,形势的变化也是一个重要的因素。就文学样式的整体发展而言,1962年以后,不仅是中、长篇走下坡,比较灵活地实践题材和风格"多样化"的短篇,也没有很大的发展余地,50年代小说,特别是长篇小说所占的中心位置,正在被戏剧所取代(见本书"前言")。当然,茹志鹃如果硬着往长篇写下去的话,越来越收紧的政治环境也不会让她写出心目中那浩瀚而深沉的"大海"之作。

有意思的是,80年代初,茹志鹃真的要偿写长篇小说的心愿,便计划了分上、中、下三部的《她从那条路上来》。这篇自传体小说,已不再是什么"大海"式作品,而是 1962 年《逝去的夜》的重写。主人公仍然命名为也宝,而在《逝去的夜》里也宝走过的那条漫长的路,成了这次写作的主题,可见《逝去的夜》是茹志鹃心头之作。遗憾的是,长篇《她从那条路上来》一直没有写完,到了茹志鹃离开这个世界后,她的女儿王安忆才把遗稿整理发表。㊿

3. 从《英雄的乐章》到《长长的流水》:刘真与"童年"书写

比茹志鹃小 5 岁的刘真,在 60 年代初只是一名 30 出头的作家,但她参加革命的历史却比茹志鹃长:1939 年(9 岁)加入部队,而在 1943 年(13 岁),即茹志鹃参军那一年,她已成为中国共产党的一名候补党员,1946 年(16 岁)转正。如果说,茹志鹃对部队那种"家"的认同感是用来对照她"没有家"的童年生活的话,那么,刘真在部队长大的童年经历,则更成为她长大后处身于成人世界时的一种对照。在 1962 年,当茹志鹃被"母亲"亲热地拉到怀抱里疼爱一番,而她又用那"家"的"眼睛"热情地看着周围的生活和真诚地憧憬着美好的未来的时候,刘真却受到"母亲"的冷酷批判,促使她以"童年"的"视角"穿透时空的限制,回到过去美好的回忆中寻找精神的安乐窝。

1962 年,刘真写了五个短篇小说,而其中的《长长的流水》和《弟弟》以童年视角进行叙述,属于个人回忆性的作品。其余三篇《密密的大森林》《对,我是景颇族》和《豆》,则写在她到云南考察边疆少数民族生活之后。这五个短篇中,以《长长的流水》最具代表性。1959 年,刘真因《英雄的乐章》受到批判,写作的权利被剥夺,直到 1962 年,她才得到"平反"。因此,从《英雄的乐章》到《长长的流水》,刘真目睹了中国的政治气候"多云转晴",增加了她对处身的革命"大家庭"的认识,在写作上也作出了适当的调整。《长长的流水》的出现,可以说是对《英雄的乐章》受到批判这个经历的一种反馈。就此,刘真在"文革"后曾经作过一个说明或交代:

> 一九五九年,《人民文学》编辑部约稿,我写去了《英雄的乐章》。编辑部当面提了意见,我拿回来,想放一个时期,再认识,再改一改。由于我和《河北文艺》(当时名为《蜜蜂》——引者按)编辑部小说组的一位同志住在一间屋内,《英雄的乐章》被她发现了,读了。她高兴地说:"咳!刘真,你的这个短篇,比你的任何的小说都好,我要拿去发头条。"我把《人民文学》编辑部的意见告诉了她,并说明我同意这些意见,要等一个时期再修改。这位女同志是当时的小说组组长,她不听我这一套,就是要发。于是,我们俩争起稿子来。不幸,这一争吵,被隔壁房间住的一位领导同志听见了,他过去说:"夺什么?我看看。"他拿去看了,走回来对我说:"你这篇东西写得真有才华,不过,要拿出去公开批判,政治上这是修正主义的东西。"我一听,又急,又气,又火,大声嚷着说:"没有发表的作品,对读者没有影响,凭什么拿出去公开批判?"他不再回答,也不许我再改一个字,转身把稿子拿跑了,决定公开批判。我和这些负责人争吵,人家说:"党要你的脑袋你也得给。"我几乎气哭

了,说:"那么这样做,能代表党吗? 要脑袋得看怎么个要
法,这样要我就是不给。"可是,胳膊拧不过大腿,官老爷似
的人们不再理我,真的拿出去付印,在全国批判起来。……
我回想自己的历史,从幼年参加八路军,在革命队伍里,我
没有遇上过这样的批判,更没有见过这样的人。我回想那
许多一笔一画教我认识字,教我懂道理的大同志,我是多么
怀念那时候的同志关系。我想,如果我把那些好同志写出
来多么好。这就是《长长的流水》的写作背景和最初的
动机。㊿

　　1959 年《人民文学》向她约稿时,像很多战士作家一样,刘
真希望能写出一篇"像样"的作品献给建国十周年。但如郭小
川写《望星空》一样,刘真并没有想到会触犯什么禁忌。《英雄
的乐章》是根据作者的亲身经历而加工创造的一个革命爱情故
事,叙述者兼女主人公"小八路"刘清莲就是刘真自己(刘清莲
是她的原名)。小说以刘清莲在北京参加建国十周年的庆祝
后,回忆起她的童年朋友和初恋情人玉克作为开头,开始倒叙她
和曾经也是"小八路"的玉克在部队的故事。作者的原意是刻
画一个为人民的自由和解放,宁愿献出自己的爱情和生命的革
命英雄的形象,因此小说命名为《英雄的乐章》。小说属于歌颂
题材一类,理应没什么问题,但犯忌的并不是在"写什么"而是
在"怎么写"方面。意思是说,刘真没有用模式化的英雄道路去
刻画玉克这个形象,而是通过描写刘清莲和他的爱情的悲剧性
发展,带出玉克崇高的革命精神。一篇发表在权威的《解放军
文艺》的批判文章,详细地分析了小说的人物和情节,把认为跟
"崇高的十月格格不入"的《英雄的乐章》的问题,概括为两条:

"赞扬资产阶级个人主义,歪曲革命战争,丑化革命部队"和"宣扬资产阶级人道主义和感伤、阴暗、颓废情调"[52]。另一篇比较有分量的批判文章是发表在《文艺报》的《评刘真的〈英雄的乐章〉》,作者王子野也特别点出小说几处书写"打仗"的感受:"你知道,'打仗'二字是用血写成的,你叫我的心休息一下吧"(玉克)、"在人生的道路上,尤其是在战争年月里,有多少分别,多少次会见,但是他呀! 使人永远难忘"(刘清莲)等,用作批判作者对战争抱有"错误"观念的依据:

> 由于刘真同志只是抽象地去观察战争的"苦难"和"残酷"的一面,得出了错误的结论,这就把神圣的抗日战争和人民解放战争的积极的、正义的一面完全抹煞了了。不管她主观想法怎样,这篇作品绝不是歌颂革命战争,正义战争,而是宣传了悲观失望的厌战思想,宣传了资产阶级的和平主义。[53]

批判者自有批判者的逻辑,他们不会把批判的作品放在作者具体的经验和整体的创作情况来考虑,而是更多地配合形势的需要,断章取义地进行歪曲。1959 至 1960 年是政治意识形态处于极度紧张的一个时期。国内是严峻的经济困难和社会矛盾[54],国际上则要面对资本主义和社会主义两大阵营的对垒,还有对苏联的"修正主义"的警惕[55]。发表王子野的批判文章的那一期《文艺报》,其社论《用毛泽东思想武装起来,为争取文艺的更大丰收而奋斗!》针对这种形势提出如此的豪情壮语:"今后的十年,毫无疑问的是东风更加压倒西风的十年,是和平与社会主义阵营更加团结跃进的十年,是新中国更加飞速前进的十年……"至于文艺上的"修正主义"表现,社论作了这样的阐释:"宣扬资产阶级的人道主义、人性论、人类爱等腐朽观点来模糊阶级界限,反对阶级斗争;宣扬唯心主义来反对唯物主义;宣扬个人主义来反对集体主义;以'写真实'的幌子来否定文学艺术的教育作用……"⑤可以看到,整个社会似乎处于一种"备战"状态。因此,在如何讲述革命战争这个问题上,批判者必须坚守的不是过去战争的"真实性",而是今天"战争"的"抽象"意义。王子野把"非战"等同于"人性论",并引用毛泽东论正义战争的内容,来阐释他的观点:"和平主义者妄想用'非战'的方法去逃避'残酷'和'苦难',他们以为这样想,这样做是合乎'人性'的。依他们的办法去做,和平不但不能达到,而且千百万人将被拖进永无休止的帝国主义战争的苦海,使人类遭受无穷无尽的灾难。……我们主张用正义战争去反对非正义战争来达到消灭战争的残酷和苦难。"⑤在这样的逻辑下,尽管刘真在《英雄的乐章》抒发的只是一点与"非战"毫无关系的感想,便成为抹煞战争"正义"一面和倡议"人性论"的"罪证"。

在那个时期的"国家""集体"或"阶级"话语中,"个人主义""人性""人情"和"人道主义"差不多等同于资产阶级或修正主义。在鞭挞"非战"意识的同时,批判者也需要把它放在一个被认为是反集体和反阶级论的"人性论"的语境中。与《英雄的乐章》同期受到批判的,有巴人的《论人情》。批判巴人的姚文元和马文兵的文章,就人情与"颓废"的西方人性论和人道主义的关系,做了很详细的论述和考证。⑤因此,王子野等也必须把《英雄的乐章》的爱情悲剧结局阅读为"感伤、阴暗、颓废"的情调,把刘清莲在天安门广场想起了自己所爱的人说成寻找

"个人幸福"，并指出这些与"英雄乐章"的主题"相距太远"了。

可以想象，对于在部队或集体中长大的青年作家刘真来说，"歪曲革命战争，丑化革命部队""宣扬资产阶级人道主义"等严厉的和上纲上线的批判，是具有何等的杀伤力！她第一次真诚袒露"自我"，却碰上一个来势汹汹的"修正主义"大批判。当《人民文学》的编辑向她提出修改意见的时候，她也觉得作品有些问题，但没想到是犯了这么严重的"错误"，因此她希望过一段时间再对小说进行修改，怎料已被领导"上供"为"修正主义"标本。她可能真的如梁斌所说的，还不知道修正主义是什么呢！⑤但最令她气愤的是那些已经变成了"官老爷"的"大同志"，把党员对党的忠诚视作他们仕途上的本钱。幸好，除了梁斌等老一辈的作家眼看刘真这样的年轻作家"培养的没有打倒的多，供不应求"而感到痛心外，随着政治形势的放缓，艾芜也重新对刘真的作品作出正面的评价。⑥周扬到河北省出席文艺座谈会时，特意把不允许参加座谈会的刘真接到会场来，并且在一个领导人的小会上，严厉批评那些有关的编辑说："人家没有发表的稿件你们拿出去公开批判，这是不道德的。"⑥刘白羽认为不用公开反批判，主张让刘真再发表文章就算了。作协因此安排了她到云南访问，重新发表文章。《长长的流水》就是她去云南的路上酝酿出来的。其实刘真在 1957 年因写过批判官僚主义的《在我们的村子里》⑥而受到批判，她对"官老爷"可以说是有所认识的。但这次她不再像 1956 年那样直接批评官僚主义，而是尝试通过对革命战争时期同志间的亲密友爱关系的描写，影射一些"同志"变得不近人情。

作为刘真的代表作，《长长的流水》反映了作者获得第二次

"解放"后的舒畅心情(主要表现在塑造"我"这个淘气的"小八路"人物的活泼、流畅的笔致上)和对日益缺乏的那种同志间的人情味、人性美的由衷的歌颂(主要集中在"大姐"这个真实的"大同志"人物的塑造上)。这也可以视为对"人性论"批判的一种反拨。此外,作者选择了她熟悉的童年视角。50年代,刘真写过不少"小八路"的故事,她的作品曾被一些批评者列入儿童文学之列。但正如一些研究者指出,与以写新中国儿童的新生活、新风貌为主的柯岩的《小迷糊阿姨》《我对雷锋叔叔说》、呆向真的《小胖和小松》、袁静的《小黑马》不同,刘真本人的童年生活对她来说是一种"馈赠"⑥³。她获得一双"童年"的"眼睛"。她在《长长的流水》的开头写下了这么一句:"十三四岁的时候,我是多么不懂事啊。"这一句给出两个信息,一是,这是一篇回忆过去的作品;二是,"不懂事"不仅概括了她对自己童年那段生活的感想,也提示了叙述者将使用"童年"视角呈现这段生活:

> 我家住在平原上一个很小的小村庄里,不管眼睛往哪儿看,全都是平展展的土地。我常常想,山是什么样呢?比白杨树还高吗?站在最高的山顶上,离天还有多少远呢?⑥⁴

"童年"视角的使用与自传体式写作有密切的关系。"我"上了太行山后遇到的人和事,都是有原型和真实的。例如那位疼爱和照顾"小刘"的"大姐",她的原型是一位叫李云石的女同志。她真的是凭两条腿上太行山的,后来因病没有条件治,失去了一条腿。瘫在床上的时候,送了一本她自己糊的黑皮日记本给住在医疗所的刘真,叫她好好学习。连那个感人的送袜子情节,也是真实的。⑥如果不用"童年"的视角,就不能很好地描写那个"不懂事"的小刘当时那些小孩般的举动。此外,在艺术加工方面,为表现同志之间的关怀和爱护,刘真把自己写得更调皮,这也需要从小孩的心理出发,把握他们如何看世界或与人交往。可以说,从创作到阅读,刘真都希望《长长的流水》保持一种"童年"的视角,即通过一种纯真的、不作假的创作和阅读过程,一种抒情的、非功利化的人际关系的表现,洞察或讽刺成人现实世界的虚假与荒谬。刘真自己很清楚《长长的流水》的创作意图,"不是写给孩子看的,是通过孩子的故事,写给大人看的"⑥。

另外那篇《弟弟》,从题材到叙述方式都跟《长长的流水》很相似。叙述者"我"的身份也是一个女的"小八路"。这篇小说所表现的,是人民("弟弟"和她的母亲)对八路军的真挚感情和友谊,故事中也有不少刘真自己的真实经历,如当"小八路"时需要剪短头发,女扮男装,逃开敌人的注意等。此外,在艺术手法上,这两部小说都同样淡化战争的背景,着意细致地刻画人物的心理和行为表现,以突出他们的感情和思想的一面。相反,刘真在云南考察后写成的三篇边疆少数民族的作品,则着重情节的描写,题材比较单一,离不开解放初期抓特务的情况和对解放军的歌颂。

总的来说,《长长的流水》以至《弟弟》,都是刘真对《英雄的乐章》所受到的不公平对待做出反思的作品。但她同时学会了自我保护,除了不再把自己深挚的感情完全地袒露出来外,她还选择了一个较为安全但又不"失真"的"童年"视角,抒发她对这个没法逃避的成年世界的感觉。美好的"过去"同时是一个可以逃避现实的精神安乐窝,作者可以自由地进出这个精神世界。此外,"童年"和"儿童"都是女作家爱书写的对象,或许那份纯洁的"童真",更能表达女性对"失真"的男性世界的感觉。"文革"期间,当《长长的流水》再次被批判为"反党反社会主义的大毒草"的时候,刘真就变得坦然了。"文革"后,刘真回忆当时的情况说:"我没有发言权,心里一点也不承认,也不作检讨。……我想:没有什么作品是不反党、不反社会主义的了,这样个批判法,会让读者也不知道什么叫党,什么叫社会主义了。"⑰她对现实的反思和批判能力也随着她的第三次"解放"而有所增强,《黑旗》完全放弃了"童年"的视角,直接揭示"大跃进"时期的浮夸风为人民带来的灾难。这方面的题材是刘真在五六十年代没有写好的。

从创作阶段上看,刘真与茹志鹃这两位战士出身的女作家,的确有相似之处。1962年同样是她们人生和创作上一个重要的转折阶段。茹志鹃走向了专业写作的道路,并试图改变她的创作风格和熟悉的小说体裁,贴近男性化的书写模式;刘真则重获写作的权利,以书写"童年"美好的记忆,远离现实的世界。60年代初,茹志鹃和刘真的作品同时受到批评界的"干扰",不过,茹志鹃得到的更多的是善意的批评,而刘真受到的则是严厉的批判。这是这两位女作家与时代发生的关系的异同。作品内容方面,虽然同样有"战争"的经验,刘真书写女性在战争的独特处境,似乎比茹志鹃的多一些。如她写到她自己行军经验中女扮男装(《弟弟》)、被错认为男儿身(《好大娘》)、又当男的又当女的"半个大小子"(《亲家》)等性别身份错乱和混淆的情况;姑娘在抗日战争时期要假装是媳妇,以免被日本兵抓去

(《亲家》);童养媳的悲惨命运(《林中路》);红军的母亲的等待
(《十月一的声音》)等等。这些有关战争时期女性的景况的点
滴书写,不仅是刘真独特的视野中的一些重要观察,也展示了
20世纪中国女性生活较少受到注意的一面。

4."不沉的湖":宗璞作为知识
分子与女性的边缘"主体"

相对茹志鹃与刘真,宗璞的名字在60年代初是最不响亮
的,因为她的作品没有受到批评界太多的注意,无论是正面的还
是反面的。她既不是风格化的作家,也不是英雄主题的追寻者,
知识分子和女性这两种身份,都让宗璞处在一种边缘位置。这
种位置虽然有它的依附性,却让她相对地能够按照自己对生活
的认识写作。

跟刘真一样,宗璞在"反右"运动中受过批判。此外,她在
《红豆》所犯的"错误":"爱情被革命迫害""在感情的细流里不
健康""资产阶级人性""挖社会主义墙脚",⑱《英雄的乐章》也
有,虽然两个作品涉及的人物不同:前者是知识分子,后者是革
命英雄,但在处理爱情与革命之间的矛盾这个问题上,她们都无
法写出让时代接受的作品。比刘真大三岁的宗璞,好像是刘真
的先行者。在刘真的《英雄的乐章》刚受批判的时候,宗璞已经
下乡去接受"改造"了。可能也是受到保护的缘故,1957至
1958年宗璞没有被打成"右派",只是分派到当年丁玲写过的桑
干河地区,与农民同吃同住同劳动,并努力学习写反映农民生活
的作品。以"大跃进"为背景、写"人民公社"一家亲的《桃园儿

嫁窝谷》⑲就是这段"改造"生活的产品。可能宗璞对农民的体会比刘真对边疆少数民族的体会稍微多一点,文字功力也比较好,同属"改造"性或过渡性作品,也同样以情节带动故事,《桃园儿嫁窝谷》比刘真的《密密的大森林》等篇写得较为细致。尽管见于《红豆》那种细腻的心理描写,在《桃园儿嫁窝谷》已不可能出现,但就老四爷对女儿的婚事的想不开和矛盾心理,宗璞还是有着墨的。60年代初回到北京后,在一种较为宽松的文学氛围下,加上在病中,宗璞又回到她熟悉的知识分子题材中去,写了《不沉的湖》⑳《后门》㉑《两场"大战"》㉒和《知音》㉓四个短篇小说,而其中的《后门》还涉及"走后门"这些与官僚主义有关的敏感问题。我们又似乎从这个时期的宗璞身上,看到一点1956年刘真的努力。这四个短篇可以说是宗璞60年代写作的主要成就,1963年后,宗璞再没有发表小说,直到"文革"后。《弦上的梦》《我是谁》等"后文革"创作,才是宗璞得以尽情发挥她的创作个性的时期。不过,跟茹志鹃和刘真一样,宗璞"文革"后的作品,都是1962年这个瞬间的"春天"期的一种延续。

如果从现实针对性的角度看,在宗璞这个时期写的几个短篇中,《后门》和《两场"大战"》要比《不沉的湖》和《知音》具有批评精神。《后门》和《两场"大战"》的主人公都是中、小学生,跟刘真创作《长长的流水》的意图相似,宗璞这些少年儿童故事,"不是写给孩子看的",而是写给大人看的。《后门》中的高中生林回翠是烈属,妈妈在学校工作。为了考进军医学校,她听了两位同学的劝告,向妈妈提出能否走一下"后门",受到妈妈严厉的斥责,后来打消了念头,靠自己的努力考试。故事以全班同学不理睬那位准备走后门的同学作结,表现了一般人对走后门的厌恶。60年代初，写走后门题材的，宗璞可能是第一人。虽然她只通过一个很平凡的、看来是批评小孩思想不正确的故事，把一个普遍存在的社会问题带出来，但"后门"仍然是一个敏感的话题。例如，编辑部认为《后门》这个题目过于强烈，把它改为《林回翠和她的母亲》。小说发表以后，文艺界还有前辈关心地向宗璞说："这篇小说不好。写我们当前社会的缺点，要注意投鼠忌器。"宗璞当时对"投鼠忌器"这四个字印象很深刻，在感谢前辈关心之余，她心里想："只顾投鼠忌器，那鼠把器中的粮食都吃光了，岂不损失了更重要的东西。"⑦从编辑部与文艺前辈对《后门》的反应来看，文艺界不是不知道社会生活中有很多问题，但要不要写这些问题、怎样写，就有不同的态度。宗璞以温和的态度写了，也选择一种不一下子把"鼠"夹死的"器"（写作方式），这当然有她个人的人生态度和写作风格的因素在内，但她也知道"投鼠忌器"是文艺界的局限性所在。

以小孩来反映社会的缺点的作品，除了《后门》外，还有《两场"大战"》。故事中的两场"大战"，一场是有关两批只有七八岁的小孩玩的"打仗"游戏；另一场是少先队员小棣的内心"斗争"：他在领着"冲锋"队员"进攻"对方的"碉堡"时，把工地上的一堆准备修科研机构用的红砖弄倒并砸碎了几块，被路过的洪老师发现。洪老师要求有人承认"损坏国家的财产"的错误，但小棣知道"承认错误、改正错误是好事，可是问题就在怎样拉得下脸来承认！"⑦最后是他姐姐小梅主动找洪老师，说她多拿了算术题的分这个诚实的行为，打动了小棣，使他敢于承担责任，并和其他小孩合力重修那"碉堡"。很清楚，这不是一个登在儿童刊物的读物，而七八岁的小孩不会有那么强的"面子"负担。我认为这是一个有隐喻性的寓言小说,两场"大战"似乎有现实所指。第一场"大战"让人联想起"大跃进"那冲锋陷阵的生产"战斗"及其领袖。这场"大战"对"国家的财产"造成了"损坏",是以"洪老师"为象征的知识分子目睹的事实。"怎样拉得下脸来承认"错误又是领袖人物典型的表现,但当"红领巾"敢于带头承认错误之后,大伙儿(人民)是会齐心合力把"碉堡"(国家)"修复"(调整)过来的。从正面去看这篇小说的寓意,宗璞应该是为各方面进行的"调整"而感到高兴的,但小说同时带出一个"面子"的问题,供读者反思。如果这样的阅读可以成立的话,我们还可以发现一个性别上的有趣现象:对小棣起了示范作用的是他那"无论是功课、搞小队活动,都有两下子"但"脱离斗争"、不爱玩打仗的姐姐小梅。在故事中,小梅本是那群在场地一边跳"马兰开花"橡皮筋的女孩中最棒的一个,只是因为要找洪老师交代分数问题,才没有在男孩玩"打仗"的时候跟女孩们跳橡皮筋。这些不爱玩打仗的女孩,还被男孩"不屑地斜着眼瞧她们"和批评为"真不关心时事"。但事实证明,"不爱玩打仗"并不等于她们"不关心时事",当有一名小孩洪培培被砸着脚哭起来时,她们全跑过来关心发生了什么事,在最后需要修复"碉堡"时,"马兰花儿"们也义不容辞地和"战士"一起动手。

我认为宗璞在小梅的形象中投入了她作为女性的一个"自我"。宗璞曾经说过,她所有的文字中,"批评精神是很微弱的",而她"以此自惭"。[76]这是一种典型的知识分子心态。但在《两场"大战"》这篇小说中,代表着诚实、公正、对国家有责任感和爱心的,除了洪老师外,还有小梅所代表的女性群体("马兰花儿"们)。可以说,洪老师与小梅是宗璞的知识分子和女性这两重身份的写照,但宗璞更意识到的是知识分子这个身份,而小说的形式又反映了这个身份跟时代之间的矛盾。作为知识分子,宗璞要求自己有批评精神,但她知道在60年代初的中国,这种批评精神只能在有限度的情况下实现。作为她的"器"的寓言体小说,含义模糊,不具有50年代中那些直接"干预"生活的小说那种"武器"性质,反而称得上一种具有包容性的"盛器"。与此同时,宗璞又诚心诚意地相信知识分子"改造"的重要性,因为他们是"软弱"的。宗璞另一篇刻画一位如何从不关心政治变为投入政治的科研工作知识分子的小说《知音》,对这方面给予了更充分的表现。在保持批评精神与接受"改造"之间,宗璞似乎内化了一种普遍的知识分子"自我"的矛盾,她既为自己的文字不能更有效地发挥批评精神而感到"惭愧",又怕自己"改造"不好而与时代脱节。不过,她找到一种调和的方法,那就是在生活中秉承一种知识分子人格:诚实、正义、有责任感等,如《两场"大战"》中的洪老师、《知音》中的韩文施、她父亲冯友兰等那样。

作为女性,宗璞似乎对"战争"或"打仗"这样的宏大问题不以为然,也不理会男性怎样说她们"不关心时事",她宁愿在边缘位置上做自己想做的事("马兰花儿"们在一边跳橡皮筋而不参加小棣他们的"大战"游戏)。女性那善良、诚实、关心别人和投入自己所做的事的品格,对于宗璞来说,已经是贡献国家的一种方式。在另一篇小说《不沉的湖》中,宗璞通过刻画突然间坏了腿的舞蹈演员苏倩如何克服伤痛和矛盾,带出了女性坚忍的品格和克服困难的能力这另一面,而女性那"不沉"的能力和像

"湖"一样的盛载能量,也对国家民族("革命")和自身的发展发挥作用。《知音》中的石青更是宗璞心目中那种能结合革命的事业和知识分子的工作的理想女性,而石青经常提到的那位代表党的"母亲",是宗璞想象中最伟大的"女性"。总的来说,宗璞更多的是通过对国家的认同表现她的女性"自我"的,是生活的体验而不是性别意识让她在书写家国的时候,表现了一点男性知识分子不一样的性别痕迹。宗璞也能结合知识分子与女性这两种边缘的身份,在创作上体现某种程度上的"主体性"。

从1963年底至"文革"逼近的几年中,由于知识分子的境遇已经变得越来越恶劣,宗璞开始意识到"写作不能自由,怎样改造也是跟不上",因此,她"决不愿写虚假、奉命的文字,乃下决心不再写作",⑦直到"文革"结束。在60年代初这个短暂的"自由"写作时期,宗璞除了从事短篇小说创作外,还写过一些抒情色彩很浓的散文,如被列入教科书的《西湖漫笔》(1961)、写游海拉尔草原的《墨城红月》(1962)、写北大燕园的《一年四季》(1963)和写大学生的雄心壮志的《暮暮朝朝》(1963)。这些散文同样能让我们看到宗璞那种知识女性的"自我"与情感世界。

在上一章,我曾经指出老一辈作家冰心在她的散文《海恋》中,显露了一直掩藏起来的创作个性和没法改造过来的一个内在的"自我"。60年代初只有三十来岁的茹志鹃、刘真和宗璞,属于新中国建立后才崭露头角的新一代女作家,她们的成长经历,特别是茹志鹃和刘真,都与国家民族的兴亡息息相关。然而,在一个特定的时代氛围中,她们也如冰心一代女作家那样,以不同的方式,含而不露地书写了她们的"自我"。不过,由于生活环境和际遇不尽相同，各人在走过这段文艺调整期的经历又是那么不同。相同的是，她们都需要与"家""国""党""母亲"等政治化话语发生关系，无论是"生成"的（茹志鹃和刘真），还是"改造"过来的（宗璞）。但这些关系，无论是使她们汇入主流或靠近中心（茹志鹃），或者是寻找生存的空间（刘真、宗璞），都同时在挤压她们的创作"自我"，她们需要寻找一处能够自处和舒展"自我"的心灵空间，对茹志鹃和刘真是"童年"或者是美好的"过去"，对宗璞则是"知识分子"人格。由于被统摄在整套"家""国"的建设和话语中，"女性"的生活和身份，在60年代的中国却未能为女人提供一个可以依托甚至是逃避的"家园"。不过，这三位女性作家在"1962"这个"夹缝"中不自觉的女性"自我"书写，却成为她们"文革"后重新回归那失落的书写和"自我"时的某种参照，而她们在创作上的选择，也为60年代初这个提倡"多样化"的历史时期，留下模糊但不一样的性别痕迹。

注释：

① 作品后来发表在河北的《蜜蜂》1959年第24期上，但是用做批判的。

② 有关"十七年"小说的叙事话语与性别的关系所做的探讨，可参看陈顺馨：《中国当代文学的叙事与性别》，北京：北京大学出版社，1995。

③ 张钟、洪子诚等编著：《当代中国文学概观》，330页，北京：北京大学出版社，1998。

④ 茅盾：《致胡万春》（1962年4月27日），原载《文汇报》1962年5月20日，收入洪子诚编：《二十世纪中国小说理论资料——1949—1976》（第五卷），424页，北京：北京大学出版社，1997。

⑤ 茹志鹃：《我写〈百合花〉的经过》，原载《青春》1980年11月号，收入

《茹志鹃研究专集》,41—44 页,杭州:浙江人民出版社,1982。

⑥　茹志鹃:《今年春天》,载《解放日报》1962 年 5 月 17 日。

⑦　发表在《延河》1958 年 3 月号。

⑧　茅盾:《谈最近的短篇小说》,原载《人民文学》1958 年 6 月号,有关《百合花》的评论部分,收入《茹志鹃研究专集》,247—251 页。

⑨　评论茹志鹃个别作品,特别是新作《如愿》的则有孙昌熙的《什么是人生最大的幸福——读茹志鹃的〈如愿〉》(《文艺月报》1959 年 8 月)、明东的《深刻而新鲜——读〈如愿〉》(《文艺报》1959 年第 17 期)等。

⑩　《文艺报》1959 年第 17 期。

⑪　欧阳文彬:《试论茹志鹃的艺术风格》,载《上海文学》1959 年 10 月号,128—129 页。

⑫　例如一位教师陈淑宽在《〈高高的白杨树〉评价》(《语文》1960 年 7 月)一文中反驳欧阳文彬对茹志鹃的"小人物"的批评,认为平凡的人物跟英雄人物一样能够发挥教育的作用。

⑬　例如侯金镜在《创作个性和艺术特色——读茹志鹃小说有感》(《文艺报》1962 年 3 期)中反驳欧阳文彬说茹志鹃写"小人物"是"作茧自缚"的时候强调:"欧阳文彬的文章没有一点居高临下、呵斥指责口气,而全篇都流露了爱之深望之切的感情。我以为这是研究创作,特别是探讨艺术问题时值得学习的态度。"

⑭　《文艺报》1961 年第 3 期,2—6 页。

⑮　侯金镜:《创作个性和艺术特色——读茹志鹃小说有感》,载《文艺报》1962 年第 3 期,20 页。

⑯　细言:《有关茹志鹃作品的几个问题——在一个座谈会上的发言》,载《文艺报》1961 年第 7 期,28—38 页。

⑰　洁泯:《有没有区别?》,载《文艺报》1961 年第 12 期,15—16 页。

⑱　魏金枝:《也来谈茹志鹃的小说》,载《文艺报》1961 年第 12 期,8—14 页。

⑲ 细言：《有关茹志鹃作品的几个问题——在一个座谈会上的发言》，载《文艺报》1961 年第 7 期,28 页。

⑳ 茹志鹃：《今年春天》，载《解放日报》1962 年 5 月 17 日。

㉑ 《静静的产院》是由中国青年出版社于 1962 年 8 月出版的,收入 1959 年以后的小说 10 篇。第一本是《高高的白杨树》,1959 年 9 月由上海文艺出版社出版,收入 1959 年中以前的小说和散文 12 篇。

㉒ 参考《中国当代文学研究资料——茹志鹃专集》,1—2 页,扬州:扬州师院,1979;《茹志鹃小说选·作者自传》,375—383 页,成都:四川人民出版社,1983。

㉓ 茹志鹃：《漫谈我的创作经历》(节录)(1979 年 3 月 16 日),原载《新文学论丛》1980 年第 1 期,收入《茹志鹃研究专集》,49—50 页。

㉔ 在一篇"自传"中,茹志鹃对她参军以前的家庭状况作了比较详细的描写,可以说是家不成家的。因此她参加了新四军一师服务团后,她这个"家"虽然行动频繁,却给她"安宁"的感觉。茹志鹃说:"在'家'里,不管道路如何艰难,我都觉得踏实可靠,因为前面有同志,有领导,有广大的群众。我一边行军,一边做过很多梦,而梦得最多的,是在全国胜利后,我有一张床,一架书,当然还得有几椽可以遮风蔽雨的屋顶。"见《茹志鹃小说选·作者自传》,381 页。

㉕ 茹志鹃：《高高的白杨树·重印后记》,157 页。

㉖ 见拙作《中国当代文学的叙事与性别》,97 页。

㉗ 茹志鹃：《我写〈百合花〉的经过》,见《茹志鹃研究专集》,39 页。

㉘ 茹志鹃：《在社会主义的轨道上》(1958 年 3 月),收入《高高的白杨树》,152 页。

㉙ 参看陈顺馨：《中国当代文学的叙事与性别》,66—69 页。

㉚ 茹志鹃：《漫谈我的创作经历》(节录),见《茹志鹃研究专集》,63 页。

㉛ 发表在《上海文学》1962 年第 6 期,收入茹志鹃：《静静的产院》。

㉜ 《逝去的夜》中孤儿每天生活的情景,基本上是茹志鹃的真实经历,她在

一篇"自传"中曾经对她住过的那间"以马内利"孤儿院作这样的描述："单收女孩，一日三粥，半天读书，半天做工，晚上便像发了疯似的做祷告，有哭的，有喊的，我却是浑身发冷，腿肚子打战。我怕极了，心里直喊着'奶奶'。"见《茹志鹃小说选》，378 页。

㉝ 茹志鹃：《逝去的夜》，收入《静静的产院》，159 页。

㉞ 茹志鹃：《今年春天》，载《解放日报》1962 年 5 月 17 日。

㉟ 同上。

㊱ 同上。

㊲ 这是批评者阎纲对茹志鹃小说的概括，见《像刺绣一般精细——谈谈短篇小说集〈静静的产院〉》，载《中国妇女》1962 年第 9 期，23 页。

㊳ 茹志鹃：《漫谈我的创作经历》（节录），见《茹志鹃研究专集》，65 页。

㊴ 见周扬：《在上海文学界创作座谈会上的发言》，收入《周扬文集》，第三卷，200 页，北京：人民文学出版社，1990。

㊵ 茹志鹃、胡万春等：《新岁座谈》，载《文汇报》1962 年 1 月 1 日。

㊶ 发表于《收获》1964 年第 1 期，收入茹志鹃：《百合花》，北京：人民文学出版社，1978。

㊷ 茹志鹃、胡万春等：《新岁座谈》，载《文汇报》1962 年 1 月 1 日。

㊸ 在"新岁座谈"会上，费礼文提出了一个问题：百花齐放，主要的花更要放，是否还要提主流和次流的问题？茹志鹃回应说："不提不行，这是生活规定了的。"同上。

㊹ 茹志鹃：《追求更高的境界》，原载于《文汇报》1962 年 5 月 24 日，收入《中国当代文学研究资料——茹志鹃专集》，167 页。

㊺ 茹志鹃：《回顾》，原载《上海文学》1962 年第 5 期，收入《中国当代文学研究资料——茹志鹃专集》，156—157 页。

㊻ 茹志鹃：《今年春天》，载《解放日报》1962 年 5 月 17 日。

㊼ 茹志鹃：《百合花》后记，收入《中国当代文学研究资料——茹志鹃专集》，183—185 页。

㊽ 例如周扬说过:“茹志鹃要学习《红旗谱》的写法恐怕不易做到,也不必那么学。因为女性和男性的性格本来各有特点,一个是‘阴柔’之美,一个是‘阳刚’之美,这是姚鼐的分法,大概还是有些道理的。”见《周扬文集》,第三卷,185 页。

㊾ 侯金镜在《创作个性和艺术特色》一文中说:“‘标准化’不是我们的方法。‘标准化’的结果,不仅失去多样化,而且失去了质量的提高和创作的繁荣兴盛。”(《文艺报》1961 年第 3 期,17 页)这是一种对标准的质疑态度。

㊿ 茹志鹃的《她从那条路上来》遗稿发表在《收获》1999 年第 4 期,王安忆的评论文章《从何而来,向何而去》也在同一期发表。

(51) 刘真:《关于〈长长的流水〉》,载《河北师范大学学报》1980 年第 1 期,9 页。

(52) 何左文:《是英雄的乐章,还是个人主义的悲歌——读刘真同志的小说〈英雄的乐章〉》,载《解放军文艺》1960 年第 2 期,77 页。

(53) 王子野:《评刘真的〈英雄的乐章〉》,载《文艺报》1960 年第 1 期,37 页。

(54) 包括毛泽东发动对彭德怀的批判,并扩大到全党开展“反右倾”斗争等。

(55) 包括苏联在 1960 年突然单方面决定撕毁中苏签订的全部合同和协定,一个月内撤走所有苏联专家等。

(56) 《用毛泽东思想武装起来,为争取文艺的更大丰收而奋斗》(社论),载《文艺报》1960 年第 1 期,5 页。

(57) 王子野:《评刘真的〈英雄的乐章〉》,载《文艺报》1960 年第 1 期,37 页。

(58) 姚文元:《批判巴人的“人性论”》,载《文艺报》1960 年第 2 期,31— 41 页;马文兵:《论资产阶级人道主义》,载《文艺报》1960 年第 17/18 期,62—83 页。

(59) 梁斌看到刘真被批判时,气愤地说:“什么修正主义?我保证刘真还不知道什么是修正主义。”见刘真:《关于〈长长的流水〉》,载《河北师范大学学报》1980 年第 1 期,9 页。

㉠ 艾芜:《谈刘真的短篇小说》,载《文学评论》1962 年第 5 期。

㉡ 刘真:《他的名字叫"没法说"》,见王蒙、袁鹰主编:《忆周扬》,393 页,呼和浩特:内蒙古人民出版社,1998。

㉢ 发表在《长江文艺》1956 年 10 月号。

㉣ 盛英主编:《二十世纪中国女性文学史》下卷,606 页,天津:天津人民出版社,1995。

㉤ 刘真:《长长的流水》,196 页,北京:作家出版社,1963。

㉥ 参看刘真:《关于〈长长的流水〉》,载《河北师范大学学报》1980 年第 1 期,10 页。

㉦ 同上,11 页。

㉧ 同上,10—11 页。

㉨ 盛英主编:《二十世纪中国女性文学史》,下卷,658 页。

㉩ 发表于《北京文艺》1960 年第 11 期。

㉪ 写于 1962 年 3 月,发表于《人民文学》1962 年第 7 期。

㉫ 写于 1962 年 10 月,发表于《新港》1963 年第 2 期。

㉬ 《北京文艺》1962 年第 6 期。

㉭ 写于 1963 年 2 月,发表于《人民日报》1963 年 11 月 26 日。

㉮ 宗璞:《宗璞文集》第二卷说明,1 页,北京:华艺出版社,1996。

㉯ 同上,49 页。

㉰ 同上,1 页。

㉱ 宗璞,《自传》,《宗璞文集》第四卷,336 页。

六、反思意识与"两面人"

——60 年代初转折中的周扬

1."在夹缝中斗争":周扬文艺
思想中的一个重要转折

周扬(1908—1989),由 30 年代初从日本回国任"左联"党团书记开始,到 80 年代初病得没法再"讲话",经历了长达半个世纪的风风雨雨。作为毛泽东文艺路线的阐释人和文化官员,他不同阶段在文艺工作中的表现、与毛泽东的关系以至他个人生涯的起落,可以说是 20 世纪中国左翼(革命)文艺发展的一个缩影。不少研究者从历史的角度,回顾这种以服务无产阶级为己任的文艺所走过的道路,并试图总结遗留下来的"债务"和"遗产"之余,对于周扬这个人物,却不知道从何说起好,或对他如"摇荡的秋千"的一生,"没法把握"。①在 1962 年曾经受过周扬的保护而得到"平反"的女作家刘真,在见到周扬死后没有一篇文章肯定他一生的辛劳的时候,还感叹地用了"没法说"来命名周扬②。

周扬的复杂性,首先在于"文革"前,特别是 50 年代,他是毛泽东文艺路线的维护者和阐释者,在历次毛泽东发动的批判运动,特别是"胡风集团"和"右派"的批判中,他都是执行命令的人之一,并扮演批判者的角色;"文革"开始时他却被文艺激进派反过来批判为"反革命两面派"和"打着红旗反红旗",政治上从"无产阶级革命路线"的维护者变成"资产阶级反党反社会主义的黑线"的"祖师爷"③。究竟应该如何理解批判者从他大量的言论和矛盾的行为中总结出来的"两面性"? 撇开批判者不确切的政治指控、断章取义的手法和不无丑化的道德判断,姚文元说周扬"阴一面,阳一面,当面一套,背后一套"④是否如一些研究者所说的"并非都属虚构"⑤? 他对毛泽东真的是下属对领导的"阳奉阴违",还是"表里不一"的人格分裂和矛盾? 他对身边的"对手"如丁玲、冯雪峰、胡风等,甚至是战友夏衍、田汉和阳翰笙(与周扬合称"四条汉子")既严斥又安抚的态度,是出于"不关心人……保护自己"⑥、宗派主义的"固执"⑦、"害怕丢官失权"⑧还是他自己成为"一个被异化了的人"⑨?

周扬的复杂性还在于他"文革"后的表现,特别是对以前他粗暴地伤害过的人和执行过的"左"的政策的主动"认错",并公开发表他对曾经批判的人道主义和有关的"异化"问题的反思。这样,周扬是否"真诚"和具有"反思"意识,又变成一个"问题",需要研究者去求证。结果是,一方面,跟他有过不同交往的文艺界人士,对他的反思或"忏悔"是否"真诚"抱有不同的看法;⑩另方面,中央领导层对于如何理解他的社会主义"异化"论,也出现分歧。⑪1983 年周扬因人道主义的观点而被迫"认错"时,他跟政治那种千丝万缕的关系,又让他陷入另一次的绝望、痛苦和"失语"的状态中,直到死去。因此,对于研究者来说，无论是对作为个人的周扬的内心矛盾（是否"真诚"），或者是对作为政治人物的周扬的思想改变（是否怀疑社会主义）的探索，都成为一件困难和敏感的事。加上周扬自己没有留下多少自传性或自剖性的文字，要依靠身边的人对他的回忆，为周扬写个人传记就变得难上加难。连出版周扬和有关的作品也不见得那么容易。[12]

　　如果从政治的角度考察周扬一生所走过的道路的话，"文革"前期（1966）的进监狱和"文革"后期（1975）的出监狱，的确最为瞩目或富"戏剧性"。换句话说，继 1937 年奔赴延安和1949 年到北京接管中央的文艺工作，1966 和 1975 是他在文坛中的位置发生关键性的变化的重要年头。从受到毛泽东或党中央重用这个角度看，周扬成为"左联"的负责人，在延安任鲁迅艺术文学院副院长和延安大学校长，解放后任文化部副部长（直到 50 年代中）、中宣部副部长、文联副主席和作协副主席，以至 80 年代任中国社会科学院副院长，都是在一条脉络或线路中的。有些人把这条线称为"仕途"[13]，也有人认为这更多的是一种带有革命理想的投身[14]。然而，要了解周扬文艺思想上的变化，这些年头并不见得最关键。我认为 1942 年和 1962 年前后更能体现周扬的"转折"。1942 年是周扬逐渐形成他的马克思主义文艺思想和靠近毛泽东的《在延安文艺座谈会上的讲话》（简称《讲话》）所指示的文艺方向的时候，而 1962 年是他经过了二十年的文艺斗争和思考之后，逐渐偏离或"修正"《讲话》的方向、从偏"左"的文艺观点"后退"[15]和深化其马克思主义理论的认识的重要时刻。

　　1942 年在 20 世纪中国新文学特别是革命文学发展的重要

历史地位,一直受到研究者的注意,[16]而周扬自己也曾经把1942年的延安文艺整风,跟1919年的五四运动和1979年的改革开放并列,称之为"三次伟大的思想解放运动"[17]。《讲话》是那次整风的重要产物。周扬是毛泽东在延安时期最欣赏的文艺理论家之一[18]。他在那个时期研究过车尔尼雪夫斯基的唯物主义美学观,其中著名的"美是生活"公式,是毛泽东在《讲话》发展"文艺作品中反映出来的生活却可以而且应该比普通的实际生活更高,更强烈,更有集中性,更典型,更理想,因此就更带普遍性"这个思想的理论基础。除了周扬对马克思主义文艺理论研究开始跟毛泽东的思路接轨外,更能反映周扬全面认同毛泽东的《讲话》和对异见者进行肃清的意见,是他写于《讲话》形成两个月之后、从文艺理论方面分析批判王实味的"错误观点"的《王实味的文艺观和我们的文艺观》[19]一文。文章反驳王实味在《政治家,艺术家》中提出的三点:"文艺和政治的关系问题""文艺是反映阶级斗争,还是表现所谓人性的问题"和"今天的文艺作品应写光明,抑应写黑暗的问题",采用的基本上是《讲话》的观点:确定文艺服从政治(党)、反映阶级斗争;只有带着阶级性的人性,而没有超阶级的人性;革命文艺家的基本任务是歌颂人民群众的革命斗争和暴露危害人民群众的黑暗势力。这篇文章不仅是《讲话》的理论补充,也是周扬与毛泽东共同建立以集体的"人民性"为核心的现实主义理论体系的重要一步。[20]

本章想展现和讨论的,是1962年前后周扬的变化。了解他在这个时期不大为人所察觉的变化,对于把握1979年以后周扬明显的"转折",可以说是关键的。意思是说,如果没有

60年代初那个时期的"反思"和理论积累作为基础,就不会出现80年代的周扬,尽管他在"文革"九年的刑狱生涯中,痛定思痛,并对马克思主义的著作掌握得更深入。[21]此外,60年代中断了的工作,如文科教材的编写、"文艺八条"的执行等,周扬在"文革"后又重新捡起来。诚然,在大部分人的记忆中,"文革"是周扬"重要转折"的分界线[22],但有些人却记起60年代周扬那微妙的变化和行为表现,例如认识周扬五十年和跟他三次共事的于光远就曾经说过:"我认为对周扬在文艺工作上的是非功过,不仅要研究1954—1957年他的表现,还要研究60年代他的表现,尤其是他主持起草的'文艺八条'。"[23]我想,周扬从50年代中开始就已经意识到他自己的身不由己,在一下子反"左"、一下子反"右"的情况下,他需要在对毛泽东近乎迷信的忠诚与对文艺界朋友感情和道义上的歉疚的"夹缝"中"斗争"或"生存"。[24]到了60年代,他试图从这种"夹缝"中挣扎出来。

周扬在50年代末、60年代初的变化和表现,可以归纳为三方面:一是在对文艺路线上的"左"倾的反思和纠正,包括强调"双百"方针的民主性和开放性、"文艺十条"的制定、在各地跟不同团体谈话、对自己"错误"的纠正等;二是他的建设意识的明显增强,这包括他对学科建设上的积极表现,对人才(知识分子)的重视与建设队伍的巩固等方面;三是对人性、人道主义和个性的思考,这包括他个人在文艺和社会科学领导工作上的个性发挥。

2."红线"与纠"左"下的民主:对
调整的认识与"文艺十条"

考察周扬在50年代末、60年代初如何纠正所谓过"左"的文艺思想,可以从两条线索着手。一条是"公文"式的,包括配合中央的八字方针"调整、巩固、充实、提高"的"文艺十条"的讨论和正式发表的文章,另一条是"讲话"式的,包括这段时间没有公开发表的"谈话""讲话""漫谈""报告"等。在数量上,"讲话"比"公文"多得多;在论述上,周扬跟干部或艺术工作者面对面的"座谈",更能挥洒自如,加上没有发表的压力,观点和语言都来得自然、舒畅、幽默和开放。"讲话"作为一种形式,会让人联想到毛泽东在延安文艺座谈会上那个权威性很强的《讲话》,而作为领导的周扬,也有可能像当年毛泽东那样,企图以他的言论纠正文艺界存在的偏见,并给出一些具体的指示。因此,他的"话"对于接收者来说,也带有权威性。不过,由于他这个时期的众多"讲话",目的大多是表达某些看法、批评一些现象、执行某项工作、鼓励工作者的积极性、讨论一些理论问题等,而不是像50年代那样执行文艺批判、建立权威和声望或歌功颂德,因此不用毛泽东审批、多次修改,可以较随心所欲,自我发挥。

我先从第二条线索着手。姚文元在"文革"中批判周扬时说他有"报告狂",指出他所作的大小报告"多如牛毛"。㉕他罗列周扬1959年至1962年9月这段时间的"罪证",基本上是从这些"讲话"中挖掘出来的。从数量上看,这段时间周扬的确有点"狂",思维活跃程度"惊人",在1961至1962年间到达高峰。

单《周扬文集》第三、四卷收录的，在 1959 年到 1962 年这四年间
他给各界人士和在各地做的"讲话"文章，就有 46 篇之多，而其
中只有 4 篇曾经公开发表。至于比较正规的"报告"倒不多，只
有两个，而且都没有发表。相反，正式发表的文章就只有两
篇[26]。在这四年中，又以 1961 和 1962 年这两年的"讲话"比例
最高，占总数的 80%。但从 1963 年以后，"讲话"就大量减少，
正式发表的文章则一篇也没有。下面是各年的统计数字[27]：

年份	讲话/谈话次数（没有公开发表的）	正式报告（没有公开发表）	发表文章
1959	5　（2）	——	
1960	4　（4）	——	
1961	23　（22）	1　（1）	——
1962	14　（14）	1　（1）	2
1963 *	7　（7）	——	
1964	2　（2）	——	
1965	3　（3）	1　（1）	
总数	58　（54）	3　（3）	2

* 1963 年 10 月 26 日周扬在中国科学院哲学社会科学部委员会第四次扩大会议上
的讲话《哲学社会科学工作者的战斗任务》在该年 12 月出版了单行本（人民出版
社），但没有收入《周扬文集》

这些"多如牛毛"的"讲话"的对象非常广泛，除了各界的文艺工
作者（戏剧、电影、戏曲、小说、诗歌等）外，还有学术界、教育界、
宣传文教干部、领导干部、历史博物馆人员、少数民族、部队等。
地点方面，除了北京外，周扬到过的地方包括河北、上海、长春、
沈阳、大连、杭州、广州等。可以看到，他的接触面是相当大的。
周扬在这些被认为是"四面点火，八方煽风"[28]的言论中，究竟
怎样"暴露"了他"反革命"的"一面"呢？

　　从内容来看，这些"讲话"涉及文艺内容的，并没有离开"文

艺十条"或修订后的"文艺八条"的各个方面,包括最关键的政治与文艺的关系、题材多样化、提高与普及、批判地继承民族遗产和吸收外国文化、创作和批评避免简单化和粗暴、培养人才和注意团结等方面。如果说周扬这些"讲话"有偏离毛泽东《讲话》文艺方向及其关注的问题,或有个人化倾向的话,那么,这些偏离并不是表现在"讲什么",而是在"怎么讲"方面的。"怎么讲"不仅是上述那种外在的"讲话"形式,还是一种修辞方式或语言特征。通过一段描述、一两句话、一个比喻,我们多少能够从长篇大论的谈话内容中,洞悉周扬相对隐秘的内心世界,包括他的思考或反思产生的变化,甚至是一些在他潜意识里的"反动"思想。例如,在讲述政治与文艺、学术、历史等各方面的关系的时候,周扬好几次用了一个相当形象和巧妙的比喻来说明过了头的"政治挂帅"所产生的问题。最为经典的一次是1961年2月周扬给革命历史博物馆文物陈列提意见的时候。他讲了革命历史中新民主主义与旧民主主义方面在陈列面积与时间比例上不相称的问题,指出问题来自两个原因,一个是"厚今薄古",另一个是"毛泽东思想挂帅"的不恰当处理。就如何正确理解政治与业务的关系,周扬作了一段精彩的表述:

> 帅,就不是兵,到处都是帅,也就失去帅的地位了。我们要以毛泽东思想为指导,作为贯穿整个陈列的一条红线,但不能把陈列搞得像《毛泽东选集》的展览一样,那样,这条线就太粗了,成了一片红绸了,哪里谈得上挂帅呢?引用毛泽东主席的话不要太多,太多反而减轻力量了。政治是统帅、是灵魂,帅与兵的区别,灵魂与肉体的区别,应该正确

理解。这也是政治与业务的关系的问题,要处理恰当。㉙

另外,他在上海哲学、经济学教学座谈会上纠正学术界和文教工作在"红与专"问题上的偏差时,也用过这个"帅与兵""灵魂与肉体"的比喻,说明"毛泽东思想是红线要贯彻一切,但不能庸俗化,简单化"。㉚作为毛泽东思想的阐释者和追随者,周扬用"红线"来表述政治的功能,绝不是姚文元说的"要把毛泽东思想赶出各个领域",而是想保护毛泽东思想,不要让它从"帅"变成"兵",从"灵魂"变成"肉体"。不过,矛盾的是,他看到一直存在的"庸俗化""简单化"或"概念化"问题,因急躁冒进、重量不重质的"大跃进"风气的盛行而有所强化:政治规律(任务)代替了艺术规律、历史规律、学术规律、生产规律等等。这是他急于纠正的首要问题。在他众多的"讲话"中,不难发现一针见血的精彩片段,试摘录几段如下:

> 电影语言"听起来很乏味……没有艺术感染力,不得其所,不得其时,不得其法,不是从群众中来"㉛;

> 年轻作家"太急",要"献礼","到处放卫星",不问"卫星那么多就没有卫星了,都是高峰,都是鲁迅,行么?";㉜

> 创作的主题思想"是不能由别人给的,任何时候都不能由别人代定,只能由作家自己确定"㉝;

> 前一时期,对这些过去的大作家(指托尔斯泰、歌德、巴尔扎克等——引者注)批判得过分了一些。我们对待过去的外国文学是批判地继承,既不要一味崇拜,也不要一概否定,更不要人人过关。对托尔斯泰、巴尔扎克应当给予很高的评价,他们的作品揭露资本主义都很深刻,今天对我们

仍有教育意义。㉞

"以论带史"这个提法有毛病。好像有了论就有了史，其实，具体的"论"（不是指马克思主义的普遍真理）都是对"史"的研究的结果。先有"史"，然后再有"论"，而不是先有"论"，再以"史"来套。㉟

学生对生产的知识，政治斗争的知识，是增加了。可是另外一方面的知识，基本理论知识、基本历史知识以及基本技能的训练，在一些学校里就有所削弱。有些学校政治活动搞得太多，生产劳动搞得太多，教学没有保证，教学的时间可以任意挤掉。……有些学校甚至不敢提以教学为主，出现了"生产带教学"这么一些不妥当的、不正确的口号。㊱

不要把青年搞得头脑过于简单。……西语教学容易感染西方资产阶级思想，是"危险地带"。同志们注意这点是对的。这方面容易感冒，要多穿些衣服，这是对的。但穿得太多了，"多衣多寒"，反而容易感冒。㊲

现在党外同志倒摸到我们的规律，说是说话不离开"三、六、九"，就不会犯错误。三，就是三面红旗；六，就是六亿人民出发；九，就是九个指头与一个指头的问题（毛泽东对"大跃进"的得与失的总结——引者注）。生活里也有不少八股哩……要了解不仅右倾是反党，浮夸风、主观主义、弄虚作假，也是反党的！㊳

以上这些有针对性、尖锐、大胆并不无嘲讽意味的言论，大致上能反映调整期中共党内务实派的思想，但也有周扬个人的观察和反思。原则上，周扬并没有否定政治对于文艺和其他方面的"统帅"或"灵魂"作用，他所担心的是，政治如果从一条牵动兵将或肉体的"红线"变成一块"红布"（过多或过宽）时，它不仅遮盖了兵将的毛病或肉体的缺点，还遮蔽了可以补救这些毛病或缺点的可能性（如吸收中外的文化遗产），更严重的是把自己的作用也消解掉了（"卫星那么多就没有卫星了"，"多衣多寒'，反而容易感冒"等）。结果是，文艺既没有了血肉（艺术性），也没有了灵魂（政治性），成为干巴巴的公式口号；历史既没有了"史"的成分，也缺乏真正有概括力的"论"，成为"薄古"但不"厚今"的概念；学术界没有了知识的"底子"，也不具备真正的批判能力，成为一个简单而粗暴的脑袋。周扬不厌其烦地重复和到处讲述这些他担心的情况，是出于一种紧迫感，而这种紧迫感成为 60 年代初的周扬的一个精神特征。

让周扬感到着急的，除了文学艺术、学术研究、教育等方面日趋失调和虚空外，还有社会生活和各个领域的民主空气问题。如果说，各个领域的失调和虚空可以追溯到"大跃进"时期的削弱和掏空，那么，属于精神层次的民主空气则更多的是被 1957 到 1958 年的"反右"和 1959 年的"反右倾"运动所压制的。人们不再敢说话或知识分子感到"不舒畅"这种现象，让周扬有所感触和反思。其实，早于 1958 年底，也就是大批"右派"分子被下放和知识分子被批判的时候，周扬已经意识到"一种被压抑的情绪"弥漫着，需要再次强调"百花齐放、百家争鸣"的精神。当年在洛阳向一些宣传教育工作者谈话时，周扬曾经这样说：

> 经过这样的运动，现在强调一下"百花齐放、百家争鸣"是必要的。让那些受了群众批判因而讲话有顾虑的人更多地发表自己的意见，不管他们讲出来的话是对是错，我

们不应当勉强地、生硬地取消对立面,要使人人敢于讲话,敢于发表不同意见,只有对于反革命分子我们才不给他们自由,人民中间有不同意见应当作人民内部矛盾的一种表现来看,要采取有领导的自由辩论的方法来解决。有话不讲就心情不舒畅。他讲的不一定对,十句话有九句错,只一句对,听了我们也有好处。……另外,我们还要跟资产阶级的教授、专家学习。不迷信他们,但也不要不尊重他们。不要只看到他们的消极保守落后一面,也要看到他们的积极性,他们的进步,他们的知识和技术的一面。不但要让多数人讲话,也要让少数人讲话,因为他(们)代表某种社会力量。[39]

虽然这段话是针对当时"资产阶级学术权威"批判问题的,但一定程度上反映了周扬对"少数人"或"右派"的关注,例如他们的心情是否舒畅等方面,而这种态度跟他不久前在《人民日报》和《文汇报》发表的清算"右派"的《文化战线上的一场大辩论》截然不同。这篇由林默涵、刘白羽、张光年等参与执笔、经毛泽东三次审阅修改的"集体创作",基本上把"右派"排斥到"对立面"去,即把他们讲的话和写的东西理解为出自"两种不可调和的世界观",是"反社会主义的",[40]而不是属于"人民内部矛盾"。周扬参与这篇文章的写作时,个人是否感到"不舒畅"或有压抑的情绪,我们不得而知,但可以肯定的是,他注意到"让少数人讲话"这个"双百"方针应有的内涵没有得到充分的重视。在之后几年的多次"讲话"中,特别是在 1961 年 6、7月召开各种文艺座谈会和制定"文艺十条"期间,他都强调民主的问题。周扬在全国各地的文化局局长的座谈会上,曾经讲过

一段既反映中央的"调整"方针,又语重心长的话:

> "双百"方针的贯彻,在相当一些时候、相当一些部门,或者说在有些时候、有些部门,没有执行得很好;在领导文艺工作中,有简单、粗暴的方法。对这两个问题是一致的。今天我们不追究责任,责任主要在领导,中央宣传部和我个人主管文艺工作,有很大的责任。……

> 这次会议开得比较民主,同志们讲了些心里的话,对方针问题、领导问题有了进一步的认识。……

> 《关于当前文学艺术的各种意见》这个文件,恐怕还要做相当修改……各地的传达、讨论,首要的,也是讨论思想、方针问题,我们别无要求,只要求你们也搞"三不主义"——不扣帽子,不抓辫子,不打棍子,允许人家讲话,允许批评,从地方文化局、宣传部到中央文化部、中央宣传部,都可以批评。贯彻百花齐放,百家争鸣,是全党的事情,要造成民主空气,文艺工作中要多作努力,造成这种空气。……

> 在传达的时期要说明文件只是会议的文件,不是中央宣传部、中央文教小组通过的正式文件,放手让大家讨论,可以修改,可以批评,也可以推翻。[41]

可以看到,周扬首先间接批评了一些部门不民主,并做了自我检讨(批评与自我批评),然后肯定会议开得"比较民主"(说心里话),进而说"只要求"各地的领导回去后执行"三不主义"(通过民主程序)来征求意见,最后强调"文艺十条"现在只是"会议文件",不是中央"正式文件",可以容纳意见,甚至"推

翻"（调整中央与地方的不平等权力关系）。这是周扬心目中
"民主"所包含的四个方面：批评态度、群众心理、领导作风和调
整既定的权力关系。周扬知道，经历了多次批判运动，官僚主义
作风和制度不仅没有改善，连群众都闭嘴了。要实践党内外的
民主，并非容易的事。他在北京的文艺座谈会上就直言不讳地
指出过："一连串的斗争所带来的消极因素，使'百花齐放、百家
争鸣'和民主生活受到了一定的影响。有些同志以为'双百'方
针可以不贯彻，主要搞斗争、搞运动，因而民主的生活受到了影
响。我们提倡敢想、敢说，有的人就不敢说不敢想；我们提倡大
鸣大放，有的人就不敢鸣不敢放。"㊷从这段话的上下文看，"有
的人"在当时周扬的心目中并不包括毛泽东，而更多的是指向
"有些部门"的人，但实际上毛泽东属于那些主张"搞斗争、搞运
动"的人。或许，周扬对毛泽东并不是不理解的，他的局限性在
于未能深切地认识到民主需要党政部门在制度上的配合，和思
想上要作更大的调整才能实现，这包括周扬自己对毛泽东的忠
诚或党性的坚持。但他当时并没有意识到这样的局限性。作为
一个受过五四民主观念熏陶的人，周扬想起过"德先生和赛先
生"。在 1961 年 7 月的文科教材外文组汇报会上，他感慨地说：
"党内外要创造推心置腹的风气，话讲错了不要紧。还是要无
产阶级的德先生和赛先生，这两位先生不知为什么有时跑掉
了。"㊸看来，周扬当时是想通过个人的努力，把这两位先生
"抓"回来。

　　虽然周扬在 60 年代初只是简单地把民主理解为是否敢说
心里话（包括批评和自我批评）和社会是否提供让人民"舒畅"
地说话的条件（领导的民主作风、民主程序等），但从历史的角

度看,周扬以至整个社会已经向前跨越了重要的一步。50 年代中,周扬对"双百"方针的理解和阐述,并没有使用"民主"这个概念。1957 年 1 月,当接受《文汇报》记者采访时,周扬对"双百"方针作了这样的概括:"'百花齐放、百家争鸣'的方针,就是把知识界的这种新的积极性鼓动起来了。大家开始重视独立思考和客观分析;不迷信,不盲从;敢于坚持自己正确的意见和反驳任何人的不正确的意见;敢于批评和揭露生活中的不合理的现象。"至于阻碍"双百"方针的执行的因素,周扬只提到"'左'的教条主义和右倾机会主义的倾向"㊹。可以说,当时"双百"方针的提出,更多的是思想解放意义上的而不是民主化意义上的,因此,周扬强调的更多的是独立思考、客观分析、敢言和"干预"生活等方面的内涵。当执行"双百"方针的结果超越促进文艺繁荣这个目标,触动了官僚架构的时候,对民主的理解才超越敢言等方面的范畴。由此,我初步作出这样的结论:周扬把"双百"方针结合正在萌发的民主意识来思考,是在"反右"运动和"反右倾"批判扼杀了基本的言论自由和粗暴地对待了异见者之后。

不过,由于周扬对于民主的思考过于限定在"双百"方针和政策执行的失误上,因此他只能在如何进一步贯彻这个方针和政策这样的范围内提出方案,那就是做好 50 年代没有做好的纠"左"工作和在他的能力范围内创造民主空气。此外,由于他一直是方针与政策的主要推动人,他的民主思考跟他个人(特别在中宣部的工作)的自省是分不开的。因此,每次他检讨 50 年代中宣部工作做得不妥当的时候,都不乏自我检讨的内容。例如他检讨了反修正主义讲得过于绝对化,用了搞运动而不是

"细水长流"的形式批判一些需要长时间清理的领域(如中外文学遗产等),弄得过于简单化,与此同时,他对自己说过一些简单化的话自我批评一番。[45]他又检讨自己思想中教条主义和机械论的东西,说"譬如世界观和创作方法的关系,过去我就有简单的理解"[46]。如何理解世界观与创作方法的关系,正是胡风与周扬在文艺观点上的矛盾的一个环节。虽然他没有正式检讨自己曾经对胡风不民主,还在批判胡风的时候做了毛泽东的"打手",但他心里明白,他的行为跟知识分子心情变得"不舒畅"、没有发表观点和意见的空间不无关系。

总的来说,周扬在60年代初开始意识到民主的重要性,并尽自己的能力和以自己的方式创造一个较为放松、舒畅和自由的时代氛围,而他自己也在经历一个关键的自我民主化过程。他甚至以身作则地纠正官僚化的倾向和等级观念,不要别人称他周部长,说"叫周扬、老周都可以"[47]。由于这个时期与各界人士广泛接触,周扬的言论和反思意识,又会感召一些人,也改变了他50年代当文化"打手"的形象。例如50年代被划为"胡风分子"的贾植芳,对周扬有这样的印象:"形势紧张时,他是打手面孔,形势一松,他身上五四的传统就又出来了。"[48]"打手面孔"和"五四的传统"很好地概括了周扬的"两面":官僚意志和文人意识,而60年代初那让人略为感觉到五四的"松"的时代氛围,使这个"两面人"收起他的"打手面孔",展示一个可亲的长者和具民主风范的领导的形象。

除了以他的言论影响一些人的看法外,周扬也领导了"文艺十条"的草拟、讨论和修订工作,虽然他不是主要的组织者或起草人。作为中宣部副部长,这是他的职责之一,同时也是他实践他的纠"左"和民主化使命的一部分工作。"文艺十条"的指导思想是周恩来写于1959年的《关于文化艺术工作两条腿走路的问题》(见"前言")。按周恩来说,这个"讲话"在当年被"打入冷宫",让他"不免有点情绪"。[49]但看来他的"两条腿走路"的倡议,并不是完全没有得到反应。例如他提出十条中的首条"既要鼓足干劲,又要心情舒畅",周扬就一直在推动,只是没有成条文而已。制定"文艺十条"的具体工作,是1961年4月份开始的,由林默涵负责组织起草班子[50]。到了5月,周扬和林默涵召集起草人开会。

根据起草小组成员之一黎之的回忆,会上周扬提了几点意见:一、关于成绩,几次运动不要写了;二、不要再提社会主义现实主义;三、高举问题,小平同志说不要提;四、关于马恩提的艺术的发展不平衡,希腊艺术的永恒性,资本主义生产方式是对诗的敌视等论点可以展开讨论一下。[51]或许我们可以以这几点意见,作为洞悉周扬当时的考虑或思想的一个窗口。首先,他把几次文艺批判运动视为"成绩",却主张不要写进条文里。这样隐晦的表述可能说明周扬并不觉得那些运动完全是"成绩",反而有倒退成分,不应写进一个要纠正错误的文件里。同样,第三点的"高举",应该是指"大跃进"时期经常被"高举"的毛泽东思想,正如前面所述,其问题对于周扬来说在于其遮盖性("红布")。这既是他的意见,也反映了领导层如邓小平的看法。社会主义现实主义则是50年代中国文艺的指导思想及正统的创作方法,周扬是把它从苏联介绍到中国来的第一人,也是重要的阐释人。但他开始意识到文艺上不少"左"的教条主义和公式主义,和他自己对文艺的简单化理解,例如之前提到的世界观与创作方法的关系,都与过分地受到社会主义现实主义定义的限制和苏联的影响有关。加上毛泽东提出的"革命现实主义与革命浪漫主义两结合"的创作方法已取代了社会主义现实主义的正统位置,而中苏关系又日渐恶化,因此周扬主张不要再提社会主义现实主义。至于第四点,周扬提出来要讨论马克思主义美学中的"艺术发展不平衡"论,主要针对1959年为了支持和证明毛泽东提出的"随着经济建设高潮的到来,不可避免地将要出现一个文化建设的高潮"的论断,《文艺报》发表文章说马克思关于艺术生产与物质生产的不平衡现象,已被艺术生产适应于物质生产的新现象所代替。[52]这样的论点不仅对马克思主义的经典性提出了质疑,还为"大跃进"时期必然出现文学的"繁荣"和"丰收"这么一个说法,提供了理论上的支持。正如一些研究者指出的,周扬等对此感到"忧虑与不安"[53],因此,在起草"文艺十条"时,周扬提出要讨论这个问题,看来也是他和其他一些领导人的意思。此外,这时周扬正忙于抓哲学社会科学方面的建设工作。从他那篇受到毛泽东赞扬的《哲学社会科学工作者的战斗任务》(1963年)的内容来看,他在1961至1962年间重新学习马克思主义,不仅是为批判苏联的修正主义做准备,还是兴趣使然。根据于光远的回忆,周扬在那段时间里,"对哲学的兴趣的确很高,甚至比文艺方面更高"[54]。他希望文艺界提高对马克思主义理论的认识,看来也是可以理解的。

在"文艺十条"初稿出来后,周扬主持了中宣部部长办公会议的讨论。黎之是负责记录的。他回忆说,当时各人的思想都非常活跃,讲了不少"大跃进"中极"左"思潮和文教方面出现的极端的、可笑的事例。当讨论到"文艺为政治服务"这个提法有没有问题的时候,大家都议论纷纷,大都不赞成再提这个口号,也反对创作方法为世界观服务。这些提法和讨论气氛,让人想起胡风等人的文艺观点和"百花时代"的活跃,参与讨论的许立群当时还自我嘲讽地站起来说:"噢,我是服务员啊。"⑤不过,周扬在会上却认为"不提这个口号影响太大,还是沿用过去的提法为好。'文以载道'么"㊶。或许,周扬纠"左"之余,并没有放弃毛泽东文艺方向维护者的角色,或者说他不能完全超越毛泽东《讲话》的正统性的框框。正如他的"红线"理论所说明的,政治仍然是"帅""灵魂",因此不能不提。周扬在起草文件时持较为谨慎或保守的态度,在之后为配合"文艺十条"的讨论而召开的"文艺工作座谈会"(6月1日)上,他的话却讲得"放肆",甚至"离经叛道"。且看他这一段后来被姚文元引作"反革命"言论之一的"名言":

> 胡风说,机械论统治了中国文艺界二十年……如果我们搞得不好,双百方针不贯彻,都是些红衣大主教,修女,修士,思想僵化,言必称马列,言必称毛泽东思想,也就是够叫人恼火的就是了。我一直记着胡风的这两句话。㊷

此外,在会议的总结发言(6月16日)中,周扬谈到"配合问题"时,指出过去什么事情文艺都要赶紧配合的错误在于"急躁冒进",还大胆地提出:

> 什么事情都大办,就不能配合,必须是有的大办,有的小办,有的不办,才是配合。……配合政治不等于要所有的文艺作品都配合当时当地的中心任务。㊸

对政治与文艺的关系做这样的理解,其实跟不提"文艺为政治服务"这个口号并无两样,在当时都会有"修正主义"之嫌的,即"修正"了文艺"服务"于政治的从属地位。不过,"文艺十条"修订为"文艺八条"时,并没有按原来的编排那样把这头等重要的、经过争辩的条目放在第一位,而是统摄在"进一步贯彻'百花齐放、百家争鸣'的方针"这一条中去(见"前言")。更遗憾的是,由于形势的急剧转变,最后批转全国执行的"文艺八条"基本上只是一纸空文,并没有对60年代的文艺发展产生影响,在"文革"中还受到批判。

这个在1961至1962年本来差不多要为它"立碑"的历史性文件[59],虽然没有在政策的意义上发挥它的效用,它在制定过程中激发的生命力或历史意义是深远和深刻的。经历了二十年的风雨后,当年曾经参与起草和讨论的"文革"幸存者,重新把它从历史的风尘中挖出来进行修订,周扬是其中的一个中心人物。"文艺八条"的重提,固然反映了周扬要偿他未了的心愿:纠"左"(这看来有点"怀旧"的味道),但这更深藏着他对历史的深切反思和对80年代初文坛的现实情况的观察。周扬曾经对跟他一起工作的顾骧提过:文艺方面"左"的东西,"根深蒂固,源远流长"。[60]的确,文艺的"左"倾,并没有因打倒"四人帮"而一下子就得到清理,白桦的《苦恋》被批判是一个很好的例子。周扬对这个事件发表了较为中肯的意见,说白桦是一个有才华的作家,虽然他的作品有错误,应该帮助他把作品修改好而不是采取"枪毙"的办法,批评要实事求是,但后来却受到不少指责。[61]因此,他下决心要重新修订"文艺八条",把林默涵、张光年、陈荒煤和贺敬之召集起来,谈他的想法。经两个阶段的讨论,最后定下了十条。在这十条中,后六条继承了60年代的

"文艺八条"的精神和内容,包括第五条:贯彻"百花齐放、百家争鸣"方针,发扬意识民主,保证两个"自由"(原第一条);第六条:继承民族文化遗产,加以革新和进一步发展(原第三条上半部);第七条:学习和借鉴外国文化(原第三条下半部);第八条:坚持毛泽东文艺思想的科学原则,发展具有中国特色的马克思主义文艺理论批评(原第四条);第九条:加强文艺队伍的建设,巩固和扩大文艺界的团结(原第五、六、七条);第十条:坚持和改善对文艺的领导(原第八条)。前四条则是原则性条文,跟80年代的新形势有较多的配合,包括:思想文化建设和经济建设要相适应(第一条)、当前的文化形势(第二条)、认真总结历史经验(第三条)和坚持为人民服务为社会主义的方向(第四条)。[62]

根据负责记录和整理这些讨论和条文的江晓天的回忆,周扬在讨论新的"十条"的过程中,提出不少他在公开发表的文章中没有谈过的新思想、新见解,例如他在论述如何克服"左"的思想的影响和"自由化"倾向时指出:"既不能用'左'的观念去克服'自由化'倾向,也不能用'自由化'的观点去克服'左'的倾向。两者看来是两个极端,却往往相互助长,相反相成。"[63]他也从理论和实践两方面总结了几十年来革命文艺的历史经验,终于摆脱了"红线"的捆绑,说"不再提文艺从属政治"[64]。对于周扬这种力图追上时代的精神和进步,顾骧感慨地说,周扬"以法治文的认识又进了一步。可惜是他没有意识到,凭他个人是无法立法的"[65]。这种说法有一定道理,但未能点出周扬根本的局限性所在。文艺条文不是政治条文,当然不能通过民主立法程序来确定其合法性,更不用说一个人不能成事的问题了。再者,尽管"十条"的合理性很强,是用周扬和其他过来人的极度痛苦经验和智慧凝聚而成的,但历史毕竟又前进了一步,文艺规律已经不像60年代那样,能够用一个从上而下的方针或政策就能调整过来。支配着文艺向前走的是周扬一代人未能接受的、称之为"自由化"的文学解放观念和潮流,而这些观念和潮流是随着比60年代初来得更彻底的经济改革和民主化过程所带动的,并不以各类条条框框或长官意志为转移。新的"十条"虽然已加入一些适应新时期的条文,如文艺和思想文化不能孤立于经济(第一条)和需要正确估计当前的文化形势(第二条),但"条"这种形式本身或依靠权力机构制定的政策条文,对于规范文艺的可能性和有效性,已变得可疑和脆弱起来。因此,就算不是因为"资产阶级自由化"和周扬的"异化"论受到批判,主持制定新的"十条"的工作转到贺敬之和另一个班子手中,以致最后在全国文联全委会上作为"讨论稿"通过的"文艺十条",已偏离了周扬主持时的内容,⑥新的"十条"也不会发挥更大的历史作用。不过,对于周扬个人而言,这是一件没有完成的心头大事。从研究的角度看,新的"十条"可以看成为周扬60年代通过"文艺八条"调整文艺的努力的延续,并说明了那段时期的工作对他的深远意义。

前面曾述,周扬从1959年以后,正式发表的文章寥寥无几,不像50年代那样大多以正式的文章阐释新中国的文艺需要、路线、政策和批判异见者。1962年唯一发表的《为最广大的人民群众服务》,是一篇为纪念《讲话》发表20周年的"社论"式文章。这篇文章经过了起草、讨论、审定等程序,因此不仅代表周扬的意见,也反映这个时期文艺界整体的调整纲领。文章首先"高举"的当然是毛泽东文艺的根子:"工农兵"方向,但究竟"工农兵"这个标准化或经典化的词语，在这个时期能作多宽的理解，或者说可以包含哪些"人民群众"，就视乎周扬怎样把握这个时期的阐释空间和政治形势。文章写道：

> 党和毛泽东同志提出的文艺为工农兵、为广大人民群众服务的方向，以及后来提出的"百花齐放、百家争鸣"和"推陈出新"的方针，经过文艺界的实践，已经形成了一条马克思列宁主义的文艺路线。这是发展我国社会主义文艺的最富于战斗性的正确路线。
>
> ……
>
> 二十年前，毛泽东同志指出，我们的革命文艺，是站在无产阶级的立场上，为工农兵以及小资产阶级劳动群众和知识分子服务。这在今天也是完全正确的。
>
> ……
>
> 文艺为工农兵服务，为全国最大多数的人民群众服务，就是为工人阶级和广大人民群众的需要和利益服务。⑥⑦

对照一下《讲话》对于"人民大众"所下的定义，我们并没有在上述的内容发现什么出格的地方。《讲话》指出："最广大的人民，占全人口百分之九十以上的人民，是工人、农民、兵士和城市小资产阶级。"⑥⑧在属于"最广大的人民大众"的四类人中，小资产阶级一类是包含知识分子的。周扬"忠实"地或历史地把二十年前的《讲话》那较宽容的"人民群众"范围划出来，并确认它在今天的"正确性"，目的是纠正文艺只为狭义的"工农兵"服务的理解，和与此相关的题材、创作方法单一化和公式化等问题。周扬这样做，有效地借助了毛泽东和《讲话》的权威性，把

"工农兵"这个被"异化"为一种无产阶级革命文艺的象征符码的文艺服务对象,还原为有血肉的四类活生生的人。"最广大的人民群众"的确是"广开文路",为文学的"多样化"倡议提供非常重要的前提:"广大人民对于文学艺术的需要是多种多样的。"⑥这篇文章与"文艺八条",特别是"正确地认识政治与文艺的关系"和"鼓励题材与风格的更加多样化"这两条,在内容上是互相呼应的,并成为60年代初文艺调整的有形标志。文章后面也重点谈到周扬在他的"讲话"中经常提到的团结和党领导的民主作风问题,因此带有周扬的个性。

总的来说,有意突出"最广大的人民群众"而低调处理"工农兵",构成了"1962"这个较为宽松的时代特色之一。当沉寂了一个时期的毛泽东,在1962年9月的八届十中全会上重提阶级斗争时,"工农兵"又再次得到高调处理,"广大人民群众"便退回它的历史角落去,这意味着在"工农兵"边缘徘徊的小资产阶级和知识分子的阶级属性,要面临另一次的质疑,多样化的创作倡议又会受到打击。周扬在1963年后的"讲话",调子没有什么太大的变化,修辞方面却不得不作出调整,"最广大的人民群众"更不能再公开使用。例如1964年,他在向农村文化工作者讲话时说:"现在看得很清楚:一切工作都要为工农兵服务,你若还不认识工农兵,那怎么行呢?……我们既不是为成名成家,也不是为光宗耀祖,而是为工农兵。为工农兵服务就要认识工农兵,熟悉工农兵。"⑦不过,与此同时,他反对柯庆施等人提出的"大写十三年"口号,坚持文学创作应该写工程技术人员、教员、商业人员和知识分子。⑦到了无限地高举"工农兵"这个象征文艺激进派的立场的"文革"时期,实际上没有"偏离"工农兵方向的"最广大的人民群众"概念,被上纲上线地说成为以赫鲁晓夫的"全民文艺"来代替无产阶级文艺,用为"全民文艺"服务篡改为工农兵服务的毛泽东文艺方向。[72]

3. 周扬的建设意识:文科教材
工作与人才培养

1961 至 1962 年间,除了在纠"左"工作上流露明显的反思意识外,周扬在领导学科建设工作的过程中,也表现出强烈的建设意识。这种建设意识一方面体现在具体的教材编写的组织工作上,另一方面体现在对人才或建设队伍的尊重和培养上。从精神上看,周扬在文艺调整和学科建设这两方面的工作是分不开的,因为都是出于他对"反右"批判运动以来所造成的"破坏"的反思。"右派"的错划,不仅使人们心情不舒畅,也糟蹋人才。在"大跃进"过"左"的政治现实中,周扬不仅看到文艺的浮夸风,也看到无论是自然科学还是人文科学,都因"拔白旗"而变得"荒芜",这才让他感叹于社会主义的"德先生"和"赛先生"不知什么时候跑掉了。从实践工作上看,周扬对学科建设特别是文科教材的组织工作的认真和细致程度,不下于文艺工作。这两年周扬发表的 30 多次讲话,就有一半是向学术界和教育界讲的,而内容不少涉及学科建设,例如具体的教学体制、教学方法、教材的选编、学术研究方法、对老专家的保护和尊重、年轻一辈的人才的培育、对读书(知识)的重视等。周扬主要的建树是在人文科学方面,但他对自然科学工作的贡献,也得到科学界的肯定。例如在 1961 年 4 月中国科协全国工作会议上,周扬的讲话中肯地把握了科学工作几年来在执行知识分子政策和"双百"方针的情况,得到科学界的极大欢迎。这个讲话对于科学界制定他们的调整文件"科学十四条",提供了主要的观点,如第一条"提供科学成果,培养研究人才,是研究机关的根本任务"(简称为"出成果;出人才")、红与专的问题等,都是周扬讲到的。㉒"科学十四条"后来也成为"文艺十条"制定的范本。

周扬所属的中宣部其实只负责抓政治和思想工作,具体的建设工作由国务院负责抓。60年代初的周扬,却对建设工作特别感兴趣,按照五六十年代同时在中宣部和国务院两个系统工作的于光远的观察,周扬之所以对建设工作感兴趣,其中的一个原因是受到在国务院负责自然科学建设工作的聂荣臻的影响。于光远这段回忆,对我们理解周扬这个时期的思想变化很有帮助:

> 60年代刚开始不久,周扬有一次因病住进了医院。同时聂荣臻因病住在同一个医院里。在建国前的四五十年代,周扬曾经在聂荣臻领导的晋察冀中央局担任过工作,同聂总本来就很熟,在医院里二人有比较从容的时间交谈。他们谈话的时候我虽不在场,但是从周扬出院后和我的谈话中,也从周扬的表现中,看出这次谈话对周扬思想上的启发很大。在这之后周扬对科学工作明显地比以前更加热心了。他对政治运动中科学工作者不能正常工作这一点表示很不满。他特别强调科学工作要多出成果、出人才,党应该保护他们,为他们创造良好的条件。
>
> ……中宣部的指导思想是"抓政治抓思想",从1957年毛泽东提出政治战线思想战线的社会主义革命后,跟得很紧。国务院抓建设工作,对搞阶级斗争不那么积极,甚至

有些抵触。周扬在与聂总谈话后,依我观察,思想上有比较明显的转变,比较多地倾向聂总他们在自然科学技术工作领域中采取的做法。

科技系统也就开始找周扬参加他们的活动。1961 年 4 月中国科协在北京饭店召开全国工作会议,请周扬去作报告。他答应了。在这个会议的讲话中,周扬对聂总在医院里跟他讲过的一句话表示欣赏。聂对周扬说:"我过去干武装革命,现在想用我的余生,建立一支强大的科学技术队伍。"周扬说:"这是一个革命家的动人的愿望"。⑭

从这段叙述中,我似乎读到周扬当时一个没有说出来的"愿望",那就是想从过去搞批判运动(政治思想战线的社会主义革命)转到建立一支强大的文教队伍(文艺和学科建设战线的社会主义革命)。作为领导,他"要求自然科学家创造发明正如要求工人生产工业品、农民生产粮食和各种经济作物、文学家创作文艺作品、社会科学家写出理论著作一样"⑮。这个"愿望"的确很"动人":社会上每一个成员都能在自己的岗位上发挥所长,不过多地受政治干扰。周扬当时就准备用另一种方式发挥他在中宣部的岗位的作用:以他的领导地位和政治影响力保护一大批正在被动员出来参与学科建设的建设大军。他曾经对文科教材各编写组的组长说过:"政治上我负责,学术上你们负责。"当时还有人半带敬意、半开玩笑地说:周扬要当一代文宗!⑯

从周扬自己的"讲话"里,我们也能读到他的建设意识,最为直接的一次表述见于 1961 年 4 月召开的高等学校文科教材编选计划会上的讲话。他在讲述教育革命问题时,提出一种从

"破"到"立"的过程和"破"的目的是为了"立"的认识：

> 破了以后要立,破了旧的教育思想要立新的教育思想,破了旧的教学方法要立新的教学方法,破了旧的教材要立新的教材,破了旧的教学秩序要立新的教学秩序。所谓总结工作,就是要总结哪些破得对的,哪些不应该破,还应该保存;哪些立得对的,应当坚持下去,哪些还不能肯定对不对,要再看一个时候。……我们要注意立的问题,破不是目的,目的是立。破就是扫清基地,扫清基地干什么呢? 扫清基地是不是让它成为一块空地? 扫清基地的目的就是立。⑦

60 年代初周扬对"立"的紧迫感是很清楚的,因为他看到很多不该破的被破了,没有保存下来;一些立得对的又没有坚持下去。在这个文科教材编写计划会上,他就指出了一些不该破的方面:学生对基本理论知识、历史知识以及基本技能的训练、独立活动的能力、专心读书、重视外文基础等。立了而应该坚持的则是"双百"方针在知识分子中的贯彻,包括对学术思想的尊重、对知识和文化的发展、独立进行学术活动如备课写作、允许发表个人意见和学术争鸣等。⑱

1961 年 9 月批准试行的"中华人民共和国教育部直属高校暂行工作条例(草案)"("高教六十条")是一份系统地总结建国以来高等教育正反方面的经验、规定高校的方针、任务和政策的文件。这个条例草案规定高校必须以教学为主,努力提高教学质量;对生产劳动、科学研究、社会活动的时间应安排得当,以利教学;正确执行对知识分子的政策,团结可以团结的知识分子;科研工作必须正确执行"双百"方针;做好总务工作,保证教学和生活条件;改进领导方法和作风等。[79]周扬参与了这个文件的起草工作,但他的工作重点是在文科教材的建设方面。

文科的概念,在当时包括社会科学和人文学科,也就是当时中国科学院哲学社会科学部所属研究所的范围。按照周扬的划分,所谓文科,主要包括语言文学(包括外语和少数民族语言)、历史、哲学、经济(包括政治经济学、财政、部门经济等)、政法、教育(包括心理)等 6 个方面,共有 67 个专业,其中语文占 41 个。艺术专业则有 38 种,与文科加起来共有 105 种。全国文科学生在 1961 年约有 15 万,来自综合大学、艺术院校和师范学院,占全国大学生的 15%。在 1961 年 4 月 12 日召开的文科教材编选计划会议上,得到落实的教材中,126 本属于文科,147 本属于艺术。参加会议的人数共 290 人,约有三分之一是党外人士。[80]从这些数字看到,周扬领导和组织的是一项相当庞大的建设工程。从 1961 年 2 月至 1965 年 11 月期间,周扬召开过几十次各种形式的座谈会、讨论会、汇报会,[81]工作量是非常大的。由于文科或社会科学并没有如自然科学那样制定一些条例,周扬在这些大小会议上的讲话,就成了文科教材编写的指导思想,而最具纲领性的要算是编选计划会议上的发言。周扬在这个会议上提出过编写的 6 个原则,这些原则大致能够反映他在教育和学术工作方面的认识和视野。一是红与专、政治与业务的结合,即所谓走红专道路,而与此有关的是劳逸结合、集体和个人结合等。二是书本知识和活的知识的关系。周扬认为《高教六十条》规定的劳动与科研时间加起来不得超过三分之一的比例,还是太高了。他再次确定学校是传授知识的地方,因此读书应该是占更大的比例,他在不同的场合反复强调读书的重要性,以免青年人的头脑过于简单。㉒三是史与论的关系。周扬这方面的观点主要是"论从史出",这点他在《中国文学史》编写组的讲话中也提道:"总的原则,是从文学史的事实中去寻求规律,而不要先立下公式规律,去套文学事实(包括浪漫主义、现实主义、两结合、人民性等概念)。"㉓四是古今中外的关系。这也涉及文学史的写作问题。他认为有人提出把古代史(包括近代史)与现代史的比例从"大跃进"时期的一比一变为三比一还是太少了。至于中外的比重,由于很难量化,周扬只指出要大量吸收外国文化,不要有太多的顾虑,这点他在外文组的汇报会上也有所强调。㉔在性质方面,他认为对于西方很多"为艺术而艺术"的作家和所谓"颓废"的作品,要具体分析,这是一种较为客观的态度。最后是基础技能的训练,对文科学生而言,那就是写作的训练。周扬对教材的要求也提得很具体,例如观点与材料要统一、选材要全面(正反面都得选)、写作班子最好小一点、自愿结合等,也强调党外人士要有充分、自由的发言权和大家能畅所欲言。虽然工作量大,周扬在各方面都考虑得相当细致,并尽量顾及民主和自由的原则。例如他鼓励采用一种当时在政治生活,特别是党外人士中相当普遍的"神仙会"形式吸取意见,强调参与工作的人先作学术交流,不要像以前那样为赶任务而工作。

周扬这项集合了全国一流人才和教研力量的文科教材建设工作,两年后就出了成果。1963年编好的书有一百多种,印刷出版的就有30种52本。学界对这些已出版的教材反应不错,证明组织力量编教材有一定的需要。㉕然而,当教材编写工作进入收获期之际，周扬他们需要面临一个时代的考验。在那个重提阶级斗争的八届十中全会的公报出来后，一个新的挑战就摆在周扬面前：如何同时执行阶级斗争与"百家争鸣"这两个矛盾的方针？1962年底，周扬还没有察觉形势对他工作的不利。在政协全国委员会文化教育组召开的翻译工作座谈会上，他仍然天真地阐释两者之间的互存关系，维护学术讨论的自由：

> 我们既然站在无产阶级立场上，就不要怕斗争。应该积极参加阶级斗争，为社会主义奋斗，就要反对资本主义。我们还是坚持"团结—批评—团结"的方针，随便扣帽子，是粗暴的做法。人有点资产阶级思想和爱好，并不稀奇，如果发展得厉害，就告诉他，采取爱护、帮助的态度。总之，第一，对阶级斗争要采取积极的态度；第二，采取治病救人的方针。……不要把"双百"方针与阶级斗争对立起来。……不要把政治问题和学术问题混淆起来。……学术讨论受到粗暴干预，在任何时候都是有害的。[86]

从这段话我们可以清楚地看到，经过1961到1962年的建设工作的"洗礼"的周扬，已经跟50年代批判胡风时的周扬很不同了。这时，毛泽东对于学术或文艺，却用一种更为激烈的政治理论来处理：年年讲、月月讲、天天讲阶级斗争。可以说，周扬与毛泽东的分歧已日益明显。但周扬还是要对形势作出妥协，例如在一些谈话中他需要加上配合形势的段落："文科教材建设、整个文科建设，怎么和当前国际国内的阶级斗争形势相适应，这是根本问题。"[87]在具体工作方面，为了配合形势，文科教材"尽可能要求马克思主义多一些，用马克思主义阶级观点、历史观点处理材料"和"要加强政治理论的教材的编写工作"。[88]
到了 1965 年 7 月，教材编写的工作还维持着，但他面对的压力
越来越大，因为毛泽东有关文艺的两个"批示"（见"前言"），批
评周扬的企图是清楚的。不过，周扬对这项建设工作仍然充满
自信，并以"心里话"鼓励编书的同志说：

> 人家可以批评工作做得不好，但不能说这个工作是不
> 需要的。这个工作，过去需要，今天需要，将来也需
> 要。……有人说，编教材是"劳民伤财"。有时候革命需要
> 取得经验，劳民伤财也不可避免。中国革命，几次右倾，几
> 次"左"倾，不劳民伤财？我们只能力求少出一点错误，少
> 出一点缺点。编书的同志不要怕批评，人家批评对的，就
> 改；不对的，作解释。一时还不能肯定对还是不对的，看一
> 些时候再说。[89]

尽管如此，当压力越来越大时，周扬还得在正式的场合代表他领
导的中宣部和文化部做工作检讨，例如"文革"前对改组后的文
化部召开的文化局局长作他最后的一次报告时，周扬说："经过
这次文艺整风，批评了我们的错误，认识到当前国际国内形势的
变化，明确了任务，我们就有勇气克服困难，争取把工作做得更
好。……'文艺八条'有个缺点：即没有把为工农兵、为社会主
义服务这个前提贯彻到各条里面去。"[90]

在周扬身边工作的于光远回忆说，"文革"前，周扬虽然被
任命为以彭真为首的文化革命五人领导小组的成员，但他的情
绪并不高，有一种想离这场运动远一点的倾向。[91]或许，周扬对
于运动真的厌倦了，对于毛泽东和文艺激进派的"左"倾也无能

为力,不过,由于自己地位已不保,周扬也没法对他努力多年的文科教材建设工作提供政治上的保护。他这个"愿望"要到 80 年代才得到完满实现,中断了的计划中的文科教材在"文革"后恢复编写,但其发挥的作用已不可以跟 60 年代同日而语了。

4. "异化"与"人性复归":人道 主义与"人性论"的再认识

60 年代初到"文革"前,周扬与毛泽东的关注点出现较大的偏差,以致他们的兴致与工作取向愈来愈不一致。首先表现在对这个阶段的社会主义革命应该搞建设还是搞阶级斗争的看法上。其次是对国际和国内形势的不同分析,我们可以在毛泽东如何修改周扬在中科院哲学社会科学委员会第四次扩大会议上的讲话《哲学社会科学工作者的战斗任务》(以下简称《战斗任务》),看到这方面的分歧。根据 50 年代在中宣部科学卫生处工作,并帮助周扬起草这篇讲稿的龚育之的回忆,毛泽东对周扬这篇《战斗任务》表示了同意和赞赏,并曾经亲自动笔修改和增加了许多段落。当时周扬很高兴,但没有告诉龚育之他们哪些地方是毛泽东修改的。之后周扬又做了些修改。因此,龚育之他们已经不能够准确地猜到哪些是毛泽东改的,哪些是周扬自己改的,可见周扬与毛泽东在一些问题的认识上和表述上还是达到了"你中有我,我中有你"的境界。到了 90 年代,龚育之才在毛泽东的文稿(《建国以来毛泽东文稿》第十册)中,得知毛当年对周扬这篇文章曾做的修改,才明白过来毛泽东与周扬关注点不同的地方在哪里。这些发现,成为研究周扬与毛泽东的关系的重要历史素材。原来毛泽东对周扬的文章所做的修改共达20处之多,其中整段加写的文字共有八段,都在文章的第一部分"一部马克思列宁主义发展史,就是同各种反马克思列宁主义思潮辩论和斗争,并且战胜它们的历史"。至于第二部分"批判现代修正主义,重新学习和宣传马克思列宁主义,是当前哲学社会科学战线头等重要的任务",毛泽东也做了五处修改。这两部分都是针对国际形势的,特别是批判苏联的修正主义。至于针对国内社会科学研究工作和队伍建设的第三、四部分"总结和研究当代革命斗争的经验和问题,在整个哲学社会科学研究工作中应当摆在首要地位"和"建立和壮大马克思列宁主义理论家的队伍",毛泽东则没有作什么重要的修改。⑨②周扬这篇讲话发表时,正是中苏论战进行得如火如荼的阶段。⑨③虽然这篇文章的主要目的是批判修正主义,这是周扬作为中宣部领导人的主要任务,但他并没有忘记他在学科建设上的理想。《战斗任务》后两部分的内容,正是针对这个问题的,包含了更多周扬在60年代初所作的新的思考。他把批判国际上的"现代修正主义"称为"头等重要的任务",而把总结经验和研究问题摆在"首要地位",可见他的注意力主要集中在思考与探讨问题方面,完成"任务"还是次要的。相反,毛泽东的心思则仍然被"头等重要"的事情所牵动,无暇顾及国内"首要"的工作。

周扬在这篇以"战斗任务"命名的文章中,当然首先批判修正主义。但在履行"任务"之余,他谈了在这个时期比较关注的"异化"问题,而当时他是需要站在批判人道主义和人性论的立场上使用这个概念的:

现代修正主义者和某些资产阶级学者企图把马克思主

义说成是人道主义，把马克思说成是人道主义者，有些人则把青年时代的马克思和成熟的、作为无产阶级革命家的马克思对立起来。他们特别利用马克思早年所写的《经济学—哲学手稿》一书中关于"异化"问题的某些论述，来把马克思描写成资产阶级的人性论者，竭力利用"异化"概念来宣扬所谓"人道主义"。这当然是徒劳的。

......

修正主义者和资产阶级者鼓吹的异化论，实际上是资产阶级的人性论，矛头是针对无产阶级革命和无产阶级专政的。他们把无产阶级专政和社会主义制度说成是同人性对抗的、异己的力量。......他们认为，有一种所谓"永恒的人性"，社会对于个人的任何制约都是"人性的异化"，因此只有摆脱任何社会制约，才能使人性复归。他们认为，要消除"人性的异化"，就必须消灭无产阶级专政和社会主义制度。他们鼓吹"人性的复归"，实际上就是鼓吹个人的绝对自由，就是要社会主义制度下的人民恢复资产阶级个人主义的人性，恢复培植这种人性的资本主义的制度。[94]

正如周扬后来自己说的，1963 年那次对人道主义的批判，是基于外在因素。那时苏联和一些西方的资产阶级学者，"把人道主义说成是共产主义，把人道主义说成是共产主义的一个最高发展"，他认为是"违背历史唯物主义"的。同时，他发现西方有不少著作研究"异化"的问题，而作者大多"认为一个人的人性本来是好的，让他自由发展就很好。克服异化就是人性复归"。[95]周扬当时认为，人道主义与"异化"论所主张的"人性复归"（即"人性论"）都是反阶级论和反对社会主义制度的，属于现代修正主义或资本主义的"歪理邪说",必须进行批判。

其实,在1960年针对国内巴人的《论人情》(1957)而展开"人性论"和人道主义批判,"人性的异化"问题已经被讨论过,因为巴人文章曾经引用了马克思和恩格斯在《神圣家族》中谈到阶级性是人类本性的"自我异化"这个理论。马文兵在他们的批判文章《在"人性"问题上两种世界观的斗争》就辨析过"异化"概念的来源,并指出马克思在《经济学—哲学手稿》提出"劳动疏远化"说,为的是"反对剥削而要求革命的特性成为了无产阶级的阶级性;拥护剥削,维护私有制而反对革命的特性成了资产阶级的阶级性",而不是巴人所说的以消灭阶级来达到"自我归化"或"回复到人类本性"。⑩1963年周扬以类似的论据和论调针对国际"现代修正主义"、维护阶级论和共产主义的合理性的时候,并没有提到1960年马文兵对巴人的批判。不过,从上面的引文看到,他在引用《经济学—哲学手稿》时,已不再用"劳动的疏远化"这个术语而改用了"异化"。这应该是周扬在阅读马克思主义理论、西方的"异化"研究著作和国内批判修正主义的文章后,经过小心求证而作出的一个修订。根据龚育之的回忆,周扬在开始写《战斗任务》一文时,曾经沿用当时普遍接受的一种说法:"马克思早期用过异化概念,后来成为马克思主义者之后,就没有再用异化概念了",但有人不大赞成这个说法,周扬便让龚育之去向老一辈的马克思主义经济学家王学文求教。结果发现,马克思在《资本论》也用过"异化"的概念,只是中译者不解,把这个专门的哲学术语翻译成"疏远""离开"一类的普通词汇,所以在中译本《资本论》中并没有出现"异化"这样的词。⑪这个看来不起眼的修订,虽然并没有让周扬超越60年代初中国马克思主义者普遍对"异化"的认识,但很好地说明了周扬这个时期对马克思主义、"异化"问题的浓厚兴趣和认真对待。于光远对周扬这方面的变化也有一些觉察。他说周扬这段时间很看重卢卡契的著作,其中的原因可能是卢卡契的美学研究正好是周扬感兴趣的,况且卢卡契是一位有造诣的马克思主义文艺理论家,他的《历史和阶级意识》一书的观点:社会革命的目的是铲除异化和实现"真正的人性",是当时周扬很有兴趣讨论的问题。[98]在这点上,我们看到周扬似乎又走近了他曾经批判的胡风的观点。首先,胡风的马克思主义文艺观点比较接近卢卡契,40年代苏联批判卢卡契的时候,胡风就曾经替卢卡契辩护,有些研究者还把胡风称作"中国的卢卡契"[99]。其次,胡风对人道主义的态度是比较开放的,人道主义所强调的"人性"或人的主体性,跟胡风的"主观战斗精神"有相近之处。周扬如果对卢卡契和"人性"真的感兴趣的话,他必然会再思考胡风、巴人、钱谷融等50年代末和60年代初受到批判的观点。

无论是否受到卢卡契的马克思主义理论的影响,或者是否对他曾经批判的文艺理论家的观点做出反思,周扬在这个时期的确对"人性"这个问题做了一些思考。1960年,批判巴人的"人性论"的时候,周扬曾经在第三次文代会上对人性论进行批判,但他个人却认同巴人在《论人情》一文中对戏剧提出的意见:政治气味太浓,人情味太少。他在曲协扩大理事会闭幕式上曾经间接呼应巴人的观点,纠正一些过"左"的做法说:"不能因为反对'人性论'就好像人就没有一个性。人还是有性嘛!不然就和动物一样了。……有些人有一种倾向,好像要反对'人性论',在作品里描写人流眼泪都不行了,好像流眼泪就是'人性论'了……你不能说人家流眼泪就是右倾,共产主义时代就不流眼泪了?……是不是有的同志会说我有右倾:作正式报告的时候,反对修正主义,做个别讲话,又宣扬人性论?不是这样,艺术有个打动人的问题,不打动人是不行的。"[100]同年在电影工作者理事会会议上讲话时,周扬进一步说:"我们为什么反对人性论?因为它是超阶级的,但是我们并不否认有阶级的人性的存在,而且我们的作品也要表现那个人性的。"[101]

到了 1961 年,周扬对"人性论"还做了一次批判的批判。在全国故事片创作会议上,周扬谈到了一些电影的问题,如改编自小说的电影《达吉和她的父亲》的导演因怕搞成"人性论",不敢把小说中的父女之情表达出来。他指出"人性论"的批判过了"边缘"(界线)的原因在于跟修正主义这个"深渊"联系得太密切,还说"以后少搞点深渊,边缘是边缘,掉进去不要说成掉入修正主义,就是说掉入一个小小的错误。这样子就不会害怕了。……'人性论'也没有什么可怕"。[102]更值得注意的是,在 1961 年,由于阅读了大量的外国的马克思主义理论研究论著,周扬纠正批判"人性论"造成的恶果之同时,形成了自己对"异化"的初步认识。周扬基本上认同马克思早期对"异化"的分析和"人性复归"的提法,跟巴人《论人情》中的"自我异化"的认识是相同的。在全国故事片创作会议上,他第一次把自己的观点和设想作了详细的表述:

> 我们现在强调有阶级性的人性,是为了将来没有阶级性的人性而奋斗。
>
> ……
>
> 在将来的社会里,要个性达到充分自由发展,大概要具

备这么几个条件:

(1)阶级对立消灭,私有制的影响完全消失了,没有什么我的你的这种私有观念了。……

(2)分工给人带来的影响、限制没有了。……

(3)人的科学水平很高,对自然界和社会的认识水平有了很大的提高。……

……

无产阶级也不是最理想的,最理想的人是消灭了阶级以后全面发展的人。现在要服从组织、纪律,麻烦的事情太多,还不够理想,还不够自由,但是比起资产阶级来,已经不晓得高尚到哪里去了。[103]

周扬这幅"人性复归"图景,基本上是一个共产主义乌托邦,是周扬作为一个马克思主义者追求的一个理想境界:打通了人性与阶级性的矛盾、人能够全面和完全自由地发展。这样的境界,或许不是马克思主义者独有,但如何能达到这样的境界,不同的政治组织则采取很不一样的态度。在强调高度组织化和纪律化的政治组织内,"人性复归"的追求似乎有点"自由主义"的味道。周扬长期受到组织和纪律的制约,能够提出这样彻底的"人性复归"愿望,可能跟他自己的反思和知识分子一定的"自由主义"倾向有关。也是在1961到1962年这个让人放松神经和"自由化"一点的历史时刻,周扬才有机会表现他那不易为人所察觉的一面。1963年,当阶级斗争的号角再次吹响和修正主义的"深渊"再被搞起来时,周扬又回到他原来的轨道上滑行,完成一次对人道主义和人性论的"战斗任务"。但他对"异化"论的认识,为80年代重新认识和反思人道主义奠下一定的基础。

"文革"后,周扬第一次讲到人道主义的时候,首先指出了自己错误地批判了 60 年代初有关人道主义的讨论,即历史唯物主义的态度不够,没有充分估计到人道主义作为一个西方的重要思潮在历史上起过重要的作用,而只强调它是人性论的基础。[104]其次,也是更为宝贵的,在经历了三十多年特别是"文革"十年"不能自已"的生活后,周扬深切地体会到"异化"论中那种"异己的力量"在中国特色社会主义制度中的确存在:

> 我觉得这种异化现象是客观存在。异化现象是客观的社会现象,又是意识现象、思想现象。我们感觉到在什么东西统治我们,它是个异己力量。……
>
> 我想异化现象通俗点说,可以解释为作茧自缚。蚕吐出丝来,经过吐出来的丝把自己搞死了。这个有点像异化现象。
>
> ……
>
> 异化问题,作为一个认识问题来看,从人类认识论的发展中来看,它是从必然王国向自由王国飞跃过程中的一种现象。当人还不能掌握这个客观事物的时候,他感觉到这个东西他是压制,这就是必然王国对人的压制。当他掌握了客观事物规律以后,他就达到自由王国了。所以,这个异化的问题,是人不能掌握自己命运的问题,人能够掌握自己的命运时异化就消失了。[105]

把"异化"比作"作茧自缚""必然王国对人的压制"等,是非 60 年代初的周扬能够意识到和表述的。相比当年他那乌托邦式的

"人性复归"想象,二十年后的感受就格外地真实。至于如何能消灭"异化"现象,他已怀疑消灭私有财产是否行得通。这跟周扬认同"文革"后对公有制的否定和市场化的经济改革有关。周扬在为纪念马克思诞辰100周年而写的《关于马克思主义的几个理论问题的探讨》(1983)中,系统地表达了他在80年代对人道主义和"异化"问题的思考,但也是这个仍然敏感的问题,让周扬再一次真实地感受到"必然王国对人的压制"的"异化"滋味。周扬在这篇文章中主要表述的是马克思主义与人道主义的关系:马克思主义包含人道主义,因为"在马克思主义中,人占有重要地位。马克思是关心人,重视人的,是主张解放全人类的;马克思主义的全人类解放,是通过无产阶级解放的途径的"[100]。可以看到,周扬把马克思主义的阶级观点淡化了,突出的是其人的一面,这是周扬80年代的重要理论成果。在"异化"问题的论述上,他则更多地转向现实的关注,换句话说,他要说明"异化"的情况在社会主义是客观存在的,必须就这些情况做出改善,才能消灭"异化":

> 承认社会主义的人道主义和反对异化,是一件事情的两个方面。社会主义消灭了剥削,这就把异化的最重要的形式克服了。社会主义比之资本主义社会,有极大的优越性。但这并不是说,社会主义社会就没有任何异化了。在建设中,由于我们没有经验,没有认识社会主义建设这个必然王国,过去就干了不少蠢事,到头来是我们自食其果,这就是经济领域的异化。由于民主和法制的不健全,人民的公仆有时会滥用人民赋予的权力,转过来做人民的主人,这是政治领域的异化,或者叫权力的异化。至于思想领域的

异化,最典型的就是个人崇拜,这和费尔巴哈批判的宗教异化有某种相似之处。所以,"异化"是客观存在的现象,我们用不着对这个名词大惊小怪。彻底的唯物主义者应当不害怕承认现实。承认有异化,才能克服异化。[107]

这段论述,完全可以看成为周扬对他向往的社会主义制度的几十年实践经验所作的一次中肯和深刻的清理,而"异化"这个概念提供了一个很恰当的角度。就他个人而言,由于他自己是这个被异化了的社会主义体制中的核心人物之一,他既是"异化"的造就者,特别是在权力的"异化"和思想的异化方面,又是"异化"的产物。不过,他的反思意识让他早在60年代初就作出了纠正"异化"的行动,因而也不知不觉地偏离了毛泽东的意旨和轨迹,成了"两面派"。同样,由于他想对被"异化"了的社会和自己作出反思,在80年代,他偏离了一些领导人的意思,最后受到批判,"不舒畅"地离开了这个世界。可以说,周扬个人的"异化",为他提供了思考社会主义"异化"问题的历史条件,使他最后能够达到他所渴望的"人性的复归"的境界。

总的来说,我倾向不用"摇荡"和"两面"来概括周扬的矛盾性和复杂性。从他一生来看,特别是1962之后的二十年,支配他的主要力量不是权力而是反思意识,这是他知识分子或传统文人的品格更多地在起作用。在1962之前的二十年,正是他官场得意的时候,他也逃不掉权力的欲望或受长官意志所支配,然而,这也不纯然是他个人的选择。如果说新中国在60年代初的建设需要造就了周扬的转折性变化的客观条件,那么,50年代以至更早的一段时间以批判运动进行思想清理,周扬作为一个文化官员就没法逃避要扮演批判者的角色。有人用过"软弱"

来概括周扬对毛泽东的唯命是从,或许这正是他本质上更多的是一名知识分子的最好说明。他对革命的投身与反思意识的矛盾,可以说构成了周扬这个文人官员半个世纪的文艺和从政生涯的最突出的特征。

当然,这样的概括,也只是周扬"没法说"的一生中的一个"说法"而已。

注释:

① 李辉:《摇荡的秋千——关于周扬的随想》,收入李辉编著:《摇荡的秋千——是是非非说周扬》,5 页,深圳:海天出版社,1998。

② 刘真:《他的名字叫"没法说"》,收入王蒙、袁鹰主编:《忆周扬》,393—395 页,呼和浩特:内蒙古出版社,1998。

③ 姚文元:《评反革命两面派周扬》,原载《红旗》1967 年第 1 期,收入谢冕、洪子诚主编:《中国当代文学史料选 1949—1975》,667 页。

④ 同上,701 页。

⑤ 洪子诚:《关于五十至七十年代的中国文学》,载《文学评论》1996 年第 2 期,68 页。

⑥ 这是林默涵对周扬的评语。见李辉:《与林默涵谈周扬》,收入李辉编著:《摇荡的秋千——是是非非说周扬》,81 页。

⑦ 这是张光年的说法,见李辉:《与张光年谈周扬》,收入李辉编著:《摇荡的秋千——是是非非说周扬》,69 页。

⑧ 这是梅志的说法,见李辉:《与梅志谈周扬》,收入李辉编著:《摇荡的秋千——是是非非说周扬》,93 页。

⑨ 这是周艾若(周扬与第一位妻子所生的长子)的说法,见李辉:《与周艾若谈周扬》,李辉编著:《摇荡的秋千——是是非非说周扬》,212 页。

⑩ 在李辉《摇荡的秋千——是是非非说周扬》一书所收的多个"谈周扬"

的访问中,萧乾、吴祖光、丁一岚、唐达成、蓝翎等觉得周扬的反思是真诚的,李之琏、林默涵、丁玲的丈夫陈明等则认为周扬不那么真诚,自我保护性很强。

⑪ 周扬在纪念马克思逝世一百周年的会议上发表谈到人道主义和异化问题的《关于马克思主义几个理论问题的探讨》后,中央党校校长王震走到周扬面前说:"讲得很好! 我还有一个问题想向你请教:你说的'yì huà',这两个字是怎么写的?"但胡乔木则不赞成,之后除了批判人道主义外,还要周扬做检讨。见王若水:《周扬对马克思主义的最后探索》和顾骧的《此情可待成追忆——我与晚年周扬师》,收入《忆周扬》。另外,林默涵也表示不同意周扬这方面的观点,见李辉:《与林默涵谈周扬》,收入《摇荡的秋千——是是非非说周扬》,82 页。

⑫ 例如,不知道什么原因,人民文学出版社出版五卷的《周扬文集》前后花了十年的时间,即从 1984 年的第一卷到 1994 年的第五卷(第二、三和四卷分别出版于 1985、1990 和 1991),使得读者(甚至北京图书馆、北大图书馆等重要藏书地点)得到一整套的文集变成一件非常困难的事。另外,两本集中回忆周扬的集子,即《忆周扬》和《摇荡的秋千——是是非非说周扬》,均由较为"偏远"的出版社出版。

⑬ 如李辉在《摇荡的秋千——关于周扬的随想》和《往事已然苍老》两篇文章中,均用"仕途"来概括周扬在延安得到毛泽东的信任和解放后执行毛泽东的文艺政策和斗争时所表现的领导欲和权力欲。见李辉编著:《摇荡的秋千——是是非非说周扬》,第四卷,第 26 页。

⑭ 丁一岚不赞成李辉的概括,她说:"关于仕途,我认为不是当了领导干部就是走上仕途,这是世俗的看法。在'文革'后可能这样。我们那时投奔共产党,不是为了当官,还没有掌握政权怎么当官? 是要付出牺牲的。……你说周扬'走上仕途',解放以后,他是中宣部副部长,江青是在周扬的领导下工作。要是想走仕途,周扬完全应该搞好和江青的关系,去拍江青的马屁。但是他没有。"见《与丁一岚谈周扬》,收入李辉

编著:《摇荡的秋千——是是非非说周扬》,111 页。

⑮ 这是洪子诚用来概括周扬"大跃进"后的变化的,见洪子诚:《关于五十至七十年代的中国文学》,载《文学评论》1996 年第 2 期,67 页。

⑯ 例如在这套《百年中国文学总系》中,"1942"就是其中的一个专门研究的年头。

⑰ 周扬:《三次伟大的思想解放运动——在中国社会科学院召开的纪念五四运动六十周年学术讨论会上的报告》,原载《人民日报》1979 年 5 月 7 日,收入《周扬文集》第五卷,114—134 页。

⑱ 林默涵曾经回忆说:"大家知道毛主席最喜欢的四个知识分子是胡乔木、陈伯达、艾思奇、周扬。"见李辉:《与林默涵谈周扬》,收入李辉编著:《摇荡的秋千——是是非非说周扬》,83 页。

⑲ 原载于《解放日报》1942 年 7 月 28 日— 29 日,收入《周扬文集》第一卷,380—405 页。

⑳ 参看陈顺馨:《社会主义现实主义理论在中国的接受与转化》第四章第三节,合肥:安徽教育出版社,2000。

㉑ 根据周艾若的回忆,周扬说在监狱里只能看马列经典著作,光《资本论》就看了好几遍。见李辉:《与周艾若谈周扬》,收入李辉编著:《摇荡的秋千——是是非非说周扬》,210 页。

㉒ 例如洁泯说:"我认为,认识周扬的有一个很重要的分界点或转折点,那便是'文革'前和'文革'后,这是他的思想发生着一个重要转折的时候,自然也并非是说'文革'前他的思想都要不得,'文革'后的他就一切都无可非议,而是指他总体的思想倾向的转变。我的回忆,就以此为出发点。"见洁泯:《心曲万千忆周扬》,收入王蒙、袁鹰主编:《忆周扬》,253—254 页。

㉓ 于光远:《周扬与我》,见王蒙、袁鹰主编:《忆周扬》,174 页。

㉔ 张光年回忆说,在"反右"的时候,周扬"不止一次"跟他说:"我们是在夹缝中斗争啊!"张光年还说:"他做好事或者坏事,都是真诚的,对党忠

诚,忠于毛主席。他也是一个热情的人,不是冷酷的人,谈到一些朋友被打成右派后的不幸遭遇,常常含着泪珠。"见李辉:《与张光年谈周扬》,收入李辉编著:《摇荡的秋千——是是非非说周扬》,69 页。另外,周扬的秘书露菲也说周扬在不断的运动中工作,可以说是"在夹缝中求生存"。她回忆说:"在文艺界中,周扬是领导者,在这些运动中自然既是参加者又是领导者。不过,他对于那么多的同志被开除党籍,下放劳动,也有想法看法。那时冯雪峰被错划以后生病住院,听说要开刀,周扬得知这一消息,马上到医院看了冯雪峰,特别关照要医院好好为他治病。对胡风的思想批判一夜之间成了被声讨的'反革命集团',他也大吃一惊。但他摆脱不了多年来形成的个人崇拜和迷信思想,总觉得党中央、毛主席是正确的。自己水平低跟不上。"见露菲:《生无所息为人民》,收入王蒙、袁鹰主编:《忆周扬》,561 页。

㉕ 姚文元:《评反革命两面派周扬》,见谢冕、洪子诚主编:《中国当代文学史料选 1948—1975》,693 页。

㉖ 这两篇是《为最广大的人民群众服务——纪念毛泽东同志〈在延安文艺座谈会上的讲话〉发表二十周年》(《人民日报》1962 年 5 月 23 日社论)和《国际歌——号召全世界人民革命的号角》(《人民日报》1962 年 12 月 1 日)。

㉗ 我是根据《周扬文集》第三、四卷所作的统计。收录在《周扬文集》第三卷的 1958 年的文章中,其中 6 个是"讲话",3 个是没有发表的。正式发表的文章只收了两篇,著名的《文艺战线上的一场大辩论》,则没有收。

㉘ 姚文元:《评反革命两面派周扬》,见谢冕、洪子诚主编:《中国当代文学史料选 1948—1975》,686 页。

㉙ 周扬:《对革命博物馆文物陈列的意见》,见《周扬文集》第三卷,188 页。

㉚ 周扬:《在上海哲学、经济学教学座谈会上的讲话》(1961 年 2 月),见《周扬文集》第三卷,208 页。

㉛ 周扬:《提高影片的质量》(1960 年 8 月),见《周扬文集》第三卷,

161 页。

㉜ 周扬:《谈谈历史剧的创作问题》,见《周扬文集》第三卷,177 页。

㉝ 周扬:《在上海电影界春节茶话会上的讲话》,见《周扬文集》第三卷,182 页。

㉞ 周扬:《在上海文学界创作座谈会上的发言》(1961 年 2 月),见《周扬文集》第三卷,192 页。

㉟ 周扬:《对编〈文学概论〉的意见》,见《周扬文集》第三卷,229 页。

㊱ 周扬:《在高等学校文科教材编选计划会上的讲话》(1961 年 4 月),见《周扬文集》第三卷,304 页。

㊲ 周扬:《在文科教材外文组汇报会上的发言》(1961 年 7 月),见《周扬文集》第四卷,5—8 页。

㊳ 周扬:《在解决长春对于制片厂领导问题座谈会上的讲话》,见《周扬文集》第四卷,11 页。

㊴ 周扬:《在洛阳宣教干部座谈会上的谈话》(1958 年 12 月),载《牡丹》1959 年第 2 期,4 页。

㊵ 周扬:《文艺战线上的一场大辩论》,原载《人民日报》1958 年 2 月 28 日和《文艺报》1958 年第 4 期,见谢冕、洪子诚主编:《中国当代文学史料选 1948—1975》,412、409 页。

㊶ 周扬:《在文艺工作座谈会上的讲话》(1961 年 6 月),见《周扬文集》第三卷,333—336 页。

㊷ 周扬:《在北京文艺工作座谈会上的讲话》(1961 年 7 月 17 日),见《周扬文集》第四卷,21 页。

㊸ 周扬:《在文科教材外文组汇报会上的发言》(1961 年 7 月 1 日),见《周扬文集》第四卷,9 页。

㊹ 周扬:《答〈文汇报〉记者问》,原载《文汇报》1957 年 4 月 9 日,《人民日报》1957 年 4 月 11 日转载,收入《周扬文集》第二卷,485—487 页。

㊺ 周扬:《在文艺工作座谈会上的讲话》,见《周扬文集》第三卷,353 页。

㊻ 周扬:《对编写〈文学概论〉的意见》,见《周扬文集》第三卷,237 页。

㊼ 周扬:《在文艺工作座谈会上的讲话》,见《周扬文集》第三卷,363 页。

㊽ 李辉:《与贾植芳谈周扬》,见李辉编著:《摇荡的秋千——是是非非说周扬》,99 页。

㊾ 周恩来:《在文艺工作座谈会和故事片创作会议上的讲话》(1961 年 6 月 19 日),见《周恩来论文艺》,79 页,北京:人民文学出版社,1979。

㊿ 包括吕骐、蔡若虹、张光年、袁水拍、郭小川、伊兵和黎之。

(51) 黎之:《周扬与“文艺十条”“文艺八条”》,收入《忆周扬》,276—297 页。

(52) 周来祥:《马克思关于艺术生产与物质生产发展的不平衡规律是否适用于社会主义文学》,发表在《文艺报》1959 年第 2 期。

(53) 洪子诚:《关于五十至七十年代的中国文学》,载《文学评论》1996 年第 2 期,68 页。

(54) 于光远:《周扬与我》,见李辉编著:《摇荡的秋千——是是非非说周扬》,261 页。

(55) 黎之:《周扬与“文艺十条”“文艺八条”》,见王蒙、袁鹰主编:《忆周扬》,289 页。

(56) 同上,289 页。

(57) 黎之:《周扬与“文艺十条”“文艺八条”》,见王蒙、袁鹰主编:《忆周扬》,291 页。在姚文元《评反革命两面派周扬》一文中,这段引语被认为是讲于 1961 年 6 月 16 日,这日周扬发表会议总结性讲话(《在文艺工作座谈会上的讲话》),却没有这段话。按照黎之的记忆,这段话是周扬在会议开始(6 月 1 日)的时候讲的,不过周扬当天的发言没有被收入《周扬文集》。

(58) 周扬:《在文艺工作座谈会上的讲话》,见《周扬文集》第三卷,337—343 页。

(59) 根据顾骧的回忆,“文艺八条”出来之后,电影界有人说要为它“立碑”,见顾骧:《此情可待成追忆——我与晚年周扬师》,收入王蒙、袁鹰等主编：《忆周扬》，459 页。

⑥ 同上，455 页。

⑥ 同上，457 页。

⑥ 江晓天：《大师风范永存》，见王蒙、袁鹰等主编：《忆周扬》，488 页。

⑥ 同上，489 页。

⑥ 同上，460 页。

⑥ 顾骧：《此情可待成追忆——我与晚年周扬师》，见王蒙、袁鹰等主编：《忆周扬》，460 页。

⑥ 同上，461— 462 页。

⑥ 周扬：《为最广大的人民群众服务》，见《周扬文集》第四卷，150—152 页。

⑥ 《毛泽东论文艺》，54 页，北京：人民文学出版社，1983。

⑥ 周扬：《为最广大的人民群众服务》，见《周扬文集》第四卷，154 页。

⑦ 周扬：《关于农村文化工作的讲话》（1964 年 5 月 25 日部分），见《周扬文集》第四卷，275 页。

⑦ 周扬：《文学创作应该写知识分子》，见《周扬文集》第四卷，350 页。

⑦ 姚文元：《评反革命两面派周扬》，见谢冕、洪子诚主编：《中国当代文学史料选 1948—1975》，691 页。

⑦ 龚育之：《几番风雨忆周扬》，见王蒙、袁鹰等主编：《忆周扬》，221—222 页。

⑦ 于光远：《周扬与我》，见李辉编著：《摇荡的秋千——是是非非说周扬》，264—265 页。

⑦ 这是周扬在中国科协会议上的讲话内容。同上，265 页。

⑦ 龚育之：《几番风雨忆周扬》，见王蒙、袁鹰等主编：《忆周扬》，225 页。

⑦ 周扬：《在高等学校文科教材编选计划会上的讲话》（1961 年 4 月），见《周扬文集》第三卷，305 页。

⑦ 周扬：《关于高校教材的编写工作》，见《周扬文集》第三卷，328—

329 页。

⑦⑨ 参看《中国共产党历史大辞典——社会主义时期》,212 页。

⑧⓪ 周扬:《关于高校教材的编写工作》(1961 年 5 月 15 日),见《周扬文集》第三卷,323—324 页。

⑧① 《周扬文集》只收了 18 篇这些座谈会、讨论会和汇报会中周扬的讲话。见周扬:《关于高校教材的编写工作》,收入《周扬文集》第三卷,302 页。

⑧② 例如《关于高校教材编写工作》(1961 年 5 月 15 日)、《在文艺工作座谈会上的讲话》(1961 年 6 月 16 日)、《在文科教材外文组汇报会上的发言》(1961 年 7 月 1 日)等。

⑧③ 周扬:《对〈中国文学史〉编写组的讲话》(1961 年 8 月 14 日),见《周扬文集》第四卷,68 页。

⑧④ 周扬:《在文科教材外文组汇报会上的发言》,见《周扬文集》第四卷,7 页。

⑧⑤ 周扬:《高校文科教材编写工作漫谈》(1963 年 2 月 14 日部分),见《周扬文集》第四卷,249—253 页。

⑧⑥ 周扬:《关于学术研究与出版问题》(1962 年 10 月 18 日),见《周扬文集》第四卷,224 页。

⑧⑦ 周扬:《高校文科教材编写工作漫谈》(1963 年 2 月 14 日部分),见《周扬文集》第四卷,253 页。

⑧⑧ 同上,256 页。

⑧⑨ 周扬:《高校文科教材编写工作漫谈》(1965 年 7 月部分),见《周扬文集》第四卷,260—261 页。

⑨⓪ 周扬:《在全国文化局(厅)会议上的报告》(1965 年 9 月 15 日),见《周扬文集》第四卷,386—388 页。

⑨① 于光远是去天津向周扬汇报科学处的工作,同他进行单独谈话时,听出周扬一些心声的。见于光远:《周扬与我》,收入李辉编著:《摇荡的秋千——是是非非说周扬》,271 页。

⑨2 龚育之:《几番风雨忆周扬》,见王蒙、袁鹰等主编:《忆周扬》,227页。

⑨3 周扬讲话发表以前,中苏第三轮论战已经开始,评苏共中央给中共中央的公开信的九篇评论("九评")已发表了四篇。同上。

⑨4 周扬:《哲学社会科学工作者的战斗任务》,32—36页,北京:人民出版社,1963。

⑨5 周扬:《思想解放和社会主义现代化建设》,见《周扬文集》第五卷,349—351页。

⑨6 马文兵:《在"人性"问题上两种世界观的斗争——就"人性的异化""人性的复归"同巴人辩论》,(文艺报)1960年第12期,13—14页。

⑨7 龚育之:《几番风雨忆周扬》,见王蒙、袁鹰等主编:《忆周扬》,229—230页。

⑨8 于光远:《周扬与我》,见李辉编著:《摇荡的秋千——是是非非说周扬》,261页。

⑨9 艾晓明:《中国左翼文学思潮探源》,325页,长沙:湖南文艺出版社,1991。

⑩ 周扬:《进一步提高曲艺作品的思想艺术水平》,见《周扬文集》第三卷,153—154页。

⑩1 周扬:《提高影片的质量》,见《周扬文集》第三卷,162页。

⑩2 周扬:《在全国故事片会议上的讲话》(1961年6月23日),见《周扬文集》第三卷,373—379页。

⑩3 同上,380—382页。

⑩4 周扬:《思想解放和社会主义现代化建设》,见《周扬文集》第五卷,349页。

⑩5 同上,352—353页。

⑩6 周扬:《关于马克思主义的几个理论问题的探讨》,见《周扬文集》第五卷,472页。

⑩7 同上,475页。

年　表

(1961—1965)

1961 年

1 月 16 日　　《光明日报》综合报道 1960 年《关于传统戏曲人民
性问题的讨论》。

1 月 31 日　　上海的《文汇报》发表细言的《关于悲剧》一文，引
发了关于悲剧问题的讨论。《戏剧报》9、10 期合刊
发表了《关于悲剧问题的讨论——有关论文综述》，
报道讨论的情况。

1 月　　　　　继 1960 年顾仲彝谈喜剧的文章发表后，《文汇报》
于 8 日、26 日、30 日相继发表老舍、赵景深等关于
喜剧问题的文章。《人民日报》于 1 月 13 日作了综
合报道。

1 月　　　　　吴晗的历史剧《海瑞罢官》刊登在《北京文艺》1 月
号上。

在中宣部领导下，文化部、剧协等单位共同组织两
个调查组，对中国京剧院和中国青年艺术剧院执行
"双百"方针、知识分子政策，掌握艺术规律以及领
导作风等问题进行调查，为中宣部召开文艺工作座

谈会做准备。

中国科学院哲学社会科学部举行第三次扩大会议，讨论如何在发展哲学社会科学上进一步贯彻"双百"方针。

2月5日　《人民日报》发表何其芳为《不怕鬼的故事》一书所作的序言。

2月　　　冰心、吴伯箫、秦牧等先后在《文汇报》《人民日报》发表笔谈散文。

3月19日　邓拓的《燕山夜话》开始在《北京晚报》发表。

3月　　　《文艺报》第3期发表"题材问题"专论，提出"为了促进社会主义的文艺百花齐放，必须破除题材问题上的清规戒律"。

老舍的历史剧《义和团》发表在《剧本》3月号。

历史剧问题的讨论继续在《文汇报》《上海戏剧》《光明日报》等重要报刊上进行。

4月8日　《文艺报》编辑部召开"批判地继承古代文艺理论遗产"座谈会。

4月　　　关于历史剧问题的讨论，4月5日出版的《人民日报》及《戏剧报》7、8期分别发表综合论述文章。

4月　　　高等学校文科教材编选计划会议在北京召开。陆定一、周扬作了报告。

4月　　　《美术》第二期发表综述文章《关于山水、花鸟画问题的讨论》，讨论山水、花鸟画的阶级性问题。

5月　　　《文艺报》发表王子野批判姚文元美学观点的文章。《文汇报》(5月30日)及《前线》(第11期)分别就美学问题讨论情况作了综合报道。

6月1日—28日　中宣部在新侨饭店召开全国文艺工作座谈会（又称"新侨会议"），讨论《关于当前文学艺术工作的意见（草案）》（即《文艺十条》初稿）。《文艺十条》经修改后，于8月1日印发各地征求意见。

6月8日—7月2日　全国故事片创作会议在北京召开，制定了电影工作"三十二条"。

6月　　周恩来在"文艺工作座谈会和故事片创作会议"上作了重要讲话（6月19日），阐述艺术民主、解放思想等问题。周扬也在故事片创作会议中作了讲话（6月23日），批评大跃进中某些电影的"概念化"问题，对"人性论"作了新的理解。

6月　　《光明日报》发表京剧艺术家马连良的《海瑞罢官》演出杂感。

7月　　曹禺的历史剧《胆剑篇》在《人民文学》7月号发表。《文艺报》第7期发表冯牧的《〈达吉和她的父亲〉——从小说到电影》一文，引起了有关这部作品的个人主义、典型等问题的讨论。

8月17日　《光明日报》发表吴晗的《〈海瑞罢官〉序》。

8月23日—9月16日　中共中央工作会议在庐山举行，讨论了工业、粮食、贸易及教育等问题，并要求所有工业部门切实贯彻调整、巩固、充实、提高的方针。

8月31日　繁星（廖沫沙）的《有鬼无害论》在《北京晚报》发表。

8月　　《剧本》第7、8期合刊发表田汉的京剧剧本《谢瑶环》、孟超的昆剧剧本《李慧娘》、丁西林的历史剧《孟丽君》。

北京、上海就茹志鹃创作的题材、风格问题举行座谈会。

8 月　　　文化部党组起草《剧院（团）工作条例（十条）》，规定剧团可以根据本身的特点、重要演员专长，确定以演什么为主。

9 月　　　文化部发出《关于加强戏曲、曲艺传统剧目的挖掘工作的通知》，肯定了建国以来挖掘、整理传统戏曲、曲艺的成绩。

10 月 17 日—31 日　周恩来率领中共代表团参加苏共二十二大，因不满苏共批评阿尔巴尼亚劳动党和批判斯大林而提前回国。

10 月　　《前线》半月刊开始发表吴南星的杂感《三家村札记》。《文学评论》第五期发表茅盾的《关于历史和历史剧》。《文艺报》第十期发表综述《讨论〈达吉和她的父亲〉》。

11 月　　《中国青年报》开始连载罗广斌、杨益言的长篇小说《红岩》。

陈翔鹤的历史小说《陶渊明写"挽歌"》在《人民文学》11 月号发表。

1962 年

1 月 26 日—2 月 6 日　中共中央在北京召开扩大中央工作会议（7000 人大会），指出 1962 年是国民经济进行调整

最关键的一年,全党必须踏踏实实地做好这方面的
工作。

1 月　　　中宣部、文化部发出恢复上演《洞箫横吹》的通知。

2 月 17 日　周恩来总理和陈毅副总理对在京的一百多位剧作家
发表重要讲话,肯定自解放以来文艺运动的成绩和
发展,并提出有关思想解放、戏剧创作等方面的意
见,为 3 月的"广州会议"做好准备。有关戏剧的讨
论也非常活跃。

2 月　　　周扬、林默涵、陈荒煤、张光年、叶以群等二十余人在
新侨饭店召开纪念《在延安文艺座谈会上的讲话》发
表 20 周年的预备工作会议。

3 月 3 日—26 日　文化部、剧协在广州召开全国话剧、歌剧创作
座谈会(即"广州会议"),参加座谈会的剧作家、导
演、戏剧理论家和工作者共一百六十多人,周恩来和
陈毅专程赴会,并作了关于知识分子问题和戏剧创
作的重要讲话。会议贯彻了《文艺八条》的精神,热
烈讨论戏剧创作方面的问题,并重新评价曾受批判
的《洞箫横吹》《同甘共苦》等话剧。会议后,《人民
日报》和其他重要刊物作了报道和发表座谈会的
论文。

3 月 27 日—4 月 16 日　第二届全国人民代表大会第二次会议
在北京举行。周恩来在《政府工作报告》中再次肯定
知识分子是劳动人民知识分子,不应把他们看成为
资产阶级知识分子。

4 月 17 日　首都文艺界举行唐代诗人杜甫诞辰 1250 周年纪念

会,《人民日报》《文艺报》等分别发表冯至、蒋和森
等的纪念专文。

4 月 20 日　《人民日报》报道,朱德、陈毅、郭沫若、周扬等国家和
文艺界领导人出席《诗刊》主持的座谈会,探讨现代
诗歌的创作问题。

4 月　　　《文艺八条》正式定稿,由中宣部经文化部党组、文联
党组下发全国各地文化艺术单位贯彻执行。

　　　　　《文艺报》译载德国剧作家布莱希特的论文《谈中国
戏曲》。

5 月 12 日　毛泽东的《词六首》在《人民日报》发表。《人民文
学》5 月号同日刊出。

5 月 23 日　纪念毛泽东《在延安文艺座谈会上的讲话》发表 20
周年,《人民日报》发表《为最广大的人民群众服务》
的社论。《红旗》和《文艺报》分别发表了《知识分子
前进的道路》和《文艺队伍的团结、锻炼与提高》的
社论。

5 月 23 日　影协举办首届电影"百花奖"授奖大会,出席人数约
1500 人,包括周恩来、陈毅及文艺界领导人。影片
《红色娘子军》获最佳故事片奖。

5 月　　　美协和文化部举办"纪念《讲话》发表二十周年全国
美术作品展览会",展出 1942 年至 1962 年优秀作品
共 2024 件。

6 月 1 日　"首都话剧工作座谈会"(1961 年 12 月 7 日至 1962
年 6 月 1 日)结束,写成《关于话剧院(团)艺术生产
问题的几点意见(草案)》,发首都各话剧院(团)参

照执行,并发各地话剧院(团)参考。

6 月　　　孟超为《李慧娘》作跋,载《文学评论》第三期。吴晗
就目前历史真实与艺术真实问题的争论,发表《历史
剧是艺术,也是历史》一文,载《戏剧报》第 6 期。

谢铁骊根据柔石同名小说改编的电影文学剧本《二
月》发表(《电影创作》第 3 期)。

中国第一部彩色宽银幕立体声故事片《魔术师的奇
遇》由上海电影制片厂摄制完成。

7 月 12 日　文化部发出《关于各地不得自动禁演影片的通知》。

7 月 28 日—8 月 4 日　《工人日报》连载李建彤的长篇小说《刘
志丹》第二卷第一部分。

7 月　　　中共中央工作会议召开。毛泽东在大会讲话(8.6)
上提出了阶级、形势、矛盾三个问题。会议讨论了毛
泽东的讲话,并以讲话为指导,准备八届十中全会的
文件。

郭小川的诗作《甘蔗林——青纱帐》在《人民文学》7
月号发表。

8 月 2 日—16 日　作协在大连召开农村题材短篇小说创作座谈
会,由邵荃麟主持,茅盾、周扬作了报告。会议就如
何反映人民内部矛盾和短篇小说创作问题进行讨
论,邵荃麟在讲话中指出要重视中间状态人物的描
写。这次“大连会议”后被诬为“反革命黑会”。

8 月　　　文化部发出《对违反当前政策精神的影片停止发行
的通知》,禁止有浮夸风及缺乏实事求是精神的错误
倾向的电影继续上映。

9月24日 中共第八届中央委员会第十次全会在北京召开。毛泽东主持了这次会议。会议批判了小说《刘志丹》，认为有人发明了"利用写小说进行反党活动"。

10月6日—26日 舞协与文化部合办北京歌舞单位舞蹈节目联合演出。演出节目共59个,1200多个舞蹈工作者参加演出。

10月10日 文化部党组通过《关于改进和加强剧目工作的报告》,指出现代剧目少,外国剧目和历史题材剧目多,一些有毒素的剧目又重新搬上舞台。11月22日中共中央批转了这个报告。

10月 陈翔鹤的历史小说《广陵散》、刘真的小说《长长的流水》发表在《人民文学》10月号。

10月 辽宁省主办的《文艺红旗》改名为《鸭绿江》。

11月 文化部召开首都京剧创作座谈会,提出要多演现代题材的剧目。

12月2日 《人民日报》发表秦牧的《艺海拾贝·跋》。

12月 音协举行座谈会,讨论如何贯彻"双百"方针,更好地反映时代精神。

1963 年

1月 柯庆施、张春桥、姚文元等在上海部分文艺工作者座谈会上提出"写十三年"的口号,认为只有写建国后十三年的社会才算是社会主义文艺。《文汇报》1月6日报道了柯的讲话。

2月6日 周恩来出席文艺界的元宵联欢会,阐述"百花齐放、

推陈出新"等问题,并要求艺术家加强与人民群众的
关系,要过好"五关"。

2月7日　《人民日报》发表《雷锋日记摘抄》和该报记者写的
《毛主席的好战士——雷锋》。

3月5日　《人民日报》第一版发表毛泽东题词"向雷锋同志学
习",同时刊登周恩来和董必武等的题词与诗文。

3月　　作协决定成立农村文艺读物委员会。《人民日报》3
月25日报道这一决定时,发表社论《文化艺术工作
者要更好地为农民服务》,并同时报道了首都首批文
艺工作者下乡参加社会主义教育工作的情况。

4月　　中宣部在新侨饭店召开文艺工作会议。会议就"写
十三年"这个问题进行了激烈的争辩,周扬、林默涵
等认为这个口号是有片面性的,张春桥则提出"写十
三年十大好处",为这个口号进行辩解。
全国文联在北京召开第三届全国委员会第二次扩大
会议。周恩来发表《要做一个革命的文艺工作者》的
讲话,周扬作了《加强文艺战线,反对修正主义》的报
告。会议还特别阐明阶级斗争与"双百"方针的
关系。

5月6日　江青组织的围剿《李慧娘》的文章《"有鬼无害"论》
在《文汇报》上发表,从此戏剧界全面批判"鬼戏"。

5月20日　姚文元在《文汇报》上发表《请看一种"新颖而独到
的见解"》,批判音乐出版社编辑对描写法国印象派
作曲家德彪西的《克罗士先生》一书的推崇,开始了
对音乐界的攻击。

8月16日　周恩来在音乐舞蹈座谈会上发表讲话，论述有关文艺工作的方针、阶级性、民族化、创作形式等问题。

8月29日—9月26日　文化部、剧协和北京市文化局召开首都"戏曲工作座谈会"，讨论进一步贯彻执行"百花齐放、推陈出新"的方针问题，也进一步批判"鬼戏"。

9月3日　《光明日报》报道了《归家》的讨论情况。较早发表的文章多对《归家》表示肯定，6月之后，则更多持否定的意见。

10月26日　中国科学院哲学社会科学部委员会召开第四次扩大会议，周扬作了《科学社会科学工作者的战斗任务》的讲话。

12月　毛泽东在中宣部文艺处编印的一份上海举行故事会的材料上，作了对文学艺术的第一个批示，即指出很多艺术部门，尤其是戏剧问题不少，要认真抓社会主义艺术。

12月25日—1月22日　华东区话剧观摩演出在上海举行。

1964年

1月3日　中共中央召集文艺座谈会，传达毛泽东关于文艺工作的批示。

2月　《人民日报》发表重要社论：《全国都要学习解放军》。

3月　1963年以来优秀创作及演出授奖大会在北京举行。

4月　2月以来，各报刊相继发表提倡写现代戏、演现代戏的社论和报道。

5月　《戏剧报》发表《关于京剧演现代戏的讨论》的综合

材料。

6月5日—7月31日　　全国京剧现代戏观摩演出大会在北京举行,演出了《红灯记》《红色娘子军》《智取威虎山》等重要剧目。周恩来亲自领导这次大会,并发表重要讲话,阐释党的文艺方针。江青插手这次汇演,枪毙了中国戏曲研究院实验京剧团创作演出的《红旗谱》等剧目,攻击戏剧舞台是"牛鬼蛇神",破坏社会主义经济的基础,并在总结大会上抨击影片《北国江南》《早春二月》等、京剧《谢瑶环》昆剧《李慧娘》等。在7月的演出人员的座谈会上,江青还发表了《谈京剧革命》的讲话。

8月　　　　《红旗》杂志第15期发表柯庆施1963年底在华东地区话剧观摩演出会上的讲话。《戏剧报》第8期转载此文。文章说戏剧界热衷于资产阶级、封建阶级的戏剧,对于反映社会主义现实生活和斗争的戏,则寥寥无几,深刻反映了戏剧界、文艺界存在着两条道路、两种方向的斗争。《红旗》同期也发表了批判周谷城的文章。

9月　　　　《文艺报》第8、9期合刊发表了编辑部批判邵荃麟的"中间人物"的文章《"写中间人物"是资产阶级的文学主张》和《关于"写中间人物"的材料》。这类批判文章刊登至1965年3月。

　　　　　　为庆祝建国15周年,大型音乐舞蹈史诗《东方红》在京演出。

12月　　　举行中共中央全国工作会议(12月15日—1月14

日）、最高国务会议（12 月 18 日及 12 月 30 日）。周
恩来宣布调整国民经济的任务已经基本完成。

1965 年

1 月 14 日　中共中央在全国工作会议后，发布《农村社会主义教
育运动中目前提出的一些问题》（即"二十三条"）。
之后，"四清"运动在全国城乡继续进行，直到"文
革"初期。

2 月 18 日　廖沫沙的自我检讨文章《我的〈有鬼无害论〉是错误
的》刊登在《北京日报》上。

2 月 23 日　周扬召集各协会和主要报刊负责人会议，布置贯彻
"二十二条"，提出写批判文章要防止片面性和绝
对化。

2 月　　　《文艺报》第 2 期发表批判陈翔鹤的历史小说《广陵
散》、《陶渊明写"挽歌"》的文章。

3 月　　　《人民日报》发表齐向群的《重评孟超的〈李慧娘〉》，
并加编者按说：《李慧娘》是一株"反党反社会主义
的毒草"。
中共和苏共之间分歧和矛盾日益加深，在莫斯科会
议（3 月 1 日—3 月 5 日）后，两党关系正式断绝。

4 月　　　一些主要报刊发表"两结合"的文艺创作的文章。

11 月　　　由姚文元署名的《评新编历史剧〈海瑞罢官〉》发表
于 11 月 10 日《文汇报》上。《北京日报》11 月 29 日
予以转载，并加编者按，提出展开不同意见的讨论。
《人民日报》11 月 30 日转载时也加了编者按。

参 考 文 献

〔1〕黄仁宇:《万历十五年》,台北:食货出版社,1990。

〔2〕洪子诚:《中国当代文学史》,北京:北京大学出版社,1999。

〔3〕张钟、洪子诚等:《当代中国文学概观》,北京:北京大学出版社,1998。

〔4〕刘锡庆主编:《新中国文学史略》,北京:北京师范大学出版社,1996。

〔5〕朱寨主编:《中国当代文学思潮史》,北京:人民文学出版社,1987。

〔6〕谢柏梁:《中国当代戏曲文学史》,北京:中国社会科学出版社,1995。

〔7〕孙庆升:《中国现代戏剧思潮史》,北京:北京大学出版社,1994。

〔8〕於可训等编:《文学风雨四十年》,武汉:武汉大学出版社,1989。

〔9〕陈美兰:《中国当代长篇小说创作论》,上海:上海文艺出版社,1991。

〔10〕谭霈生:《论戏剧性》,北京:北京大学出版社,1981。

〔11〕金紫光等编:《延安文艺丛书——戏曲卷》,长沙:湖南人民

出版社,1985。

〔12〕胡可主编:《中国解放区文学书系——戏剧编(一)》,重庆:重庆出版社,1992。

〔13〕谢冕、洪子诚主编:《中国当代文学史料选1948—1975》,北京:北京大学出版社,1995。

〔14〕洪子诚编:《二十世纪中国小说理论资料・1949—1976》第五卷,北京:北京大学出版社,1997。

〔15〕薄一波:《若干重大决策与事件的回顾》上、下卷,北京:中共中央党校出版社,1991。

〔16〕薛驹等编:《中共党史文献选编——社会主义革命和建设时期》,北京:中共中央党校出版社,1992。

〔17〕廖盖隆等编:《中国共产党历史大辞典——社会主义时期》,北京:中共中央党校出版社,1991。

〔18〕杨胜群等编:《中共党史重大事件述实》,北京:人民出版社,1993。

〔19〕武汉大学中文系主编:《中国当代文学手册》,武汉:湖北教育出版社,1988。

〔20〕周恩来:《周恩来论文艺》,北京:人民出版社,1979。

〔21〕毛泽东:《毛泽东论文艺》(增订本),北京:人民文学出版社,1992。

〔22〕杨守森主编:《二十世纪中国作家心态史》,北京:中国编译出版社,1998。

〔23〕李剑主编:《中共历史转折关头・下》,北京:中共中央党校出版社,1997。

〔24〕彭程、王芳:《庐山・1959》,北京:解放军出版社,1988。

〔25〕彭德怀:《彭德怀自述》,北京:人民出版社,1981。

〔26〕丁抒:《人祸——"大跃进"与大饥荒》,香港:九十年代杂志社,1997(修订本)。

〔27〕顾准著,陈敏之等编:《顾准日记》,北京:经济日报出版社,1997。

〔28〕李锐:《毛泽东的功过是非》,香港:天地图书,1996。

〔29〕徐涛:《半领文学风骚——历史文学创作论》,武汉:武汉出版社,1992。

〔30〕林岷:《历史与戏剧的碰撞》,台北:历史智库出版股份有限公司,1996。

〔31〕王达敏:《郭沫若史剧论》,武汉:武汉出版社,1992。

〔32〕陈义钟编校:《海瑞集》上、下册,北京:中华书局,1962。

〔33〕吴晗:《海瑞的故事》,北京:中华书局,1959。

〔34〕蒋星煜:《海瑞》,上海:上海人民出版社,1957。

〔35〕李华等编:《吴晗文集》第一卷(历史),北京:北京出版社,1988。

〔36〕苏双碧等编:《吴晗文集》第四卷(杂文、戏剧),北京:北京出版社,1988。

〔37〕《吴晗与〈海瑞罢官〉》,北京:人民出版社,1979。

〔38〕《吴晗的学术生涯》,杭州:浙江人民出版社,1984。

〔39〕茅盾:《关于历史与历史剧》,北京:作家出版社,1962。

〔40〕钱理群:《大小舞台之间——曹禺戏剧新论》,杭州:浙江文艺出版社,1994。

〔41〕田本相等编:《曹禺研究资料·下》,北京:中国戏剧出版社,1991。

〔42〕四川大学中文系编:《中国当代文学研究资料——曹禺专辑》,成都:四川大学出版社,1979。

〔43〕田本相:《曹禺传》,北京:北京十月文艺出版社,1988。

〔44〕曹禺:《曹禺戏剧集——论戏剧》,成都:四川文艺出版社,1985。

〔45〕北京大学中国文学史教研室:《魏晋南北朝文学史参考资料》,香港:宏志书店,1961。

〔46〕中国作协四川分会:《〈达吉和她的父亲〉讨论集》,成都:四川人民出版社,1962。

〔47〕《苏联文学艺术问题》,北京:人民文学出版社,1953。

〔48〕陈平原编:《神神鬼鬼》,北京:人民文学出版社,1992。

〔49〕中国科学院文学研究所编:《不怕鬼的故事》,北京:人民文学出版社,1961。

〔50〕黄秋耘:《琐谈与断想》,石家庄:花山文艺出版社,1983。

〔51〕廖沫沙:《瓮中杂俎》,北京:中国社会科学出版社,1994。

〔52〕邵燕祥:《人生败笔——一个灭顶者的挣扎实录》,郑州:河南人民出版社,1997。

〔53〕涂光群:《中国文坛写真》,香港:乐府文化出版社,1994。

〔54〕胡平、晓山编:《名人与冤案——中国文坛档案史录》一、二、三,北京:群众出版社,1998。

〔55〕段跃编:《1957乌昼啼——"鸣放"期间杂文小品文选》,北京:中国电影出版社,1998。

〔56〕沈默编:《野百合花》,广州:花城出版社,1992。

〔57〕王科、徐塞:《萧军评传》,重庆:重庆出版社,1993。

〔58〕雷加主编:《中国解放区文学书系——散文·杂文编二》,

重庆：重庆出版社,1992。

〔59〕曾彦修等主编：《中国新文艺大系·1949—1966 杂文集》，北京：中国文联出版公司,1991。

〔60〕姜振昌：《中国现代杂文史论》，北京：人民文学出版社,1995。

〔61〕杜文远等编：《杂文百家专访》，北京：学苑出版社,1989。

〔62〕李辉编著：《书生累——深酌浅饮"三家村"》，深圳：海天出版社,1998。

〔63〕邓拓：《燕山夜话》，北京：中国社会科学出版社,1997。

〔64〕邓拓：《邓拓文集》第三卷，北京：北京出版社,1986。

〔65〕丁一岚等：《忆邓拓》，福州：福建人民出版社,1980。

〔66〕苏双碧、王宏志：《吴晗传》，上海：上海人民出版社,1998。

〔67〕吴晗：《吴晗杂文选》，北京：人民文学出版社,1979。

〔68〕廖沫沙等：《长短录》，北京：人民文学出版社,1980。

〔69〕廖沫沙：《廖沫沙杂文集》，北京：三联书店,1984。

〔70〕吴有恒等编：《中国新文艺大系·1949—1966 散文集》，北京：中国文联出版公司,1987。

〔71〕刘锡庆等编：《当代艺术散文精选》，北京：北京十月出版社,1989。

〔72〕佘树森：《中国现当代散文研究》，北京：北京大学出版社,1993。

〔73〕佘树森、陈旭光：《中国当代散文报告文学发展史》，北京：北京大学出版社,1996。

〔74〕冰心等：《笔谈散文》，天津：百花文艺出版社,1962。

〔75〕冰心：《我们把春天吵醒了》，天津：百花文艺出版社,1960。

〔76〕曹靖华:《花》,天津:百花文艺出版社,1962。

〔77〕巴金:《吐不尽的感情》,天津:百花文艺出版社,1963。

〔78〕蔡德贵:《季美林传》,太原:山西古籍出版社,1998。

〔79〕沈从文:《花花朵朵 坛坛罐罐——沈从文文物与艺术研究文集》,北京:外文出版社,1996。

〔80〕徐柏容等编:《秦牧散文选集》,天津:百花文艺出版社,1993。

〔81〕《中国当代文学研究资料》编委会:《秦牧专集》,福州:福建人民出版社,1981。

〔82〕徐柏容等编:《刘白羽散文选集》,天津:百花文艺出版社,1993。

〔83〕孟广东等编:《刘白羽研究专集》,北京:解放军文艺社,1982。

〔84〕朱兵:《刘白羽评传》,天津:百花文艺出版社,1995。

〔85〕徐柏容等编:《杨朔散文选集》,天津:百花文艺出版社,1993。

〔86〕吴周文:《杨朔散文的艺术》,上海:上海文艺出版社,1984。

〔87〕邓星雨:《蓬莱诗魂——论杨朔的散文》,西安:陕西人民出版社,1985。

〔88〕《1959—1961散文特写选》,北京:人民文学出版社,1963。

〔89〕李丽中编:《郭小川代表作》,郑州:黄河文艺出版社,1986。

〔90〕张恩和:《郭小川评传》,重庆:重庆出版社,1993。

〔91〕杜惠编:《郭小川家书集》,天津:百花文艺出版社,1988。

〔92〕陈顺馨:《中国当代文学的叙事与性别》,北京:北京大学出版社,1995。

〔93〕陈顺馨:《社会主义现实主义理论在中国的接受与转化》,
　　合肥:安徽教育出版社,2000。

〔94〕盛英主编:《二十世纪中国女性文学史》下卷,天津:天津人
　　民出版社,1995。

〔95〕孙露茜等编:《茹志鹃研究专集》,杭州:浙江人民出版
　　社,1982。

〔96〕《中国当代文学研究资料——茹志鹃专集》,扬州:扬州师
　　范学院,1979。

〔97〕茹志鹃:《静静的产院》,北京:中国青年出版社,1962。

〔98〕茹志鹃:《高高的白杨树》,上海:上海文艺出版社,1959。

〔99〕茹志鹃:《茹志鹃小说选》,成都:四川人民出版社,1983。

〔100〕刘真:《长长的流水》,北京:作家出版社,1963。

〔101〕宗璞:《宗璞小说散文选》,北京:北京出版社,1981。

〔102〕宗璞:《宗璞文集》,北京:华艺出版社,1996。

〔103〕周扬:《周扬文集》第一卷,北京:人民文学出版社,1984。

〔104〕周扬:《周扬文集》第二卷,北京:人民文学出版社,1985。

〔105〕周扬:《周扬文集》第三卷,北京:人民文学出版社,1990。

〔106〕周扬:《周扬文集》第四卷,北京:人民文学出版社,1991。

〔107〕周扬:《周扬文集》第五卷,北京:人民文学出版社,1994。

〔108〕王蒙、袁鹰主编:《忆周扬》,呼和浩特:内蒙古出版
　　社,1998。

〔109〕李辉编著:《摇荡的秋千——是是非非说周扬》,深圳:海
　　天出版社,1998。

〔110〕Seymour Chatman(1978):*Story and Discourse—Narrative
　　Structure in Fiction and Film*, Ithaca：Comell University

Press.

[111] Gary S. Morson & Caryl Emerson (1990) : *Mikhail Bakhtin—Creation of a Prosaics*, Stanford, Calvfomia : Stanford University Press.

[112] Rudolf G. Wagner(1990) : *The Contemporary Chinese Historical Drama— Four Studies*, Berkeley/LA/Oxford : University of California Press.

后　记

桌子上放着两沓稿子。一沓是 150 多页刚从打印机"吐"出来的雪白的 A4 纸,光亮的油墨打印出来的字样"1962:夹缝中的生存"(1999 年 10 月 14 日),格外醒目。另一沓是几十页发黄的 400 字原稿纸,当年用钢笔写的三份材料:读书报告《西方文学史观的回归与在转折中的"1962"的初步构想》(1993 年 3 月 4 日)、《"1962"拼盘》(没有日期)和大纲《1962:夹缝中的逆流》(1993 年 6 月 4 日),字迹仍然清楚,字体比现在工整。

原来这本书从初步构思到诞生,已经经历了差不多七个寒暑。她见证了我在北京大学多年的学习生活和回香港后三年的教书生涯。正如我的大师兄孟繁华在"总序二"说到的,在 1995 年 11 月开了第一次编写会议后,这套丛书的写作便落实执行了,但当时我还在忙我的博士论文,因此没办法马上动手。到了 1996 年初毕业后,我才开始正式搜集资料,并打算如果未能马上找到工作的话,就在北京待着,把书写出来。怎料到了 1996 年 6 月中我获得香港大学一份工作,便不得不收拾行装,把多年在北大的根拔起,动身回香港去。把这事情这么一搁,没想到把书稿写出来的心愿,要到三年后的今天才能实现。在香港大学工作两个月后,我转到岭南大学教书。教书匠的生涯原来一点也不轻松，加上自己没有经验，头两年大部分时间和精力都花在应付工作上，实在没办法顾及这本书的写作。然而，"1962"并没有远离我，还成为一个"梦魇"，"折磨"着我。我想过放弃，但又不甘心，因为我很想写好这本书，加上这个写作计划在我的"肚子"里已经好几年，犹如一个没法出生的胎儿一样，占据着我的心神，在我的体内蠕动，就必须把"她"弄出来。

当这个"总系"的第一版在 1998 年中面世的时候，"1962"是"缺席"的。我当时有内疚感，下决心一年内把书稿拿出来，但唯一能"战斗"的时间是暑假。这样，1998 年暑假，我开始坐下来，写下了第一章。到了 1999 年暑假，我更把自己困在北京一个公寓差不多两个月，一边跟酷暑和身体搏斗，一边夜以继日地对着电脑，把书稿余下的章节"敲"出来。开课前，我把初稿带回香港，在繁忙的新学期开始后再挤点时间来进行修订。现在书稿修改好了，算是落下了一块心头大石，但还是觉得不很满意。对一些章节曾经有过的构想，由于时间所限，没办法实现。例如周扬，我原来计划从知识分子的角度把握他的生命历程，但发觉这需要更多的时间准备和思考，因此只能放弃。

回想在北京那两个月的写作生活，真的可以说是既紧张又愉快，既着急又平静。我重温了北京的旧梦和情谊。不过，假如没有北大的老师同学和北京的朋友的关心、照顾和帮忙，我是没法把这个过于膨胀的"孩子"生下来的。首先要感谢的是洪子诚老师，他给我的书稿提了很宝贵的修改意见。其实 1993 年我构思"1962"的提纲时，当时身在日本的洪老师已经给我写过信，讲述他对"1962"的理解。其次，吴晓黎、贺桂梅、周亚琴和朴贞姬等师妹帮我跑图书馆查资料，借书还书，复印资料，并照顾我生活上的琐事,大大提高了我的工作效率,我对她们感激不尽。另外,要特别感谢张美珺医生,她用针灸和按摩帮助我对付写作期间出现的各种痛症和毛病,如果没有她的妙手仁心,我想我是没法支撑下去的。还要感谢以下各人在这段时间给我精神上或其他方面的支持,包括谢冕老师、王富仁老师、幺书仪老师、陈素琰老师、孟繁华、徐晓村等。自然要感谢孙歌,我在北京时她刚好出差,因此我可以享用一个难得的写作和生活空间。还有戴锦华,她对我的支持和关怀是全方位的,这个暑假她虽然不在北京,但对我来说,她是一个"缺席的在场者"。

香港方面,曾经给予我精神和实质支持的朋友也不少,包括岭南大学的刘健芝、许宝强、黄敏华、薛翠等,还有张彩云、陈惠芳、梁丽清等"姐们儿"。他们知道我内心的挣扎、焦虑和我的忙乱,也分享我的工作成果和欢乐。

最后鸣谢岭南大学文学及翻译中心在科研经费上的资助。